Título original: *Guilty*
Traducción: Marc Barrobés
1.ª edición: noviembre, 2014

© Karen Robards, 2008
© Ediciones B, S. A., 2014
    para el sello B de Bolsillo
    Consell de Cent, 425-427 - 08009 Barcelona (España)
    www.edicionesb.com

Printed in Spain
ISBN: 978-84-9070-005-1
DL B 19634-2014

Impreso por NOVOPRINT
            Energía, 53
            08740 Sant Andreu de la Barca - Barcelona

Culpable

KAREN ROBARDS

*Christopher, te dedico este libro como homenaje
a tu graduación en el instituto en junio de 2008.
¡Estamos muy orgullosos de ti!
Tu madre, que siempre te querrá*

Agradecimientos

Quiero darles las gracias a mi marido, Doug, y a mis hijos, Peter, Chris y Jack, por haber estado allí una vez más; a mi fantástica editora Christine Pepe, por su paciencia y su atención al detalle; a mi agente, Robert Gottlieb, que siempre se esfuerza tanto por mí; a Leslie Gelbman, Kara Welsh y el resto de la pandilla de Signet; a Stephanie Sorensen, cuya labor publicitaria es siempre excelente; y a Ivan Held y al resto de la familia de Putnam, cuyo apoyo agradezco enormemente.

1

—¿Dónde carajo te crees que vas?

Era un viernes nebuloso, justo después de medianoche, y la quinceañera Katrina Kominski se quedó paralizada en medio de la escalera de incendios del destartalado bloque de apartamentos de Baltimore en el que había vivido los últimos siete meses al oír ese alarido procedente de arriba.

«Mierda», pensó, porque, aunque la habían castigado sin salir en todo el fin de semana, había decidido escaparse.

Se agarró a la baranda metálica, medio desconchada, y al dirigir una mirada atemorizada hacia arriba, descubrió a su madre adoptiva asomada a la ventana de la cuarta planta: tenía los mofletes gordos, la cabeza llena de rulos rosas, y el cuerpo cubierto por una enorme bata también rosa que llevaba abotonada hasta el cuello. Tras ella se agolparon otras dos chicas. La señora Coleman sólo acogía a chicas. Ahora mismo tenía a cinco en su piso de tres dormitorios: LaTonya, de doce años, parecía asustada; Natalie, de dieciséis, parecía satisfecha.

Probablemente la zorra celosa se habría chivado.

—Salgo —gritó como respuesta. Era pura bravuconería, porque sabía que abajo la observaban sus amigos. En su interior, sin embargo, el corazón se le aceleró y se le hizo un nudo en el estómago: estaba muerta de miedo.

¿Tenía que volver atrás o...?

—¡Vamos, Kat! —gritó Jason Winter, el chico guapo-de-la-muerte del que estaba locamente enamorada. Katrina miró hacia abajo sin saber qué hacer. Jason la esperaba en el callejón al volante de un magullado Camaro azul abarrotado de jóvenes: su mejor amiga, Leah Oscar, sacaba la cabeza por la ventanilla de detrás del conductor sin dejar de gritar «¡Vamos, vamos!» mientras agitaba los brazos animándola a bajar; Mario Castellanos, un chico de cabellos negros y rizados, y uno de los buenos amigos de Jason, asomaba la cabeza por la ventana del copiloto y, formando bocina con las manos, insultaba a gritos a la señora Coleman, que a su vez soltaba una lluvia de improperios sobre la cabeza de Kat.

—¡Cuidado! —chilló Leah, señalando hacia arriba. Jason también gritó algo, y un par de chicas más asomaron la cabeza por las ventanas del coche para advertirla a gritos.

Kat levantó la mirada, y el corazón estuvo a punto de saltarle por la boca: Marty Jones, el compañero sentimental de la señora Coleman, había tomado el lugar de su madre adoptiva y se disponía a salir por la ventana. Hacía sólo una media hora, cuando ella se había retirado a la pequeña habitación que compartía con Natalie y LaTonya supuestamente para acostarse, lo había visto tirado en el sofá. Y ahora salía tras ella, descalzo, con sus pantalones grises del trabajo y una camiseta imperio que dejaba a la vista su horrible y enorme cuerpo barrigón y peludo. Como la señora Coleman, andaba por los cuarenta y tantos. Al contrario que la señora Coleman, ni siquiera fingía que le cayeran bien las chicas a las que acogía para ganarse el pan.

Sólo le gustaban de un modo obsceno. Como cuando le había dicho a Kat que lo llamase Marty en vez de señor Jones. Y siempre intentaba que ella se sentase a su lado cuando miraba la tele. Y, hacía un par de días, había forzado el pestillo del baño y había entrado «accidentalmente» mientras ella estaba en la ducha. Y... bueno, había muchos «y».

Kat lo odiaba. No había dejado de espiarla desde que había llegado de la casa comunitaria a la que la habían enviado después de que no hubiese funcionado su última colocación de acogida. Ser una rubia esbelta, guapa y de ojos azules no es bueno si el mundo en el que vives está lleno de hombres depredadores como Marty Jones. Durante los últimos dos años, Kat había aprendido a reconocerlos a primera vista, y a mantenerse tan alejada de ellos como fuese posible.

Pero cada vez le estaba costando más mantenerse alejada de Marty.

—¡Será mejor que muevas el culo y vuelvas a subir enseguida! —le gritó ya casi totalmente fuera de la ventana.

Kat miró hacia arriba y Marty le sacudió la cabeza amenazadoramente. Llevaba un bate de béisbol en la mano. Cuando sus miradas se cruzaron a través de la estructura metálica de la escalera, a Kat se le cayó el estómago hasta las sandalias rojas Dr. Scholl. Tenía que afrontar la realidad: Marty le daba un miedo de mil demonios.

—¡Enseguida! ¿Me oyes, jovencita?

Por supuesto que le oía. Y en cuanto Marty se plantó en la parte superior de la escalera de incendios haciendo chirriar toda la estructura metálica, Kat bajó corriendo con estrépito y el corazón desbocado los peldaños que la separaban de sus amigos.

Si la atrapaba...

—¡Date prisa, Kat!

—¡Que baja, que baja!

—¡Viejo seboso, vas a arrancar las escaleras del edificio!

—¡Corre, Kat!

—¡Salta!

—¡Será mejor que no huyas de mí! —gritó Marty detrás de ella—. Cuando te atrape, te...

Kat nunca supo lo que le habría hecho, porque justo entonces saltó los dos últimos peldaños y aterrizó sobre el asfalto agrietado del callejón. Unas manos salieron de la puerta del Camaro, que se había abierto anticipando su inminente llegada, y la arrastraron rápidamente al interior del vehículo. En cuanto aterrizó sobre una masa confusa de cuerpos adolescentes, el Camaro salió de allí quemando rueda. La puerta se cerró de golpe, tal vez impulsada por el avance del coche, tal vez porque alguien había alargado el brazo para cerrarla: Kat no lo supo. Mientras se esforzaba por sentarse, entrevió largas hileras de paredes de ladrillo salpicadas por ventanas con marcos de aluminio baratos y escaleras de incendios en zigzag, y contenedores rebosantes rodeados de montones de bolsas de basura, y algún que otro tipo raro que se escabullía hacia la oscuridad cuando los faros del coche le iluminaban.

—¡Ha sido genial!

—¡Jo, un poco más y la atrapa!

—¿Ese tío gordo es tu viejo?

—Creía que iba a tirar abajo la escalera de incendios.

—¿Crees que van a llamar a la poli?

—No, no llamarán a la poli —respondió Kat a la última pregunta tratando de acomodar el trasero entre Leah y su novio, Roger Friedkin, mientras Donna Bianco se apretujaba contra la ventana del otro lado. En ese coche ya no cabía ni un alfiler: los cuatro apiñados en el asiento posterior y Jason y Mario delante. Y, a pesar de llevar todas las ventanillas bajadas, el calor era asfixiante. El aire acondicionado estaba estropeado y había demasiada humedad para ir con tejanos, que es lo que, a falta de otra cosa, había tenido que ponerse Kat. De todos modos, lo había compensado con una camiseta roja sin mangas que le había «tomado prestada» a LaTonya, así que tampoco es que se muriese de calor ni nada—. Si llamasen a la poli, los asistentes sociales vendrían y se me llevarían, y a ellos no les interesa. Necesitan el dinero. El otro día oí que lo decían.

—¿Estás segura de que no te pasará nada cuando vuelvas a casa, Kitty Kat? —preguntó Jason dando muestras de esa preocupación serena que la había cautivado. Jason la miró por el retrovisor con esos ojos del azul de la bahía de Chesapeake y Kat sintió mariposas revoloteando en su estómago.

Kat asintió con la cabeza.

—El gordo te dará unos azotes en el culo, Kitty Kat —dijo Mario con una estúpida mueca, girándose para mirarla, y sonrió con suficiencia—. Y seguro que además le gustará.

—Cierra el pico, ¿quieres? —dijo Jason propinándole un puñetazo en el brazo a su amigo.

—¡Ay! —se quejó Mario llevándose la mano al brazo.

—Tranqui —le dijo Kat a Jason. Luego se volvió hacia Mario—. ¿Por qué no te vas por ahí a pelártela?

Mario le respondió con una fea mirada, pero algo (probablemente la idea de disgustar aún más a Jason) lo animó a mantener esa bocaza suya cerrada. Aunque de poco sirvió, porque Kat ya no pudo olvidar lo que había dicho.

La sola idea de cómo sería el recibimiento cuando volviese al apartamento le daba ganas de vomitar. Caer en la cuenta de que le había dado a Marty una excusa para ponerle las manos encima la aterrorizó. Mario tenía razón, aunque lo odiaba por haberlo dicho. Si volvía, Marty haría algo para hacerle daño y disfrutaría hasta el último segundo. Y estaba segura de que la señora Coleman no pondría ningún reparo.

Kat apretó los puños. Se le secó la boca. Los ojos se le humedecieron... Pero prefería morir antes de dejar caer una lágrima.

«Ya me preocuparé por eso más adelante.»

—Eh, ¿qué os parece si vamos a por unas cervezas? —gritó Mario. Tenía que gritar, porque ya estaban en la autovía, de camino a la capital, y el viento entraba rugiendo por las ventanillas abiertas, la radio estaba puesta a todo volumen y mantenían varias conversaciones a la vez.

Potentes luces halógenas iluminaban la carretera desde gran altura y había en el interior del coche casi tanta luz como en pleno día. El Camaro iba a toda velocidad, avanzando a otros coches e incluso a un par de tráilers.

—¡Sí!

—¡Cerveza, yuju!

—¡Me vendrá bien una cervecita!

—¡Pasando de rollo *light*! ¡Quiero una cerveza *heavy*!

—¡Vamos a por unas birras!

Kat detestaba la cerveza, pero no dijo nada.

El Camaro viró bruscamente, y Kat se aferró al brazo de Leah en un acto reflejo. A juzgar por las imágenes borrosas que veía por la ventana, habían salido de la autovía y se disponían a descender por la rampa de la salida. Jason pisó el freno en el cruce al final de la rampa y los cuatro del asiento de atrás casi se caen al suelo.

En cuanto se hubieron incorporado y volvieron a apretujarse en el asiento, todos se echaron a reír como si hubieran acabado de hacer la cosa más divertida del mundo.

Kat también, porque eran sus amigos.

Cuando Jason hizo girar el coche por una enorme avenida desértica flanqueada de tiendas cerradas, Mario dio un puñetazo sobre la guantera y se volvió hacia el asiento de atrás.

—¿Alguien de aquí lleva pasta?

—Yo llevo un dólar y..., a ver, veintidós centavos.

—Yo llevo un pavo.

—Yo, setenta y cinco centavos.

—Yo... no llevo dinero —dijo Kat cuando todas las miradas se posaron sobre ella. Todos los demás habían vaciado ya sus bolsillos—. Aunque tampoco tengo sed.

—Tranqui. —Jason volvió a mirarla por el retrovisor—. Yo pagaré tu cuenta.

Y le sonrió.

El pequeño y duro nudo del estómago de Kat se aflojó.

A esas horas de la noche, incluso los dos arcos de la M del McDonald's estaban apagados. Lo único que quedaba abierto eran gasolineras y pequeños supermercados. El Quik-Pik de la esquina siguiente estaba totalmente iluminado, así que Kat supuso que ése era el destino de Jason.

—¿Alguien tiene un carné de identidad? —preguntó, refiriéndose a uno falso. El Camaro entró con una sacudida en el aparcamiento y derrapó hasta un stop que había junto a uno de los surtidores de gasolina. El aparcamiento estaba desierto. A través de las cristaleras, Kat vio a un único dependiente tras la caja registradora. Era una mujer. Parecía hispana, y joven.

—Yo, aunque no hace falta —sonrió Mario—. Puedo pasar fácilmente por veintiuno.

—Su carné nos vale —dijo Jason—. Mucho mejor que el mío.

Salieron apelotonados del coche y avanzaron hacia la tienda.

—Tengo que ir al baño —anunció Leah alegremente y, mirando a Kat, añadió—: ¿Me acompañas?

—Sí —asintió Kat, y ambas se separaron del grupo para dirigirse a un lateral del edificio, donde un letrero cochambroso rezaba: «Aseos».

Cuando ya habían terminado, Kat se dispuso a lavarse las manos mientras Leah se peinaba con las manos ante el espejo. De pronto, oyeron un ruido procedente del exterior.

¡Pam! ¡Pam! ¡Pam!

—¿Qué coño ha sido eso? —dijo Leah sofocando un grito y volviéndose hacia la puerta, que no tenía pestillo.

—Una pistola.

Kat sabía distinguir el sonido de una pistola. En realidad, el piso de la señora Coleman era uno de los mejores lugares en los que había vivido. Los siete años que había pasado con su madre los recordaba como una imagen borrosa de fumaderos de crack, casas abandonadas y, ocasionalmente, refugios para los vagabundos. Después de eso, había ido viviendo en casa de parientes y amigos hasta que un día llegó una trabajadora social y se la llevó. Durante esa época, se acostumbró a oír disparos prácticamente cada noche. Se había pasado años durmiendo acurrucada, rezando para que ninguna bala atravesase la pared y su carne.

—¡Mierda! —exclamó Leah corriendo hacia la puerta.

Kat salió tras ella. Cuando ambas hubieron doblado la esquina, vieron al resto de la banda corriendo a toda prisa hacia el Camaro como si les persiguiese algo malo. Se gritaban entre sí, discutían sobre algo, pero Kat estaba demasiado lejos para entender lo que decían. Lo único que sabía era que Jason parecía muerto de miedo... Y Mario llevaba una pistola en la mano.

Se quedó sin aliento.

Había un hombre entre ella y el coche. Un hombre mayor, achaparrado y de pelo cano, vestido con un uniforme azul. Estaba de rodillas y les daba la espalda. Leah pasó corriendo junto a él sin siquiera echarle un vistazo. Cuando Kat se encontraba a sólo unos pasos, el hombre gruñó, cayó hacia un lado y se quedó tumbado boca arriba. Kat vio que tenía las manos extendidas sobre el pecho, comprendió por qué y se detuvo sobre sus pasos.

De entre sus dedos, pálidos y regordetes, la sangre brollaba y caía sobre el negro del asfalto, que brillaba tenuemente bajo la luz de la tienda. El hombre llevaba en el pecho una placa plateada y una etiqueta de plástico con su nombre. Kat no estaba lo bastante cerca como para poder leerlo.

«Le han disparado.» Recordó la pistola que Mario llevaba en la mano y un escalofrío la recorrió de arriba abajo.

El hombre la vio.

—Ayúdame...

«Dios mío.» Kat se dejó caer de rodillas, se inclinó sobre él aterrorizada, desesperada por hacer algo, y le apartó las manos para poder ver la herida. Luego colocó una mano encima de la otra y apretó desesperadamente el agujero, tratando de detener el flujo de la sangre. Era caliente. Y viscosa. Desprendía un olor. Un mareante olor como de carne cruda.

—Me duele —musitó el hombre. Y cerró los ojos.

—¡Vamos, Kat! —chilló una voz, la de Leah, después de que el Camaro frenase con un chirrido junto a un stop a pocos pasos de ella.

—¡Vamos, vamos! —le gritaban todos, pero ella no podía moverse. No podría haber ido hacia ellos aunque hubiese querido. Sentía que la vida de aquel hombre se apagaba, que la energía lo abandonaba, como si su alma se elevase hacia el cielo ante ella. Se llamaba David Brady, ahora ya podía leer la etiqueta. Lo único que pudo hacer fue mirar embobada el coche mientras la vida de aquel hombre moribundo se extinguía, y oír el Camaro que aceleraba dejándola sola.

Realmente sola, porque David Brady acababa de morir. Se había quedado sin fuerza vital.

Kat siguió a su lado hasta que oyó las sirenas. Entonces se puso en pie de un salto y huyó hacia la oscuridad, con las manos aún empapadas con la sangre de David Brady.

2

Trece años después...

«Algo va mal.» La idea le atravesó el cerebro con la fuerza de una bala.

Se le hizo un nudo en el estómago y el pulso se le aceleró. Al recuperar el aliento, siguió atento al silencio vacío que se extendía al otro lado del teléfono. No sabía cómo podía estar tan seguro, pero lo estaba.

Tom Braga se encontraba en su coche, hablando por el móvil con su hermano Charlie, y se dirigía hacia el moderno Centro de Justicia Penal de Filadelfia, donde tenía hora en un tribunal a las nueve, o sea, tres minutos más tarde. Ambos eran policías: él, inspector de homicidios y Charlie, ayudante del sheriff. Aquella torrencial mañana de lunes, los dos estaban de servicio. Y, a menos que se estuviese volviendo majara o loco, Charlie tenía problemas.

—¡Eh! ¿Sigues ahí? —Tom agarró el móvil con inusitada fuerza, aunque tratando de imprimir naturalidad en su voz. Estaban hablando del almuerzo que todos los domingos se celebraba en casa de su madre y al que Tom había faltado el día anterior por tercera semana consecutiva: estaba harto de que le recordasen una y otra vez que tenía 35 años y que aún seguía soltero; además, toda su familia congregada, diecinueve en total, bastaba para sacarle de sus casillas. Mientras le cantaba las excelencias de la *parmigiana* de pollo que había preparado su madre, consciente de que era el plato favorito de su Tom, Charlie había soltado un gruñido y había dejado de hablar a media frase. Tom empezó entonces a temerse lo peor.

—Sí —respondió Charlie. Tom se sintió momentáneamente aliviado, pero no tardó en darse cuenta de que su hermano empleaba un tono de voz totalmente plano. Oyó la respiración acelerada de Charlie, que se limitó a añadir—: Oye, tengo que dejarte.

—Bueno, saluda a tu dulce esposa de mi parte, ¿vale? —Tom hablaba en tono cordial, pero tenía la sensación de que alfileres de sudor frío se le clavaban en las raíces de los cabellos—. Dile que aún espero esa lasaña casera que me prometió.

—Ya se lo diré —dijo Charlie, y su móvil se apagó.

Imbuido por el eco de aquella respuesta, Tom casi se salta el semáforo en rojo que tenía delante. Hundió el freno hasta el fondo y el Taurus negro, modelo del departamento, culeó unos instantes sobre el asfalto mojado y se detuvo justo a tiempo: había estado a punto de invadir la calle por la que los coches avanzaban a pocos centímetros de su parachoques delantero. La lenta procesión de faros hacía que aquel día gris pareciese incluso más oscuro de lo que ya era. Llovía a cántaros. El agua golpeaba con fuerza el techo y el capó del coche, y el limpiaparabrisas no daba abasto. Por la radio se oía música ligera.

Pero él era completamente ajeno a todo eso.

La esposa de Charlie se llamaba Terry. Y los bocadillos de mantequilla de cacahuete que les preparaba era su máximo logro culinario.

—Joder —dijo.

Tom respiró hondo y apeló a los años de experiencia que llevaba sobre sus espaldas para separar la mente de las emociones. Sin quererlo, le vino a la cabeza la última vez que había visto a Charlie. Hacía unas tres semanas, su hermano de veintiocho años, alto, moreno y bien parecido, como todos los hermanos Braga, estaba en el diminuto patio de su casa, metido en una piscina hinchable para niños pidiendo alegremente socorro mientras sus dos hijos gemelos de cuatro años le echaban por encima un cubo de agua tras otro. Visualizar la cara risueña de su hermano no le ayudó, de modo que hizo cuanto pudo por quitársela de la cabeza y empezó a marcar un número en su teléfono móvil. Tenía la mano firme y las ideas claras, y su pulso se aceleraba como un purasangre galopando hacia la línea de meta.

Le pareció que la señal de llamada no se acababa nunca.

«Cógelo, cógelo. Joder, Bruce Johnson, cógelo de una vez.»

—Johnson al habla.

—Soy Tom Braga —le dijo al superior de Charlie. El sudor frío que había notado en el cuero cabelludo se había extendido ahora a todo su cuerpo. Sentía en las venas la adrenalina de la velocidad. Había en su voz una tensión que él mismo percibió. Al mismo tiempo, sin embargo, se sentía muy centrado, muy calmado—. ¿Dónde está Charlie?

—¿Charlie? —Johnson hizo una pausa. Tom se lo imaginó cómodamente sentado en su silla, con un café y un periódico sobre el escritorio, una isla de calma en el centro de un caos infinito. La oficina del sheriff de Filadelfia era grande, con numerosos departamentos y cientos de ayudantes y personal auxiliar. Johnson y él, sin embargo, habían crecido juntos en la dura Filadelfia Sur y se conocían muy bien. El grandullón y fornido sargento caía muy bien a toda la familia de Tom—. Deja que lo mire.

Cubrió el micrófono con la mano, y gritó:

—¿Alguien sabe dónde está Charlie Braga esta mañana?

«De prisa», pensó Tom, apretando los dientes. Luego, al darse cuenta de lo que hacía, relajó deliberadamente la mandíbula.

Segundos más tarde, Johnson volvía a ponerse al aparato.

—Ha recogido a un testigo en la cárcel y lo ha llevado al Centro de Justicia. No hace demasiado, o sea que debería de seguir allí. ¿Llamabas por algún motivo concreto?

El Centro de Justicia. Tom lo tenía a la vista, a poco más de una manzana de distancia, hacia la derecha. Era un elevado rectángulo de piedra coronado por una cúpula y cubierto de hileras de ventanas iluminadas que brillaban entre la lluvia.

El semáforo estaba verde y nadie le impedía el paso. De pronto cayó en la cuenta de las bocinas que sonaban con impaciencia detrás suyo. Al cabo de medio segundo, apretó el acelerador. Los neumáticos posteriores del Taurus levantaron cortinas de agua cuando el vehículo respondió.

—Estaba hablando con él por teléfono antes de llamarte.

A pesar de que se temía lo peor, Tom hablaba con voz firme.

Conducía impaciente hacia el edificio, examinándolo ansiosamente mientras zigzagueaba entre el tráfico. La calle Filbert, la estrecha avenida de antes de la Guerra de la Independencia que se extendía frente al Centro de Justicia, estaba cubierta de coches aparcados en doble fila. La gente se apresuraba por la acera, más allá del edificio, y subía y bajaba los anchos escalones de piedra que conducían a la entrada principal. Lo único que distinguía era un mar de paraguas y de pies salpicando. Desde el exterior de las puertas giratorias, vislumbró el control de seguridad, con sus guardias y detectores de metal. Nada parecía fuera de lugar. Ningún indicio de problemas. Pero su corazonada le decía lo contrario, y si algo había aprendido durante sus trece años en la policía, era a no ir nunca contra una corazonada.

—Me ha dado una señal, como... —Incluso mientras peinaba la zona con la mirada, Tom seguía hablando con Johnson—. Algo va mal. Deberías alertar a quien tengas por ahí de que es posible que haya sucedido algo. Envía refuerzos donde esté Charlie. Y diles que no hagan ruido. Ni sirenas ni nada por el estilo. Tengo un presentimiento realmente espantoso.

Johnson resopló.

—¿Se supone que tengo que enviar a la tropa porque tienes un presentimiento realmente espantoso?

—Sí.

—De acuerdo —dijo Johnson. Era lo bastante profesional como para no arriesgarse cuando se trataba de la seguridad de otro agente, y para no cuestionar los presentimientos de otro policía. Volvió a cubrir con la mano el micrófono del móvil, y Tom le oyó dar las instrucciones pertinentes.

—¿Dónde del Centro de Justicia? —gritó Tom acercándose el auricular a los labios. Tenía que gritar para conseguir captar de nuevo la atención de Johnson. Tom estaba ahora frente al Centro de Justicia, atravesando la larga hilera de coches aparcados, donde ya no quedaba ni una sola plaza libre. Tampoco es que eso importase demasiado. Haciendo caso omiso de los bocinazos de los coches que se amontonaban detrás de él, aparcó en doble fila junto a un gran Suburban plateado.

—Probablemente en el subsótano —respondió Johnson.

«Mierda.»

El subsótano era una madriguera mal iluminada y mal ventilada situada dos plantas bajo tierra. Contenía las celdas para los presos reclamados aquel día en el tribunal, oficinas administrativas, las salas de vistas para las comparecencias, antesalas para abogados, funcionarios judiciales y agentes de fianzas: todo eso y más se encontraba allí abajo. El lugar rebosaba actividad desde la siete de la mañana, hora en que los acusados, los convictos, los absueltos y todos los objetos y personas relacionados con los casos empezaban a entrar y salir.

Charlie podía haber tenido cualquier tipo de problema allí abajo.

—Ya estoy allí —dijo Tom gravemente, y colgó.

Saltó del coche con la cabeza gacha para protegerse de la lluvia torrencial. El agua empapó de inmediato su pelo corto, espeso y negro, así como el atuendo que solía llevar para ir a los juzgados: cazadora azul marino, camisa blanca, corbata roja y pantalones grises. Cerró con un portazo y echó a correr hacia el edificio. Mientras corría, deslizó la mano bajo la chaqueta para desabrochar la correa de seguridad de su Glock.

Con suerte no la necesitaría. Aunque lo cierto es que nunca había tenido demasiada suerte.

3

«Ser fiscal no es para blandos», pensó Kate White mientras la parte posterior de los elegantes Stuart Weitzman que se había comprado en eBay por diez dólares le levantaban la piel de los talones a cada paso que daba. El sueldo era de pena, los incentivos inexistentes, y la gente... Bueno, lo único que podía decir es que había alguna que otra manzana sana entre las podridas.

—No te entretengas, ¿quieres? Si llegamos tarde, Moran nos meterá un paquete —murmuró Bryan Chen tras ella.

Bryan, un asiático-americano bajo y compacto, se había convertido a sus cuarenta y dos años en todo un veterano ayudante del fiscal de distrito y era sin duda una de las pocas manzanas sanas. Hacía cuatro meses que la había tomado como discípula, justo cuando Kate se había graduado en la facultad de derecho y se había alistado en la oficina del fiscal. A sus veintiocho años, ése era para Kate el primer paso de una carrera profesional que la conduciría hasta el pináculo (lucrativo) de una de las superfirmas estelares de Filadelfia. Bryan, por su parte, llevaba dieciséis años siendo ayudante del fiscal del distrito y parecía totalmente satisfecho con ganarse así la vida. Claro que él no tenía que devolver cien mil dólares en concepto de préstamos para estudiantes ni tampoco tenía un hijo al que mantener solo.

Kate quería para ella y para Ben, su dulce hijo de nueve años, algo más que vivir durante años en una diminuta casa de alquiler teniendo que pasar los últimos días de cada mes con una dieta de pasta y mantequilla de cacahuete.

Y estaba decidida a conseguirlo.

—No llegamos tarde —replicó con más seguridad de la que sentía.

Cuando empujó las pesadas puertas de caoba de la sala de vistas 207 del Centro de Justicia Penal, se sintió aliviada al ver que llevaba razón. El juez de distrito Michael Moran, un funcionario sin sentido del humor al que le tocaba presidir el circo ese día, no estaba allí, aunque el alguacil esperaba en pie ante el banquillo de los acusados, con la mirada puesta en la puerta que conducía a las cámaras del juez, con la esperanza de que Su Señoría apareciese en cualquier momento.

«Deprisa. Será mejor que empecemos el juicio sin ponernos a malas con el juez», pensó avanzando por el pasillo a grandes zancadas mientras se destrozaba los pies. Llevaba los zapatos mojados y el suelo, de terrazo, estaba muy encerado, así que la velocidad era una opción más bien peligrosa. Pero, en tales circunstancias, pensó que no tenía otra opción. La defensa ya estaba en su lugar, y el público llenaba la sala de vistas. Lo único que faltaba era el juez... y la parte de la acusación. De todos modos, presentarse en la sala peligrosamente cerca de la hora en punto no les costaría nada si lograban ocupar sus asientos antes de que el juez hiciera acto de presencia.

En otras palabras, todo lo que el juez no supiese no les perjudicaría.

El alguacil seguía observando la puerta del despacho del juez. Mientras, el estrado permanecía desocupado. El agua descendía por los esbeltos ventanales que flanqueaban el estrado. Ya hacía más de una semana que había empezado el otoño, pero la lluvia fría de aquel día era el primer indicio de que se había producido el cambio de estación. Y esa lluvia era el motivo de su retraso: no quedaba cerca del Centro de Justicia ni un solo sitio para aparcar, así que había tenido que ir a buscar un parking en la otra manzana. Y también era la lluvia la culpable de que varios mechones rubios se hubieran escapado del moño que tanto se había esforzado en peinarse para caer por delante de su cara. Sólo le cabía esperar que el rímel que se había puesto apresuradamente (impermeable, pero barato) siguiera enmarcando sus ojos azules y no hubiera empezado a deslizarse por sus pálidas mejillas: tener el aspecto de un payaso triste no era el mejor modo de ganarse las simpatías de nadie.

A pesar del peligro que conllevaba avanzar a toda velocidad hacia las mesas de los letrados sin concentrarse plenamente en el momento, Kate se pasó el dedo por debajo de las pestañas inferiores con la esperanza de eliminar cualquier raya negra mientras hacía malabarismos con el paraguas y el maletín, se sacudió con las manos la parte delantera de la falda negra de su caro traje, y se despegó del pecho la empapada camiseta Hanes blanca para que no le quedase demasiado ajustada. Y, al mismo tiempo, absorbió todo lo que tenía a su alrededor: la enorme sala de techo alto con sus paredes recubiertas de paneles de caoba, las cabezas inclinadas del abogado de oficio y su cliente mientras comentaban algún documento legal, el constante murmullo de las voces y el frufrú del movimiento de la sala repleta, el olor a humedad que despedían demasiados cuerpos mojados y apretujados. De pronto la invadió una oleada de satisfacción. Aquél era su mundo, el mundo que había confeccionado para sí misma únicamente gracias a su propia determinación. Al pensar que ahora pertenecía a ese mundo, que era una de los buenos, una sonrisa casi imperceptible se dibujó en sus labios.

El martirio de aquellos malditos zapatos la devolvió de pronto al mundo real. No cabía duda de que aquellos zapatos de tacón le habían salido bien de precio; eran negros y de piel auténtica y sin duda añadían un aura profesional a su traje de segunda mano, pero, joder, cómo dolían. Hizo un esfuerzo por no cojear.

«Los mendigos no pueden ser tiquismiquis», como solía decir la última —y también la menos lamentada— de sus madres adoptivas. Aquel mes había pagado el alquiler y el agua y la electricidad y a la canguro y el mínimo de su factura de la Visa y los préstamos de estudiante y había llenado el depósito de gasolina y le había comprado a Ben un par de zapatillas de deporte nuevas. Ahora, a seis días del uno de octubre (cobraba cada quince días, el día uno y el quince) estaba muy cerca de quedarse sin blanca. Era más o menos lo que ocurría cada mes, lo cual significaba que le quedaba poco, por no decir nada, para comprarse ropa de trabajo. De modo que le resultaba francamente difícil lograr su objetivo: tener un aspecto profesional. De profesional de éxito. Por tanto, recurría a eBay siempre que era necesario. Pero, como todo en la vida, conseguir ropa adecuada y además barata tenía su precio, y, aquel día, el precio era tener los talones hechos picadillo.

El minutero del gran reloj redondo que colgaba sobre la puerta que conducía al vestíbulo por el que los presos entraban en la sala de vistas avanzaba regularmente. Ya eran las nueve en punto.

A la mierda los zapatos. No había más remedio que correr.

—Atención, ya sale.

Bryan prácticamente la empujó hacia la puerta giratoria que separaba la galería del estrado. El alguacil de cara inexpresiva se volvió en ese instante hacia la sala abarrotada y se irguió tan alto como era.

—Todo el mundo en pie —tronó, mirando con reprobación a Kate y Bryan, que acababan de desplomarse en sus asientos. Toda la sala se levantó, de modo que, cuando la puerta que conducía a los despachos se abrió, todos los abogados se encontraban de pie, mirando al frente—. Se inicia la sesión. Preside Su Señoría el juez Michael Moran.

Mientras el Juez Moran entraba en la sala —Moran *el Bobo*, como le llamaban todos los ayudantes del fiscal de distrito—, Kate dejó lentamente su paraguas en el suelo, depositó el maletín sobre la mesa y trató de recuperar el aliento. Era un hombre corpulento, de cara redonda y rubicunda, cabellos grises, y aspecto malhumorado, y avanzaba a grandes zancadas con una humeante taza de café en la mano. Cuando el juez se disponía a asumir su papel de Dios tras su brillante estrado de caoba, Kate decidió concentrar su atención en la tribuna del jurado, que quedaba a su derecha. Había allí sentadas catorce personas: los doce miembros del jurado y dos suplentes. Kate observó con satisfacción que dominaban las mujeres mayores y blancas. Se trataba de un caso de robo a mano armada, algo habitual en Filadelfia, pero el acusado, Julio *Little Julie* Soto, un matón callejero de veintitrés años, le había propinado a la dependienta de la tienda de alimentación una paliza que la obligó a pasarse cinco días en un hospital. Aquel grado de violencia, en opinión de Kate, resultaba innecesario y evidenciaba que aquel tipo era peligroso. Kate no había aceptado negociar la condena. La comunidad, o sea, ella, pedía una condena mínima de veinte años.

No era de extrañar que el acusado hubiese optado por ejercer su derecho constitucional a un juicio con jurado. Aunque lo cierto es que eso tampoco iba a ayudarle. Kate tenía múltiples pruebas en su contra —desde testigos oculares y huellas dactilares hasta la cinta de la cámara de seguridad— y, a menos que se produjera un milagro, Soto iba a pasarse una larga temporada en la sombra.

—Buenos días —dijo el juez Moran con un tono agrio. Kate supuso que los lunes lluviosos le gustaban tan poco como a todos los demás. A la izquierda del estrado una rubia cincuentona y regordeta estaba sentada frente a su ordenador: era Sally Toner, la taquígrafa judicial. Sus dedos recorrieron el teclado para tomar nota del saludo del juez, como harían con todo lo que se dijese aquel día en la sala de vistas.

—Buenos días, señoría —respondieron a coro Kate y la parte contraria con alegría fingida. Las formalidades sincronizadas eran una habilidad que las facultades de derecho hacía mucho que habían olvidado, pero la mayoría de los abogados las aprendían sobre la marcha. Kate estaba convencida de que, con el tiempo, uno acababa dominándolas tanto como darle coba al juez.

El juez Moran asintió y se aposentó en su sillón de piel, depositando cuidadosamente su café sobre la mesa y aceptando el fajo de papeles que le entregaba el alguacil. Eso sirvió de señal para que todos los demás también se sentasen, cosa que Kate aprovechó para sacar disimuladamente un poco los pies de los zapatos. El alguacil se volvió hacia el público de la sala y, con su cantinela habitual, anunció que aquella mañana estaban allí reunidos por el caso de la Comunidad de Pensilvania contra Julio Juan Soto, bla, bla, bla, bla. Kate dejó de prestarle atención.

«En cuanto pueda, me pondré un par de tiritas en mis pobres talones.» Siempre llevaba alguna en el maletín.

De pronto recordó que se había puesto *panties*: lo de las tiritas requeriría un viaje al baño de señoras y, para ello, debería aguardar a que el juez concediera una pausa.

«Mierda.»

Kate se inclinó para coger las notas que había guardado en el maletín y aprovechó para mirarse discretamente en el espejito que llevaba sujeto en uno de los bolsillos interiores. La alivió comprobar que el poco maquillaje que llevaba había sobrevivido más o menos intacto al diluvio. Aunque, tal como se temía, le brillaba la nariz y se le estaba a punto de deshacer el moño. Se ajustó rápidamente las horquillas y le echó un último vistazo al espejo. Por lo demás, tenía buen aspecto. No era en modo alguno una chica de fábula, pero resultaba atractiva. Tenía la mandíbula angulosa y los pómulos altos, y sus ojos azules, de mirada inteligente, aportaban viveza a su rostro. Su boca era amplia y su nariz, tal vez demasiado larga. En su opinión era su peor rasgo, y que en aquel momento se reflejasen en ella todas las luces de la sala tampoco ayudaba. Se agachó con el pretexto de dejar el maletín en el suelo y, tras haberse secado la nariz con uno de los pañuelos de papel que extrajo del paquete que llevaba en el maletín, volvió a incorporarse justo cuando el alguacil terminaba su charla.

Kate se alegró al comprobar que la atención del juez Moran seguía centrada en los papeles que tenía delante. Bryan estaba sentado junto a ella y hacía garabatos en la libreta de hojas amarillas que había sacado de su propio maletín. Nominalmente, el caso era suyo, pero era Kate quien había realizado todos los preparativos y también quien iba a llevar la voz cantante. A menos que metiese la pata y la despidiesen, una vez acabado ese juicio podría llevar algún que otro caso sin la tutela de Bryan. Hacía sólo unos días que había recibido los resultados del examen de reválida de derecho: había aprobado con buena nota. No le faltaba más que hacer el juramento oficial para ser miembro de pleno derecho del colegio de abogados de Pensilvania y poder trabajar como fiscal sin la supervisión de nadie.

Ella, Kate White, ya era una letrada con todas las de la ley.

Al pensarlo sintió un escalofrío. ¿Quién lo habría dicho? Ninguno de sus antiguos conocidos, eso seguro. A veces ni siquiera ella acababa de creérselo.

—¿Señor Curry? —Moran había levantado por fin la vista de los papeles y, con el ceño fruncido, le preguntó a la defensa—: ¿Qué es esto?

Kate levantó la antena. El «señor Curry», Ed Curry, era el abogado de oficio y había sido la parte contraria en varios de los casos en que había trabajado Kate, los suficientes para saber cómo trabajaba. Era un hombre de unos cuarenta y tantos, delgado y de altura media. Tenía entradas, y ese día iba vestido con un traje gris bastante arrugado, una camisa blanca y una corbata azul marino. Curry no acostumbraba a dar sorpresas en los juicios. Directo y con poca imaginación, solía realizar para sus clientes una labor competente a juzgar por el escaso tiempo que podía dedicarles.

Curry se puso en pie.

—Señoría, pido disculpas, pero nuestro gabinete no dispuso de la información de este testigo hasta el viernes a última hora. Durante el fin de semana, hablé con este hombre en la cárcel y me pareció que era cre...

—¿Testigo? ¿Qué testigo?

Kate había vuelto a introducir rápidamente los pies en sus torturadores zapatos y se había levantado de golpe. La silla con ruedecillas en la que estaba sentada había salido disparada hacia atrás, pero Bryan consiguió cazarla al vuelo evitando que chocase contra el banquillo. El juez Moran le lanzó a Kate una mirada admonitoria. Curry se volvió hacia ella, pero enseguida volvió a concentrar su atención en el juez. Se le veía atípicamente turbado. «Y ya puede estarlo», pensó Kate. Sacar a un testigo sorpresa durante el primer día de un juicio era una de esas «101 cosas que no debe hacer un abogado» que incluso los novatos como ella sabían evitar. Kate se fijó unos instantes en el jurado y tuvo la sensación de que estaban interesados. «No vamos bien.» Se tratase de lo que se tratase, no quería que el jurado lo supiese antes que ella. Necesitaba información sobre lo ocurrido y tiempo para valorar la repercusión que podía tener en el caso, así como para encontrar el modo de neutralizar cualquier impacto negativo antes de que el jurado tuviera oportunidad de olerse de qué iba.

—Señoría, solicito permiso para acercarme al estrado.

—Permiso concedido. A usted también, señor Curry.

Kate extrajo algo de debajo de su mesa y avanzó hacia el estrado, olvidando lo mucho que le dolían los talones. El lenguaje corporal cuenta mucho en una sala de vistas, y a veces tienes que hacerle saber a la parte contraria que no vas a tragarte sus artimañas. De lo contrario, los que no tienen escrúpulos, y en la profesión legal los hay a montones, te dan alegremente una patada en el trasero.

Evitando mirarla mientras pensaba: «Ja, sabe que ha metido la pata», Curry también avanzó. En cuanto se encontraron ante el estrado, Kate saltó.

—Señoría, la parte contraria sabe perfectamente que es demasiado tarde para presentar a un nuevo testigo. El período de presentación de pruebas se cerró hace semanas y...

—Guárdese su discurso, señorita White —dijo el juez Moran levantando la mano para pedir silencio—. Le aseguro que sé muy bien cuál es el calendario.

Kate apretó los dientes, se cruzó de brazos y miró enfurecida al juez con la esperanza de ofrecerle al jurado una imagen de elocuente indignación. La conversación se llevaba a cabo en voz baja para que el jurado no pudiera oírla, pero Kate esperaba que al menos pudiesen leer claramente su lenguaje corporal: «El abogado trata de tomaros el pelo. No os dejéis embaucar.»

—Quizá no se haya dado usted cuenta, pero ha interrumpido usted al señor Curry —continuó Moran, y, mirando al abogado defensor, añadió—: señor Curry, imagino que estaba usted a punto de contarme por qué es la primera vez que oímos hablar de este testigo. Y le advierto que si descubro que ha ocultado deliberadamente información a la acusación...

Curry negó vigorosamente con la cabeza. También él conocía la fama que tenía Moran de expedir acusaciones de desacato como si fuesen multas de aparcamiento, y no estaba dispuesto a recibir una acusación de desacato y tener que esperar en la cárcel hasta que alguien pudiese sacarle del apuro. Eso significaba demasiado tiempo, dinero e irritación.

—Nada de eso, señoría. Como iba diciendo, el testigo se puso en contacto con nuestro gabinete el viernes. El testigo también está en prisión, y afirma que no supo del caso hasta entonces. Su testimonio es concluyente, y le da a mi cliente una coartada total. Puedo asegurarle que, de no ser así, no le habría hablado de él.

—Menuda gili... —Kate se contuvo justo a tiempo, se tragó el inevitable final mientras Moran se volvía para mirarla amenazadoramente, y sustituyó la palabra por otra más apta para un juez—. Menuda tontería, señoría. Las pruebas contra el acusado son abrumadoras, como bien sabe el señor Curry. Este testigo no puede proporcionar ninguna coartada creíble para su cliente porque tenemos testigos oculares, una cinta de vídeo de seguridad y pruebas forenses que sitúan al señor Soto en la escena. Su cliente —dijo dirigiéndole una dura mirada al abogado de oficio— es tan culpable como el demonio.

—Señorita White, soy consciente de que acaba usted de salir de la facultad y aún debe pulir ciertas cosas, pero, para futuras consultas, sepa que eso es algo que debe decidir el jurado —dijo Curry.

Cuando Moran se volvió hacia Kate, Curry le sonrió sarcásticamente.

—Es cierto —dijo Moran asintiendo gravemente antes de que Kate pudiese responder. De pronto comprendió por qué ese juez se había ganado el apodo: estaba claro que se dejaba embaucar como un tonto. También se dio cuenta de que Curry lo conocía mucho mejor que ella, y que utilizaba ese conocimiento a su favor. No importaba que su táctica estuviera descaradamente fuera de lugar. Lo único que importaba era que funcionase con ese juez. Ahora Moran la miraba con reprobación—. Recuerde, señorita White, que estamos aquí para averiguar la verdad, sea cual sea. No se puede desestimar a un testigo potencialmente exculpatorio simplemente porque su inclusión resulte inoportuna para la acusación.

Moran le dio a su sermón un tono paternalista, como el de un profesor que le recita la lección a su alumno, y la rabia de Kate aumentó todavía más. Se mordió los labios. De pronto se dio cuenta de la táctica de la defensa: Curry sabía que no podía ganar el juicio ese día, por lo que intentaba aplazarlo. Los aplazamientos son el mejor amigo de los abogados defensores. Cuando un juicio se retrasa, pueden pasar muchas cosas, y la mayoría suelen ser favorables a la defensa: los testigos pueden mudarse o morirse, las pruebas pueden perderse, la memoria de los testigos puede fallar. Los fiscales pueden cambiar de trabajo. Los jueces pueden jubilarse. E, incluso aunque no ocurra nada de eso, cada día que pasa el caso pierde prioridad. Hay tantos delitos y tantos delincuentes sueltos que un caso no juzgado en el momento oportuno puede perderse fácilmente entre el papeleo del sistema judicial.

Debbie Berman, la dependienta a la que el acusado había partido la mejilla y la cuenca del ojo, merecía algo más que eso. Debbie estaba en la sala de vistas dispuesta a testificar para que se hiciese justicia con su agresor. Había tenido que ausentarse una vez más de su trabajo, y nadie iba a pagarle esas horas. También se encontraba en la sala una clienta que estaba comprando en la tienda en el momento del atraco. Y también el hombre que había bajado del coche para llenar el depósito de gasolina justo en el momento en que

Soto huyó corriendo. Y también el policía que había analizado la cinta de vídeo. Y todo aquel que estaba relacionado con el caso. Todos se habían reunido aquel día en la sala de vistas gracias al concienzudo esfuerzo de Kate; todos la habían creído cuando les había dado su palabra de que presentarse y hacer lo correcto valdría la pena, de que esta vez uno de los malos recibiría su merecido. Kate lo había organizado todo, había reunido a todo el mundo, había puesto todos los puntos sobre las íes del expediente. Había preparado el juicio para que funcionase como un reloj: el caso llegaría al jurado al final del día, los miembros del jurado estarían probablemente menos de un día deliberando y, a última hora del día siguiente, o, a más tardar, el miércoles, llegaría el veredicto. Y le hallarían culpable.

«Culpable, culpable, culpable.» No le cabía duda de ello. Una sentencia firme, justicia con todas las letras de la palabra, un malo menos en las calles, y todo el mundo volvería feliz a casa.

Sólo que ahora Curry se estaba entrometiendo en el plan. No pudo evitar ponerle mala cara. Por suerte, la atención de Moran volvía a concentrarse en el abogado defensor.

—Señor Curry, ¿quiere darnos a la señorita White y a mí una idea rápida de quién es este testigo y qué es lo que está dispuesto a testificar para que pueda dictaminar su admisibilidad?

Curry volvió a mirar a Kate y ella descubrió un brillo de malicia en el fondo de sus ojos: Curry sabía que su testigo no diría más que mentiras. Sabía que no había modo de que nadie pudiese testificar verazmente que Soto no estaba en la escena del crimen, porque Soto estaba allí, había cometido el delito, y todas las pruebas lo demostraban. Kate miró al juez, que esperaba una respuesta con una expresión solemnemente afectada.

«¿No lo ve? ¿No ve que Curry sabe que todo esto es mentira? ¿No ve que le está engañando?»

Aparentemente, no lo veía.

—Mi testigo, y no quiero revelar su nombre en audiencia pública para protegerle, es un antiguo conocido del acusado y de su familia, y dice que el señor Soto tiene un primo que...

Las alegres y rítmicas notas de la canción *Don't Cha*, un éxito de Pussicat Dolls, sonaron de pronto desde algún lugar de la sala. El juez Moran se tensó, Curry se volvió con expresión de sorpresa y buscó con la mirada al responsable de esa interrupción, y Kate se quedó paralizada de terror.

Conocía muy bien al responsable de la interrupción: ése era su teléfono móvil. Se había olvidado de desconectarlo, otra de las cosas que nunca deben hacerse en un juzgado. Aquel tono de llamada mortificadoramente poco profesional no hacía más que empeorar las cosas. Ben y su amiga Samantha habían estado jugando con su móvil el día anterior, mientras acompañaban a Samantha a casa después de haberla invitado al McDonald's. Y ése había sido el tono de llamada que más les había gustado. Ése era el tono que habían dejado en el móvil. Ése era el tono que se había olvidado de volver a cambiar por su habitual timbre de llamada, mucho más profesional.

Kate siempre apagaba el móvil antes de entrar a un juicio. Siempre. Pero con las prisas, aquel día sencillamente se había olvidado de hacerlo.

—¿De quién es ese móvil? —preguntó el juez Moran irritado.

La expresión de aflicción que Kate vio en la cara de Bryan le dijo que aquel molesto sonido provenía de algún lugar de su mesa.

De su maletín, para ser exactos. Estaba apoyado contra la pata posterior de la mesa de abogados, en el suelo, junto a su silla. Aunque desde el estrado Kate no podía verlo, estaba convencida de que el maletín vibraba al ritmo de esa enérgica melodía.

Su teléfono volvió a sonar de nuevo, y ella se sintió empequeñecer.

—¡Quiero una respuesta! —bramó Moran.

Todo el mundo miraba a su alrededor, buscando al culpable. Los tres alguaciles apostados en la sala de vistas se miraron entre sí, y a continuación miraron al juez esperando una indicación sobre qué hacer. Conociendo a Moran, la cosa se iba a poner fea.

Kate afrontó la terrible realidad: no tenía escapatoria. Había que confesar.

—Es mío, señoría —dijo, esforzándose por mantener la cabeza alta mientras sentía que se hundía en el suelo. Y justo en ese momento, el móvil volvió a sonar.

«Si al menos el maldito trasto se apagase. Por favor, que se apague.»

—Lo siento mucho, yo...

—Apáguelo —tronó la voz de Moran. Su cara parecía un tomate que maduraba rápidamente—. Enseguida.

—Sí, señoría.

Avanzó hacia la mesa de abogados esforzándose por mantener cierta apariencia de calma profesional y teniendo la certeza de ser el blanco de todas las miradas. La cara de Bryan era la viva expresión de la consternación. Detrás de él, entre el público, Kate observó un mar de ojos abiertos de par en par que la seguían con la mirada. De no haber sido por la escandalosa melodía que volvía a emitir su maldito móvil, el silencio en la sala habría sido absoluto.

«Dios mío, no me lo puedo creer. Me he puesto en ridículo a mí misma, a Bryan y a toda la oficina del fiscal de distrito. Moran va a fregar el suelo conmigo. ¿Cómo he podido permitir que pasara esto?»

Éstos eran sólo algunos de los alegres pensamientos que retumbaban en la cabeza de Kate mientras, apretando los dientes, se agachaba detrás de la mesa de la acusación, abría los cierres de su maletín y metía la mano en el bolsillo lateral para coger su móvil.

Kate encontró el botón y apagó el timbre con un golpe rápido y feroz. Y entonces cayó en la cuenta: el número de teléfono que bailaba en la pequeña pantalla digital del móvil era el del colegio de Ben.

Aun así, durante el segundo siguiente tuvo una sensación de alivio. ¡Por fin reinaba el silencio!

Luego, sin embargo, fue presa de la angustia, que hizo estragos en sus ya destrozados nervios.

«Ben.»

Kate le había dejado a les siete y media, como hacía cada mañana para poder llegar puntual al trabajo. Ben formaba parte del grupo del desayuno, formado aproximadamente por la cuarta parte de una población escolar de doscientos menores de doce años, básicamente los niños cuyos padres entraban a trabajar a las ocho. Esperaban en la cafetería tomando zumo y cereales, y, hacia las ocho menos diez, les permitían ir a sus aulas para el inicio oficial del día escolar. Ben estaba en cuarto curso, pero era nuevo en esa escuela: a principios de verano, cuando la oficina del fiscal de distrito la había contratado, se habían mudado al barrio. Hasta ahora, Ben le había dicho que las cosas iban «bien», lo que en el idioma de Ben significaba que no quería hablar del tema. Y eso la preocupaba. Y no era ninguna sorpresa. Prácticamente todo lo que tenía que ver con la educación de Ben la preocupaba.

Kate tenía miedo de no estar haciendo las cosas bien.

Ahora la llamaban del colegio. De pronto se le hizo un nudo en el estómago.

¿Estaría enfermo? ¿Se habría hecho daño? ¿O sólo la llamaban por alguna cuestión de tipo administrativo? Sí, probablemente sólo era eso: algún impreso que se había olvidado de rellenar, un cheque que se había olvidado de enviar, algo por el estilo. Fuese lo que fuese, sin embargo, de momento no podía devolver la llamada. Lo mejor era esperar hasta poder sacar algo de tiempo en una pausa.

«Por favor, que Ben no esté enfermo ni se haya hecho daño», rezó mientras volvía a guardar su móvil ya silenciado en el maletín. Le dirigió a Bryan una mirada de disculpa y, horrorizada por lo que sabía que tendría que afrontar, se volvió a poner en pie.

¡Pam! ¡Pam! ¡Pam!

El sonido salió de la nada.

Por el rabillo del ojo, Kate captó la imagen borrosa de un movimiento repentino: la puerta metálica de color canela que daba al corredor de seguridad donde los presos esperaban en una serie de celdas de contención hasta que se requería su presencia en la sala se abrió de golpe. Mientras se volvía, hubo gritos entre el público.

«Eso han sido disparos», pensó mientras cundía el pánico en la sala de vistas.

Para su asombro, *Little Julie* Soto se puso en pie de un salto y corrió por detrás del extremo opuesto de la mesa de la defensa. A pesar de su enjuta constitución y de su metro sesenta y ocho de altura, transmitía una profunda sensación de amenaza. Avanzaba a zancadas, sus largos cabellos negros y su corbata roja acompañando sus movimientos, y en su cara chupada, una expresión de triunfo salvaje. De algún lugar había sacado una pistola; la llevaba en la mano.

Kate respiró hondo. El corazón le dio un vuelco.

«¡No!», quiso gritar. Pero su garganta no funcionó; sus labios no se movieron. Sólo lo gritó dentro de su cabeza.

—No me volverás a meter en la trena —exclamó Soto acompañado por una explosión de gritos frenéticos.

Kate siguió con mirada incrédula la trayectoria de Soto y vio que el juez Moran estaba en pie. Había levantado las manos, con las palmas hacia fuera, como para repeler la amenaza y tenía los ojos abiertos como platos. Los labios se le despegaron, como si estuviese a punto de hablar, o gritar, o algo. Pero Kate nunca supo qué quería decir, porque sólo tuvo tiempo para ver su cabeza saltando en pedazos: *¡bang!*

4

Kate experimentó el horror del asesinato del juez Moran como un puñetazo en el estómago. Jadeó. Los oídos le silbaban. Un sabor amargo llenó su boca.

«Esto no puede ser real.»

La pared que se extendía tras el estrado estaba salpicada de sangre y cerebro. El cuerpo del juez se desplomó en el suelo como una roca y una horripilante nube de niebla roja quedó suspendida unos segundos en el aire, justo donde había estado su cabeza. A Kate se le aflojaron las piernas y cayó arrodillada al otro lado de la mesa de la acusación, con los ojos abiertos como platos y el corazón desbocado. Se apretó fuerte la boca con los puños cerrados. Después ya no pudo moverse. No podía respirar. Se sintió súbitamente incorpórea, como si estuviese viendo lo que sucedía desde lejos.

«Por favor, por favor, que sea una pesadilla.»

Dos hombres, uno de ellos un preso, a juzgar por el mono naranja de manga corta que llevaba, irrumpieron en la sala. Procedían del corredor de seguridad e iban armados. Soto los miró por encima del hombro.

—¡Larguémonos! ¡Vamos!

¡Pam! ¡Pam!

Alguien disparó desde la zona de la tribuna del jurado. Uno de los alguaciles que devolvía el fuego, pensó Kate. Aunque lo cierto es que no alcanzó a ver quién disparaba porque seguía sin poder moverse. El pánico y la confusión se impusieron: en pocos segundos, la sala de vistas se convirtió en un terrorífico calidoscopio de color, sonido y movimiento.

Soto y los recién llegados corrieron agachados hacia la puerta principal de la sala mientras el del mono naranja le gritaba:

—Pero ¿qué coño acabas de hacer?

—Le he matado, ¿qué pasa? —gritó Soto como respuesta.

—¡Serás gilipollas!

—¡Vete a la mierda!

Siguieron insultándose mutuamente mientras corrían hacia la ventana sin despegarse del estrado. Avanzaban medio agachados tratando de esquivar las balas y disparando sus pistolas sin detenerse. Curry se echó al suelo ante el estrado, cubriéndose la cabeza con los brazos y una bala se incrustó en la caoba, a menos de medio metro de su cabeza. La taquígrafa judicial huyó chillando y con las manos en alto hacia la tribuna del jurado. El alguacil más cercano al estrado soltó un grito y cayó: le habían dado. Kate lo supo incluso antes de ver la sangre brotando de su cabeza. Los gritos de pánico, las carreras y los disparos —incluso después de tantos años, Kate reconocería esos estallidos agudos en cualquier parte— se mezclaban espantosamente, rebotando en las paredes, el suelo y el techo como una ráfaga de truenos, inundando la sala con un ruido ensordecedor y terrorífico. El olor a pólvora y a muerte estaba en todas partes.

La sangre que brotaba ahora de la cabeza del alguacil asesinado avanzaba hacia ella como un río escarlata.

El olor alcanzó su nariz.

«La sangre humana huele a carne cruda. Dios mío, siempre recordaré ese olor...»

Se le revolvió el estómago. Quería vomitar, pero no podía. Estaba paralizada. El *shock* —al menos podía reconocer que esa sensación de frío y de muerte era consecuencia del *shock*— le impedía moverse: sus piernas dobladas estaban pegadas al duro terrazo.

«Sangre, tanta sangre... Sangre por todas partes... Salpicaduras rojas en las paredes, charcos rojos en el suelo, rojo emanando a raudales de la carne destrozada...»

El tiempo parecía arrastrarse con una lentitud imposible. El estómago se le revolvió. Sentía asco y el corazón le palpitaba con fuerza. Estaba helada de terror: la pesadilla se extendía a su alrededor y ella no podía hacer nada.

—¿Dónde están? —gritó el tipo del mono naranja con fuerza suficiente para superar el sonido ensordecedor de las balas.

—¿Y yo qué coño sé? —respondió Soto.

—¡Salgan, salgan, salgan! —exclamó algún inocente entre el tumulto instando a los demás a huir de allí.

—¡Mamá! ¿Dónde estás? —repetía con desesperación la voz de un niño entre el público.

—Dios mío, ayúdame. Virgen Santa, ayúdame... —lloriqueó cerca una mujer.

Éstas y otras voces incorpóreas llegaban a sus oídos a través de los gritos espeluznantes de decenas de personas que trataban de escapar de lo que en cuestión de segundos se había convertido en un matadero. Si hubiese podido moverse, se habría tapado los oídos con las manos, pero sus músculos, pesados como el plomo, se negaban obstinadamente a obedecer a las señales de su cerebro. Su respiración se había convertido en un jadeo y tenía el pulso acelerado. Un sudor frío le empapaba la espalda. Sabía que si quería salir de allí con vida tendría que moverse, correr, esconderse, pero no lo hacía. No podía. Por segunda vez en su vida, estaba paralizada por el miedo. Sólo sus ojos se movían.

«Dios mío, ¿cuántos muertos ha habido?»

Los alguaciles y los presos seguían intercambiando disparos mientras algunas de las personas del público se acurrucaban en el suelo tratando de protegerse de las balas. Otros saltaban tras los bancos o se abalanzaban por el pasillo central, agazapados, empujándose y golpeándose entre sí con la esperanza de escapar por la puerta doble por la que Bryan y Kate habían entrado a toda prisa hacía sólo unos instantes. Uno de los hombres que trataban de escapar fue alcanzado en la espalda y se desplomó, derribando en su caída a los dos hombres que tenía delante. La gente que corría por el pasillo detrás de ellos saltó sobre los cuerpos que había extendidos en el suelo. En la tribuna del jurado, algunos se habían puesto en pie y corrían en estampida como ganado enloquecido hacia la puerta de la sala. Los demás se habían escondido: estaban agachados tras la pared de la tribuna, estorbando a sus compañeros.

Las balas silbaban por todas partes.

Uno de los alguaciles se pegó a la pared izquierda de la sala y empezó a disparar contra el trío de delincuentes, ahora refugiados tras el estrado. Pero pronto una ráfaga de fuego lo dejó seco. El sonido de los disparos asaltaba los oídos de Kate, que gritaba junto con los demás aunque, nuevamente, su voz se oía sólo dentro de su cabeza.

—¡Kate, por el amor de Dios, escóndete aquí debajo!

La exhortación urgente venía de cerca. Algo cálido y ligeramente húmedo la agarró de la pierna. Kate soltó un chillido, pegó un salto, y engulló un buen trago de aire: la realidad la golpeó de pronto, como si alguien le hubiera echado un cubo de agua gélida en la cara.

«Podría morir aquí, pero no puedo. ¿Qué sería de Ben?»

El rostro de su amado hijo ocupó su mente y el pánico pellizcó sus entrañas. El instinto de supervivencia hizo entonces su aparición. Reconoció los dedos regordetes que se deslizaban por su tobillo, y vio a Bryan agazapado bajo la dudosa protección de la mesa de los letrados, en cuclillas, respirando hondo y cubierto de sudor. Cuando sus miradas se cruzaron, Kate percibió el miedo en sus ojos.

«Dios mío, han matado al juez Moran. Y probablemente nosotros, los fiscales, seamos los siguientes de la lista.»

El tiempo retomó su feroz ritmo normal. Kate se dio entonces la vuelta y gateó veloz hacia Bryan. Su corazón latía como el de un corredor de maratón. Tenía las palmas de las manos tan sudadas que le resbalaban ligeramente sobre el suelo de terrazo. A pesar de la fragilidad de la delgada tabla de caoba de la mesa, se sintió más segura en cuanto consiguió meterse allí debajo. Apretujándose junto a la robusta calidez de Bryan, se esforzó por mirar bajo el ala de la mesa, tratando desesperadamente de averiguar dónde estaban los tiradores. No pudo ver demasiado: maletines, paraguas y papeles que habían caído al suelo desde la mesa de abogados, parte de la pared de la tribuna del jurado, la mitad inferior del banco del juez, el podio, el estrado, el puesto de la taquígrafa judicial, la zona de detrás de la mesa de la defensa y todos los oscuros paneles que había alrededor. Las únicas personas que podía ver desde aquel ángulo eran el alguacil que yacía muerto en el suelo y Curry, que gateaba rápidamente al estilo comando hacia la mesa de la defensa, tras la que se levantaba la barrera que separaba al jurado del público.

—La cosa pinta muy mal —le dijo Bryan al oído con voz temblorosa.

—Tenemos que salir de aquí.

El terror le atenazaba la garganta y le costaba articular las palabras. Aquella pequeña cueva oscura parecía segura, pero ella estaba absolutamente convencida de que no lo era. Por el bien de Ben, tenía que sobrevivir.

¿Qué haría él sin ella? Su padre había muerto y Kate no tenía familia. Estaría totalmente solo. Al pensarlo se estremeció de miedo.

—¿Seguro que ese cabrón está ahí afuera? —chilló Mono Naranja—. ¿Tú le ves?

—Con esta puta lluvia no se ve nada.

—Tenemos que arriesgarnos. Hay que largarse.

A juzgar por la claridad con que había oído sus gritos, no cabía duda de que dos de los tres estaban terriblemente cerca. Volvieron a disparar y Kate tuvo la sensación de que sus pistolas se encontraban justo encima de su cabeza. Seguía sin poder verles, y eso no ayudaba a aliviar el pánico que la embargaba. La idea de que en cualquier momento podían acordarse de Bryan y de ella la estremeció.

«Por favor, Dios mío, que no haya llegado aún mi hora.»

Respiraba tan rápidamente que temió que pudiese hiperventilar. El pulso se le aceleró. Su corazón palpitaba. De pronto se oyó un fuerte estrépito en las inmediaciones del estrado. Kate se encogió. Trató de averiguar qué había ocurrido, pero no consiguió ver nada. De lo único de lo que estaba segura era de que Bryan y ella estaban en peligro de muerte. Sabedora de que la mesa de abogados sólo ofrecía una protección ilusoria, buscó desesperadamente la mejor escapatoria. La presencia del parapeto que separaba el estrado del público, diseñado para mantener a los protagonistas de los juicios a una distancia prudencial de los asientos del público, se había convertido ahora en un inconveniente: estaba a poco menos de un metro detrás de ellos y les impedía escaparse con facilidad. Tal como lo veía, tenían tres opciones: arrojarse al otro lado del parapeto para saltar después por encima de los bancos de la sala, correr hacia la puertecita batiente que conducía al pasillo central e intentar unirse al resto de la multitud hacia la salida, o simplemente quedarse donde estaban. Las dos primeras opciones les exponían a las balas que seguían volando por doquier, y, si los malos les veían —como sin duda ocurriría—, les dispararían como a conejos. La tercera opción parecía más segura, aunque quedándose ahí debajo también se exponían a ser alcanzados por una bala perdida, o a que los pistoleros los descubrieran en cualquier momento.

Y, si eso ocurría, no cabía duda de que esos delincuentes, a juzgar por lo que le habían hecho al juez Moran, los matarían sin dudarlo.

Al pensar que estaba atrapada y a merced de los presos, se le puso la piel de gallina.

—Tenemos que huir como sea —le susurró a Bryan, que buscaba a su alrededor tan desesperadamente como ella.

Bryan asintió.

Antes de que pudiesen siquiera plantearse un movimiento, el único alguacil que quedaba —el que, al comenzar el juicio, se encontraba más cerca de la tribuna del jurado— entró en escena. Era un hombre de pelo castaño y de mediana edad. Empezaba a tener barriga y las canas ya se habían adueñado de sus sienes. Salió corriendo desde detrás de la pared de la tribuna del jurado con el *walkie-talkie* en la mano. «¡Ha caído un alguacil! ¡Ha caído un alguacil!», gritaba mientras disparaba sin descanso para cubrirse. Segundos después de que Kate le viese, una bala le alcanzó en la espalda. El *walkie-talkie* salió despedido por los aires mientras él caía hacia delante. Se quedó extendido en el suelo a pocos metros de Kate y Bryan. Kate observó con horror sus ojos pestañeantes, y el círculo carmesí que floreció como una rosa en la parte posterior de su camisa azul marino. El hombre, sin embargo, no estaba muerto; al menos no todavía: tras impactar en el suelo, Kate observó que su mano se había movido, cerrándose en un puño.

A Kate le dio un vuelco el corazón.

«Necesita ayuda...»

Pero ella no podía hacer nada. No podía acercarse a él sin exponerse a un fuego potencialmente mortal.

—Aguante —le dijo con los labios al alguacil. El hombre había dejado de pestañear y la miraba tan fijamente que Kate se temió lo peor. Estaba casi segura de que él no podía verla.

Mientras Kate seguía mirando horrorizada al alguacil, dos cosas sucedieron casi simultáneamente. Primero, se oyó una ráfaga de disparos y el estruendo de cristales rompiéndose: Kate supuso que acababan de dispararle a la ventana que tenían más cerca. Los cristales cayeron ruidosamente contra el suelo y se rompieron en mil pedazos despidiendo ante sus ojos una nube de polvo brillante. Segundo, desde el extremo contrario de la sala, donde se encontraba la puerta que daba al pasillo, alguien consiguió hacerse oír por encima de todo aquel caos.

—¡Policía! ¡Quietos! ¡Agáchense, agáchense! —gritó.

«Gracias, Dios mío, estamos salvados...»

—¡Mierda! —exclamó uno de los malos acompañado por otra ráfaga de disparos y un crescendo de gritos que evidenciaba que la sala de vistas seguía llena de gente.

—¡Hay todo un ejército de cerdos ahí afuera! —chilló Mono Naranja demasiado cerca para el gusto de Kate.

—¡Yo voy a por todas! —gritó histéricamente una voz aguda.

—¡Little Julie, no!

Si hubo una respuesta, Kate no la oyó, tal vez porque quedó ahogada por otro potente «¡He dicho que quietos!» seguido de una ensordecedora ráfaga de disparos. Las balas silbaban en el aire, demasiado cerca de los oídos de Kate. Una se incrustó en uno de los laterales de la tribuna del jurado, a pocos metros de ella. Otra levantó un pedazo del suelo, justo detrás de su maletín. Bryan y ella se cubrieron instintivamente la cabeza, encogiéndose al máximo. Estaban tan apretados que se hacía difícil decir dónde terminaba el cuerpo de uno y empezaba el del otro. Kate estaba casi segura de que la mayoría de los disparos procedían ahora del exterior del edificio. Y entonces se oyó un grito ahogado y Kate sintió que un escalofrío le recorría la espalda.

—Creo que tienen el edificio rodeado —susurró Bryan—. Creo que ese tipo ha saltado por la ventana y le han disparado.

Ambos estaban temblando. A Bryan le castañeteaban los dientes, y casi no podía articular palabra.

—Ojalá saltasen todos.

Una bala rozó la pata de la mesa, a pocos centímetros de Kate, y varias astillas saltaron junto a ella. Jadeando, y con la mirada fija en la pata dañada, se apartó violentamente, apretándose aún más contra Bryan.

—Que Dios nos proteja —murmuró Bryan desesperado. Kate le miró: tenía los ojos cerrados y se cubría la cabeza con ambos brazos.

Oyeron unos pasos a pocos metros. Kate abrió los ojos de par en par y estiró instintivamente la cabeza con la esperanza de descubrir quién se acercaba. La boca se le había secado. Podía oír los pasos, pero no veía a quién pertenecían. Descubrió que estar ciega era algo terrorífico.

Aunque no tanto como lo que adivinó un instante después: los pasos tenían que pertenecer a los pistoleros, porque no había nadie más en pie en el estrado.

Examinaba lo poco que podía ver desde debajo de la mesa con el corazón desbocado. El miedo le provocaba calambres en el estómago. Su mirada revoloteaba desesperadamente a su alrededor, pero no descubría nada nuevo a la vista. Se encogió tanto como pudo y, mientras trataba desesperadamente de fijar su mirada en todas partes, se dio cuenta de que la calidad del aire que respiraba había cambiado: era más fresco y olía a lluvia. Al parecer no se había equivocado al suponer que ese disparo había roto la ventana que había casi directamente delante de la mesa de la acusación. Aparentemente, los presos habían planeado saltar, pero la presencia de la policía en el exterior los había disuadido, a todos menos a Soto —al menos—. Kate oyó el torrente de agua del aguacero y sirenas, muchas sirenas, como si todo el Departamento de Policía de Filadelfia estuviese convergiendo en el Centro de Justicia.

«Si puedo sobrevivir un poco más, todo habrá terminado.»

—¡Soltad las armas, vamos! —gritó un agente de policía desde el interior de la sala de vistas. Instintivamente, Kate y Bryan se acurrucaron aún más, apretándose uno junto a otro y manteniendo la cabeza gacha. Ambos se estremecieron cuando las pistolas volvieron a tronar y los gritos llenaron el aire. Con la llegada de la caballería y las balas volando por encima de sus cabezas, les pareció de pronto que tratar de salir de allí era lo más estúpido que podían hacer.

«Por favor, por favor, que salgamos de aquí con vida...»

Volvieron a oírse pasos y Kate se estremeció de nuevo. Angustiada, examinó con la mirada hasta donde alcanzaba a ver. Lo único que distinguía era la tercera parte inferior de la sala vacía y los dos alguaciles muertos. Ahora ya estaba segura de que el segundo también había fallecido: tenía los ojos vidriosos y el puño se había aflojado. Entonces, súbitamente, el panorama cambió. Un par de zapatillas deportivas negras entraron en escena. A Kate le dio un vuelco el corazón: Mono Naranja se agachó como una rana malevolente delante de la mesa de la acusación. Llevaba una gran pistola negra en la mano. Hacía tan poco que la había disparado que Kate sintió el olor a cordita caliente. Ese tipo, como Soto, parecía hispano y debía de tener unos veintitantos, un pandillero. Tenía la cara redonda, bien afeitada, y sus mofletes rellenos y el hoyuelo de la barbilla le daban un aspecto casi infantil. Estaba sudando y no dejaba de jadear. Miraba por encima de la mesa —justo por encima de la cabeza de Kate— probablemente al policía o a los policías que había al otro extremo de la sala. Tenía los ojos pequeños, duros y crueles.

Y entonces bajó la vista y sus miradas se cruzaron.

—¡Suelta el arma! —rugió un policía desde la zona del público.

A Kate le retumbaban las sienes y el grito del policía le pareció sofocado, como si procediese de algún lugar a varios kilómetros de distancia.

Mono Naranja no dio muestras de haber oído nada. Ni siquiera parpadeó. Simplemente siguió clavando su mirada en Kate. Kate pensó que probablemente tenía ante sí al rostro de su propia muerte y se le heló la sangre.

Dejó de respirar.

«Por favor, por favor, por favor, no dejes que me dispare.»

—¡Suelta el arma! —gritó el policía.

Y entonces Kate cayó en la cuenta: el policía había dicho «arma» y no «armas», como hacía unos instantes. ¿Significaba eso que sólo les quedaba un arma por neutralizar? ¿La que sujetaba Mono Naranja justo delante de sus narices?

—Vamos —dijo Mono Naranja cogiéndola por el brazo, clavándole bruscamente los dedos en la carne. Le apuntó la pistola a la cara y la arrastró hacia él. Kate no se resistió: no le cabía la más mínima duda de que le dispararía si lo hacía. Sus rodillas se magullaron con el duro suelo. Su mano sudorosa no dejaba de resbalar mientras gateaba torpemente para salir de debajo de la mesa. Se quedó mirando la pequeña boca redonda de la pistola y recordó la cabeza del juez Moran explotando: eso era lo que le pasaría a ella si apretaba el gatillo.

«No, no, no.»

Pero no podía hacer nada por salvarse. Bryan no intentó ayudarla. Al contrario, se encogió hacia el otro lado. Pero no podía culparle por ello: estaba perfectamente claro que le habría matado de un tiro si se hubiese entrometido.

—Por favor, tengo un niño pequeño —dijo Kate mientras su rodilla chocaba con la pierna de Mono Naranja. Kate trató de sostenerle la mirada, trató de despertar en él la sombra de algún sentimiento humano, pero Mono Naranja se limitó a mirar por encima de la mesa, presumiblemente a los policías (Kate deseó que fuera en plural) del otro extremo de la sala. Su corazón latía como un martillo neumático. Estaba tan asustada que sintió náuseas.

—Cállate, joder.

Mono Naranja la obligó a darse la vuelta para que ambos mirasen en la misma dirección y, rodeándole el cuello con el brazo, como si estuviese a punto de ahogarla, le dijo:

—Ahora nos levantaremos. Los dos juntos.

La boca fría y dura de la pistola se le clavaba en la mejilla y Kate se sintió desvanecer. Las rodillas le temblaban y amenazaban con ceder, pero Mono Naranja la obligó a levantarse de todos modos. Pegado a su espalda, Mono Naranja la sujetó por el cuello con el brazo, sorprendentemente musculoso: no tenía ninguna posibilidad de escapar. Mono parecía caliente, sudoroso y repugnante. Sólo era un poco más alto que ella, aunque más achaparrado y mucho más fuerte. Apestaba a sudor y colonia barata. Kate sintió su mejilla húmeda y pegajosa pegada a su oreja y le oyó respirar dificultosamente.

Sintió ganas de vomitar.

—¡La mataré! —gritó, constriñéndola contra su cuerpo mientras se levantaban con lentitud. Con el brazo la obligó a levantar la barbilla. La pistola se hundió en su mejilla—. ¡Atrás o le vuelo los sesos aquí mismo!

—¡Alto el fuego! —gritó un hombre desde el otro extremo de la sala.

Kate imaginó que debía de ser un policía, pero tenía la cabeza demasiado inclinada y no consiguió verlo. El hombre advirtió entonces a los policías:

—¡No disparéis!

Mono Naranja cambió de postura y Kate pudo bajar ligeramente la barbilla. Erguida en toda su altura, Kate se encontró ante una sala de vistas en la que todos los ocupantes civiles que quedaban, tal vez unos diez, estaban hechos un ovillo, escondidos entre los bancos del público, y sólo unos pocos se atrevieron a alzar la vista para mirarla. Un montón de alguaciles y policías armados permanecían inmóviles en sus puestos, en el fondo de la sala, y otros asomaban por las puertas abiertas que daban al vestíbulo. Los de dentro estaban agachados, algunos escondidos detrás de los bancos del público y otros al descubierto, en el pasillo central. Un par de ellos llevaban material de protección; el resto, no. Todos iban armados y todas las armas la apuntaban a ella. Nadie se movía. El policía de pelo negro y piel de color aceituna que estaba al mando vestía de paisano: llevaba una chaqueta azul marino, una camisa blanca y una corbata roja empapadas por la lluvia. Era esbelto y tenía los hombros anchos. Era un hombre de unos treinta y tantos y, a juzgar por lo que evidenciaba la camisa húmeda que se le pegaba al cuerpo, era lo bastante apuesto como para haber merecido una mirada más detenida en circunstancias más favorables. Estaba en el pasillo, a la cabeza del grupo, con una rodilla en el suelo, y sujetando la pistola con ambas manos. Como los demás, también él apuntaba directamente a Kate.

«No, a mí no», se dijo Kate, tratando de ralentizar su acelerado corazón. Como las de los demás, su pistola también apuntaba al hombre que la estaba utilizando como escudo humano.

Lo que ocurría es que ella estaba en medio.

La mirada de Kate se encontró con la del policía. Sus ojos oscuros parecían casi ónices bajo la austera luz de la sala. Tenía una expresión calmada y tranquilizadora. El policía le sostuvo la mirada durante un brevísimo instante y rápidamente centró su atención en el hombre que la sujetaba. No demostraba la más mínima agitación.

—Suéltala —dijo el policía con voz calmada. La pistola no le temblaba en absoluto. Kate supo que había vuelto a respirar, porque cuando Mono Naranja le apretó el cuello con el brazo, se quedó sin aire. Jadeando, se asió al peludo antebrazo con ambas manos, sin osar clavarle las uñas o arañarle por temor a que le disparara. Su corazón tronó. Se le hizo un nudo en el estómago. Sus ojos aterrorizados no se apartaron de la cara del policía.

Él no volvió a mirarla. Toda su atención estaba puesta en el hombre que la tenía prisionera.

—Sí, claro —rio burlonamente Mono Naranja arrastrándola hacia la derecha, hacia las puertas de las cámaras y del corredor de seguridad. Kate tropezó en sus zapatos imposibles y Mono Naranja la puso dolorosamente en pie de un tirón. Ahora, sin embargo, podía respirar de nuevo—. ¿Te crees que soy tonto del culo? ¿Crees que no sé que me enfrentaría a la pena de muerte?

Mono Naranja dudó unos segundos. Kate notó que su pecho subía y bajaba rápidamente contra su espalda.

—Quiero un helicóptero delante del edificio en quince minutos. Si no, la mato.

—Si la matas, te mataremos —dijo el policía. Su tono de voz era el equivalente verbal a encogerse de hombros. En su cara, delgada y oscura, no se adivinaba un atisbo de expresión. No apartó ni un solo segundo la mirada del captor de Kate y fue siguiendo sus movimientos con la pistola.

—Sin el helicóptero, me matarán de todos modos.

—Pero no hoy.

—¡A la mierda! Quiero ese helicóptero, ¿me oyes? O la mato.

Alcanzaron la puerta que conducía al corredor de seguridad.

—Abre la puerta —le dijo Mono Naranja al oído. Como Kate no obedeció de inmediato, le apretó la boca de la pistola contra la mejilla, levantándole la piel. Fue un dolor rápido y agudo. Kate soltó un pequeño grito sofocado y estiró el brazo hacia el pomo. Lo vio por el rabillo del ojo. Era plateado, brillante y, cuando cerró la mano sobre él, resbaló bajo su palma humedecida por el sudor.

«No gires el pomo. Trata de ganar tiempo...»

—Escucha... —dijo tratando de articular sus labios secos. Sabía que el intento sería inútil, pero aún así prosiguió—: Tal vez podríamos negociar un trato...

—¡Abre la puta puerta! ¡Vamos!

—¡Ay!

La pistola se volvió a clavar en su mejilla, oprimiéndola dolorosamente. Esta vez sintió que se le rasgaba la piel. Un hilito caliente corrió por su mejilla. El escozor de la herida era una nimiedad comparado con el terror que inundaba sus venas: se rindió. La tensión del cuerpo de Mono Naranja, su respiración rápida y áspera, lo sudoroso que estaba, todo indicaba que era presa de la desesperación. Kate estaba convencida de que si le presionaba, la mataría. Se movió lentamente e hizo girar el pomo a pesar de su piel sudorosa.

Centímetro a centímetro, empezó a abrir la pesada puerta metálica.

—Si la sueltas, tendrás años para estudiar el modo de librarte de la pena de muerte —dijo el policía en tono aún coloquial, como quien habla del tiempo. Kate le miró con ojos suplicantes, pero él ni siquiera parpadeó.

Kate no quería ni pensar lo que podría ocurrirle si cruzaba esa puerta con Mono Naranja.

«Oh, Ben. Mamá te quiere, Ben.»

Tal vez no volvería a ver a su hijo, pensó, y no pudo contener las lágrimas.

—Para un tipo listo como tú eso sería pan comido —continuó el policía—. Ya sabes cómo funciona el sistema. Por el contrario, si la matas, te garantizo que no llegarás a mañana.

—No me vengas con gilipolleces —dijo Mono Naranja empujando la puerta con el pie. Luego entró de espaldas en el corredor de seguridad, empujando a Kate tras él—. No voy a morder el anzuelo, amigo. Ni de coña. Tienes quince minutos para conseguirme ese helicóptero.

5

La puerta chasqueó ante los ojos de Kate. El corazón le dio un vuelco y un escalofrío le recorrió la espalda: ahora estaba sola con Mono Naranja en la zona de seguridad. Tal vez quedaba allí alguien más, pero lo cierto es que el pasillo reinaba un silencio inquietante. Lo único que se oía era el zumbido del sistema de ventilación, como si fuese el aparato de reanimación de un paciente críticamente enfermo. En la pared, justo encima de la puerta, había una cámara de seguridad, o, más bien dicho, los restos de una cámara de seguridad que había quedado hecha pedazos tras recibir varios tiros. Ahí dentro olía a cerrado, como en el interior de la cabina de un avión. Sólo los presos y los alguaciles tenían acceso a esa zona, y Kate dudaba muchísimo que hubiese allí ningún alguacil, al menos ninguno que siguiese con vida.

—Cierra el pestillo —ordenó Mono Naranja.

Kate bajó la mirada y vio que había un pasador debajo del pomo. Estaba claro que Mono Naranja ni deseaba ni tampoco esperaba que nadie se les uniese, de modo que la sospecha de Kate quedaba confirmada: sus dos compañeros estaban muertos, heridos, o habían conseguido darse a la fuga. Kate, consciente de que se estaba alejando de su última esperanza de rescate, le obedeció. El pestillo chasqueó. La lisa puerta metálica era a prueba de balas, eso lo sabía. Y, al parecer, estaba insonorizada. Tal vez en la sala de vistas se estaba preparando algo —en particular la organización urgente de un intento de rescate—, pero lo cierto es que ella no podía oírlo.

—Buena fiscal...

Al oír el tono venenoso con que pronunció la palabra «fiscal», Kate estuvo aún más segura de que su suerte estaba echada. Pasase lo que pasase, iba a matarla.

A menos que sucediese un milagro, o se le ocurriese de pronto alguna manera de salvarse.

En los quince minutos siguientes.

Aunque no había que perder la calma.

—¿Llevas reloj? —le preguntó. Y, sin esperar una respuesta, añadió—: ¿Qué hora es?

Kate se miró el reloj que llevaba en la muñeca. Vio que eran las nueve y dieciséis minutos, y así se lo dijo.

—Tienes hasta las nueve y treinta y uno. Andando.

Mono Naranja la empujó hacia delante, asiéndola por el cuello de la chaqueta, y le clavó con fuerza la pistola contra el espinazo, justo por encima de los riñones. Kate hizo una mueca de dolor, pero no se atrevió a protestar. Los zapatos se le clavaban en los talones, pero, comparada con la gravedad de la situación, esa incomodidad era tan nimia que apenas la notaba. Kate sudaba y tiritaba al mismo tiempo, mientras el corazón le golpeaba el pecho y su cerebro discurría a toda prisa.

«No pierdas la calma. Piensa. Tiene que haber una salida para esta situación.»

El corredor formaba parte de un laberinto de pasillos interconectados que procedían de la gran zona de detención de presos del subsótano. Estaban diseñados para mantener al público separado de los presos, en un espacio que inevitablemente debían compartir. Construidos por razones de seguridad, permitían que los alguaciles trasladasen a los presos por el Centro de Justicia fuera de la vista del público. En caso de emergencia, cada tramo quedaba aislado de los demás pasillos mediante puertas a prueba de balas. Las salvaguardas diseñadas para proteger al público de los presos se volvían en su contra, pensó Kate. Por lo que sabía de ellos, y por lo que podía ver ahora, los pasillos eran casi inexpugnables.

El pasillo por el que avanzaban era estrecho y estaba iluminado por luces fluorescentes empotradas en el techo y protegidas por paneles translúcidos que proyectaban deprimentes sombras grisáceas. El suelo era de cemento liso. En la pared de la derecha, dos puertas metálicas con pequeñas rejas recubiertas de cristal abrían la pared de la derecha hacia las celdas de detención. La pared izquierda era una extensión lisa y continua de pintura gris. Un teléfono negro colgaba en la pared estrecha del fondo del pasillo. Bajo el teléfono, había apoyada una silla metálica plegable en la que los alguaciles debían de esperar sentados a los presos a los que tuviesen que escoltar y, junto a la silla, se abría otra puerta metálica. Esa puerta era idéntica a la que llevaba a la sala de vistas, y conducía a otro pasillo, un mundo sin fin. La puerta estaba cerrada y, a juzgar por la falta de interés que demostró tener Mono Naranja, Kate supuso que debía de estar bloqueada desde el exterior. En resumen, los corredores de seguridad constituían una prisión oculta en las áreas del Centro de Justicia que se habían diseñado para impresionar al público. Para rescatarla de ese corredor por la fuerza, pensó Kate, los policías tendrían que hacer un esfuerzo hercúleo y su captor dispondría de tiempo de sobra para matarla.

De repente, se le ocurrió que las puertas de las celdas debían de ser también a prueba de balas: un rayo de esperanza... Si de algún modo conseguía escapar de Mono Naranja, tal vez podría meterse a toda prisa en una celda de detención y encerrarse dentro...

—Valdrá más que estés rezando por ese helicóptero —dijo, clavándole la pistola en el espinazo.

«Ah, sí. —Kate respiró hondo para tranquilizarse—. Pongamos que me doy la vuelta, logró desequilibrarle, luego me meto corriendo en la celda más próxima y cierro la puerta de un portazo...»

—Tal vez un helicóptero no sea la única opción. Tal vez podríamos pensar en otra cosa, como una petición de clemencia —dijo orgullosa de lo segura que sonaba su voz. Su cerebro seguía elucubrando a toda prisa, considerando los pros y contras de su plan de escapada todavía no del todo listo. Había tanto silencio en el corredor que el taconeo de sus zapatos era claramente audible. Su voz parecía tener eco—. Por ejemplo, si me dejas salir de aquí con vida, te garantizo que conseguiré que no te condenen a muerte.

—No me vengas con ésas. No me puedes garantizar una mierda —dijo agarrando a Kate por el cuello de la chaqueta y clavándole con fuerza la pistola en el espinazo. Kate curvó la espalda en un intento reflejo de evitar el dolor y dejó escapar un gemido—. Y si no cierras el pico para que pueda pensar, te mataré aquí mismo.

«Vale. Respira hondo.»

Hasta aquí el intento de convencerle para que la liberase. Continuó avanzando con el corazón palpitante. Kate trató de asumir la realidad de su situación: si aquel desgraciado no conseguía el helicóptero que pedía (y, a juzgar por como solían funcionar esos asuntos, no lo conseguiría) o si no ocurría alguno que le permitiese escapar, se podía considerar fiambre.

Tras la matanza de la sala de vistas, Mono sabía perfectamente que no tenía nada que perder. Probablemente ya se enfrentaba a seis penas de muerte. Un cadáver más no variaría en lo más mínimo su destino.

Y era evidente que no le caían bien los fiscales.

«Por favor, Dios mío, no dejes que me mate.»

De pronto, el rostro de Ben volvió a ocupar sus pensamientos. La idea de lo destrozado que quedaría su hijo si a ella le pasaba algo le hizo sentir nuevamente el cálido escozor de lágrimas que humedecían sus ojos.

«Échale huevos», se dijo a sí misma con decisión. Era una expresión de Ben, y, cuando se dio cuenta, la tuerca que apretaba su corazón dio una pequeña vuelta más. Pestañeando rápidamente para impedir que se derramasen las lágrimas que asomaban en sus ojos, se obligó a quitarse a Ben de la cabeza. Para tener alguna esperanza de sobrevivir, iba a tener que mantener la cabeza clara y centrada en el presente.

«Haz como Winnie the Pooh y piensa, piensa, piensa.»

Cuando ya casi habían alcanzado la primera celda, el pomo de la puerta rechinó. Kate se volvió sobresaltada y vio una cara aplastada contra la ventanilla de la puerta. Era un hombre de piel muy bronceada y tenía la cabeza rasurada y brillante, y el rostro ligeramente distorsionado por el cristal. Estaba claro que los miraba a ellos y que trataba sin éxito de abrir la puerta.

—¡Joder! —exclamó Mono Naranja al parecer enfadado y, mirando a Kate, añadió—: ¡Abre la puerta!

Kate obedeció. Había pestillos en las puertas de cada celda, pero el cierre estaba por fuera. Por supuesto. Los presos tenían que quedar encerrados. Lo más seguro era que no hubiese pestillos por dentro.

Se le hizo un nudo en el estómago al darse cuenta de lo cerca que había estado de cometer un error fatal.

Mientras notaba con cierta confusión que el pestillo no parecía estar cerrado, la puerta se abrió de golpe y el preso de la cabeza rasurada apareció ante sus ojos. Era un poco más alto que Mono Naranja, tal vez metro ochenta o así, y tenía las espaldas extraordinariamente anchas y musculosas, cosa que indicaba que era aficionado a los esteroides y que había tenido mucho tiempo para hacer ejercicio, probablemente en prisión. El mono naranja le quedaba algo ajustado en la zona de los hombros y los brazos. Sus bíceps sobresalían. Tenía el cuello grueso como el de un toro, los ojos marrones y más bien pequeños, y las cejas espesas; su nariz era carnosa y triangular y su boca, de labios estrechos, estaba enmarcada entre un bigote bien recortado y una perilla.

Llevaba en la mano una gran pistola negra.

—¿Qué cojones te ha pasado? ¿Y dónde está Newton? —rugió su captor, pegándola a la pared mientras hablaba. La puerta se fue cerrando junto a su nariz y Kate tuvo tiempo de vislumbrar el interior de la celda. Había tres hombres tendidos inconscientes en el suelo, pero sólo pudo ver las piernas de dos: uno de ellos llevaba un mono naranja; el otro, un agente con uniforme azul. El tercer hombre era otro agente. Estaba extraordinariamente pálido y yacía bocabajo, muerto o inconsciente; Kate no podía estar segura. Parecía joven. Era un hombre delgado, moreno y de pelo oscuro.

—Newton está ahí adentro, muerto. Al maldito poli que le ha traído desde la cárcel todavía le quedaba una bala. Íbamos a salir cuando Newton se la comió. Yo me he parado para cargarme al poli y la puta puerta se ha atascado.

A diferencia de su captor, este hombre no parecía en absoluto intranquilo. Kate seguía con la mejilla y las palmas de las manos pegadas a la pared y el corazón le latía como una manada de caballos desbocados. Ahora debía enfrentarse a dos asesinos armados, y no tenía nada que se pareciese a un plan.

—No podía creérmelo. No había modo de abrir esta puta puerta. Me he quedado encerrado como un pato en una jaula. —Su tono cambió—. Se ha jodido la cosa, ¿eh?

—Jodida y bien jodida, sí. ¿Crees que volvería a estar aquí dentro si no se hubiese jodido?

—¿Y Pack y Julio?

—Los dos están muertos. Meltzer no se presentó con el camión... El muy capullo... Tal vez no pudo llegar. Había pasma por todas partes. Tenían rodeado el edificio; ya estaban allí cuando hemos roto la ventana, como si les hubiesen dado el chivatazo. Little Julie ha saltado de todos modos, pero le han cosido a balazos. Pack ha caído en la sala de vistas. Yo me he llevado a ésta. —Kate sintió que ambos la miraban—. La atractiva fiscalita —dijo pronunciando la palabra burlonamente—. Y...

Calló en seco cuando el teléfono del fondo del corredor empezó a sonar.

Al oír ese timbre estridente, los tres se volvieron.

—¿Quién llama? —preguntó el nuevo ahora algo nervioso.

—¿Cómo coño quieres que lo sepa? Espera... Tal vez sean los polis. Tal vez ya tienen el helicóptero.

El teléfono seguía sonando, pero nadie se movía. Una mano asió el brazo de Kate: Mono Naranja la apartó de un tirón de la pared y la arrastró hacia el teléfono.

—¡Mueve el culo! —le gritó.

Kate tropezó una vez más con sus malditos zapatos, pero consiguió recuperar el equilibrio.

—¿El helicóptero? —preguntó el nuevo.

—Les he dado quince minutos para que me traigan un helicóptero. Si no lo hacen, me la cargo —dijo Mono Naranja orgulloso de sí mismo—. Eh, señorita fiscal, ¿qué hora es ahora?

Kate no quería saberlo, pero miró su reloj de todos modos.

—Las nueve y veinte —respondió.

—Pues les quedan once minutos.

—¿Crees que eso funcionará?

—¿Cómo quieres que lo sepa? Si la quieren viva, funcionará.

—¿Estás seguro de que es una fiscal?

—Sí, joder, claro que estoy seguro.

El teléfono seguía sonando. Kate iba delante, con Mono Naranja pegado a su espalda, y el nuevo los seguía.

Cuando llegaron al fondo del pasillo, Mono Naranja la empujó contra la pared, al lado del teléfono. El teléfono volvió a sonar y todos sus músculos se tensaron. Kate hizo un esfuerzo por concentrarse en controlar su ritmo cardíaco y su respiración. La hiperventilación no le haría ningún bien: debía mantener la cabeza despejada para poder pensar en otro plan.

No tardó en darse cuenta de que tener la cabeza despejada no le iba a ayudar en lo más mínimo, porque la triste realidad era que se había quedado sin ideas.

—Ni se te ocurra intentar nada —le dijo Mono Naranja soltándole el brazo.

La pistola se movió. Fría, dura y terrorífica, la boca de la pistola se apoyó en el punto más vulnerable de su cuello, justo debajo de la mandíbula. Kate cerró los ojos y esperó a que descolgara el auricular. El teléfono calló finalmente.

—¿Sí? —dijo Mono Naranja pegado al aparato. Luego, segundos después, añadió—: No me venga con rollos. No les voy a dar más tiempo.

—Diles que necesitas dinero —dijo el nuevo. Estaba de puntillas, justo detrás de Mono Naranja y no paraba de dar saltitos. Kate notaba el movimiento a sus espaldas—. Cien mil dólares además del helicóptero.

—También quiero dinero —dijo entonces Mono Naranja—. Cien mil dólares. En efectivo; billetes no marcados y no mayores de veinte. Los quiero en el helicóptero. Y ya les quedan menos de diez minutos. —Estuvo escuchando unos instantes y luego añadió—: Claro, hable con ella. Pero recuerde que el reloj corre.

«Hable con ella.» A Kate se le abrieron los ojos de par en par. Mono Naranja se puso el auricular en el pecho y miró a Kate.

—Dice que quiere asegurarse de que estás viva —dijo, recorriendo su piel con la punta de la pistola. Cuando llegó bajo su oreja, se detuvo. El pulso de Kate latía contra el desagradable metal como el de un pajarillo atrapado. Kate tenía los ojos muy abiertos cuando sus miradas se cruzaron y el ritmo de su respiración era acelerado. Sentir el tacto de la pistola en la piel la mareaba. Un resbalón del dedo, o un simple apretón rápido y deliberado, y Kate sería historia.

«¿Dolerá?»

—Ten cuidado con lo que dices, zorra, porque te estaré vigilando —dijo Mono Naranja, poniéndole el auricular en la oreja.

«Por favor, Dios mío. Por favor.»

Kate se humedeció los labios resecos para hablar por teléfono.

—Hola.

—¿Kate White? —preguntó un hombre. Era el policía de la sala de vistas, el de los ojos tranquilizadores. Su voz también lo era. Kate se agarró a la seguridad que proyectaba como si fuese un salvavidas.

«Tengo que mantener la calma; no debo ponerme nerviosa... —Las piernas se le aflojaron—. Oh, Dios mío, no dejes que me muera.»

—Sí. —Kate no sabía cuánto rato le dejarían hablar, y quería dejar claras las cosas básicas—. Tengo un hijo pequeño —dijo. A pesar de su determinación de mantener la calma y no perder los nervios, hablaba con voz ronca y quebrada por el miedo, y su respiración era desigual—. Soy madre viuda. Por favor, denle a este hombre lo que pide.

Mono Naranja asintió con aprobación.

—Haremos todo lo posible por sacarla entera de aquí —dijo el policía. Mono Naranja la observaba atentamente. Kate pensó que probablemente sólo podía oír su parte de la conversación, pero no podía estar segura de ello—. ¿Es usted la única rehén?

—Sí. —Kate pensó en los cuerpos que yacían en la celda de detención donde se había quedado encerrado el nuevo, y la otra celda de detención cuyo interior no había visto—. Eso creo.

Mono Naranja puso cara de cabreo.

—Ya basta.

Le arrebató el teléfono y le clavó aun más la pistola. Kate todavía notaba el pulso que latía frenéticamente contra el pequeño y duro círculo de metal. Respirando profunda y agitadamente, apoyó la mejilla en el yeso de la pared y volvió a cerrar los ojos.

«Por favor. Por favor. Por favor.»

—Ya la ha oído, es una madre viuda —le dijo Mono Naranja al policía, con tono burlón—. Vuelva a llamarme cuando tenga ese helicóptero. Y el dinero. Y recuerde: «Tic, tac.»

Mientras colgaba, Kate pudo oír al policía hablando al otro lado del teléfono.

—No te van a dar ningún helicóptero —dijo el segundo tipo.

Los ojos de Kate se abrieron.

—¿Qué quieres decir? ¿Por qué cojones dices esa estupidez? —Mono Naranja se volvió rápidamente hacia su interlocutor y, ya fuese porque se olvidó de Kate llevado por la agitación o porque creyese que ella no era ninguna amenaza, apartó la pistola de su cuello. Kate dejó escapar silenciosamente un suspiro de alivio cuando dejó de sentir la presión del metal en su carne.

—Sólo te están tomando el pelo. —El segundo tipo se mantenía en sus trece—. No te lo van a dar.

—No me están tomando el pelo. El helicóptero ya viene. Saben que, si no, la mataré.

—¿Y si la matas qué? ¿De qué nos va a servir eso, eh? Matándola no saldremos de aquí.

No había ninguna buena respuesta a eso. Y Mono Naranja lo sabía tan bien como Kate. Dejó pasar unos instantes antes de responder. Kate percibió claramente su súbita incertidumbre, su rabia, su miedo creciente. La tensión entre ambos hombres electrificaba la atmósfera.

—La quieren viva. Me darán lo que quiero —dijo al fin. Pero ya no parecía tan convencido.

—Pongamos que te traen el helicóptero. ¿Cómo llegarás hasta él?

—¿Qué?

—¿Cómo llegarás hasta él? ¿Dónde estará?

—Les he dicho que lo dejen en el tejado.

—Hay una pista de aterrizaje para helicópteros ahí arriba —dijo el segundo tipo. Parecía pensar en voz alta, sopesando las posibilidades—. Pero ¿cómo vas a llegar hasta el tejado sin que te liquiden?

—La utilizaré a ella de escudo humano, eso es lo que haré. Y les diré que si veo a un solo poli, le vuelo a ésta la tapa de los sesos.

El segundo tipo sacudió la cabeza.

—No funcionará.

—¡¿Qué coño quieres decir con que no funcionará?!

—Demasiado lejos. Tendrás que llegar al ascensor, subir hasta el tejado, salir al exterior y caminar hasta el helicóptero. Con ella. Seguro que te liquida algún francotirador.

Mono Naranja prácticamente vibraba de rabia y frustración. Daba brincos sobre las puntas de los pies y estiraba los brazos, desafiante.

—¿Tienes un plan mejor? ¿Eh? ¿Tienes un plan mejor? Si lo tienes, me lo cuentas, joder.

—Sí que lo tengo —dijo el segundo tipo—. Tengo un plan mejor. Para mí, claro.

Kate ni siquiera le vio mover la mano. Se oyó un *pam* ensordecedor y Mono Naranja chocó contra la pared con tanta fuerza que la parte posterior de su cabeza rebotó en el yeso. A Kate le dio un vuelco el corazón. Se apartó de un salto, chillando. Su grito retumbó en las paredes del pasillo y, con los ojos como platos y la boca aún abierta, Kate vio con incredulidad que Mono Naranja separaba los labios silenciosamente, como si quisiera gritar pero no pudiese. Luego se deslizó por la pared y quedó sentado en el suelo como una muñeca de trapo. Sus ojos seguían abiertos, y también su boca. La cabeza se le fue inclinando poco a poco para acabar descansando fláccidamente sobre su hombro. Antes de ver brotar la sangre entre sus labios y la mancha roja que se formó en la parte delantera de su mono, Kate supo que estaba muerto.

Su mirada de asombro se dirigió enseguida a la cara del segundo tipo, que miraba a Mono Naranja con una sonrisa retorcida, sujetando todavía la pistola. El olor de cordita y de sangre fresca le llegó a la nariz justo cuando él levantó la vista y sus miradas se cruzaron.

A Kate se le heló la sangre.

—Hola, Kitty Kat —dijo—. No hace falta que pongas esa cara de susto. ¿Qué? ¿Ya no te acuerdas de tu viejo amigo Mario?

6

Tom cogió el teléfono sin vacilar. Su respiración no se aceleró. Las piernas no le temblaron. No pestañeó, ni siquiera soltó una gota de sudor. No había en su aspecto nada que delatase las náuseas que sentía en lo más profundo de su estómago, el ritmo desbocado con que latía su corazón, la oleada de adrenalina que subía por sus venas.

Tom estaba en la sala de vistas, junto al teléfono que habitualmente se empleaba para hablar con los alguaciles que custodian a los presos, rodeado de unos pocos policías y algunos ayudantes del sheriff. Todos acababan de oír el sonido apagado de un disparo en el corredor de seguridad. Tom pensó en Kate White —esbelta y encantadora, una mujer de cabellos rubios, enormes ojos azules y piel pálida, que estaba indefensa, como un ratón entre las garras de un gato hambriento— y sintió un nudo en el estómago.

¿Estaría muerta?

¿Y qué pasaba con Charlie, al que todavía no había podido localizar? Si Charlie se encontraba en algún lugar del Centro de Justicia, ya debería estar allí con ellos, en el meollo de la acción.

¿Estaría muerto?

La posibilidad de que así fuera lo tenía en ascuas. El funcionario del subsótano creía que, tras registrar a su preso, Charlie le había escoltado hasta la segunda planta. En lugar de acceder allí por los mismos corredores de seguridad laberínticos que había utilizado su hermano, Tom había optado por seguir la ruta civil, más sencilla y, por otro lado, la única que estaba autorizado a emplear. En cuanto acababa de salir del ascensor seguido por un par de ayudantes a los que Johnson había alertado, oyó los primeros disparos en la sala de vistas 207. Había tenido que abrirse paso entre la estampida de gente que se dirigía a la salida del edificio, que abandonaba la sala de vistas, que corría para salvar el pellejo. En medio de la masacre, todavía no había encontrado a Charlie, y sus malos presentimientos crecían exponencialmente.

Aunque, de momento, su primer deber era Kate White.

—Si no deja que se ponga al teléfono tendremos que suponer que probablemente la ha matado, ¿no? —preguntó Mitch Cooney. Aquel agente cincuentón, regordete y con entradas tenía el rostro gris. La matanza de tantos de sus amigos y compañeros en el cuerpo le había afectado profundamente. Pero, como el resto del grupo que rodeaba a Tom, seguía en pie, cumpliendo con su deber, siempre fiel.

—Sería un estúpido si la matara. No tendría nada. Ningún poder de negociación —dijo con voz trémula la cabo LaRonda Davis, una mujer negra, bajita, y con una cara tan hermosa que hacía brillar todo su uniforme. Estaba entre los que se encontraban junto al teléfono, rodeando a Tom, porque iba de camino hacia una sala contigua para testificar cuando había empezado el tiroteo.

—Silencio todo el mundo. Voy a llamar. —Tom pulsó el botón para llamar al corredor de seguridad.

—No tenemos nada. ¿Qué vas a decirle? —preguntó el oficial de policía Tim Linnig, al borde de un ataque de pánico. La verdad era que ninguno de los allí presentes se sentía cualificado para ser el responsable de sostener el complejo equilibrio entre avaricia, esperanza y estupidez que mantenía a Kate White con vida. Pero, a menos que apareciese alguien mejor preparado, aquel grupo variopinto era lo único que tenía.

—Preguntaré otra vez por la chica —dijo Tom secamente—. Si la pone al teléfono, mentiré como un bellaco: le diré que le damos todo lo que pide. Y si no... Bueno, ya cruzaremos ese puente cuando sea el momento.

El teléfono del corredor de seguridad empezó a sonar. Tom podía oírlo desde la sala de vistas. Todos los nervios de su cuerpo se tensaron.

Riiiing...

Tom esperó. La incertidumbre le estaba matando. Estaba tan nervioso como un adicto a la cafeína junto a un Starbucks cerrado. Para que no se le notase, aflojó la mandíbula.

Riiiing...

Faltaban cuatro minutos para que expirase el plazo de quince que les había dado Nico Rodriguez. El helicóptero (porque le iban a traer a Rodriguez el helicóptero que exigía, aunque sólo para obligarle a salir al exterior) tardaría al menos diez minutos en llegar y los cien mil dólares (con los que evidentemente tampoco iría a ninguna parte) todavía los estaban reuniendo, por si Rodriguez tenía el tiempo y el cerebro de comprobar la bolsa que se le entregara. El equipo de operaciones especiales, con su contingente de francotiradores de primera, estaba en camino. Tiempo estimado de llegada: tres minutos. Así como el negociador de rehenes y todo el grueso de la policía de Filadelfia y los departamentos del sheriff que no estuviesen ya en el edificio.

Lo único que tenía que hacer era mantener viva a Kate White el tiempo suficiente para que llegasen los auténticos profesionales de este tipo de cosas y tomasen el mando.

Si es que no estaba ya muerta.

Al pensarlo se estremeció.

Riiiing.

—Coge el puto teléfono —dijo Davis en voz alta, haciéndose eco de lo que todos pensaban. El ambiente podía cortarse con un cuchillo, pero todos sabían que dejar que las emociones tomasen el control no ayudaría a la mujer a la que trataban de salvar.

Tom frunció el ceño para hacer callar a Davis. Agarraba el auricular con tanta fuerza que tenía los nudillos blancos.

Riiiing.

El caos reinaba en la sala de vistas, abarrotada de policías, personal médico, civiles e incluso periodistas que se encontraban casualmente en el palacio de justicia cuando había empezado el tiroteo y que habían acudido inmediatamente al lugar de los hechos. Había sangre y vísceras por todas partes. Se curaba a las víctimas en el mismo lugar donde yacían. Carretillas de primeros auxilios traqueteaban por la sala y gente sin preparación trataba de aplicar curas de emergencia mientras en una esquina un desfibrilador emitía su *zap* distintivo. Las mujeres gritaban histéricas. Cada vez que alguien encontraba a un ser querido entre las víctimas, se oían llantos y lamentos a los que Tom cerraba deliberadamente los oídos. El sonido estridente de numerosas sirenas llegaba a través de la ventana rota débilmente amortiguado por la intensa lluvia y la distancia.

Los refuerzos estaban cerca. Pronto habría alguien más preparado que él para hacerse cargo de la situación.

Riiiing.

Estaban intentando acordonar la sala de vistas, así como retirar al personal no esencial, y se estaba desalojando a todo el mundo del Centro de Justicia Penal, salvo naturalmente a la gente cuya presencia en el edificio era indispensable. Pero la cosa no era rápida. Nada ocurría rápido. Había demasiadas esquinas y recovecos, demasiada gente, demasiados presos, demasiados planes que coordinar, demasiada confusión.

Hasta el momento, la organización necesaria para cumplir lo que había que cumplir no se estaba produciendo. Todo el mundo estaba demasiado conmocionado, demasiado poco preparado para aquel horror que había estallado tan inesperadamente en sus vidas.

El trabajo de Tom —tanto porque en ese preciso momento era el policía superior en el escenario, como porque conocía a Rodriguez por haberle detenido anteriormente y porque no quería confiarle el mando a nadie más hasta que se presentase el negociador especializado en rehenes— era conseguir que Rodriguez siguiera hablando, hacerle creer que iba a tener todo lo que pedía, impedir que matase a Kate White.

Durante el máximo tiempo posible.

La mirada de Kate aferrándose a la suya, como si realmente pensase que él podía salvarla, le atormentaba. Igual que su voz, quebrada por el miedo mientras le decía que era madre viuda.

Tom se negó a pensar en el hijo de aquella mujer.

Riii...

El sonido se cortó. Alguien había cogido el teléfono.

Tom se tensó.

Los demás debieron de darse cuenta de que algo pasaba, porque todos se inclinaron hacia él, mirándole a la cara.

En el otro lado de la línea nadie dijo nada. Aunque Tom estaba seguro, o casi seguro, de que oía respirar a alguien.

—¿Rodriguez? —aventuró Tom, con voz severa. Aquel macarra era un criminal consumado con un historial delictivo más largo que el brazo de Tom. Era capaz de matar a su rehén sin siquiera pestañear.

—No.

Era Kate White. Tom reconoció su voz al instante, aguda y temblorosa. Pero la buena noticia era que seguía viva. Sólo entonces, cuando el alivio aflojó la tenaza con que el miedo controlaba sus sentidos, se dio cuenta de lo mucho que le habían estado zumbando los oídos.

Había temido enormemente que Kate estuviese muerta.

—¿Todo va bien? —preguntó, mientras el tenso grupo que le rodeaba dejaba escapar un suspiro colectivo. Sin duda habían podido oír la voz de Kate o tal vez sabían que estaba viva por la reacción de Tom.

—Sí.

La respiración de Kate era entrecortada, pero Tom no podía culparla. Bien mirado, Kate se mantenía firme, muy calmada, muy consciente, actuaba como una participante activa en el intento de mantenerla viva, y a Tom eso le causaba admiración. En sus mismas circunstancias, la mayoría de la gente —tal vez incluso él mismo— a estas alturas habría estado moqueando de miedo.

—Hemos oído... —comenzó a decir Tom, pero ella le interrumpió.

—Un disparo, ya lo sé. —La oyó respirar profundamente unos instantes y entonces lo dejó asombrado—: Le he disparado. Está muerto.

Por un momento, Tom dudó de haberla oído bien.

—¿Qué? —exclamó.

Los demás volvieron a acercársele, todo oídos.

—Está muerto. Todo ha terminado. —Kate volvió a respirar entrecortadamente, y luego dejó escapar un suspiro. Tom lo oyó desde el otro extremo de la línea telefónica—. Voy a salir.

—Pero ¿cómo...? —empezó a decir Tom, estupefacto, pero Kate volvió a dejarle con la palabra en la boca, esta vez colgando el teléfono.

Así de sencillo.

Tom se quedó escuchando el zumbido del tono durante unos breves segundos. Luego colgó también él y se quedó mirando al teléfono, desconcertado.

—¿Qué?

Al oír la pregunta levantó la cabeza. Aproximadamente una docena de pares de ojos inquisitivos estaban fijos en él.

—Dice que Rodriguez está muerto —dijo Tom sin acabar de creérselo—. Dice que le ha disparado. Y que ahora sale.

—¿Sola? —preguntó Linnig.

—Supongo. En realidad no me lo ha dicho, pero si Rodriguez está muerto, diría que es la suposición lógica.

—¿Quieres decir que el tiro que hemos oído era él mordiendo el polvo? —La voz de Davis expresaba la misma perplejidad que sentía Tom—. ¿Y que ella se lo ha cargado?

Tom se encogió de hombros.

—No sé, no parece normal —dijo Cooney, el veterano, sacudiendo la cabeza. Tenía la mirada puesta en la puerta metálica, como si de alguna manera, si se esforzaba lo suficiente, pudiese adivinar qué podía haber ocurrido tras ella.

Tom se dio cuenta de que la misma idea que le rondaba a él por la cabeza se le había ocurrido también a Cooney y al resto de policías: ¿y si se trataba de una trampa? ¿Y si Rodriguez iba a pegársela?

Parecía mucho más probable que el hecho de que Kate White hubiese matado a Rodriguez de un disparo.

Con aquella idea en mente, se posicionaron para aislar la puerta del corredor de seguridad del resto de la sala de vistas, que, afortunadamente, estaba ya casi vacía —salvo por los cadáveres que esperaban ser examinados por la oficina del forense, y unas pocas personas (médicos, supuso) que se encargaban de los heridos—. Dos hombres de su grupo, un par de ayudantes cuyos nombres no conocía, se apresuraron a desalojar a todo el mundo de la sala de vistas —con excepción de los heridos y el personal médico indispensable— por si Rodriguez salía disparando o se producía un tiroteo. El resto del personal se puso a cubierto con la pistola en mano. Algunos se colocaron tras los bancos y sillas, otros pegaron la espalda contra la pared: cualquier cosa que les permitiese quedar fuera de la vista sin impedirles sin embargo disparar en caso necesario.

Cuando el pomo empezó a girar ya estaban todos listos. La puerta estaba rodeada. Fuera quien fuera el que apareciera se vería rodeado al momento por un montón de pistolas.

Tom era el único que resultaba inmediatamente visible. Estaba en el estrado, cerca de la mesa de la defensa, a unos tres metros de la puerta, como si se hubiese creído a Kate White a pies juntillas y esperase a que saliese de allí sola. Tenía la Glock en la mano, pero su actitud no era en absoluto amenazadora.

Estaba listo para abrir fuego en cualquier momento, pero eso no debía de resultar evidente para el posible receptor del disparo.

El pomo dejó de girar. La puerta no se abría. No pasaba nada.

«Mierda...»

Tenía todos los músculos del cuerpo en tensión. El corazón le palpitaba desbocado. La expectación le atenazaba el pecho. Su mano derecha anhelaba levantar la Glock para disparar.

«Todavía no...»

La espera le estaba matando. Ya le habían disparado antes y no le había gustado. Calculó que las probabilidades de que volviese a ocurrirle lo mismo eran del cincuenta por ciento, y dudaba que esta esta vez le gustara más que la anterior.

Jugar a esquivar una bala no es nada divertido. Sobre todo si pierdes, como le había pasado a él.

Finalmente, el pomo volvió a girar.

Tom sostuvo la respiración.

Esta vez, cuando el pomo dejó de girar, la puerta empezó a abrirse, lenta y silenciosamente. Tom no respiró hasta que vio aparecer a Kate White. Estaba de pie en el corredor de seguridad, inmóvil, pálida como un fantasma. Tenía el aspecto frágil de una muñeca de porcelana: su ajustado traje negro, la melena rubia cayendo en cascada sobre sus hombros, su cuerpo delicado. Aparentemente no estaba herida. Empujaba la puerta con el brazo rígidamente extendido y el rostro inexpresivo.

Salvo por los ojos. Los tenía abiertos como platos, por lo que Tom supuso que había sufrido un *shock* traumático.

Todo parecía indicar que efectivamente estaba sola. Era demasiado menuda como para ocultar tras su cuerpo a Rodriguez o a cualquier otra persona. A pesar de ello, Tom escudriñó el corredor de seguridad con la mirada: nada. Nadie. Sólo paredes y puertas grises y un espacio vacío.

Y Kate White.

Le costaba creerlo, pero al parecer no había ninguna trampa.

—¿Kate? ¿Rodriguez está muerto?

Cuando Tom pronunció su nombre, ella le miró por primera vez desde que había abierto la puerta. Sus miradas se encontraron. La de Kate estaba ensombrecida por la preocupación, y el tono de sus ojos era mucho más oscuro de lo que Tom recordaba, probablemente porque sus pupilas se habían dilatado por el miedo y la tensión. Kate asintió con la cabeza y, después de dejar escapar un profundo suspiro, empezó a avanzar hacia él con paso inestable. Sus estilizadas piernas parecían aun más largas sobre esos zapatos de tacón asombrosamente sexis.

—¡Bajad las armas! —ordenó secamente mirando atrás—. Está sola.

Mientras sus compañeros emergían lentamente de sus escondites, Tom enfundó su pistola y caminó a zancadas hacia Kate.

Cuando la tuvo más cerca, Tom se dio cuenta de que estaba blanca como el papel: parecía que le hubiesen chupado la sangre. Suavizando deliberadamente la voz, le preguntó:

—¿Está usted bien?

Kate volvió a asentir con la cabeza y dejó de andar. Separó los labios, pero no dijo nada. Cuando la tuvo delante, Tom se fijó en las carreras de sus medias, el hilillo de sangre seca que tenía en mejilla, el horror que expresaban sus ojos.

Kate estaba viva, posiblemente ilesa, pero sin duda no estaba bien.

La mirada de Kate se apartó de la de Tom. Volvió a respirar hondo, tembló y se puso una mano en el pecho, sobre la camiseta blanca, justo entre sus pequeños pero bien proporcionados senos, como si de repente su corazón hubiese empezado a hacer algo que no debía y la hubiese asustado.

—¿Qué ha pasado ahí adentro? —preguntó Tom mientras el resto de policías avanzaban con cautela hacia la puerta ahora cerrada, listos para inspeccionar el corredor de seguridad.

—Le he disparado —dijo Kate fríamente, volviendo a alzar la mirada hacia él—. Está muerto.

Entonces sus rodillas cedieron y, soltando un vago lamento, se desplomó.

Tom estaba lo bastante cerca para llegar a tiempo de cogerla en sus brazos antes de que se golpease contra el suelo.

7

—¿Seguro que no quiere ir al hospital a que le hagan una revisión? —preguntó la médico de urgencias. Se llamaba Laura Remke, según rezaba la chapita plateada que llevaba en su camisa azul celeste. Era una mujer llenita, de unos cuarenta y pocos, que medía aproximadamente un metro sesenta. Tenía el pelo castaño y lo llevaba cortado *à la garçon*. Kate no descubrió en su rostro redondeado ni rastro de maquillaje. Había sido amable y eficiente, y sólo le había hecho las preguntas imprescindibles, algo que Kate agradeció muchísimo en aquel momento.

—No, gracias.

Kate estaba sentada fuera de la sala de vistas 207, en el banco de madera donde la había depositado el mismo policía que la había cogido al vuelo cuando sus rodillas la habían traicionado. El policía había pedido a gritos un médico de urgencias y, poco después de que hubiera llegado Remke, alguien había requerido urgentemente su presencia. Kate no le había vuelto a ver desde entonces.

Ni siquiera sabía cuál era su nombre.

Tampoco es que importase. Lo que importaba era sobrevivir a aquella pesadilla de la mejor manera posible. Estaba viva, algo que otros muchos no podían decir. Eso era lo más importante. Ya encontraría el modo de superar todo aquello, del mismo modo que había superado todo lo que la vida le había ido poniendo por delante hasta entonces. En cuanto el pánico que aún la atenazaba remitiese, en cuanto volviese a tener la cabeza despejada, sin duda sería capaz de encontrar el modo de afrontar aquel último desastre.

—Tengo que ir a recoger a mi hijo al colegio. Está enfermo —dijo Kate en cuanto la doctora Remke le hubo curado el corte que tenía en la mejilla.

Y era verdad. Mientras la doctora comprobaba sus signos vitales («Tienes la tensión muy alta —le dijo—; claro que con lo que acabas de pasar no es extraño»), Kate había recordado la llamada que había recibido del colegio de Ben y había preguntado por su maletín. Uno de los policías había ido amablemente a por él, y ella había pescado el móvil y había devuelto la llamada. Como ya imaginaba, los tiroteos eran la sensación mediática del día. La secretaria del colegio parecía muy interesada por saber de la masacre del Centro de Justicia Penal —como al parecer se llamaba al suceso en todas las televisiones—, pero sobre todo se alegraba de oír por fin a Kate.

Ben tenía muchísimo miedo de que su madre estuviese atrapada en la tragedia y, a pesar de haberle asegurado una y otra vez que sin duda su madre estaba bien, la secretaria no había conseguido tranquilizarlo. Kate no tuvo el valor de decirle a la mujer que Ben estaba en lo cierto.

La secretaria de la escuela había llamado a Kate porque Ben había vomitado en clase, y ahora estaba tumbado en la pequeña antesala de la secretaría del colegio que hacía las veces de enfermería. Kate había prometido ir a buscarle lo antes posible.

—El mundo podría estarse acabando y las madres seguiríamos haciendo nuestro trabajo, ¿no? —dijo Laura Remke agitando la cabeza mientras empezaba a recoger sus pertrechos. Tiritas, pomada, banda para tomar la presión, termómetro: todo desapareció en su bolsa azul brillante con la icónica cruz blanca—. Yo tengo tres: sé de qué hablo.

Antes de que Kate pudiese responder, las puertas de la sala de vistas 207 se abrieron de golpe y un par de alguaciles de expresión severa las sujetaron para dejar paso a una camilla que salió rodando hacia el pasillo. Avanzaba rápidamente, empujada por dos técnicos médicos de emergencia y flanqueada por un par de policías. Todo el mundo corría, lo que indicaba que el estado de la persona que yacía en la camilla era grave.

—¡Aguantad las puertas del ascensor! —gritó uno de los médicos de urgencias.

El ancho pasillo de techo abovedado estaba abarrotado de gente: policías, alguaciles y funcionarios de todo tipo corrían de un lado a otro, entrando y saliendo de las diversas salas de vistas, hablando unos con otros, por teléfonos móviles y por transmisores-receptores. Agentes de los grupos de operaciones especiales corrían en grupo de una sala a otra con sus cascos, sus armas y sus chalecos antibalas. Kate supuso que estaban registrando el edificio a fondo. El personal de la oficina del forense ya había llegado y sus luces brillantes y sus procedimientos meticulosos no ayudaban a disminuir la confusión general. Pero la voz del médico de urgencias consiguió vencer el tumulto y todos se apartaron para dejar paso a la camilla.

Kate vio de reojo una bolsa de suero intravenoso columpiándose alocadamente en un delgado palo de metal. Resiguió con la mirada el líquido claro que iba cayendo gota a gota hasta el brazo del hombre que yacía en la camilla y sintió un escalofrío: era el policía joven y moreno al que había visto tumbado en el suelo de la celda del corredor de seguridad.

—Está vivo —pensó en voz alta, y se dio cuenta de que se alegraba. Era un destello de esperanza, algo positivo a lo que aferrarse en aquel día infernal.

—A los muertos les dejan tumbados donde están —añadió Remke, cerrando con un chasquido su botiquín. Kate se estremeció. El juez Moran, los agentes asesinados... Todos seguían en la sala de vistas. Trató de apartar de su mente las horribles imágenes conjuradas por aquel pensamiento.

La camilla rodaba ruidosamente por el pasillo, y Kate la siguió con la mirada. Reconoció a uno de los dos policías que corrían a grandes zancadas detrás del herido: era el hombre esbelto y moreno vestido de paisano (un detective, supuso por la ropa) que había sido su salvavidas durante aquel mal trago. Por la expresión tensa de su rostro y la prisa con que corría tras la camilla, supuso que el herido debía de ser alguien importante para él. Posiblemente un pariente, porque compartían el mismo pelo negro.

Kate deseó que el detective no perdiese a ningún ser amado aquel día.

Todas las miradas estaban aún puestas en la camilla, que estaba a punto de desaparecer en el ascensor, y Kate pensó que sería un buen momento para irse. Sabía que los policías querrían hablar con ella, sabía que debía declarar y quedarse en el edificio hasta que la autorizasen a irse, pero no podía hacerlo.

Aún tenía las emociones demasiado a flor de piel. La conmoción era demasiado reciente, demasiado terrible para poder confiar en que su cabeza estuviese pensando adecuadamente. No podía cometer ninguna equivocación. Por Ben y por ella misma, tenía que ir con mucho cuidado y calcular muy bien qué decir y qué hacer a continuación.

Un error podía costarle muy caro.

De modo que dejó la lata de Sprite ya medio vacía que la doctora Remke le había traído de una máquina expendedora cercana, cogió su maletín y se levantó, haciendo caso omiso de la sensación de mareo que la asaltó inmediatamente. Las rodillas le temblaron, pero tampoco hizo caso de eso. Sus odiosos zapatos estaban debajo el banco, donde Kate los había enviado de una patada y ahí iban a quedarse: aquella tortura era más de lo que podía soportar en esos momentos. Lo mejor sería escapar —porque eso era lo que estaba haciendo— descalza.

—Gracias —le dijo a Remke con una rápida sonrisa de agradecimiento. La alegró descubrir que incluso en momentos tan difíciles era capaz de sonreír, era capaz de tener una expresión y un tono de voz lo bastante normales como para que la doctora de urgencias le devolviese la sonrisa.

—Si empezases a notarte extraña nos llamas enseguida, ¿entendido? A veces el *shock* impide que las personas se den cuenta de lo mal que están hasta pasadas algunas horas.

—Entendido —prometió Kate, y se dirigió hacia las escaleras.

Notaba el frío del terrazo bajo sus pies. Tomar los ascensores sería más rápido y mucho más fácil, teniendo en cuenta el incierto estado de sus piernas, pero estaban muy solicitados y temía toparse según con quién. La oficina del fiscal de distrito en pleno ya debía de estar trabajando en el caso, pero aún no había visto a nadie conocido —probablemente porque sólo se permitía entrar en el edificio al personal médico y a los agentes de la ley—. Cuando menos, ya debían de estar reuniendo a los testigos y separándolos para que pudiesen prestar declaración. Y ella, al asumir la culpa —o el méri-to, según cuál fuese el punto de vista— de haber matado a Mono Naranja, se había convertido en algo más que una simple testigo. Cualquier persona con autoridad, conocedora de los detalles de lo sucedido en la sala de vistas 207, debería en justicia impedir que se marchase hasta que hubiese prestado declaración y se hubiesen planteado y respondido todas las preguntas pertinentes.

Eso es lo que habría hecho ella.

Sabía que era lo correcto. Y sin embargo no tenía ninguna in-tención de hacerlo. No si había alguna posibilidad de evitarlo.

Lo que necesitaba, lo único que necesitaba antes de que irrum-piese en el lugar todo el personal autorizado, era ganar un poco de tiempo para calmarse, evaluar la situación y pensar bien en todo.

Por suerte, tenía la excusa perfecta: Ben estaba enfermo y la ne-cesitaba. ¿Quién podía culpar a una madre por correr a socorrer a su hijo? Aunque la verdad era que en esos momentos probable-mente era ella quien lo necesitaba más a él. Desde el momento de su nacimiento, Ben había sido su roca, su ancla, su piedra de toque en un mundo duro y cruel. Él dependía de ella, y eso era lo que la había empujado a llegar tan lejos; recordar que ella era lo único que Ben tenía en este mundo le había dado fuerzas para armarse de valor y afrontar, una vez más, la necesidad de superar una nueva crisis.

«Creía que ya todo había terminado.»

Lo que sentía era pena. Una profunda sensación de pérdida le produjo dolor en el pecho. El feliz y esperanzador futuro que ha-bía estado construyendo para ambos acababa de estallar como una burbuja de jabón.

«A llorar a la iglesia», se dijo lúgubremente.

Se agarró con fuerza a la barandilla y fue bajando las escaleras poco a poco: había tanta gente corriendo arriba y abajo con los pies mojados por la lluvia que los escalones estaban húmedos y resbala-dizos, y Kate no quería necesitar a otro médico de urgencias. Llegó al final de la enorme escalinata curva sin haber atraído la atención de nadie. Pero en cuanto fue a dar el primer paso hacia el contin-gente de policías que vigilaban la entrada, vio a través de los venta-nales y las puertas giratorias el alboroto que había delante del edi-ficio y se quedó helada.

Sus ojos se abrieron de par en par.

«Parece que toda la ciudad esté ahí afuera.»

Ambulancias, coches de bomberos y coches patrulla de la policía abarrotaban la estrecha calle hasta donde alcanzaba la vista. Docenas de unidades especiales —incluido un vehículo blindado de los grupos de operaciones especiales y el camión de la brigada antibombas— cubrían el césped. En las aceras, una multitud de mirones que se protegían la cabeza de la lluvia con un conjunto multicolor de paraguas, bolsas de la compra y periódicos observaban boquiabiertos la escena y empujaban a los policías encargados de mantenerles a raya. Más cerca, en la amplia pasarela de cemento que conducía a las escaleras principales del Centro de Justicia, las camionetas de las cadenas televisivas con sus antenas parabólicas pugnaban por conseguir una buena posición. Una periodista rubia que, a pesar de estar de espaldas, Kate habría jurado que era Patti Wilcox, del canal WKYW, estaba en pie bajo un paraguas, en la parte superior de las escaleras principales, hablando excitadamente micrófono en mano mientras un cámara resguardado bajo otro paraguas la filmaba. Otros periodistas hablaban para otras cámaras desde diversos puntos de la escalinata. Gruesos cables negros serpenteaban escaleras abajo, brillando bajo la lluvia.

«Oh, no.»

Venciendo la parálisis de la sorpresa, Kate se volvió y atravesó de puntillas a toda prisa el bullicioso vestíbulo hacia el pasillo donde se encontraban los aseos públicos. Junto al baño de señoras se había añadido una pequeña sala para fumadores amueblada con un par de mesas y sillas plegables y una plétora de ceniceros. Tal como ella esperaba, estaba vacía. En el extremo opuesto había una puerta lateral poco utilizada y, en la escalera exterior que daba acceso a ella, un policía alto y fornido montaba guardia para evitar la entrada de personas no autorizadas. La escalera debía de estar cubierta, porque la zona donde se encontraba el policía permanecía seca, mientras a su alrededor la lluvia caía como una cortina de plata.

Kate se detuvo y observó la espalda uniformada del policía sin saber qué hacer.

«Está ahí para impedir que entre gente, no que salga. Lo mejor será pasar junto a él como si nada.»

Era fácil decirlo, pero su corazón empezó a acelerarse en cuanto se fue acercando a la puerta de cristal grueso. Sabía que era por el sentimiento de culpa. Y entonces la asaltó también el miedo: se le formó un nudo en el estómago, empezó a sentir náuseas y se le secó la garganta.

«Eres una letrada, recuérdalo. Una ciudadana respetable y honrada.»

Un escalofrío recorrió su espinazo. Se sentía como una farsante. No, era una farsante. Y en aquel momento le parecía que lo que realmente era resultaba evidente para todo el mundo, como la «A» escarlata de Hester Prynne.

«Sigue andando, vamos.»

La puerta no estaba cerrada con llave. Cuando la abrió, el policía se volvió sorprendido, la observó y se hizo a un lado para dejarla pasar. Cuando Kate avanzó unos pasos decidida a alcanzar las escaleras, el policía la saludó con la cabeza, y ella respondió al saludo. Las estridentes sirenas asaltaron sus oídos, con un impacto ligeramente amortiguado por la lluvia. Aparecieron más coches de policía, iluminando la calle con sus brillantes luces estroboscópicas y avanzando con gran lentitud sobre las aceras y bordillos tratando de contener el gentío que no dejaba de crecer.

Momentáneamente, Kate se alegró por el alboroto. Le daba una excusa legítima para no mirar al policía.

Kate sintió que la observaba.

Una ráfaga de aire frío con aroma de tierra mojada, libre de los terribles olores de cordita, sangre y muerte que impregnaban el Centro de Justicia, se arremolinó cerca de la escalera lateral, haciendo ondear sus cabellos. De pronto recordó que ahora los llevaba sueltos, y también que iba descalza y desaliñada. Tal vez incluso tenía restos de sangre en alguna parte. ¿Lo notaría el policía? ¿Y qué haría si lo notaba? Respiró avariciosamente, absorbiendo el aroma de la calle, tratando de librarse de los demás olores de su cuerpo, y deslizó con cautela su mirada hacia el policía, un policía de barrio de rasgos angulosos y expresión franca. Era joven, incluso tal vez más joven que ella. Tenía el cabello oscuro y llevaba un corte de pelo de estilo militar que le dejaba las orejas demasiado al descubierto.

—Ha sido algo terrible —dijo sacudiendo la cabeza y levantando algo la voz para que Kate le oyera a pesar del bullicio.

—Terrible —repuso Kate sin detenerse, con el corazón a cien.

—Se va usted a mojar —le advirtió.

—No voy muy lejos.

Así de fácil: pasó junto a él y, entornando los ojos para protegerse de la lluvia, dejó resbalar la mano por la barandilla y bajó los estrechos peldaños metálicos hasta alcanzar la acera. Notó la aspereza del asfalto bajo sus pies. El agua bajaba a raudales por las cunetas. Quedó empapada casi al instante, y tuvo que apartarse los cabellos de la frente para evitar que los mechones mojados le cayesen sobre la cara. Al principio el contacto con la lluvia le pareció refrescante, pero en cuanto el agua hubo empapado su ropa y la humedad le llegó a la piel, se sintió helada. Habitualmente torcía hacia la derecha y luego bajaba recto por la calle Fulton. Claro que nunca hasta entonces se había encontrado con una muchedumbre de policías, periodistas y mirones a través de los que hubiera tenido que abrirse paso. Y entre los que sin duda habría alguien que podría reconocerla o incluso tal vez trataría de detenerla, o acribillarla a preguntas.

El frío y la perspectiva de ser detenida e interrogada la hicieron estremecer. Torció hacia la izquierda desde delante del edificio y, en cuanto hubo avanzado unos pasos, se encontró a unos dos metros del gentío, al que no se permitía pasar de los tilos que se alineaban a lo largo de la acera, y caminó con paso firme en la dirección contraria. Dos policías con chubasqueros azul marino y las siglas del Departamento de Policía de Filadelfia estampadas en la espalda rodeaban con cinta amarilla la escena del crimen ante la multitud: se estaba precintando el edificio entero.

Kate agachó la cabeza y, utilizando el maletín como escudo —tanto contra la lluvia como contra las miradas de cualquier posible conocido—, se aventuró a pasar a través de un grupo recién llegado de agentes de la ley que bajaba corriendo hacia el Centro de Justicia. Las luces centelleantes de los vehículos de emergencia se reflejaban en las ventanas, los charcos y los parachoques brillantes de los coches, proporcionándole a la escena un aura de irrealidad, como si la iluminase una de esas bolas giratorias que hay en las discotecas. El ruido era ensordecedor. Se podía palpar la tensión en el aire. Lo bueno era que entre tanta confusión nadie se fijaba en ella.

—¡Kate! —gritó entonces una mujer.

Pero Kate no miró atrás. Ni siquiera aminoró el paso. De hecho, hay montones de Kates en el mundo. Era probable que no la estuvieran llamando a ella. Y si así era, tampoco quería saberlo.

Sus pies chapoteaban en el gélido río en que la lluvia había convertido las aceras de la calle, que tenía una ligera pendiente. El maletín le protegía la cara de la peor parte del aguacero. Kate se alegró de dejar atrás aquella locura; se alegró de doblar una esquina, y luego otra, de ir avanzando por las estrechas callejuelas coloniales flanqueadas de edificios modernos hasta emerger finalmente en una concurrida esquina cerca de los grandes almacenes de Benington.

Desde allí sería fácil llamar a un taxi.

—¡Un momento! ¿Se puede saber qué haces? ¡No puedes entrar! ¡Estás empapada! —El taxista, un joven con rastas y perilla, se volvió para mirarla con horror mientras se acomodaba en el asiento de atrás, agradecida por librarse finalmente de la incesante lluvia—. Me vas a mojar el asiento. Y el próximo cliente no va a querer sentarse en un asiento mojado.

No le faltaba razón: Kate chorreaba como una esponja estrujada.

—¡Fuera, fuera! —dijo moviendo las manos para ahuyentarla hacia la puerta cerrada. Kate se lo quedó mirando.

«No me lo puedo creer.»

Considerando sus demás problemas, éste resultaba casi ridículo. Kate consideró la posibilidad de informarle de que era ilegal rechazar a un cliente —teniendo en cuenta que era poco probable que la ley aceptara el empapamiento como una excusa legítima—, pero no tenía la energía suficiente para embarcarse en la discusión que sin duda se produciría.

—El asiento es de vinilo —señaló, observando la superficie negra desgastada. Era un viejo taxi amarillo que claramente llevaba muchos años de servicio. Su interior olía a pino mohoso, y Kate no tardó en descubrir el responsable de ese olor: un ambientador en forma de árbol que colgaba del espejo retrovisor—. Un poco de agua no le hará daño. Además, ya estoy dentro, lo que significa que el asiento ya está mojado y que ya es demasiado tarde. ¿Qué te parece si le añado cinco dólares al precio de la carrera?

«Y allá va algo más de mi último dinero del mes.» Aunque, en tales circunstancias, quedarse sin blanca hasta el día de la paga era el menor de sus problemas.

—De acuerdo —dijo el taxista mientras se le iluminaba la mirada, y se volvió para adentrarse en el tráfico.

«Si todos mis problemas se pudiesen solucionar tan fácilmente...»

Kate le dio la dirección del parking que había junto a la oficina del fiscal de distrito. Aquella mañana había ido hasta el Centro de Justicia con Bryan y había dejado su coche en el trabajo. Estaba empapada y helada, y el interior del taxi parecía una nevera. Intentó arreglárselas cruzando los brazos sobre su pecho, apretando las piernas una contra la otra y rizando los dedos mojados de los pies dentro de las medias hechas trizas con la intención de calentarse un poco.

Cerró los ojos. Al instante, las imágenes de la masacre en los juzgados empezaron a repetirse en la pantalla de sus párpados cerrados. El juez Moran, los agentes judiciales... Todos habían ido aquella mañana a trabajar igual que ella, y ahora estaban muertos. Era increíble. Horrible.

«Me ha ido de poco.»

Se estremeció. Tuvo que apretar los dientes para que no le castañeteasen. Ya debían de haberles notificado la noticia a todas las familias de los muertos. Al pensar en los agentes de policía llamando a la puerta de cada víctima se le revolvió el estómago. Si ella hubiese sido una de las víctimas, habrían ido a decírselo a Ben al colegio...

«Basta —se dijo a sí misma ferozmente mientras su corazón empezaba a palpitar—. No ha ocurrido. Y no ocurrirá. Cueste lo que cueste.»

Lo que la llevó de vuelta a la pesadilla a la que no quería hacer frente.

«¿Qué voy a hacer?»

El pánico le arañó las entrañas. Mientras el taxi avanzaba en arrancadas discontinuas a través del atasco, el cerebro de Kate discurría a toda velocidad, buscando frenético una estratagema, una laguna jurídica, cualquier medio posible de escapar de aquella nueva pesadilla en la que se había visto atrapada. Haciendo rechinar los dientes, apretando los puños, finalmente afrontó la cruda realidad.

Su pasado la había atrapado.

Y ahora que lo había hecho, no había manera de volver a meter al genio de nuevo en la lámpara. Tendría que enfrentarse a él.

Se le hizo un nudo en el estómago. Tragó saliva y volvió a abrir los ojos. Pero no vio la mezcla de edificios antiguos y modernos, ornamentados y austeros, altos y medianos que había en el centro de la ciudad. Y tampoco el tráfico lento y las bocinas, los cambios de las luces de los semáforos, los árboles del otoño, empapados y brillantes, las cortinas de lluvia...

Lo único que vio a través de la niebla de los años fue la gentuza con la que se había movido en los viejos y malos tiempos.

8

Nunca le había caído bien Mario Castellanos. De adolescente era un bocazas arrogante y un chulo. Un matón. Un matado. Le producía mala sensación en todos los sentidos.

Por lo que Kate había podido ver, no había cambiado en absoluto. Excepto que ahora era mayor. Peor. Y más peligroso. El gamberro callejero se había transformado en un criminal de tomo y lomo.

Y tenía su vida, y la de Ben, en la palma de la mano.

Tenía que haber alguna escapatoria, pero si la había, Kate no era capaz de verla. En ese momento, lo único que se le ocurría era que tendría que hacer exactamente lo que él dijese, porque simplemente no había otra opción.

Cosa que la jodía. De hecho, tener que reconocer la terrible realidad y enfrentarse a ella le produjo náuseas.

Afirmar que ella había matado a Mono Naranja era sólo el primer paso en un camino que no quería recorrer de ningún modo. Y darlo la aterrorizaba. No tendría que afrontar ninguna responsabilidad penal: si había algún caso que clamase defensa propia era disparar contra el hombre que la había tomado como rehén a punta de pistola. Pero la mentira la estremeció. Su vida ya no se basaba en las mentiras. Aquello se había acabado, formaba parte de su pasado.

O al menos eso creía.

—Cuánto tiempo sin verte —le había dicho Mario, sonriente,

tras desvelarle quién era, inmediatamente después de asesinar a Mono Naranja delante de sus narices. Mono Naranja yacía muerto a sus pies. El disparo que había acabado con su vida todavía retumbaba en el estrecho corredor. El olor a cordita, sangre, muerte y miedo flotaba pesadamente en el aire.

La mirada de Kate, asustada y estupefacta, se había encontrado con la de Mario. Y había reconocido al fanfarrón adolescente que había conocido hacía trece años en aquel hombre hinchado por los esteroides que tenía delante. Ahora debía de tener treinta y un años. La mole en la que se había convertido, la cabeza rapada, el moreno de su piel, la abundancia de vello facial, la despersonalización automática que conseguía el mono naranja, la simple imprevisibilidad del encuentro, todo había colaborado a que Kate no le reconociera. Hasta que la había llamado por su antiguo apodo: Kitty Kat. Entonces le había conocido al instante, con una certeza tan dolorosa y terrible como un puñetazo inesperado en el hígado.

«No me fui lo bastante lejos. Debería haber seguido corriendo, hasta Florida, tal vez, o hasta California.»

Volvió a mirarlo y entonces se dio cuenta de que sus ojos no habían cambiado: tenían el mismo tono marrón cálido que escondía la crueldad despreocupada que tanto asco le había producido en más de una ocasión. Todavía se distinguía en su ancha nariz la cicatriz en forma de luna en cuarto creciente que tenía desde que le había mordido el caniche de la abuela de Roger Friedkin. El perro había desaparecido al poco tiempo, una coincidencia en la que Kate no cayó hasta varios meses después. La boca de Mario seguía teniendo esos labios estrechos que le hacían parecer malo incluso cuando sonreía.

Ya de adolescente era imprevisible y peligroso, y a Kate no le cabía ninguna duda de que ahora lo era incluso más.

—Te acabo de salvar la vida —había añadido Mario al ver que ella no decía nada—. Me debes una.

El corazón de Kate latía en su pecho como un tambor. Se le había quedado la boca tan seca que tuvo que tragar saliva antes de poder hablar. Intentó respirar normalmente, intentó mantener la calma. Intentó ignorar el hecho de que un cadáver todavía caliente se desangraba a sus pies, y que uno de los monstruos que la había atormentado en sus pesadillas durante tanto tiempo acababa de salir de debajo de la cama para aterrorizarla a plena luz del día.

—Gracias —dijo.

Mario se rio. Al oír esa risa grave y sincera Kate sintió que un escalofrío le recorría la columna. Ya sabía que él esperaba algo más que su gratitud, del mismo modo que sabía que si le hubiese convenido, habría dejado que Mono Naranja la matase sin siquiera pestañear. Ella le importaba un comino. La única persona que le importaba a Mario era él mismo.

—Con «gracias» no bastará, Kitty Kat —dijo en tono juguetón mientras alargaba el brazo para tirar de uno de los mechones de su cabello, que hacía un buen rato que se había escapado de las horquillas que sujetaban su moño.

—Me lo imaginaba. —Kate levantando la barbilla y movió bruscamente la cabeza hacia atrás para apartar los cabellos de sus dedos. Mario los soltó. Kate sabía cómo pensaba, sabía cómo pensaban las ratas como él, porque había crecido en un mundo poblado por ellas. La primera regla de la supervivencia era no mostrar nunca miedo. Y también era la segunda, la tercera y la cuarta—. ¿Qué quieres?

—Salir de la trena. Y quiero que me saques tú.

Mario se puso en cuclillas y empezó a limpiar la pistola en el dobladillo de los pantalones de Mono Naranja. El muerto ya tenía la cara gris. Sus ojos seguían abiertos, pero estaban vidriosos. La sangre continuaba escurriéndose perezosamente de su boca, y la mancha floreciente de su pecho aún no había dejado de extenderse. Estaba sentado en un gran charco escarlata. Kate lo miró: no pudo evitarlo. Pero enseguida desvió la mirada hacia Mario, que seguía frotando la pistola. Que Mario no sintiese la necesidad de sujetarla a punta de pistola, que ni siquiera sintiese la necesidad de interponer su mole entre ella y la puerta indicaba que no temía que ella saliese huyendo.

Y tenía razón. Su pasado compartido la mantenía inmóvil, como si fueran los hilos invisibles e irrompibles de una telaraña.

—No puedo hacer eso —le dijo con aspereza. No tenía por qué fingir que eran amigos. Nunca lo habían sido.

—No me vengas con ésas —repuso dejando el arma limpia de huellas junto a la pierna de Mono Naranja. Luego recogió la pistola que Mono Naranja había dejado caer al suelo y se levantó. Sus grandes dimensiones resultaban amenazadoras a tan poca distancia.

Sujetaba el arma negligentemente, sin apuntarla directamente, pero a pesar de ello Kate no las tenía todas...

Siempre había estado convencida de que había sido Mario quien había apretado el gatillo.

Kate tuvo que superar el impulso de dar un paso hacia atrás: era su reacción natural cuando se encontraba ante un criminal armado. Pero Kat —y durante mucho tiempo ella había sido Kat— nunca había retrocedido ante nadie. Y era precisamente Kat, la que en aquel instante y después de tantos años volvía a colear en su interior, quien la mantenía firme.

—Así que ahora estás hecha toda una fiscal. ¡Vaya, estoy orgulloso de ti! —exclamó Mario con una sonrisa en los labios mientras le daba en el hombro un leve puñetazo pretendidamente amical. Kate se limitó a mirarle con los ojos entornados y él decidió entonces abandonar el papel del buen chico y prosiguió en un tono más duro—. Me alegro por ti, aunque en realidad me alegro más por mí.

—¿Ah, sí? ¿Y eso por qué?

—Me espera una buena temporada aquí: entre veinte años y la perpetua, por nada. Nada. Violación de la condicional. Posesión de arma de fuego. Delincuente habitual. —Mario hizo una mueca—. Una gilipollez de acusaciones, pero parece que no me las puedo quitar de encima. Los muy capullos ni siquiera me dejan pagar la fianza. Estoy atrapado en la cárcel por nada, y probablemente me quedaré aquí hasta que se me marchite el nabo. Y cuando ésos empezaron a incubar su plan para salir-del-trullo-por-la-cara les dije: «Sí, joder, contad conmigo.» Pero eran unos idiotas. La han cagado. Se suponía que no tenía que morir nadie. Se suponía que un tipo de afuera aparcaría debajo de la ventana con una camioneta U-Haul. El plan era volar la ventana, saltar al camión y salir pitando. En cuanto Soto se ha cargado a ese juez, he tenido claro que se había acabado todo. Sabía que nos perseguirían hasta el fin del mundo, y he decidido abortar la misión. Estaba desenganchando las llaves del cinturón de ese poli para poder largarme de este corredor cuando ha entrado Rodriguez contigo. —Mario sonrió—. Le he echado un vistazo a la fiscal y no me podía creer lo que...

Riiiing.

El estridente sonido del teléfono había cortado la atmósfera como un cuchillo. Kate había dado un brinco y se había quedado mirando el teléfono horrorizada. Seguro que era el policía de la sala de vistas de al lado. Su salvavidas, y ahora también su enemigo.

—En resumen, se me ha ocurrido un plan mejor —continuó Mario haciendo caso omiso del teléfono—. ¿Quieres saber cuál es?

—¿Cuál?

Eso fue lo único que se le ocurrió decir, porque Kate ya lo sabía, ya lo sabía...

—Tú. Mi vieja amiga Kitty Kat. ¿Te acuerdas de aquel *segurata* que nos cargamos aquella noche en Baltimore?

«Por supuesto. Se llamaba David Brady.»

Riiiing.

El teléfono volvió a sonar y a Kate se le tensaron todos los músculos del cuerpo. Tenía los nervios de punta y el corazón le latía desbocado. Aquello no podía estar ocurriendo...

«Que no vea que estás asustada.»

—Yo no tuve nada que ver con eso.

Mario sonrió con suficiencia.

—Tú estabas allí como todos los demás, guapa. Y conoces la ley mejor que yo. Sabes muy bien que si alguien se va de la lengua, te enfrentas a un homicidio en primer grado.

«Tiene razón, Dios mío, tiene razón.»

Riiiing.

—¡No era más que una chiquilla! Tenía quince años. Y ni siquiera entré en el súper.

—Eso no te hace menos culpable.

«La juventud es una circunstancia atenuante.»

Pero, como había sabido más tarde, David Brady era un policía fuera de servicio, y la justicia tiende a ser dura con la gente que ha matado a un policía.

—No te preocupes, no voy a delatarte —dijo Mario sonriendo con suficiencia: sin duda había visto el miedo en sus ojos—. A menos que no hagas lo que te digo, claro —añadió desviando la mirada hacia el suelo—. Coge esa pistola.

Mario señaló con la cabeza la pistola que había utilizado para matar a Mono Naranja.

Kate se quedó inmóvil, mirando la pistola mientras su cerebro corría a cien por hora. Mario clavó en ella los ojos y añadió en un tono más severo:

—Hazlo.

En ese momento, Mario tenía todos los triunfos.

Riiiing.

Kate le obedeció adormecidamente, sin siquiera molestarse en fingir que le hacía frente. Habría sido inútil. Mario sabía que la tenía totalmente a su merced. Y ella también lo sabía.

Cuando se incorporó, vio que la pistola que Mario había estado sosteniendo en la mano —la pistola de Mono Naranja— la apuntaba ahora directamente. Su corazón dio un salto. Tardó unos segundos en darse cuenta de la situación: tenía en las manos un arma cargada. En otros tiempos, Kat tal vez habría pensado lo bastante rápido y habría sido lo bastante implacable como para dispararle.

«Problema solucionado.»

Los años la habían vuelto demasiado civilizada.

Kate respiró hondo. El pulso le retumbaba en las orejas. Se le retorció el estómago y las rodillas se le aflojaron.

—No puedes delatarme sin delatarte también a ti mismo —dijo.

Sus miradas se encontraron y Mario sonrió. Era una sonrisa de satisfacción.

—¿Sabes?, eso es lo bonito. Tal como lo veo, de los dos, yo tengo mucho menos que perder.

Riiiing.

«Dios mío.»

—Y ahora escúchame bien: te diré lo que vas a hacer.

Kate respiró. Sus entrañas se estremecieron. Asió con fuerza la pistola.

Y escuchó.

Y en cuanto terminó de escuchar, cogió el teléfono.

9

El colegio de Ben, Greathouse Elementary, era un gran rectángulo de dos plantas con ordenadas hileras de ventanas de aluminio con un patio cubierto de hierba, un campo de deportes en la parte trasera y un amplio camino que conducía a la puerta principal. El edificio era antiguo y de aspecto institucional. Estaba rodeado de árboles de Judas, preciosos cuando florecían en primavera, a juzgar por algunas fotos que había visto Kate, pero amorfos y grises bajo el incesante asalto de la lluvia. El camino de entrada pasaba por delante de un porche que protegía las escaleras y la entrada principal de la lluvia. A ambos lados de la parte cubierta, delante de las escaleras, dos señales advertían: «No aparcar. Carril para bomberos.»

Kate hizo caso omiso de las señales y aparcó su Toyota Camry azul junto al bordillo pintado de amarillo, justo enfrente del porche. Había tenido puesta la calefacción a tope con la esperanza de que el pelo y la ropa se le secasen durante los veinte minutos de trayecto que había entre la oficina del fiscal de distrito, en el número 3 de la plaza South Penn, y el colegio de Ben, situado en el suburbio Filadelfia Nordeste donde vivían. Cuando sacó la llave del contacto, sin embargo, tanto el pelo como la ropa seguían fríos y húmedos. Un rápido vistazo en el espejo le confirmó que, salvo por unos pocos rizos ondulados que habían recibido el impacto directo del aire caliente de la calefacción, su pelo seguía siendo un revoltijo mojado. Se lo recogió hacia arriba, se lo sujetó con un par de horquillas que encontró junto al cenicero del coche y, tras coger el paraguas que había dejado en el asiento trasero, salió del vehículo. Cuando el aire frío le golpeó el rostro, se estremeció. La lluvia golpeaba con fuerza su paraguas, al ritmo de los latidos todavía acelerados de su corazón. En cuanto Kate alcanzó los escalones de hormigón, cerró el paraguas y lo sacudió. Mientras subía las escaleras, hizo un rápido inventario mental de su aspecto general y decidió que, salvo por las zapatillas deportivas —que había cogido de la bolsa del gimnasio que guardaba en el coche—, era relativamente normal.

Cosa que era importante, por el bien de Ben.

Intentó abrir sin éxito tres de las cuatro puertas de acceso que había bajo el porche hasta que por fin probó con la que estaba más a la derecha: era la única que no habían cerrado con llave. Supuso que mantener cerradas las otras tres puertas era una de las medidas de seguridad que ahora se implementaban incluso en los colegios más seguros. Al empujar la cuarta puerta se fijó en el letrero que había pegado en el cristal: «Reunión del AMPA, el jueves a las 19.30, en la cafetería.»

Kate sintió una opresión en el pecho. Desde que Ben había empezado en la guardería, se había hecho el propósito de asistir a todas las reuniones de la Asociación de Madres y Padres de Alumnos, costase lo que costase. Tener una madre que asistiera a las reuniones del AMPA era una parte indispensable de la infancia que quería para Ben. Una infancia normal. Muy diferente de la suya, tanto como si hubieran vivido en planetas diferentes.

Todavía le resultaba casi imposible creer que el mundo que tan esmeradamente estaba construyendo para ambos corriese peligro de hacerse añicos.

A menos que hiciese lo que quería Mario.

Kate sintió que empezaba a temblar por dentro, y apretó los dientes.

«Ahora no. Ahora no pienses en eso.»

—¿Señora White?

La secretaria la saludó con voz grave y agradable en cuanto entró en el amplio vestíbulo, una estancia pintada de color crema, con el suelo de linóleo gris y las paredes adornadas con ristras de coloridas hojas de otoño recortadas en cartulina. Era una mujer de unos sesenta y pocos años, con aspecto de abuela: tenía el pelo blanco, llevaba gafas bifocales y una rebeca azul celeste de cuello redondo. Estaba sentada en su escritorio, ubicado tras el mostrador que separaba la zona de oficinas del vestíbulo, sin duda para que pudiera controlar todas las entradas y salidas por la puerta principal: otra medida de seguridad. Cuando Kate había visitado el colegio, en la época en que buscaba un lugar donde vivir tras haber sido contratada como ayudante del fiscal de distrito, el padre voluntario que le había enseñado las instalaciones le había asegurado que, entre otras cosas, en Greathouse se preocupaban mucho de la seguridad.

—Sí, hola, lamento haber tardado tanto —dijo Kate esquivando a un risueño cuarteto de niñas con coleta que transportaban por el pasillo un contrachapado sobre el que había lo que evidentemente era alguna especie de proyecto de clase. Se acercó al mostrador y miró hacia la zona de oficinas. Como el vestíbulo, la zona de oficinas tenía un aspecto infantil y acogedor; en la pared del fondo había un gran panel rojo repleto de dibujos de los niños—. He venido tan deprisa como he podido.

—Tranquila, ya lo entiendo. Con todo lo que ha ocurrido en el centro... No sabe lo mucho que me he alegrado cuando nos ha devuelto la llamada. Ben empezaba a estar muy angustiado. Teníamos el televisor de ahí detrás encendido y he tenido que apagarlo. Han empezado a mostrar imágenes en directo de lo que estaba ocurriendo, y Ben estaba convencido de que usted se encontraba en peligro. —La secretaria se levantó y Kate observó que estaba más bien entradita en carnes. También pudo leer la etiqueta que llevaba sujeta al jersey: Sra. Sherry Jackson. «Vale, lo archivo», pensó Kate. La secretaria le dijo entonces bajando el tono de voz—: Dicen que han muerto diez personas, incluido un juez.

Se quedó mirando a Kate esperando una confirmación.

Kate sintió una tensión en el estómago. «No pienses en eso.» Así que sacudió la cabeza y respondió:

—No lo sé.

—Bueno —dijo la señora Jackson con una sonrisa—, Ben está tumbado ahí atrás. Si quiere ir firmando en el registro de salida, yo iré a buscarle.

Mientras Kate firmaba conforme se llevaba a Ben, la señora Jackson desapareció por una puerta posterior de la oficina. De pronto un griterío la sobresaltó. Kate miró a su alrededor y descubrió a un grupo de unos seis niños que parecían tener la misma edad de Ben. Todos llevaban bambas y un uniforme de gimnasia de color azul brillante que Kate reconoció enseguida, porque, hacía poco más de un mes, se había gastado cincuenta pavos para comprarle a Ben dos conjuntos iguales; uno de los niños sostenía una pelota de baloncesto. Kate no les conocía —hacía demasiado poco que Ben había ingresado en el colegio—, pero les sonrió de todos modos. Uno le devolvió la sonrisa mientras corría junto a los demás; luego doblaron una esquina y desaparecieron por el hueco de una escalera. El alboroto de sus pasos siguió retumbando en el vestíbulo mientras bajaban hacia el nivel del sótano.

—¿Mamá?

Kate se volvió rápidamente y vio salir a Ben por la puerta que había a la derecha de la oficina. La señora Jackson apareció detrás de él. Ben llevaba colgada del hombro la mochila —que Kate sabía por experiencia que era increíblemente pesada para un niño de nueve años— y caminaba algo ladeado. A Kate se le endulzaron los ojos al verle. Iba todo despeinado, pero era un niño guapo, con los mismos ojos azul claro de su madre. Tenía la tez clara y los rasgos delicados, y era algo bajo y delgado para su edad. Aquel día vestía pantalones tejanos, un polo a rayas azules y verdes, y zapatillas deportivas. El pelo, como siempre, le caía sobre los ojos, y se lo apartó impacientemente con la mano.

Cuando Kate le vio, después de todo lo que había estado a punto de ocurrir —y lo que había estado a punto de perder—, se le humedecieron los ojos. Su corazón se hinchó de amor irrefrenable hacia su hijo, pero Kate se esforzó por no derramar ni una sola lágrima en su presencia. Le habría dado un abrazo, pero Ben estaba en aquella edad en la que recibir un abrazo de la madre en público es motivo de vergüenza. Así que simplemente le sonrió.

Ben no le devolvió la sonrisa.

—Hola, cielo.

Ben hizo una mueca, y Kate se dio cuenta de inmediato de que había dicho algo inapropiado. Ahora que ya estaba en cuarto, que le llamaran «cielo» le parecía muy infantil. En realidad, le había prohibido que le llamase nada excepto simplemente Ben (y ésas habían sido sus órdenes). Y como Kate era tan buena madre, sólo había sucumbido a la tentación de decirle que le quería una o dos veces.

Para su disgusto, por supuesto.

«Si no hago lo que quiere Mario, ¿qué será de Ben? —La boca se le llenó con el sabor del pánico, pero tragó saliva—. Ahora no pienses en eso. Ya lo pensarás luego...»

—Dice que ya se encuentra mejor —informó la señora Jackson cuando Kate dio un paso adelante para aliviar a Ben de su mochila. Como ya había sospechado, parecía que estuviese llena de ladrillos. Otra pandilla de niños irrumpió corriendo por un extremo del vestíbulo, pero al ver a la señora Jackson redujeron el paso. Mientras se acercaban, Kate se dio cuenta de que eran cuatro, y que Ben se situaba tímidamente detrás de ella, tratando claramente de desaparecer de la vista.

Kate frunció el ceño.

—Hola, señora Jackson —dijeron a coro un par de los niños.

Kate notó que la miraban con curiosidad, y también a Ben, que parecía que se hubiese desvanecido detrás de ella. Sintió que su hijo se encogía, que se pegaba a su espalda, y se le encogió el corazón. Kate sabía que para él había sido duro dejar el pequeño apartamento de South Kensington, donde habían vivido mientras ella estudió en la Universidad de Drexel y luego en la Facultad de Derecho de Temple. Pero Kate no deseaba que Ben creciese en un área empobrecida en la que tuviese que salir a la calle en compañía de un adulto, ni tampoco que asistiese a una escuela donde las pandillas vagaban por los pasillos, las peleas eran algo cotidiano y los profesores se habían dejado vencer por la apatía. Quería que tuviese una infancia feliz en un barrio de clase media, donde pasear en bicicleta, celebrar Halloween con los vecinos o jugar al escondite con linternas en verano formase parte de la estructura social. Quería que recibiese una buena educación en un colegio afectuoso y paternal, como el Greathouse Elementary. Quería que estuviese tan acostumbrado a sentirse seguro que ni siquiera tuviese que plantearse el problema de la inseguridad. En resumidas cuentas, quería que tuviese todo lo que ella no había tenido.

—Será mejor que os deis prisa. Al señor Farris no le gusta que los alumnos lleguen tarde a gimnasia —les advirtió a los niños la señora Jackson en cuanto pasaron junto a ella.

—Pero ¿cómo vamos a darnos prisa si no se nos permite correr por los pasillos? —respondió uno de los niños mientras los demás empezaban a reír por lo bajo.

—Claro, porque vosotros no hacéis nunca lo que no se os permite, ¿verdad? —preguntó la señora Jackson en tono simuladamente severo poniendo los brazos en jarras.

Esto provocó más risas y una ronda de sacudidas de cabeza como respuesta. Una vez hubieron pasado de largo, volvieron a acelerar hasta alcanzar la escalera, por la que desaparecieron.

—Con este tiempo, lo único que pueden hacer en clase del señor Farris es jugar a baloncesto. —La señora Jackson miró a Ben, que se había vuelto a hacer visible cuando hubieron desaparecido los niños, y le dijo—: Algunos de estos niños van a tu clase, ¿verdad, Ben?

—Sí —respondió Ben con abatimiento, y levantó la cabeza hacia Kate—. ¿Podemos irnos, mamá? No me encuentro muy bien.

—Claro.

Kate sonrió a la señora Jackson, que le devolvió la sonrisa dispuesta a dirigirse de nuevo a su mesa. En cuanto hubo dado unos pasos, se volvió hacia Ben y le dijo:

—Espero que mañana te encuentres mejor.

—Gracias —contestó Kate al ver que Ben no lo hacía.

Ben se deslizó hacia el asiento de atrás mientras su madre corría alrededor del coche hasta alcanzar la puerta delantera. Tras depositar el paraguas mojado y la mochila de Ben a los pies del asiento del copiloto, puso en marcha el Camry y le preguntó a su hijo:

—¿Qué? ¿Quieres que hagamos una parada en la consulta de la pediatra?

—No.

El vaivén del limpiaparabrisas, el zumbido de la calefacción y el repiqueteo de la lluvia sobre el metal se combinaron para ahogar la respuesta entre dientes de Ben. El olor a quemado que salía de las rejillas en cuanto se ponía en marcha la calefacción empezó a imponerse. Kate, sabedora de que Ben detestaba aquel olor, bajó la calefacción.

—Si no te encuentras bien...

—Tampoco me encuentro tan mal.

Kate suspiró.

—No tendrá esto algo que ver con que hoy jugasen a baloncesto en gimnasia, ¿verdad?

Silencio.

Que Kate tradujo como un: «Pues claro.»

Mientras torcía a la izquierda por West Oak, la tranquila calle residencial de delante del colegio, Kate echó un vistazo a su hijo por el retrovisor. Tenía los delgados hombros encogidos y miraba melancólicamente por la ventana empapada por la lluvia. Sentado ahí atrás, se le veía pequeño y derrotado, y Kate sintió un familiar arranque de amor, culpa y preocupación. Ella se esforzaba al máximo, pero ¿y si estaba llevando mal todo el asunto maternal?

«¿Qué sé yo de educar a un hijo?»

—Ben White, ¿de verdad has vomitado?

Más silencio. Traducción: «No.»

—A ver, vamos, cuéntamelo todo.

Kate frenó en una señal de stop, esperó su turno mientras un Honda rojo avanzaba en el cruce delante de ella, y luego giró a la derecha por la avenida Maple. Ellos vivían en Beech Court, que estaba algo más lejos, a poca distancia a pie del colegio, en una de las secciones menos caras de Foxchase, un barrio exclusivo que sólo podía permitirse con mucho sacrificio. Había firmado el alquiler de la casita por un año teniendo en mente a un Ben sonriente, brincando por las aceras en compañía de sus amigos, y yendo y viniendo del colegio. La realidad era que cada mañana le llevaba en coche al colegio y que Suzy Perry, la madre de la amiga de Ben, Samantha, y de dos niños más pequeños, le recogía a la salida y le llevaba a su casa, donde se quedaba hasta que Kate le pasaba a buscar al salir del trabajo. Ben, además, no parecía tener más amigos que Samantha —que hacía un curso más que él y que, como decía Ben con desespero, era una niña— y ya raramente sonreía.

Y eso la mataba.

—Soy un desastre jugando a baloncesto —dijo su vocecilla con tristeza y rabia.

Kate volvió a suspirar, esta vez para sí. Tras uno de los sucesos más terroríficos de su vida, tras el terror que habían surgido de la nada, esto no era más que una pena menor. Aunque dolía de todos modos.

—No es verdad —protestó ella convencida, mirándole por el

espejo. Ben también la estaba mirando por el espejo, y sus miradas se cruzaron.

—Sí que es verdad —dijo con un hilito de voz que Kate tuvo dificultades para oír. Luego, tras una breve pausa, añadió—: Nadie me quiere en su equipo.

A Kate se le rompió el corazón. Ben no solía hablarle de las cosas que le iban mal: «Ya tienes bastantes preocupaciones», le había dicho en una ocasión memorable cuando ella le había preguntado por qué no le había contado que algunos de los niños mayores de su colegio anterior le robaban el desayuno que le preparaba cada día. De modo que si ahora le contaba esto era porque le preocupaba mucho. Kate estuvo a punto de decir: «Claro que te quieren», porque tenía la tendencia a negar el dolor ante su hijo, a animarle, a hacer todo lo posible para persuadirle de que estaba equivocado. Pero el caso era que Ben pillaba enseguida las mentiras. Especialmente las de su madre.

Y, además, realmente no era demasiado bueno jugando al baloncesto, ni practicando cualquier deporte. No sólo se parecía a ella en ese aspecto: ninguno de los dos eran atletas. A Ben le iba bien en el colegio, especialmente en lenguaje, arte y matemáticas. Era un genio con los ordenadores. Miraba el Discovery Channel con la misma devoción fanática con la que alguna gente disfruta de los canales de deportes. Le encantaba leer, y uno de los motivos por los que su mochila siempre pesaba tanto era porque, además de los deberes del colegio, siempre llevaba un par de libros: el que estuviese leyendo en ese momento y el que pensaba leerse a continuación; así, si el primero se le acababa inesperadamente, estaba preparado. Siempre que tenía la oportunidad, sacaba su libro y se enfrascaba en la lectura: antes de empezar la clase, cuando terminaba pronto un ejercicio, incluso a la hora de comer o del recreo. Eso tendía a valerle las simpatías de los profesores, pero no las de sus compañeros de clase. Si añadimos a eso que era bajo para su edad, tímido con los desconocidos y que acababa de empezar en un colegio nuevo, no resultaba nada sorprendente que tuviese problemas para hacer amigos.

Lo que no significaba que no doliese. Un montón.

«¿Cómo debo responder ante esto? Dios mío, no tengo la más mínima idea.»

—¿Eligen los equipos? —preguntó Kate con cautela, tratando de hacerse una idea de qué estaba ocurriendo realmente—. ¿En gimnasia?

Una mirada oportuna por el retrovisor le permitió ver que Ben asentía con la cabeza.

—¿Y quién elige?

—Algunos tíos de la clase —dijo Ben encogiendo los hombros. La expresión «tíos» le pareció tan masculina que Kate tuvo de pronto la conmovedora visión del hombre en que su hijo se esforzaba en convertirse.

«Algún día. Ahora no es más que un niño. —La desesperación le atenazó las entrañas—: Un niño pequeño que cree que su madre puede arreglarlo todo. Sólo que a veces no puede.»

El pánico intentó asomar su fea cabeza otra vez, pero Kate le obligó a esconderse. Respirando hondo, frenó en otro cruce y dobló hacia la derecha por Beech Court.

—Bueno, ¿y quién elige a los chicos que eligen?

—Nadie.

«Por supuesto. Eso habría sido demasiado fácil. Una llamada de teléfono y...»

—Al empezar la gimnasia tenemos que correr unas vueltas. Los cuatro primeros que terminan son los capitanes, y pueden elegir a quién quieren para su equipo. Jugamos a media pista, con dos equipos en cada mitad de la pista. —Ben hizo una pausa—. Yo suelo acabar el último. Y me eligen el último. Incluso a Shawn Pascal, que tiene un brazo roto, le eligen antes que a mí.

Otra mirada rápida por el espejo retrovisor le permitió ver que Ben dibujaba en la condensación de la parte interior de la ventana.

—Eso no mola —dijo Kate.

—Ya.

—¿Y las niñas?

—Las niñas tienen sus propios equipos y juegan en el gimnasio pequeño.

—Deberíamos entrenar. Tú y yo, hijo.

—Mamá, tú no vales para el baloncesto. Y lo sabes.

—Eso no quiere decir que no podamos entrenar. Así mejoraremos los dos.

Ben resopló.

—Como si eso sirviese de algo. Además, no me gusta el baloncesto.

Kate miró a su hijo por el espejo.

—Seguro que eres uno de los que mejor leen de tu clase.

—Como si eso le importase a alguien.

—A mí sí. Y seguro que a tus profesores también.

Ben volvió a resoplar.

—Hay una cesta de baloncesto en el garaje. Podríamos entrenar en la entrada.

—Yo no quiero entrenar. Ya te he dicho que no me gusta el baloncesto. Cambiemos de tema, ¿vale?

Kate apretó los labios tratando de refrenar su tendencia a no abandonar sus preocupaciones. Y entonces vio aparecer su casa a la izquierda. Ése era uno de los barrios más nuevos de Filadelfia, una cuadrícula de calles meticulosamente diseñadas, salpicadas por pequeños centros comerciales y relativamente cerca de la I-95 y del río Delaware. No estaba nada lejos de su trabajo, tenía buenos colegios y muy poca delincuencia. La mayor parte de las casas eran de los años cincuenta y sesenta. Eran o pequeñas casas de estilo Cape Cod o modestos dúplex, con patios delanteros del tamaño de un sello de correos. Al ser un barrio familiar, muchas de las ventanas tenían las luces encendidas: madres que estaban en casa con sus hijos. Su casa, sin embargo, estaba silenciosa y oscura. Era una casa de estilo Cape Cod bastante pequeña, con ladrillos pintados en gris y contraventanas negras y dos pintorescos hastiales. La lluvia caía a cántaros sobre el roble y el lustroso acebo verde que había junto al porche de entrada, y se deslizaba por el techo de tablilla negra para caer como una cascada sobre la pulcra hilera de arbustos que rodeaban la parte delantera de la casa.

Kate observó con consternación el gran charco de agua que se había formado. Era evidente que hacía falta limpiar las alcantarillas, pero, al ser la primera vez que alquilaba una casa, no sabía si hacerlo le correspondía a ella o al propietario.

«Archívalo como otro problema del que preocuparse más adelante.»

Kate enfiló por el camino de entrada y pulsó el mando de apertura del garaje. El sonido del agua quedó ahogado por el gruñido de la puerta del garaje que se abría. Había muchas cosas que le gustaban de esa casa, pero la primera de la lista era el garaje adosado. Había tenido que aparcar en la calle durante muchos años, y ella y Ben, junto con los paquetes, la comida, la mochila o lo que tuviesen que cargar, habían tenido que apañárselas para llegar hasta casa hiciese el tiempo que hiciese. Aparcar en un garaje, aunque fuese pequeño, estuviese abarrotado, y careciese de luz en el techo, le parecía un auténtico lujo.

«Si no hago lo que quiere Mario, perderemos la casa. Perderé mi trabajo y mi libertad. Tal vez pierda incluso la vida. Y a Ben. Perdería a Ben.»

Su corazón se encogió con solo pensarlo.

Kate aparcó en el garaje y pulsó el botón para que la puerta del garaje volviese a cerrarse. Mientras la puerta se cerraba, su mirada se desvió hacia la solitaria canasta de baloncesto. Tal vez podría...

—¿Mamá? —Ben parecía hablar algo más alto ahora que el motor del coche ya no estaba en marcha—. ¿Quién cuidaría de mí se te ocurriera algo?

La puerta del garaje se encontró con el suelo de cemento con un sonido metálico. Kate se quedó sentada durante un segundo en aquella lúgubre oscuridad que olía a humedad, con las manos todavía aferradas al volante.

La pregunta golpeó su alma con un terror gélido.

Porque aquel día había estado a punto de ocurrirle algo.

Kate sabía por qué lo preguntaba, por supuesto. Había visto por la tele parte de lo sucedido en el Centro de Justicia Penal. Sin duda habrían hablado del juez que había muerto, de los alguaciles que habían muerto, de muertos y punto. Sólo le cabía esperar que no hubiese visto demasiado. Iba a tener que hablar con él sobre aquello: tenía que averiguar qué sabía, qué pensaba y qué temía, y darle pronto una versión retocada de cómo se había visto envuelta en aquel horror, porque si no lo hacía ella, sin duda lo haría alguien del colegio. Pero todavía no. Todavía no podía afrontarlo.

Todavía estaba demasiado afectada.

—No me va a ocurrir nada —dijo firmemente, y salió del coche. Ben la siguió y ambos entraron en casa. El garaje daba a la cocina. Era una estancia alegre, con armarios amarillos y encimeras de formica blanca. Los electrodomésticos también eran blancos. Venían con la casa, por lo que no eran nuevos, pero funcionaban, que era lo único que pedía Kate. Al otro lado de la nevera, una puerta llevaba a un pequeño patio trasero vallado. En el centro de la cocina había una mesa redonda de arce con cuatro sillas, que, como la mayor parte de los muebles de la casa, eran de segunda mano.

Kate encendió la luz. Había platos del desayuno en el fregadero —aquella mañana se le había hecho demasiado tarde para llenar el lavaplatos— y unos cuantos Cheerios esparcidos por el suelo rayado de parqué. Arriba, las camas estaban por hacer. Y en el sótano, la cesta de la ropa sucia llevaba varios días llena.

O sea que no era Supermamá. Aunque lo intentaba.

—¿Tienes hambre? —preguntó mientras Ben dejaba la mochila sobre la mesa.

—No —dijo lanzándole una sonrisa burlona—. Acabo de vomitar, ¿no te acuerdas?

—Sí que me acuerdo —replicó secamente, tratando de darle una zurra no demasiado amistosa en el trasero. Ben la esquivó, sonrió de oreja a oreja y desapareció hacia la sala de estar. Kate gritó—: No me gusta que te hagas el enfermo, ¿entendido?

—Sí, vale.

«Tal vez debería castigarle o algo, para que sepa que hablo en serio.»

Pero se sentía tan aliviada de verle más animado que descartó la idea casi al momento de tenerla. Entonces empezó a darle vueltas a que una madre más experta probablemente sería más estricta con la disciplina, pero lo dejó estar.

Como las alcantarillas desbordadas, que Ben fingiese estar enfermo era en ese momento el menor de sus problemas.

El miedo le retorció las entrañas.

«¿Qué haré?»

Pero ya sabía la respuesta y eso la aterraba. La pregunta de Ben sobre quién cuidaría de él si a ella le ocurría algo había dejado clara su situación.

A la mierda la ética, la moral, la integridad personal y la responsabilidad penal. A menos que tuviese algún tipo de lluvia de ideas durante las pocas horas siguientes y encontrase alguna salida que todavía no se le había ocurrido, iba a tener que hacer exactamente lo que Mario le había dicho que hiciese. Bailar con el diablo para quitárselo de encima y echarle de su vida.

Simplemente no había otra opción.

Por el bien de Ben.

Y no importaba que su corazón palpitase y su pulso se acelerase y sintiese un mareo sólo de pensarlo.

Mientras Ben subía a su santuario favorito, su habitación, Kate llamó a la oficina. Respondió la auxiliar administrativa, Mona Morrison, de cuarenta y un años y madre recientemente divorciada de una hija en edad escolar.

—Dios mío, Kate, ¿dónde estás? Bryan, la policía, un par de periodistas, ha llamado todo el mundo preguntando por ti. ¿Estás bien? ¿Qué ha sucedido? —El tono de Mona dejaba claro que se moría de ganas de saberlo todo.

—Estoy bien. Ben se ha mareado en el colegio y he tenido que pasar a recogerle. Ahora estoy en casa.

—¿Cómo que estás bien? —chilló Mona—. ¡Eso es imposible! Te han tomado como rehén. Has tenido que arrebatarle la pistola y dispararle al tipo para liberarte. La noticia sale en todos los canales. ¿Cómo puedes estar bien?

«Ahora no puedo responder a eso. —Luego vino la idea corolaria—. Tengo que responder a eso.»

—De verdad que sí —insistió Kate, aunque se le encogió el corazón al pensar que su mentira estaba siendo retransmitida por toda la ciudad—. Mira, Ben está en casa enfermo. Sólo necesito algo de tiempo para la descompresión, así que me tomaré el resto del día libre. Dile a todo el mundo que vendré mañana.

—Pero...

Kate no le dejó tiempo a Mona para seguir protestando. Colgó y fue hacia la sala de estar. Las cortinas no estaban corridas, y, a través de la amplia ventana principal, vio que la lluvia seguía cayendo. Se quedó contemplándola unos instantes y se acercó finalmente a cerrar las cortinas, de una tela de color canela parecida a la seda (otra ganga de eBay de la que se sentía particularmente orgullosa: las cortinas valen una fortuna). Un gran sofá a cuadros marrones y canela (cortesía de Goodwill), un sillón-balancín reclinable dorado (de la tienda de segunda mano), una mesita de café y varias mesitas auxiliares a juego (mercadillo), una alfombra trenzada de tono tierra (otra ganga del mercadillo), y el carrito de la tele que había junto a la chimenea completaban el mobiliario. Las paredes eran blancas, como todas las de la casa, a excepción de las de la habitación de Ben, que, a petición suya, Kate había pintado en azul marino. En las paredes había colgado algunos de los dibujos en blanco y negro de la ciudad que había encontrado en una feria a principios del verano de aquel año y que había hecho enmarcar. El resultado era atractivo, pensó, y no demasiado femenino, algo contra lo que, como madre sola y con un solo hijo, trataba de protegerse. El resto de la planta baja de la casa lo conformaban un comedor que Kate había transformado en despacho para poder trabajar en casa, un pequeño cuarto de baño situado debajo de las escaleras, el vestíbulo de entrada y la cocina.

En cuanto corrió las cortinas, la habitación se quedó a oscuras. Kate encendió una de las lámparas de latón que había en una de las mesas que flanqueaban el sofá, y encendió el televisor. Se quedó ahí en pie un momento, indecisa, y luego sacudió la cabeza: en ese preciso instante no quería saberlo.

Así que se fue arriba y se duchó.

En cuanto se dispuso a bajar de nuevo, una media hora más tarde, la sensación de frío había desaparecido, pero no había podido librarse de su malestar interior. El siguiente punto de su agenda mental era prepararle la comida a Ben, que estaba feliz leyendo en su habitación. En cuanto hubo bajado un par de escalones se quedó de piedra: a través de la pequeña ventana de cristal de la puerta principal vio un coche patrulla de la policía que se detenía frente a la casa.

Seguido, al cabo de un brevísimo instante, de una furgoneta blanca de la tele.

Su estómago se lanzó en picado hacia el suelo.

10

El Centro Federal de Detención estaba muy cerca del despacho de Kate, justo doblando la esquina. Pero había esperado hasta el día siguiente para recorrer los pocos metros que la separaban del edificio de piedra que se elevaba en el ajetreado y turístico centro de la ciudad, con la esperanza de que en la oficina remitieran los continuos comentarios acerca de su papel en el suceso, y la gente volviera a concentrarse en su trabajo.

«Vamos, tranquila, la gente no te está mirando: sólo te lo imaginas.»

O no. La masacre en el Centro de Justicia Penal había sido el día anterior la protagonista de las noticias de la CNN, la MSNBC, la Fox, el canal sobre tribunales CourtTV y todos los canales locales, y había sido el tema central de programas como *Nancy Grace* y *Hannity & Colmes*, por citar un par. Aquella mañana los programas *Hoy*, *Buenos Días América* y las *Noticias de la Mañana* habían mantenido a América al corriente. La historia había copado las portadas de todos los periódicos locales, incluidos el *Philadelphia Enquirer* y el *Tribune*. Kate pasó junto a un quiosco y se quedó horrorizada al ver en la portada de *USA Today* una foto del interior de la sala de vistas 207 después de la matanza. No le cupo ninguna duda de que su propia fotografía debía de aparecer en algún lugar. Por suerte, en la foto del anuario del tercer curso de la facultad de derecho, la que parecía tener más éxito, aparecía sonriente y con el pelo suelto. Esa mañana, en cambio, llevaba los cabellos recogidos en un moño y sin duda no sonreía.

A juzgar por como se sentía, tal vez jamás volvería a sonreír.

Cada vez que pensaba en Mario, un escalofrío le recorría la espalda. Hacía años que había conseguido quitarse a Mario y a su antigua pandilla de la cabeza, y estaba convencida de que nunca volvería a verles. Pero, como la mala hierba, Mario había vuelto a aparecer, y si Kate no cumplía con lo acordado, Mario, tal como le había advertido antes de desaparecer por el hueco de ventilación, empezaría sin duda a hablar de su pasado compartido.

Al pensarlo se estremeció.

Era un hermoso día de otoño, soleado, pero fresco, y el azul del cielo estaba salpicado por delicadas nubes blancas que flotaban en lo alto sobre el perfil dentado de los rascacielos de la ciudad. De la lluvia del día anterior no quedaban más que algunos charcos aislados. Kate se había puesto esa mañana unos zapatos negros sin tacón, los únicos que le quedaban después de haber abandonado sus Stuart Weitzman en el Centro de Justicia, unos pantalones negros, su camiseta Hanes blanca, y una chaqueta a rayas gris marengo que trataba de mantener cerrada mientras caminaba: estaba helada hasta la médula, aunque era consciente de que el responsable no era el tiempo, sino la angustia que la embargaba. Los gases de los coches, el asfalto que estaban colocando calle arriba y los perritos calientes del puesto de la esquina viciaban el aire. Kate respiró hondo de todos modos, tratando de calmar sus nervios destrozados.

Fue un desperdicio de aire malsano.

«Me siento como una delincuente.»

El agudo *ratatá* de una taladradora, unido al zumbido de los coches y las voces de los transeúntes que abarrotaban la acera, inundaba la calle de un ruido ensordecedor que no lograba sin embargo ahogar el retumbar de su pulso acelerado.

«¿Sabes qué? Eres una delincuente.»

Sintió náuseas sólo de pensarlo. Al pasar por delante de la tienda de dulces Ye Olde Candy Shoppe, situada en una de las docenas de hileras de casas de la era colonial que llenan la calle Juniper, se vio reflejada en el escaparate: estaba pálida, ojerosa y tenía una expresión severa de la boca. Cualquiera que la viera aseguraría que acababa de recibir un montón de malas noticias.

«¿No te preguntas por qué?»

Al doblar la esquina de la calle Arch, alzó la mirada para observar el sólido rectángulo de piedra donde se encontraba el centro de detención. Las estrechas rendijas que se abrían en la piedra y que hacían las veces de ventanas eran la única indicación exterior de que tras esos muros se encontraban los delincuentes más peligrosos de la ciudad. La decisión de construir un complejo penitenciario justo en el corazón de la Ciudad del Amor Fraternal, siempre abarrotado de turistas, levantó en su momento muchas controversias. De lo que los turistas no parecían darse cuenta era de que Filadelfia es una de las áreas metropolitanas más peligrosas del país. El jefe de policía, tras tirar la toalla ante el aumento del índice de delitos, había defendido recientemente la formación de una fuerza de vigilantes integrada por diez mil civiles y destinada a patrullar las calles, con la esperanza de contener la creciente oleada de asesinatos, violaciones, robos a mano armada, agresiones con agravante y otros muchos delitos.

«Que tenga buena suerte.»

Al pasar por debajo de la bandera de Estados Unidos, una ráfaga de viento que corría entre los elevados edificios sacudió la tela. Kate alzó entonces la vista y se dio cuenta de que las barras y estrellas y la bandera azul de la mancomunidad ondeaban a media asta.

A Kate se le hizo un nudo en la garganta y el corazón se le encogió de tristeza. Por el juez Moran, por supuesto, y por los cuatro alguaciles y los dos civiles que habían perdido la vida el día anterior. Los presos que habían muerto no se incluían en el luto oficial, aunque, al ver las banderas a media asta, Kate también sintió lástima por ellos.

Si las cosas hubiesen ido de otra forma, tal vez ella también estaría muerta. El hecho de seguir con vida era algo que tenía que agradecer profundamente, se recordó a sí misma con gravedad.

«Aunque esté atrapada como una rata en una ratera.»

—Esta mañana la he visto por la tele —le dijo la guardia negra mientras tramitaba su pase de acceso. Kate le entregó su documento de identidad y pasó por el detector de metales observando el flujo regular de gente que entraba y salía de las áreas de seguridad—. Con lo que le pasó, yo estaría en la cama con una manta sobre la cabeza. ¿Qué demonios hace trabajando hoy?

Kate forzó una sonrisa y encogió los hombros.

—Hay que comer.

La mujer puso cara de compasión mientras le devolvía a Kate el carné de identidad.

—En eso tiene toda la razón. Tome, ya puede pasar.

En cuanto por fin se sentó en la silla de plástico de uno de los cubículos cubiertos de grafitis donde los letrados se reunían con los presos, Kate se sintió como si hubiese superado una prueba. Prácticamente todas las personas con las que se había cruzado le habían hecho alguna pregunta o algún comentario sobre lo que había sucedido el día anterior. Y los que no habían tenido la oportunidad de hablar directamente con ella la habían seguido con la mirada, llevados por la curiosidad. Afortunadamente, era un día ajetreado, así que nadie podía permitirse perder mucho tiempo conversando. El Centro de Justicia Penal había quedado cerrado al público como parte de la investigación de los tiroteos y el intento de fuga. El propio centro de detención estaba en alerta máxima. Todos los juicios programados para un futuro próximo se estaban cambiando de fecha o aplazando *sine die*, lo que se traducía en una confusión masiva, un tsunami de abogados que corrían a visitar a clientes y una tonelada de trabajo extra para todos ellos. Kate consideró el caos como una bendición. Tenía la doble virtud de mantener a todo el mundo demasiado ocupado para pensar y de provocar cambios en las fechas y los horarios, en los expedientes de los casos, en las asignaciones y en los procedimientos judiciales.

Eso facilitaba la tarea que le había encargado Mario.

«Si no hago lo que quiere...»

Se le hizo un nudo en la garganta, se lamió los labios y apretó involuntariamente los puños: las consecuencias podían resultar demasiado difíciles de soportar.

Kat la expeditiva no habría tenido ningún problema en hacer lo que hubiese que hacer para salir de aquel embrollo. Pero Kate la consciente sí lo tenía.

Recuperar el expediente de Mario del sistema informático había sido sencillo. Un ayudante del fiscal de distrito de la unidad de delitos graves había sido asignado al caso, aunque no parecía que se hubiese hecho demasiado desde entonces. Kate se había leído el expediente no una, sino varias veces. En su mayoría eran delitos de poca monta: un par de arrestos por posesión de drogas, hurtos menores, falsificación de cheques. Había dos condenas por delitos graves, una por agresión con agravantes y otra por tráfico de drogas. Había cumplido condena: seis meses por la agresión con agravantes y nueve meses de una condena de cinco años por traficar con drogas —el resto se lo habían perdonado por buen comportamiento—. Había salido en libertad condicional hacía ocho meses, y le habían vuelto a pillar hacía tres semanas y media. Esta vez, alguien había decidido ser duro con él. La acusación de posesión de arma de fuego contaba como otro delito grave, lo que significaba que entraba dentro de las pautas de la ley «tres *strikes* y eliminado». Como había dicho él mismo, se enfrentaba a una larga condena.

Kate pensó que poca gente se lo merecía tanto como él.

Pero el caso era que estaba a punto de hacer lo necesario para que le soltasen de nuevo.

Se le hizo un nudo en el estómago al pensarlo. Además de los delitos que ya habían hecho que diera con sus huesos en la cárcel, era culpable de participar en el intento de fuga que había causado tantos muertos el día anterior. Si alguien lo descubría, le acusarían de homicidio en primer grado. Pero nadie lo sabía, excepto ella. Y no estaba en posición de hacer nada al respecto.

«Si averiguan lo de David Brady, lo primero que harán será echarte. Luego te detendrán y se llevarán a Ben...»

El pecho se le empequeñeció, y durante unos segundos le costó respirar.

«Tal vez deberías confesarlo todo. Sacarlo tú a la luz y enfrentarte a las consecuencias.»

La idea entró en su cabeza sin invitación, e inmediatamente la rechazó.

«¿Cómo podría hacer eso? No puedo. ¿Qué pasaría con Ben?»

Cuando el pánico empezaba a serpentear en sus entrañas, la puerta del cubículo se abrió. El miedo empezó de pronto a correr por sus venas y, con los ojos como platos y la respiración acelerada, Kate levantó la mirada y vio aparecer a Mario al otro lado del muro de cristal a prueba de balas que se levantaba desde el centro de la mesa donde estaba sentada.

Todos los músculos de su cuerpo se tensaron. El miedo se solidificó y se dejó caer como una piedra en su estómago. Kate apretó los dientes, depositó las palmas de sus manos sobre la superficie lisa de metal de la mesa y combatió la necesidad urgente de ponerse en pie de un brinco y salir corriendo.

Pero se quedó sentada.

Mario la vio a través de la barrera. Sus ojos la recorrieron de arriba abajo y sus labios se arquearon con evidente satisfacción. Entonces se volvió hacia atrás para decirle algo a alguien que tenía a sus espaldas, presumiblemente el agente que le escoltaba.

«Sigue siendo el mismo chulo gilipollas.»

Kate respiró hondo, con la esperanza de tranquilizarse. Deliberadamente, relajó los músculos y apartó la mirada. Abrió su maletín, que tenía a mano izquierda sobre la mesa, sacó un bolígrafo y un cuaderno de notas, volvió a cerrar el maletín, y garabateó su propio nombre en la parte superior de una hoja simplemente para mantenerse ocupada. Lo peor que podía hacer era permitir que Mario se diera cuenta de lo angustiada —o, mejor dicho, aterrorizada— que estaba.

«No permitas que descubra que estás asustada.»

No cabía duda de que Mario había logrado reunirse con los reclusos retenidos el día anterior en el Centro de Justicia sin que nadie sospechase que había intervenido en la fuga frustrada. De lo contrario, ahora no estaría allí. Llevaba el omnipresente mono naranja de todos los presos, y su cabeza rapada brillaba bajo el sórdido fluorescente. Kate le recordaba de más joven, cuando aún tenía la cabeza cubierta de encrespados rizos negros, y verle sin ellos, además de con bigote y perilla y una masa muscular superdesarrollada, le resultaba chocante. Era difícil reconocer en aquel criminal atiborrado de esteroides al muchacho que había sido. Y dentro de aquel espacio limitado aún parecía más amenazador. Por primera vez, se fijó en el tatuaje que llevaba en la muñeca derecha: parecía una especie de dragón negro serpenteante. ¿Sería el símbolo de alguna banda? Si lo era, no lo había visto nunca. Le sorprendió no haber reparado en él el día anterior, aunque por supuesto se había concentrado en otras cosas.

«Como seguir viva.»

Kate levantó la vista mientras Mario se acercaba a la mesa. Sus miradas se cruzaron y a Kate le pareció ver un destello de triunfo en sus ojos.

Se acabó el aguantar el tipo.

«Me tiene donde quiere, y lo sabe.»

El agente que lo escoltaba miró a Kate, asintió con la cabeza, le dijo algo a Mario que ella no pudo oír, y se retiró, dejándoles a los dos solos. Ya conocía la rutina: cuando quisiese marcharse, o si necesitaba ayuda, lo único que tenía que hacer era pulsar el botón que había en la pared, cerca de su codo. Por motivos de seguridad, los agentes se quedaban haciendo guardia en el pasillo.

No había vigilancia de vídeo ni sonora en las cabinas. Por ley, se concedía a los letrados y a los presos una intimidad total.

«No puedo hacerlo», pensó presa de otro ataque de pánico mientras Mario se aposentaba en su silla. Mario apoyó los codos en la otra mitad de la mesa y cruzó los brazos, inclinándose hacia delante, mirándola con confianza a través del cristal. «Simplemente no puedo hacerlo.»

Librarle de la cárcel no suponía un problema. El ayudante del fiscal asignado al caso jamás lo echaría de menos. En un día normal, cada uno de los fiscales se encargaba de unos cuarenta casos, y la mayoría de ellos no se le comunicaban hasta la noche antes. La oficina del fiscal de distrito llevaba unos setenta mil casos al año; el sistema se estaba hundiendo bajo el peso del número excesivo de procesos judiciales. El año anterior, el sesenta por ciento de los delitos graves habían sido desestimados en las vistas previas simplemente porque alguien (acusación, testigo, policía...) no se había presentado o no se había preparado. El sistema judicial era como una puerta giratoria que deja a delincuentes sueltos cada día. Eso lo sabía todo el mundo: jueces, abogados, policías y delincuentes. Sólo el público seguía viviendo en una bendita ignorancia.

«Mario es sólo un cretino más en un océano repleto de ellos. Cada día salen a la calle docenas como él. Dejándole suelto no estás haciendo nada que no se haya hecho ya antes un millón de veces.»

Lo único que tenía que hacer era coger el caso y luego simplemente no hacer nada. Presentarse ante el tribunal sin prepararse, sin testigos de la acusación. La sentencia estaba clara: caso desestimado. Simplemente un indeseable más que volvería a las calles.

Nadie lo sabría. Y ella podría seguir con su vida.

«Yo lo sabría.»

Mario le sonrió cínicamente y cogió el teléfono que les servía para comunicarse. Tras una pausa apenas perceptible, Kate hizo lo propio y se colocó el receptor de plástico junto a la oreja. Su corazón latía aceleradamente; tenía las palmas de las manos empapadas de sudor. Pero cuando sus miradas se encontraban a través del cristal, el rostro de Kate no mostraba expresión alguna.

—Tienes buena pinta, Kitty Kat —dijo él por el teléfono—. De auténtica clase alta. Y sexy.

«Que te den por saco, Mario.»

—Si hago esto... —Su voz era fría, abrupta. No podía simplemente darse la vuelta y hacerse la muerta. Ahora ella era una de los buenos; se había esforzado demasiado para cambiar su vida como para volver atrás. Tenía que haber algún modo de escapar de aquello, algún modo de salvarse y de salvar a Ben sin ceder a su chantaje. Pero ¿cuál? Eso no lo sabía. Todavía no. Tenía que sobreponerse al pánico, tomarse un tiempo para pensar. Su estrategia inmediata, por tanto, estaba clara: retrasar, retrasar y retrasar.

—Pues claro que lo vas a hacer —dijo él, ampliando su sonrisa.

Kate le miró con expresión dura.

«Finge que estás al mando, aunque tal vez no lo estés. No le permitas pensar que tiene dominada la situación, aunque —y esta vez sin tal vez— la tenga dominada.»

—Si hago esto —repitió con voz gélida—, me tendrás que dar algo a cambio: el nombre de tu proveedor, por ejemplo. O detalles de algún crimen que conozcas y quién lo cometió.

Mario entornó los ojos y perdió la sonrisa.

—¿Qué? No me jodas.

—No llevo ninguna tarjeta de «queda usted libre de la cárcel» en el bolsillo, ¿sabes? Si quieres que te saque de aquí, tendrás que colaborar conmigo. Dame algo que pueda utilizar como motivo. Algo que pueda presentar ante un juez.

—Olvídate de eso. No soy ningún chivato.

—Ni yo puedo hacer milagros.

Mario volvió a entornar los ojos.

—Ayer te salvé la vida, zorra. Rodriguez te habría escabechado, eso seguro. Será mejor que no lo olvides.

—Si me vuelves a llamar zorra, te garantizo que de lo que me olvidaré es de haberte conocido.

—Te llamaré lo que me salga de los huevos —repuso Mario agresivo—. Te tengo en mis manos, guapa. Será mejor que me saques de aquí cagando leches.

—Tú no tienes nada —le dijo Kate mirándole con aire amenazador—. Si empiezas a abrir esa bocaza, el que se hundirá serás tú. Eras tú quien llevaba la pistola aquella noche. ¿Crees que veinte años son una putada? Trata de pensar en la pena de muerte.

—Te aseguro que si tengo que enfrentarme a ella, tú estarás en el corredor de la muerte a mi lado. Y no fui yo quien apretó el gatillo. Si me sigues presionando, juraré por mi madre muerta que fuiste tú.

Punto muerto.

—Sé realista: yo soy abogada, y tú un convicto. Si lo niego todo, ¿a quién crees que se van a creer?

Mario sonrió y Kate se quedó algo desconcertada. Se formaron algunas arrugas junto al rabillo de sus pequeños y malvados ojos de pitbull y el blanco de sus dientes contrastaba con su oscura barba.

A Kate se le paró un segundo el corazón. Por suerte, él no podía saberlo de ninguna manera.

—Nombres y lugares, Kitty Kat. Sé nombres y lugares.

Era verdad, y ambos lo sabían. Kate también sabía que se desmontaría como una galleta salada rancia en el fondo del bote antes de dejar que las cosas llegaran tan lejos.

Era el momento de bajar el volumen del tono de confrontación un par de puntos.

—Mira, Mario, yo quiero ayudarte, por los viejos tiempos y todo eso, pero sólo llevo en este trabajo un par de meses. Por mucho que yo les diga que te suelten eso no quiere decir que vayan a hacerlo. Aún necesito que mi jefe me firme todo lo que hago, y si voy y le digo que quiero rebajar los cargos en tu contra, tendré que darle algún motivo. Vas a tener que darme algo que yo pueda utilizar.

Mario apretó los labios. Por primera vez, parecía desconcertado.

—No te voy a dar ni una mierda.

Kate encogió los hombros como diciendo «tú mismo» y pulsó el botón de la pared para avisar al agente. A Mario se le abrieron los ojos de par en par por la sorpresa.

—¿Qué coño estás haciendo?

—Me voy. Tengo que volver al trabajo.

—¿Y qué pasa con lo de sacarme de aquí?

—Como ya te he dicho, para eso necesito que me ayudes.

—Kat... —Su tono de voz denotaba una mezcla de alarma e ira.

—Y, por cierto, sólo para que lo sepas, es un error que me llames cualquier cosa que no sea señorita White. Si se sabe que me conoces de algún modo que no sea estrictamente como abogada, estás jodido, porque si alguien se huele que teníamos una amistad anterior, me quitarán tu caso. Y eso no servirá para lo que tienes pensado.

La puerta se abrió. Mientras el agente entraba en la sala, Kate le dedicó a Mario una sonrisa cristalina.

—Seguiremos en contacto —dijo, y colgó el teléfono.

Era imposible que él supiese que le temblaban las rodillas.

Mario empezó a mover los labios y Kate no tuvo ninguna duda de que de todas las palabras que estaba diciendo la mayoría eran tacos. Sus ojos le disparaban a través del cristal. Pero enseguida tuvo al agente a su lado, que lo agarró por el brazo y le dijo algo: Mario tuvo que colgar.

Kate no volvió a mirarle, simplemente se concentró en guardar el cuaderno de notas y el bolígrafo en el maletín mientras él se levantaba y salía de la sala.

Cuando estuvo sola, también ella se levantó. No le sorprendió en absoluto descubrir que temblaba como un flan; el corazón le palpitaba y tenía el estómago revuelto.

Se sentía como un gusano en un anzuelo, retorciéndose alocadamente para evitar ser devorado por una trucha hambrienta.

Pero había ganado algo de tiempo. Aunque no sabía exactamente para qué le serviría. Pero ya era algo.

Cuando hubo vuelto sobre sus pasos hasta la esquina de Juniper con Penn y se disponía a entrar de nuevo en el edificio que albergaba la oficina del fiscal de distrito, su respiración ya se había calmado. Tenía los nervios a flor de piel, pero el corazón ya no le iba a cien y parecía que las piernas podían sostener normalmente su peso. Eran algo más de las dos y media; a esa hora prácticamente todo el mundo había vuelto ya del almuerzo, de modo que no encontró a nadie conocido entre la colección variopinta de gente que esperaba el ascensor: un anciano harapiento que a juzgar por como vestía (y olía) se había pasado la mañana junto a una botella, una chica en edad de ir al instituto enfundada en unos tejanos azules, dos cincuentones con traje, una pareja mayor bien vestida que discutía en susurros. Kate pulsó el botón de la novena planta, se quedó mirando el brillante panel de latón que tenía delante e intentó relajar todos los músculos del rostro.

La única palabra que a su parecer describía fielmente su expresión era «sombría».

Al llegar a la novena planta, la puerta del ascensor se abrió: la Unidad de Delitos Graves era un auténtico hervidero. Un grupo de estudiantes de instituto de lo más efervescentes estaba haciendo una visita turística con John Frost, de la Oficina de Relaciones Públicas. Una mujer mayor vestida con unos pantalones rojos de poliéster y un poncho marrón se lamentaba en voz alta mientras la ayudante del distrito la acompañaba al baño de señoras: Kate supuso que debía de ser una víctima o una testigo. Una auxiliar administrativa, Nancy algo, salió corriendo de la sala de descanso que había junto a los lavabos con una taza humeante de café en la mano; era una mujer rubia y avanzaba ágilmente a lo largo del pasillo con su camiseta azul de manga larga y una falda ondulante. El aroma a café flotaba en el aire. Kate saludó con la mano a Cindy Hartnett, la recepcionista de veinticinco años que se sentaba en la mesa semicircular del vestíbulo, mientras las puertas de los ascensores se cerraban con estruendo a sus espaldas. La voluptuosa morena le devolvió el saludo y alargó la mano para descolgar el teléfono, que había empezado a sonar. Ron Ott, un ayudante del fiscal de distrito de la Unidad de Delitos Graves, estaba apoyado en la mesa de Cindy, probablemente tratando de convencerla para que saliese con él, como hacían casi todos los hombres solteros del edificio. Ron miró por encima del hombro cuando Cindy saludó, vio a Kate y también la saludó. Detrás de Cindy, una gran sala llena de cubículos albergaba a los ayudantes de los letrados, que realizaban la mayor parte del trabajo tedioso necesario para los casos. Algunos estaban de pie, charlando, haciendo sentir más vulnerables a individuos que permanecían sentados y a los que Kate no podía ver; otros andaban arriba y abajo con carpetas o teléfonos móviles en las manos. Las paredes que separaban sus mesas de trabajo sólo medían metro ochenta, de modo que los rayos de luz que penetraban a través de la hilera de ventanas que daban a la calle iluminaban la sala, así como el área de recepción que ahora cruzaba Kate. Un largo pasillo de color verde claro con puertas de madera oscura se extendía a izquierda y derecha de la mesa de Cindy. Kate se dirigió hacia la derecha, camino de su despacho, y saludó a algunos de los colegas que se habían dejado la puerta de los suyos abierta. La puerta del despacho de Bryan, sin embargo, estaba cerrada. La había llamado la noche anterior para preguntarle cómo estaba, pero no había vuelto a hablar con él en todo el día. Ni siquiera lo había visto. Cosa que a Kate ya le venía bien: cuanta menos gente quisiera hablar sobre los sucesos del día anterior, mejor.

«Tengo que prepararme sobre este tema.»

—¡Dios mío! —le espetó Mona cuando la vio pasar a toda prisa por delante de su puerta. Mona era su auxiliar administrativa y su despacho estaba justo al lado del suyo—. ¿Dónde has estado?

Kate había albergado la esperanza de llegar a su despacho sin que Mona le echara el ojo encima. Una vez arruinada esa esperanza Kate se detuvo en seco: Mona se precipitaba hacia ella como un misil detector del calor. Kate, consciente de que sujetaba el maletín como si lo llevase atornillado, forzó una sonrisa.

—¿Qué tal? —preguntó, sintiéndose algo culpable por no haber respondido a su pregunta. Los nervios le impidieron fingir un tono que estuviera más de acuerdo con su sonrisa: si Mona había salido tras ella con tanta impaciencia, no había duda de que algo se estaba cociendo.

Mona, sin embargo, no pareció echar en falta su respuesta. Era una mujer pelirroja con el cabello corto y una expresión animada en el rostro. Tenía unos grandes ojos marrones y unos labios carnosos que llevaba pintados de escarlata. Era delgada como un alfiler, y, enfundada en ese jersey de cuello cisne de color teja, esa falda dorada y sus espesas medias marrones, parecía realmente una antorcha en movimiento.

—No te lo vas a creer —dijo Mona deteniéndose ante Kate y llevándose los dedos, adornados con largas uñas de color carmín, a la barbilla. Varios anillos centellearon en sus dedos—. Han llamado de *The View*.

—¿Quéee?

Mona asintió con ilusión.

—Quieren que vayas de invitada al programa. ¡Te llaman «la heroína de la sala de vistas 207»! Quieren que tomes un avión y vayas para allá.

Por unos instantes, Kate se quedó sin palabras, paralizada por un horror creciente. Mona, en cambio, prácticamente vibraba de la excitación. Los consternados ojos azules de Kate se encontraron, durante un elocuente segundo, con la mirada marrón y emocionada de Mona. Luego Kate rompió el contacto visual, sacudiendo la cabeza.

—No.

Tratando de ignorar el hecho de que su corazón acababa de acelerar de cero a cien en dos segundos, Kate se volvió y siguió andando hacia su despacho.

—¿Qué quiere decir «no»? —preguntó a voz en cuello Mona. No tenía una naturaleza precisamente tímida y retraída, y una de sus ideas fijas era que debía acoger a Kate bajo su protección—. ¿Te das cuenta de la oportunidad que tienes ante ti? Serás famosa.

—No quiero ser famosa. —Kate estaba empezando a acostumbrarse al latido furioso de su corazón. Aunque eso no significaba que le gustase.

—Pero, pero... —repitió Mona—. Piensa en lo que podría significar para tu carrera. ¡Se fijarían en ti! Tal vez podrías utilizarlo incluso para tener un programa en la tele, como Greta Van Susteren o alguien así.

—No quiero tener un programa en la tele.

La sola idea de aparecer en una televisión nacional en tales circunstancias le puso la piel de gallina. Todo aquello de la «heroína de la sala de vistas 207» era una gran mentira y lo único que quería era que pasase lo más rápidamente posible. Y ya estaba en todos los noticiarios. La idea de alimentar aún más esa mentira apareciendo en directo en una televisión nacional para volver a contarla la aterrorizaba. Por no decir que exponerse así al público le daría a Mario aun más munición, y podría incluso sacar de su madriguera a más ratas de su pasado.

—Pero, Kate... —Mona estaba justo detrás de ella cuando Kate giró sobre sus talones y reanudó la marcha hacia su despacho. Kate miraba hacia delante, fijando la vista en el retrato del gobernador que adornaba el otro extremo del pasillo, aunque no le hacía falta ver a Mona para saber cuál era la expresión de su rostro.

—Nada de peros —dijo Kate ya delante de su puerta haciendo girar el pomo. Miró hacia atrás a Mona mientras empujaba la puerta—. No quiero salir en *The View*, ni en ningún otro programa de televisión, muchas gracias.

—Kate, no puedes... —protestó Mona. Lo que dijo después se perdió, porque Kate entró en su despacho y se encontró que había un hombre junto a su mesa.

El policía moreno de la sala de vistas 207, para ser exactos, el que había sido su salvavidas.

11

—¿Qué hace usted aquí dentro? —le preguntó Kate con brusquedad.

Estaba muy sorprendida y sin duda no habría empleado ese tono si alguien le hubiera advertido de esa visita. Habría tenido tiempo de prepararse. Un policía la esperaba en su oficina (ese policía, especialmente ese policía, con el que había descubierto que tenía una extraña conexión, como si lo sucedido en la sala de vistas les hubiese unido de algún modo misterioso), pisándole los talones, ansioso por saber dónde se había metido, qué había estado haciendo recientemente: no la habría inquietado más que un esqueleto hubiese aparecido inesperadamente de detrás de su mesa. Mona prácticamente chocó con Kate: incluso antes de respirar el sutil pero inconfundible aroma a tabaco que siempre acompañaba a su auxiliar administrativa, Kate se dio cuenta de que la tenía justo a sus espaldas.

—Mmm, esto era lo que quería decirte —le dijo Mona al oído, avergonzada—. Hay un par de policías esperándote en tu oficina.

—Gracias por el soplo —dijo Kate secamente.

«Un par de policías...»

Kate divisó al segundo cuando asomó por detrás del primero. Iba elegantemente vestido, con un traje azul marino de raya diplomática, una camisa azul claro y una corbata amarilla, y medía aproximadamente metro setenta y siete. Era un hombre ancho de espaldas, con el pelo de un rubio rojizo, complexión rubicunda y rasgos toscos y bonachones. Tenía las pestañas cortas, y los ojos del mismo color que su traje: la miró de arriba abajo. El policía de la sala de vistas sonrió a Kate y le alargó la mano. Era tan apuesto como lo recordaba: alto, moreno y atlético. Tenía unos rasgos duros y angulosos, los ojos de color café y los párpados pesados.

—He pensado en pasar a visitarla para ver cómo le iba —dijo mientras Kate le daba uno de esos apretones de mano enérgicos y profesionales con los que los letrados suelen saludar a la gente. La gratitud que había sentido por ese hombre que había tratado de salvarle la vida el día anterior se vio ahogada de pronto por una oleada de precaución extrema: ¿qué quería? Tenía la mano grande, cálida y firme, y Kate la soltó de repente, como si se hubiese quemado: bailaba por su cabeza el recuerdo del policía tomándola en sus brazos cuando le habían cedido las rodillas y sacándola de la sala de vistas mientras pedía a gritos un médico de urgencias. Era ancho de espaldas, pero, vestido con aquella holgada chaqueta de color canela, esa camisa blanca, que había adornado con una corbata roja, y esos anodinos pantalones azul marino, no parecía muy musculoso. Aun así, Kate sabía por experiencia propia que era fuerte. Aunque delgada, Kate no era una pluma, y él la había levantado sin dificultad—. Por cierto, me llamo Tom Braga: detective, del Departamento de Homicidios. —Sus ojos se fijaron en la tirita de la mejilla, y luego recorrieron rápidamente todo su cuerpo—. Me alegro de ver que se ha recuperado tan pronto.

«Glups.»

El corazón le latía a toda velocidad, no porque fuese guapo, sino porque era un policía, y por si fuera poco detective de Homicidios, y ella se sentía como una delincuente. Como si él supiese que ella era una delincuente. Como si de algún modo se hubiese dado cuenta de que lo que todo el mundo creía que había ocurrido en el corredor de seguridad era una mentira.

Pero no podía saberlo. Era imposible.

¿O sí que podía?

«Contrólate, Kate. Por lo que él sabe, tú aquí eres la víctima, ¿recuerdas?»

Kate forzó una sonrisa y tomó aire por la nariz con la esperanza de que respirar hondo resultase tranquilizante.

No fue así.

—Él es el detective Howard Fischback, también de Homicidios —añadió Braga, señalando al otro hombre. El segundo policía dio un paso adelante con la mano tendida. La suya era más carnosa, con los dedos más rechonchos. Fischback le sonrió y Kate se fijó en el destello blanco de sus dientes y en los hoyuelos que se formaron a ambos lados de su boca. Su traje era impecable, y la camisa y la corbata parecían nuevas. Aquel tipo tal vez no era tan clásicamente guapo como su compañero, pero estaba claro que se esforzaba.

—Kate White —dijo Kate apretándole la mano y dejándola caer.

—Encantado de conocerla. —Su sonrisa era amplia y cordial. Sus ojos se posaron cálidamente en su cara.

Vale, sin duda trataba de cautivarla. «Poco probable.» Kate miró su reloj buscando desesperadamente una excusa para echarles: eran las dos y cincuenta y cinco. ¿La esperaban en los juzgados? No, los juzgados estaban cerrados. ¿Una cita urgente? Mona sabría que era una mentira.

—Yo soy su auxiliar administrativa, Mona Morrison. —Mona, dando por sentado que Kate se había olvidado de ella, avanzó un paso con la mano tendida. Ambos hombres le dieron un apretón de manos, y Fischback le dedicó una sonrisa con hoyuelos. Mona, sin embargo, no apartaba los ojos de Braga. No le daba ninguna vergüenza estar perpetuamente a la caza, y no podía negarse que Braga era un hombre muy atractivo.

—Hace años que te veo por el edificio: es un placer poder conocerte por fin —dijo Mona efusivamente, mirando a Braga de arriba abajo.

—¿Hace años que trabaja aquí? —preguntó Braga mirando a Kate. Tenía las cejas espesas, rectas y negras, y se le arquearon levemente por la sorpresa.

Kate sacudió la cabeza.

—Bueno, estoy aquí desde que Kate vino a trabajar en junio. Antes estaba en la Unidad de Reincidentes.

—Ah —repuso Braga.

—Gracias, Mona —dijo Kate. Tenía los nervios a flor de piel y lo último que le apetecía era ver flirtear a Mona. Lo que necesitaba desesperadamente era estar sola, disponer de algo de tiempo para ordenar sus ideas y controlar sus emociones.

«Cosa nada fácil.»

Su auxiliar administrativa le lanzó una mirada de reproche, pero captó la indirecta.

—Bueno, estaré en mi despacho si necesitáis algo.

Kate asintió con la cabeza. Fischback siguió a Mona con la mirada hasta que la vio desaparecer por la puerta. Braga, en cambio, no apartaba los ojos de Kate. Sus miradas se encontraron. Braga le sonrió. De repente el despacho le pareció demasiado pequeño. Tenía a Braga a menos de un metro de distancia, tan cerca que Kate pudo ver que el borde de las solapas de su chaqueta estaba un poco gastado y que el afeitado de aquella mañana empezaba a crecer de nuevo.

—Después de lo de ayer, me sorprende que esté usted trabajando —dijo Braga.

—Usted también trabaja hoy —señaló Kate.

—Este año ya me he cogido todos los días por enfermedad que me corresponden.

A juzgar por el tono en que lo dijo, estaba claro que Kate debía tomárselo como una broma. Kate pasó entre ambos hombres para depositar su maletín sobre la mesa y, en cuanto los tuvo a su espalda, aprovechó para tratar de relajar los músculos de la cara: estaban tan tensos que la sonrisa que les había dedicado parecía dibujada en cemento endurecido.

«Mantén la calma. No tienen ni idea.»

Cuando se dio la vuelta, los vio deambulando por el despacho. Como todos los ayudantes del fiscal de distrito de su departamento, Kate tenía un despacho de tres metros y medio por tres metros, con las paredes de color verde claro (oficialmente era verde jade, pero, como decía Ben, ese tono era más bien el verde de las orugas aplastadas). Situado en el centro de la estancia, había un escritorio metálico de color negro cuya parte superior estaba chapada con un material que imitaba la madera; justo detrás de la mesa, una estantería negra metálica a juego y un par de archivadores se apoyaban en la pared; detrás del escritorio había la silla grande de cuero negro que utilizaba ella y, al otro lado, dos sillas pequeñas de cuero negro y acero, para las visitas. De la pared de detrás del escritorio colgaban sus diplomas enmarcados. Y, sobre el escritorio, había una foto escolar de Ben del curso anterior. En una esquina, un perchero vacío. En otra, un larguirucho ficus de imitación (Kate hacía tiempo que había abandonado las plantas auténticas, porque siempre se olvidaba de regarlas) se erguía triste junto a una ventana de guillotina doble. La ventana estaba equipada con persianas grises estrechas que casi siempre estaban abiertas, proporcionándole a Kate una emocionante vista de la sencilla fachada de piedra del edificio de oficinas de enfrente. Ocasionalmente, alguna paloma se posaba en su alféizar para animarle el día.

Si se acercaba a la ventana y miraba directamente hacia arriba, podía ver un río de cielo serpenteando sobre el cañón de edificios altos en que trabajaba.

—Ayer le vi salir del Centro de Justicia. Iba usted tras una camilla en la que yacía un ayudante del sheriff. Espero que esté bien. —La mejor defensa siempre ha sido un buen ataque, y tomar la iniciativa en la conversación era una estrategia clásica de diversión. Trató de hablar en tono cálido e interesado, pero no estuvo segura de haberlo conseguido. Como la cara, sentía la voz rígida y poco natural.

Braga se encogió de hombros, y una sombra se adueñó de su cara.

—Está vivo, y los médicos dicen que saldrá adelante. Aunque sigue en la UVI. —Sus ojos parpadearon—. Es mi hermano.

Las reservas de Kate casi se desvanecieron. Parecía claro que ese hombre se preocupaba por su hermano. Kate movió la cabeza con genuina compasión.

—Recuerdo haber pensado que guardaban cierto parecido. El pelo negro.

Braga asintió con la cabeza mientras sus labios esbozaban una sonrisa: su expresión se suavizó.

—Y eso me lleva a la otra razón por la que estamos aquí. ¿Le importaría responder a algunas preguntas?

La habían pillado desprevenida. Kate tuvo la sensación de que se le helaba la cara, se le tambaleaba el corazón y se le cerraba el estómago. Con la esperanza de que no fuese demasiado tarde, se esforzó cuanto pudo para que no se dieran cuenta de su deseo instintivo de dar como respuesta una rotunda negativa.

—Ya presté declaración ayer. Vinieron unos agentes a mi casa.

Dios, con lo nerviosa que estaba, ¿cómo iba a acordarse de lo que había dicho? La camioneta de la televisión había sido la primera de una procesión de medios de comunicación: habían llamado a la puerta y al timbre incesantemente hasta que uno de los dos uniformados que habían ido a tomarle declaración había abierto la puerta y les había ordenado que parasen. En cuanto terminó de prestar declaración y acompañó a los policías a la puerta, su patio se había convertido en un mar de periodistas y cámaras y paraguas y camionetas con parabólicas y docenas de luces brillantes que la habían asaltado a través de la lluvia en cuanto había salido al porche.

—Kate, ¿es verdad que le ha disparado a su captor con su propia arma?

—Kate, ¿pensaba que iba a morir?

—Kate, ¿nos puede contar cómo ha sido esa terrible experiencia?

—Señorita White, ¿cómo se siente?

—Señorita White, ¿qué le ha dicho Rodriguez?

—¡Kate, mire hacia aquí!

Kate había mirado al gentío, horrorizada, y había dicho: «No tengo nada que decir» cuando un periodista le había metido un micrófono ante la cara, había vuelto a entrar en la casa y había cerrado la puerta de un portazo, cuidando de pasar la llave enseguida. Desde el otro lado de la puerta había oído que los policías les gritaban que abandonasen la zona. Mientras obedecían a regañadientes, empezaron a sonar sus teléfonos, tanto el fijo como el móvil. Sus entrañas se retorcieron en un gran nudo gordiano. Apretando los dientes, desactivó los tonos de ambos teléfonos y anduvo por toda la casa, corriendo metódicamente todas las cortinas y comprobando que todas las puertas y ventanas estuviesen también cerradas. Terminó en la habitación de Ben, que estaba tumbado en su cama, leyendo. Kate encendió como de costumbre la lámpara que Ben tenía junto a la cama ya que Ben siempre leía en lo que ella consideraba oscuridad, y él sacó la nariz del libro durante el tiempo suficiente para mirarla.

—Mamá, ¿qué hacía toda esa gente ahí afuera? ¿Es verdad que has matado a alguien? —preguntó con los ojos abiertos de par en par, sorprendido y sin duda asustado ante la idea de que su madre pudiese haber hecho tal cosa.

Evidentemente, al oír todo aquel bullicio había levantado los ojos de su libro y había mirado por la ventana. Y sin duda había oído algunas de las preguntas que le gritaban a su madre.

A Kate se le cayó el alma a los pies.

—No —le respondió. No podía mentirle sobre algo tan gordo

como aquello, no quería que asociase a su madre con la violencia, que todo aquello formase parte de la experiencia vital que Kate deseaba para él. Pero tampoco podía permitir que, si alguien le preguntaba, respondiera: «Mi mamá me dijo que no había matado a nadie.» Así que rectificó y respondió—: Sí.

Y entonces Ben abrió aún más los ojos y se hundió aún más en su almohada sin dejar de mirarla. Kate se sentó a su lado y le contó toda la historia. Más o menos. Con muchos retoques y alguna mentira crucial.

Tal como ahora se preparaba a hacer con esos tipos. Tal como había hecho en su declaración oficial.

La verdad... La mayor parte de su historia había sido la absoluta verdad. Porque, en casi todos los aspectos que importaban, la víctima de ese caso era ella. No tenía nada que esconder. Excepto el final... y el principio.

Su corazón se aceleró al pensarlo.

—No nos tomará demasiado tiempo. —Braga interpretó correctamente su duda como reticencia, pero se equivocó acerca del motivo que alimentaba esa reticencia.

Kate combatió la necesidad de tragar saliva. Sus manos, ¡malditas chivatas!, se habían agarrado a su cintura sin que ella fuese consciente de ello. Y ahora que se había dado cuenta, no podía arrancarlas precipitadamente de ahí sin riesgo de que la delataran.

Por suerte, Braga la miraba a los ojos. Kate aprovechó para dejar caer suavemente las manos hasta la mesa y se apoyó en ella con los dedos.

—Todo está en mi declaración —dijo en un segundo intento.

—Ya la he leído esta mañana. Pero, ahora que aún la tiene fresca, me gustaría aclarar algunos detalles...

—No le va a doler, palabra de *boy scout* —aseguró Fischback con una brillante sonrisa, mientras se acercaba la silla para visitas que tenía más cerca. Sus patas metálicas chirriaron contra el suelo de parqué—. ¿Le importa si nos sentamos? —dijo mientras se sentaba sin esperar a la respuesta.

—No, claro. Adelante —dijo Kate como si tuviese alguna elección. Braga también se sentó y sacó un pequeño cuaderno de notas y un bolígrafo del bolsillo de su chaqueta. Kate se acomodó en su silla, mirándoles desde el otro lado del escritorio, consciente de que

Braga estaba leyendo sus propias notas. Notas que, sin duda, había tomado de su declaración.

—Cuando Rodriguez se la llevó al corredor, ¿vio a alguien?

Kate se esforzó por no abrir los ojos de par en par. «Saben lo de Mario.» Ésa fue su primera idea espontánea. Se quedó fría de golpe. Su pulso se aceleró. Tuvo calambres en el estómago. Luego recordó al hermano de Braga, al otro agente caído, y al otro preso en la celda de detención. Por supuesto, Braga se refería a ellos.

Kate cogió un bolígrafo y jugueteó con él para ocultar su alivio.

—¿Además de Rodriguez, quiere decir? —Su voz mostraba una seguridad sorprendente. Nadie habría dicho que hacía sólo un segundo, justo antes de recuperar el dominio de sí misma, se le había quedado la boca seca como el desierto del Sahara. Se enorgulleció de que su expresión fuese la adecuada: había dejado entrever un recuerdo doloroso y cierta curiosidad, nada más.

—Además de Rodriguez —confirmó Braga.

—Había tres hombres en el suelo de una de las celdas de detención. Sólo los vi un instante. Dos de ellos eran policías (uno era su hermano, aunque entonces no lo sabía), y el tercero llevaba un mono naranja, por lo que supuse que se trataba de un preso. En... en ese momento creí que todos estaban muertos. —Al pensar en esos tres hombres yaciendo en el suelo, se le entrecortó la voz; eso sin duda añadiría autenticidad a su declaración.

Braga asintió con la cabeza y anotó algo en su libreta. Mientras, Fischback se dedicaba a inspeccionar su escritorio. Kate echó un rápido vistazo y confirmó que no había a la vista nada que pudiese incriminarla; el expediente de Mario lo había guardado en su portátil y, aunque tenía el ordenador encendido, estaba en modo de ahorro de energía. Fischback, sin embargo, tampoco habría podido ver nada desde donde estaba situado. El teléfono, montones de expedientes y documentos, una bandeja rebosante de correo, un par de cajas de plástico abarrotadas de discos de ordenador, libros variados, una lata de Coca-Cola que Ben había forrado con papel llena de lápices y bolígrafos... El escritorio estaba limpio. Kate no se atrevió a volverse para mirar lo que había a sus espaldas, pero sabía muy bien lo que podía verse allí: grandes archivadores alineados en la parte superior de la estantería, estantes repletos de libros y carpetas de manila y papeles, una gran concha marina que Ben y ella habían encontrado en una visita a la costa. Los dos archivadores estaban cerrados, con algunos adhesivos amarillos adornando su parte frontal. Sobre uno de ellos había un fax. En el calendario, que estaba sujeto a un lado del otro archivador con un par de imanes de perros negros, un regalo de Ben por el Día de la Madre, no constaba nada de su cita con Mario en el centro de detención. Ya era una letrada lo bastante hecha y derecha como para anotar allí nada que pudiese ser utilizado en su contra.

Estaba segura de que no había ningún rastro de Mario en todo el despacho.

Cuando Kate estaba a punto de dejar escapar un silencioso suspiro de alivio, su mirada se volvió a posar en Braga, que le estaba observando las manos.

Ella seguía jugueteando con el bolígrafo, dándole vueltas y vueltas sin parar.

Necesitó apelar a todo su autocontrol para no cerrar las manos en forma de puños y dejar caer el bolígrafo. Inspiró silenciosamente, y lo dejó cuidadosamente sobre la mesa. Luego entrelazó los dedos de ambas manos para que no pudieran delatarla.

El policía no tenía modo de saber que las palmas de sus manos estaban empapadas de sudor.

—¿Y por qué «sólo los vio un instante»? —preguntó Braga.

Kate frunció el ceño. Ése era uno de los momentos sobre los que había mentido acerca de lo sucedido, sobre los que había tenido que mentir, porque por supuesto el motivo por el que había visto el interior de aquella celda era porque había salido Mario.

—Rodriguez abrió la puerta un momento, no sé por qué. Primero me empujó contra la pared, y desde donde yo estaba, pude ver el interior cuando la abrió.

—¿Y qué vio?

—Ya se lo he dicho: a los tres hombres, dos agentes y un preso, que yacían en el suelo. Como ya he dicho, sólo fue un instante.

—¿Vio alguna arma? ¿Una pistola?

—No. Excepto la que llevaba Rodriguez, por supuesto.

—De acuerdo. —Braga volvió a consultar su cuaderno. Kate intentó no sudar.

—¿Tiene alguna idea de dónde sacó Soto su pistola, señorita White? —preguntó Fischback.

Aquí Kate pisaba tierra firme.

—No, ni idea. —Kate lo recordó. Soto estaba sentado en la mesa de la defensa, y al minuto siguiente se había puesto en pie de un salto con una pistola en la mano—. Cuando se puso en pie en la sala de vistas, llevaba una pistola en la mano.

—¿Y fue la primera vez que vio esa pistola? —La expresión de Fischback era ilegible.

Nuevamente no le importó, porque en este punto andaba sobre seguro.

—Sí.

—¿Y de dónde sacó usted el arma con la que disparó a Rodriguez? —preguntó Braga, sosteniendo el bolígrafo sobre el cuaderno, preparado para escribir. Kate se cruzó con su mirada, pero no descubrió en ella ningún atisbo de sospecha. A pesar de ello, el sudor empezaba ya a empapar su ropa.

—Pues simplemente estaba ahí, en el suelo.

—¿Estaba tirada en el suelo del pasillo?

—Sí.

—¿Y no la había visto antes?

—No. —Kate tuvo que combatir el impulso de apartar la mirada, o de lamerse los labios—. Me empujó al suelo, y, cuando caí, vi una pistola allí tirada, junto a la pared, justo al lado de la pared. No me había fijado hasta entonces.

El silencio se apoderó de la habitación. Al parecer Braga esperaba a que ella continuase. Kate le miró directamente a los ojos, mientras su corazón palpitaba y sus terminaciones nerviosas temblaban. Tuvo que combatir el impulso físico de ponerse en pie de un salto y echar a correr. Su respuesta de lucha o huida gritaba huida, pero tenía que quedarse allí sentada, aparentar calma, mentir descaradamente y esperar. No estaba dispuesta a dejar que la descubrieran por haber hablado demasiado como les había ocurrido a tantos de los sospechosos que había visto. Por poco que pudiera evitarlo, no caería en esa trampa.

—Así que vio una pistola en el suelo junto a la pared —dijo Braga finalmente—. ¿A su derecha o a su izquierda?

Kate intentó visualizar el escenario que estaba creando mentalmente.

—A mi derecha.

—De acuerdo. —Braga hizo una pausa para garabatear algo en su cuaderno y los nervios de Kate se tensaron como las cuerdas de un piano—. Ha dicho que la empujó al suelo. ¿Cómo cayó? —Kate debió de hacer una mueca de sorpresa, porque Braga elaboró la pregunta casi inmediatamente—. ¿De barriga, de espalda, de lado...?

«Dios mío, que se termine esto de una vez, por favor.»

—De culo. Caí de culo y vi la pistola. Sabía que Rodriguez tenía la intención de dispararme, así que la cogí, le apunté y apreté el gatillo. —Kate respiró hondo: quería dar realismo a su relato, pero también necesitaba oxígeno—. Y le maté.

—¿Dónde estaba Rodriguez?

Kate notó que el sudor le resbalaba por el espinazo. Su desodorante hacía rato que la había abandonado. Por suerte, la chaqueta ocultaría cualquier mancha bajo sus axilas.

—Cerca de la pared, la pared del fondo, donde está el teléfono. Estaba de espaldas a la pared, de cara al pasillo. —Kate trató de imaginarse el escenario que volvía a crear. ¿Podría haber cogido la pistola, apuntar y disparar mientras Rodriguez estaba allí en pie, con su propia pistola en la mano? En una palabra: no—. Se... Se le cayó la pistola y se agachó a recogerla. Pensé que no tendría otra oportunidad mejor. Y fui a por ella. A por la pistola del suelo.

Braga anotó algo. Luego volvió a levantar la vista hacia ella.

—Así que a Rodriguez se le cayó la pistola y, mientras la recogía, usted cogió la pistola que había visto en el suelo. ¿Había él recuperado su pistola cuando usted le disparó? ¿En qué posición estaba?

«Los forenses. No debo olvidar a los forenses. La trayectoria de la bala les permitirá saber en qué posición estaba Rodriguez y en qué posición estaba yo cuando se produjo el disparo mortal.»

Si se tomaban la molestia de comprobarlo. Pero ella tenía que dar por sentado que se la tomarían.

—Él ya tenía la pistola, y la levantaba. Volvía a estar en pie. Creo... Estoy casi segura de que estaba a punto de dispararme. —Kate volvió a respirar hondo: le faltaba el aire, pero también estaba bastante segura de que en esa coyuntura se consideraría como una respuesta adecuada a la angustia recordada. Recordó a Mario disparando a Rodriguez, e intentó ponerse en el lugar de Mario—. Yo ya estaba en pie. Los dos estábamos en pie cuando le disparé.

—Veamos si me ha quedado claro: él estaba en pie de cara a usted, con la espalda contra la pared, y usted estaba en pie de cara a él cuando apretó el gatillo.

Kate asintió con la cabeza.

—¿Estaba puesto el seguro?

Eso la pilló por sorpresa, aunque confió en que nadie lo hubiera notado. Sus ojos no se abrieron. Su boca no se apretó. Su cuerpo no se agarrotó. Mantuvo perfectamente la compostura, su aspecto relajado, pero le costó lo suyo. Era fiscal, y había aprendido a leer el lenguaje corporal: era una de las muchas herramientas que permitían juzgar si alguien estaba mintiendo. Y estaba absolutamente segura de que los detectives de Homicidios buscaban las mismas cosas.

Así que frunció ligeramente el ceño, como si tratase de recordar. Tuvo la sensación de que un montón de mariposas revoloteaba en su estómago. Podía oír su propio pulso latiendo contra sus tímpanos. Tuvo que combatir el impulso de tragar saliva.

Pero lo que apareció en su rostro fue una sutil expresión meditabunda. Mientras su cerebro corría a mil por hora.

El caso era que, en su recreación mental de los hechos, no había elaborado realmente los detalles físicos exactos de cómo habría sido disparar una pistola en tales circunstancias. No era la primera vez que disparaba una pistola: había disparado en su disipada juventud y, más tarde, en un campo de tiro, con una ganga de cincuenta dólares que se había comprado para protegerse. Pero la verdad era que no sabía demasiado sobre pistolas. Pensando rápidamente, trató de calcular los posibles riesgos asociados a cada respuesta. Por ejemplo: Braga podría decirle: «Enséñeme cómo lo hizo» y entregarle una pistola idéntica a la que supuestamente había utilizado, y ella tendría que localizar el seguro. Así que dio la respuesta que consideró más segura.

—No —dijo con el rostro relajado, voz confiada y expresión serena.

«Bravo.»

Braga asintió con la cabeza y anotó también esa respuesta. Así de sencillo. Así de fácil. Entonces, ¿por qué estaba sudando la gota gorda?

El teléfono sonó y Kate pegó un brinco.

12

Kate no sabía por qué se había sobresaltado tanto. Probablemente porque llevaba rato aguantando la tensión, y ese sonido había irrumpido inesperadamente. Era su móvil y había sonado con un simple *riiing*. Después de lo del día anterior, se habían acabado los tonos personalizados para toda su vida.

Pero, por el motivo que fuera, el corazón le latía cada vez más deprisa y amenazaba con salir disparado de su pecho. Braga y Fischback la observaban curiosos, expectantes.

«Que no te vean sudar», se repetía Kate mentalmente mientras el sudor se deslizaba por debajo de su ropa.

—Perdonen, tengo que cogerlo.

Ambos asintieron.

Era Ben. Lo supo en cuanto se recuperó del sobresalto, incluso antes de sacar el móvil del maletín y ver el número que aparecía en la pantalla: las llamadas dirigidas al teléfono de su despacho se habían desviado al de Mona, porque no había dejado de sonar desde que Kate había llegado al trabajo, y sólo unas pocas personas —Ben y las personas que tenían alguna relación con él— tenían el número de su móvil. Además, Ben siempre la llamaba desde el coche en cuanto Suzy lo había recogido del colegio.

Para que no se preocupase.

«Sé realista. Siempre te preocupas.»

—Hola, car... Ben —rectificó instantáneamente, recordando

justo a tiempo que «cariño» era otra de las palabras que tenía prohibidas.

—Hola, mamá. Ya voy de camino a casa de los Perry.

—¿Has tenido un buen día?

—Ha estado bien.

Kate se lo imaginó sentado en el asiento de atrás del Blazer de Suzy. La música debía de sonar a todo volumen —a Samantha le gustaba la música alta—, y los tres niños Perry, además de Suzy, estarían moviéndose a su ritmo. Pero no Ben. Kate podía verlo encorvado junto a su puerta, lo más lejos posible del ruido, probablemente tapándose el oído con el dedo mientras hablaba por teléfono.

Kate suspiró. En un mundo perfecto, ella podría ir a recoger a su hijo. Pero, por desgracia, el mundo es como es.

—Pasaré a buscarte en cuanto pueda. Probablemente hoy será pronto. Prepárate un bocadillo. Diviértete. Haz los deberes.

—Sí, claro.

Kate tuvo que sonreír. Eso último lo había añadido como un intento a la desesperada. Ben casi nunca hacía los deberes en casa de los Perry: ése era un lugar para jugar con Samantha. Los deberes los hacía en casa, con la ayuda de mamá.

Lo que conllevaba pasar tardes extenuantes en las que tanto madre como hijo estaban cansados, malhumorados y mutuamente perplejos ante las matemáticas de cuarto curso. Aun así, Kate no cambiaría esos momentos por nada del mundo.

Braga y Fischback seguían observándola. Los ojos de Braga eran oscuros e ilegibles. Los de Fischback brillaban de curiosidad. Kate se dio cuenta de la sonrisa que todavía perduraba en sus labios, de lo relajados que tenía de pronto los músculos del cuello y los hombros.

Oír la voz de Ben, imaginárselo al otro lado del teléfono, la había calmado y le había dado una renovada razón de ser.

Kate tenía que lograr salir de todo aquello sin que sus vidas quedaran afectadas.

Por Ben.

—Tengo que dejarte, cielo —dijo.

—Mamá... —repuso Ben en tono de protesta, y luego añadió—: Bueno, adiós.

—Adiós —repitió ella mientras Ben ya colgaba. Kate apagó el teléfono y lo dejó sobre el escritorio.

—¿Es su hijo? —Braga señaló con la cabeza la foto de Ben sobre el escritorio. Era la habitual foto del colegio, sacada el curso anterior. Ben miraba solemnemente a la cámara (se le había caído un incisivo y no había querido sonreír a la cámara) y le faltaba buena parte del flequillo (se había dado un tijeretazo para eliminar una mancha de pintura roja que se había hecho en clase de plástica. En su momento, Kate se había quedado horrorizada. Ahora le hacía sonreír).

—Sí —asintió Kate.

—Es guapo.

—Gracias. —Hablar con Ben, darse cuenta de nuevo de todo lo que había en juego... Era lo que le hacía falta. Había recuperado el ánimo y volvía a tener la guardia alta. Puso las manos planas sobre el escritorio como si se dispusiese a levantarse, miró a los dos detectives e inquirió con tranquilidad—: Si no hay nada más...

—No. —Braga cerró su cuaderno y se lo guardó junto con el bolígrafo en el bolsillo. Luego se levantó. Fischback se quedó sentado un segundo más y se levantó al mismo tiempo que Kate—. Creo que eso es todo.

—Nos ha ayudado mucho —dijo Fischback con una sonrisa—. Tenemos que investigar un montón de aspectos diferentes.

Kate se negó a interpretar la frase.

—Si hubiese algo más, ya saben dónde estoy —dijo enérgicamente. Tendió la mano, primero a Braga y luego a Fischback, y rodeó el escritorio para acompañarles a la puerta, con mucha más impaciencia de la que esperaba que fuese evidente.

—Por supuesto —asintió Braga, deteniéndose para mirarla mientras su compañero ya salía al pasillo. Cuando ya estaba a punto de cruzar la puerta, se detuvo, y Kate, que iba justo detrás de él, también tuvo que pararse. Llevaba zapatos planos y su cabeza apenas alcanzaba los hombros de Braga: esta vez, Kate estimó la altura del policía entre dos y cuatro centímetros más que la vez anterior. Braga debía de medir metro ochenta. Desde detrás de su espalda, sus hombros le parecieron impresionantemente anchos. Braga llevaba el pelo negro corto, pero no tanto como para que no se le rizase detrás del cuello. Visto de perfil, tenía la frente alta, la nariz larga (con una ligera curva en el puente), los labios algo estrechos, pero bien formados, la mandíbula cuadrada y la barbilla marcada. Parecía cansado, y un poco mayor de lo que había creído al principio. Seguía pareciéndole un hombre indudablemente atractivo, aunque había descubierto cierto cinismo en sus ojos. La dureza de su expresión le recordó a Kate que aquél era un detective veterano, que llevaba años sacando mentiras a la luz. Cuando sus miradas se cruzaron, Kate observó que Braga le fruncía el ceño y, de nuevo nerviosa, preguntó:

—¿Hay algo más?

—Sólo quería que supiese que ayer no estaba seguro de que fuese usted a salir viva de allí. No era la primera vez que tenía que habérmelas con Rodriguez: ha eliminado usted a un auténtico mal bicho.

Kate tragó saliva y se esforzó por recuperar la compostura, pero enseguida cayó en la cuenta de que su reacción era perfectamente apropiada dados los malos recuerdos que irían asociados a lo que él creía que había pasado.

—Eso lo hace un poco más llevadero —dijo, porque estaba claro que él trataba de aliviar parte de la culpa que pudiese sentir por haber acabado con una vida humana—. Y, por si no se lo había dicho, gracias por haber tratado de salvarme la vida.

Braga esbozó una sonrisa y la comisura de los ojos se le llenó de pequeñas arrugas.

—Son los gajes del oficio —dijo mientras salía del despacho de Kate.

Fischback le estaba esperando en el pasillo. Ambos se dirigieron hacia los ascensores, moviéndose sincrónicamente sin mirar atrás ni una sola vez. Por lo que le pareció a Kate, no hablaban. La puerta del despacho contiguo estaba abierta, pero Mona debía de estar atendiendo el teléfono u ocupada en alguna otra cosa; de lo contrario, se habría asomado para seguir coqueteando con Braga, Kate no tenía ninguna duda.

Cuando los dos policías se hubieron alejado lo bastante, Kate cerró la puerta de su despacho y apoyó la espalda contra la fría madera, aún con la mano en el pomo. Al sentir la camiseta contra la piel, se dio cuenta de lo sudada que estaba. El corazón todavía le latía demasiado rápido y sus rodillas amenazaban con ceder de un momento a otro. Tuvo que combatir el impulso de dejarse deslizar por la puerta hasta quedarse sentada en el suelo, con las piernas abiertas. Cerrando los ojos y regulando su respiración, ahuyentó la minicrisis que sentía que se avecinaba.

«Mantente fuerte.»

—Una chica muy guapa —dijo Fish con tono reflexivo cuando los dos policías estuvieron a solas en el ascensor.

—Sí. —Tom estaba apoyado en la pared, con los brazos cruzados sobre el pecho y la vista puesta en los números de la puerta, que iban iluminándose en orden descendente. Kate White era guapa, excepcionalmente guapa, aunque estuviese un poco delgada para su gusto. Normalmente no le gustaban las mujeres demasiado delgadas. Con toda probabilidad tenía algo que ver con la sangre italiana que corría por sus venas.

—Pero ¿no te ha dado un poco de mala espina?

—Sólo un poco.

—¿Y qué piensas?

Cuando llegaron a la planta baja, se oyó un *ping* y las puertas empezaron a abrirse. Los dos policías salieron de la cabina.

—Buena pregunta —dijo Tom.

Había una docena de personas moviéndose por el vestíbulo, además de un cuarteto de guardias de seguridad cuyo cometido era aquel día mantener a raya a la prensa. La conversación de los dos detectives quedó suspendida hasta que hubieron atravesado la puerta doble y salido a la calle. La estrecha franja de hormigón que rodeaba aquella ajetreada manzana comercial estaba llena de gente. A la izquierda del edificio, una pequeña aglomeración de personas rodeaba a un periodista de la tele que entrevistaba a algún pobre idiota, mientras algunos peatones se veían obligados a rodear el gentío. Sin mediar palabra, los dos policías se alejaron de la multitud en dirección al coche de Tom. El Taurus estaba aparcado sobre el bordillo de la derecha, justo delante de una señal de «Prohibido aparcar», pero algo —tal vez la casualidad, tal vez la etiqueta de la policía que Tom había colgado en el espejo retrovisor con la esperanza de que el guardia urbano que acaso pasase por allí se apiadase de él—, había evitado que se ganase una multa. En Filadelfia, aparcar era un problema. La ciudad estaba trazada en ordenadas cuadrículas: Broad Street corre de norte a sur, Market Street, de oeste a este, y todas las demás calles corren paralelas a estas dos. El único problema era que, cuando Filadelfia era la ciudad de Billy Penn, los coches aún no se habían inventado y ahora no había espacio suficiente para ellos. La mayoría de los habitantes de la ciudad hacía ya tiempo que habían aceptado la realidad, y se desplazaban en metro con resignación cristiana.

—Parece que es tu día de suerte —observó Fish al abrir la puerta del copiloto. Tom siguió su mirada y vio la famosa furgoneta de tres ruedas de la guardia urbana. Su techo blanco en forma de bala centelleaba bajo el sol brillante y una mujer con uniforme azul la conducía lentamente hacia ellos, avanzando junto a la hilera de coches aparcados.

Tom apretó un poco el paso: «Siempre es mejor evitar una multa que tener que convencer a alguien para que te la quite», pensó. Mientras rodeaba la parte delantera del coche ensordecido por el zumbido del tráfico, lo sacudió una ráfaga de viento que recorría la calle en espiral. El aroma fresco del aire nuevo contrastaba con el habitual olor a gases de la combustión, neumáticos recalentados y asfalto. El soplo repentino le alborotó los cabellos y le levantó la chaqueta. Tom se apresuró a abotonársela, pero de pronto uno de los botones se desprendió, salió volando por los aires, y cayó sobre el pavimento con un *clic* apenas audible.

«Mierda.»

Tom volvió un instante la cabeza y vio que la policía de tráfico todavía estaba a una docena de coches de distancia y se jugó el físico para recuperar el botón que yacía junto a la rueda izquierda de delante. Luego entró precipitadamente en el coche, introdujo la llave en el contacto y dejó el botón en el posavasos entre los asientos.

—¿Qué es? —preguntó Fish mientras se ponía en marcha el motor.

—El puto botón de la chaqueta, que se me ha caído —dijo Tom poniendo la primera e incorporándose al tráfico. En el centro de la ciudad el tráfico era denso y lento, así que en lugar de esperar a encontrar un espacio entre dos coches, lo que había que hacer era salir a la brava.

—¿De tu chaqueta? —Ambos hicieron caso omiso del bocinazo de indignación que alguien les dedicó. Fish se quedó mirando los hilos sueltos que indicaban de dónde había caído el botón y sacudió la cabeza—. Aleluya, tal vez ahora te compres una nueva.

Las comisuras de los labios de Tom se curvaron hacia arriba cuando pasó junto a la guardia de aparcamiento.

—Menuda sandez. Creo que podré arreglármelas para coser el botón.

Fish gruñó. Luego bajó la ventanilla y, antes de que Tom se diese cuenta de lo que pretendía hacer, agarró el botón del posavasos y lo tiró a la calle.

—¿Por qué has hecho eso? —exclamó Tom mientras seguía la trayectoria del botón por el rabillo del ojo.

—Para salvarte de ti mismo. Tienes que ir de compras, Tom. Si la chaqueta fuese humana, ya se podría sacar el carné de conducir.

Tom frenó en un semáforo. Una aglomeración formada por turistas equipados con cámaras y guías de la ciudad, hombres y mujeres de negocios, estudiantes de una de las cuatro universidades principales de Filadelfia y compradores de los barrios residenciales que pasaban la tarde en el centro se apresuraba a cruzar la calle por el paso de peatones que había dos coches más adelante. Tom registró sus detalles sin darse siquiera cuenta de que lo hacía, por deformación profesional.

—¿Y?

—Pues que se merece una jubilación. Cómprate una nueva. Cómprate un par de chaquetas nuevas, joder. Renueva todo tu vestuario. Vive un poco.

—Que te den por saco, Fish —le dijo sin enojo. Ambos sabían a qué se refería Fish. Habían sido amigos desde que jugaban juntos a fútbol americano en el instituto Saint Aloysius, en el sur de Filadelfia. Fish había entrado en el Departamento de Policía de Filadelfia un año después que Tom, y había sido su compañero durante los últimos cuatro años. Fish conocía su historia, lo sabía todo acerca de su divorcio, sabía que desde entonces Tom había tratado de evitar que en su vida hubiera nada permanente: prefería alquilar un piso a comprarse una casa, salir cada vez con una mujer distinta a mantener una relación seria, estar solo a tener una mascota, utilizar un coche del departamento que le cambiaban cada pocos años a tener el suyo propio. ¡Pero si cuando estaba en casa incluso comía en platos de papel! Tom trataba de no llamar la atención, hacía su trabajo lo mejor que podía, y ahorraba el dinero en vez de gastarlo. Que todo el mundo, desde su familia hasta Fish, tuviese un problema con eso era algo que no podía llegar a entender.

Ni tampoco le importaba demasiado.

—Vale. —Fish estaba claramente exasperado—. Tú sigue así. Vístete con tu ropa vieja y pasada de moda. Trabaja todo el día. No te diviertas nunca. Ya verás quién se lleva a todas las mujeres.

Tom sonrió. Fish le devolvió la sonrisa, a desgana. Ambos sabían quién era el número uno en cuanto a las mujeres, y quién se esforzaba más por serlo. A Fish, que se lo curraba, normalmente le iba bien.

—No creerás que fue ella quien dejó ahí esa pistola, ¿no? —preguntó Fish tras unos segundos, volviendo al tema anterior.

—¿Kate White? —Tom había estado en la sala de vistas. Había visto el terror en los ojos de Kate cuando Rodriguez la había agarrado. Estaba convencido de que no estaba fingiendo—. No.

A juicio de los detectives, la clave para desentrañar la conspiración que había culminado en los homicidios estaba en descubrir de dónde había sacado Soto la pistola con la que había matado al juez Moran. Ellos no eran más que uno de los varios equipos que trabajaban en el crimen. Les habían asignado el caso porque Tom había estado en la sala de vistas desde el principio —y tenía por tanto una perspectiva de la que los demás carecían—, y sobre todo por Charlie —lo que lo convertía en algo personal para Tom—. El caso era, sin embargo, que todos los criminales estaban muertos, lo que en cierto modo disminuía la urgencia de la investigación. Rodriguez, Soto, Lonnie Pack y Chili Newton: eran ellos quienes habían cometido los asesinatos, y todos habían pagado ya con la pena máxima. No eran posibles ni arrestos, ni acusaciones, ni penas de muerte, aunque la comunidad encargada de aplicar la ley echaba espuma por la boca buscando venganza. Pero, en tales circunstancias, la venganza iba a requerir un trabajo de investigación laborioso y, por tanto, relativamente lento.

La cuestión era que los asesinos tenían que haber recibido ayuda, y en eso se centraba en esos momentos la investigación. Tom estaba casi seguro de que alguien había colocado las armas en la propia sala de vistas 207, o en las celdas de detención y el corredor de seguridad que llevaba a esa sala de vistas; o, como parecían indicar las pruebas disponibles, en ambos sitios. El caso era que si los presos se hubiesen apoderado de las armas en cualquier otro lugar, habría habido intentos de fuga en otras zonas. El único intento de huida se había producido en la sala de vistas 207.

Lo que significaba que quien había colocado esas pistolas tenía acceso a la zona. Y eso parecía indicar que los delincuentes tenían un cómplice interno.

El semáforo cambió y Tom torció a la izquierda. Se dirigía hacia el edificio de administración de la policía, situado en la Octava con Race y conocido como la Casa Redonda por su forma característica.

—Había algo raro en ella. Estaba nerviosa —dijo Fish pensativo.

Tom era consciente de ello. Kate se había esforzado por ocultarlo, pero él había detectado algunas señales sutiles, demasiadas como para pasarlas por alto. Tom, sin embargo, sentía la necesidad de protegerla, tal vez llevado por el recuerdo del terror que expresaban sus ojos azules cuando, ya prisionera de Rodriguez, le miró como si él fuese la única esperanza que le quedaba en el mundo, o por la urgencia temblorosa que detectó en su voz cuando Kate le dijo por teléfono que era madre viuda, o incluso por el tacto femenino que notó en su piel cuando la llevó en brazos en busca de un médico de urgencias. No sabía exactamente qué la ponía tan nerviosa, pero no creía que hubiese colocado en la sala ninguna pistola, ni tampoco que hubiese ayudado en el intento de fuga. Aunque estaba preparado para investigar esa posibilidad, e incluso a aceptar que estaba equivocado si las cosas iban por ese camino.

—Tal vez se ha puesto nerviosa al verme. Quizá le he recordado la mala experiencia de ayer o algo parecido.

—Es posible —dijo Fish.

—Tal vez amañó su currículum para que le diesen el trabajo y ahora teme que eso pueda salir a la luz con la investigación.

—También es posible —asintió Fish.

Tom torció a la derecha por Market y enseguida tuvieron a la vista la Casa Redonda. Era un edificio oval grande, con muchas plantas y una cola rectangular. Según la opinión de Tom —opinión que había compartido libremente a lo largo de aquellos años—, parecía un espermatozoide gigante de piedra. En ese momento, había varias camionetas de la televisión aparcadas delante, y las entradas y el aparcamiento estaban ocupadas por uniformados que controlaban el acceso al edificio. Las banderas que colgaban sobre la cúpula central estaban a media asta, ondeando tristemente contra el cielo azul, recordando el horror del día anterior, conmemorando a los hombres que habían muerto.

Se consideró afortunado de que su hermano no fuese uno de ellos.

—O tal vez simplemente es nerviosa por naturaleza y se pone tensa a la mínima que algo falla —dijo Tom.

Fish hizo un sonido evasivo.

—¿Le vas a comprar la moto de que encontró la pistola de Charlie tirada ahí en el suelo del pasillo? ¿Justo cuando la necesitaba?

Los forenses ya habían determinado que a Rodriguez le habían disparado con el revólver de servicio de Charlie. Determinar cómo había ido a parar a las manos de Kate White había sido uno de los motivos principales de la visita a su oficina.

—Por ahora no veo ningún motivo para no creérmelo. —Tom hizo una pausa mientras entraba en el parking, donde un uniformado les saludó y les dejó entrar—. Ha dicho que no tenía el seguro puesto, lo que significa que alguien se disponía a dispararla antes de que ella la encontrara. Tal vez hubo una pelea, y a Charlie se le cayó la pistola allí, en ese pasillo. Tal vez alguien se la quitó a Charlie y se le cayó.

—O tal vez ella miente como una bellaca.

A Tom se le hizo un nudo en la garganta. Y otro en el estómago. A decir verdad, ésa era también la sospecha que se estaba colando en sus pensamientos.

—¿Y por qué tendría que hacerlo?

—Porque tiene algo que ocultar.

Tom no respondió.

Fish cambió de posición en su asiento, cruzó los brazos sobre el pecho y le dirigió a su compañero una mirada larga y escrutadora. Tom circulaba lentamente por el parking, en busca de una plaza vacía.

—Te pone cachondo, ¿verdad?

—¿Qué? —Tom tardó unos segundos en reaccionar, pero entonces la verdad le golpeó en la cabeza con la fuerza de una maza, y él se preguntó cómo era posible que no se hubiera dado cuenta antes. Porque no había querido darse cuenta, por supuesto. Eso complicaba las cosas, y si había algo que no le gustaba, eran las complicaciones. Pero la verdad era la verdad, y tenía que admitir que, desde el momento en que la había visto, esbelta, rubia y más que preciosa, con los ojos aterrorizados por el miedo y, aun así, comportándose con valentía prisionera de las manos asesinas de Rodriguez, había sentido algo que iba mucho más allá de la típica relación policía-víctima que tiene que ser salvada. ¿Por qué? Porque, como había señalado Fish con tanto tacto, le ponía cachondo. «Mierda.» Pero naturalmente no estaba dispuesto a admitirlo, jamás. Y eso tampoco cambiaba mucho las cosas—. Estás majara.

Ah, ahí había un coche patrulla que dejaba una plaza libre. Tom aceleró y consiguió impedir que se le adelantara una camioneta azul destartalada que identificó enseguida como una de las de la brigada de narcóticos. El oficial Phil Wablonski, de camuflaje y apenas reconocible tras una barba espesa y gafas oscuras, bajó la ventanilla tintada de la camioneta para enseñarle a Tom el dedo corazón mientras el Taurus le cortaba el paso. Tom le devolvió el gesto.

—Sólo digo que mantengas la objetividad. —Fish se desabrochó el cinturón de seguridad mientras Tom apagaba el motor—. Que tenga un aspecto angelical no significa que sea un ángel.

Tom también se desabrochó el cinturón de seguridad.

—Estás proyectando tus sentimientos —dijo mientras su compañero bajaba del coche—. Es a ti a quien te pone cachondo.

—Sí, pero la diferencia es que yo lo admito sin tapujos —respondió Fish mientras ambos se dirigían al edificio. Los periodistas habían acampado frente a la entrada principal, por lo que ambos se dirigieron a una entrada lateral. Ninguno de los dos quería arriesgarse lo más mínimo a ser el desafortunado policía al que la televisión entrevistara en directo en relación con la investigación. El comisario había impuesto una mordaza a todo el departamento de policía: que nadie hablase, sin excepciones. Fish llegó primero a la discreta puerta metálica y la mantuvo abierta para que Tom pasara—. Tú, en cambio, no quieres reconocerlo, y eso es peligroso. Además, yo quizá la miraba, pero te aseguro que esos ojazos azules no estaban pendientes precisamente de mí.

—Que te den por saco, Fish —dijo Tom por segunda vez aquel día entrando en la Casa Redonda.

La Sala de Servicio de la unidad de homicidios del Departamento de Policía de Filadelfia estaba ubicada en la primera planta. Era un gran rectángulo desordenado que proporcionaba un espacio de trabajo a los sesenta y cuatro agentes de la unidad, además de supervisores y personal auxiliar. Tom cruzó las puertas de cristal, seguido por Fish. Siempre había mucho ajetreo en la Sala de Servicio: Filadelfia era la tercera ciudad de la nación en cuanto a homicidios. Sin duda eso tenía muchos puntos negativos, pero al menos permitía que los detectives de la ciudad disfrutaran de una cierta seguridad laboral. En la ciudad nunca escaseaban los cadáveres. Aquel día, sin embargo, el nivel de caos y actividad se había intensificado hasta niveles nunca vistos. Los asesinatos múltiples no eran nada nuevo en Filadelfia, pero que un puñado de presos asesinara a varios alguaciles y a un juez en su propia casa, es decir, en el Centro de Justicia Penal, sí que era una novedad. Y también era vergonzoso. Un ojo a la funerala para toda la comunidad encargada de velar por el cumplimiento de la ley.

En otras palabras: éste era sin duda un caso de gran repercusión pública, pero también era un caso personal. Muy personal. El Departamento de Policía de Filadelfia estaba prescindiendo de toda prevención.

Un coro de voces les saludó cuando entraron, y cada uno se dirigió hacia su escritorio. Tom respondió al saludo levantando la mano, y se dejó caer en su chirriante silla justo cuando el sargento Ike Stella se detenía junto a su escritorio. Stella era el supervisor de su turno, y también un veterano que llevaba veintiocho años en el departamento. Era un tipo grandote, de un metro noventa de altura y unos ciento treinta y cinco kilos, la mayoría de los cuales los llevaba en la barriga. Tenía cincuenta y cinco años, la piel de color avellana y una franja de pelo negro que se extendía por la parte posterior de su cabeza dejando la calva en la parte superior. Era un hombre de facciones duras y modales groseros. Lo único que se podía decir de él era que tal vez no le gustase a todo el mundo, pero no había nadie que no lo respetara. Era capaz de gritarte como un condenado, pero si tenías problemas siempre te apoyaba.

—¿Tienes algo? —preguntó Stella, con su habitual cara de pocos amigos.

—Nada que valga la pena, de momento.

—¿Algún indicio sobre la procedencia de las armas?

—Estoy trabajando en ello.

—Pues trabaja más rápido —dijo Stella, apretando los labios—. Las mentes inquisitivas quieren saber.

Stella se marchó, y Tom se puso a trabajar. Se pasó la hora siguiente sentado en su escritorio, transcribiendo la entrevista con Kate White, atendiendo llamadas telefónicas, repasando declaraciones de testigos, tratando de controlar todo el papeleo relacionado con el caso que se iba acumulando en su mesa. El problema no era la falta de información, sino el exceso. Y apenas acababan de empezar. No le cabía duda de que la verdad estaba allí, en alguna parte, enterrada en las montañas de papel que seguirían apilándose hasta que el caso estuviese resuelto. El problema era que encontrarla iba a ser como buscar una aguja en un pajar.

A las cinco en punto, cuando se acababa su turno, Tom estaba al teléfono hablando con la examinadora médica, la doctora Mary Hardy, que confirmó que los disparos que habían herido a Charlie y matado al agente Dino Russo procedían del arma reglamentaria de Russo, que había sido hallada cerca del cadáver de Chili Newton. Había huellas dactilares de Newton en la pistola, y también de Russo.

Tras colgar, Tom volvió a sus notas, reflexionando. Era bastante evidente que a Russo le habían quitado el arma, ya fuese antes o después de haber muerto: por tanto, ya se conocía el origen de una de las armas homicidas. La Sig que había utilizado Soto para matar al juez y a uno de los alguaciles, sin embargo, no era un arma reglamentaria del departamento, ni se podía seguir el rastro de su procedencia, porque se habían borrado todas sus características identificativas. Las otras dos pistolas, cada una de las cuales había matado a un policía y a un civil, eran una PSM y una Glock no reglamentaria, ambas sin características identificativas. Casi con toda seguridad procedían de la calle y las habían introducido a escondidas en la sala. El misterio era quién lo había hecho y cómo.

Tom pensaba averiguarlo.

—¿Piensas pasarte la noche en vela trabajando? —preguntó Fish. Tom levantó la vista de las notas que estaba contrastando y descubrió a su compañero en pie junto a su escritorio. Fish llevaba puesto el abrigo, lo que significaba que se disponía a marcharse. Tom le echó un vistazo al reloj digital de su escritorio: pasaban un par de minutos de las seis. De pronto se dio cuenta de que estaba rendido. La noche anterior se la había pasado entera en el hospital, con Charlie; quince minutos de cada dos horas con su hermano inconsciente (lo máximo que permitía la UCI) y el resto del tiempo deambulando en la sala de espera siempre en compañía de alguno de sus familiares más allegados (su madre, sus hermanas, su cuñada), y otros parientes, amigos y compañeros policías que habían acudido a consolar a la afligida familia.

—No. —Tom depositó el lápiz encima de la mesa, movió los hombros y el cuello en un intento vano de relajar parte de la tensión acumulada y se levantó. Tenía la chaqueta colgada en el respaldo de la silla. La cogió y se la puso—. Yo también me voy.

—He hablado con los forenses. La distancia concuerda —dijo Fish en tono gruñón mientras salían juntos del edificio—. Y han encontrado sus huellas en el arma del crimen. Todo parece indicar que tu bomboncito ayudante del fiscal le disparó a Rodriguez tal como dice que hizo.

Al llamar a Kate White «tu bomboncito ayudante del fiscal», Fish trataba deliberadamente de picarle. Tom lo sabía, así que trató de hacer caso omiso de sus esfuerzos.

—Me alegro de saberlo —dijo simplemente.

Salieron a la calle y se detuvieron en la acera. El coche de Fish estaba en el parking de detrás del edificio, así que en ese punto sus caminos se separaban. El anochecer empezaba a convertirse en plena noche, y algunas estrellas ya se habían hecho un hueco entre el púrpura grisáceo del cielo. La tenue luz blanca de las luces halógenas de seguridad iluminaba el exterior del edificio y los parkings de alrededor. Una ligera brisa transportaba el olor a tráfico.

—¿Te apuntas a ir a cenar? —preguntó Fish.

Tom sacudió la cabeza.

—Me acercaré hasta el hospital.

—¿Quieres compañía? —Fish también había ido al hospital la noche anterior, pero las exigencias de la investigación le habían obligado a marcharse. Del mismo modo que las exigencias de la investigación habían obligado a Tom a ir a trabajar aquel día, dejando al resto de la familia defendiendo el fuerte junto a Charlie.

—Joder, si toda mi familia está allí. Anoche vinieron primos a los que no había visto en mi vida. En el hospital ya tengo compañía.

—De todos modos, probablemente me pasaré más tarde.

Tom asintió con la cabeza y levantó una mano en señal de despedida mientras cada uno se dirigía a su coche.

—Un consejo —gritó Fish volviéndose un instante. Tom le miró inquisitivamente—. Antes de llegar al hospital, pierde la chaqueta.

Tom se miró a sí mismo, clavó los ojos en el matojo de hilillos que indicaban donde había estado el botón, e hizo una mueca. Vale, tal vez sí que, gracias a Fish, la chaqueta era ya una causa perdida. Le habría gritado «vete a la mierda», pero temió que los tipos de la televisión que hacían guardia ante el edificio pudiesen oírle, y al día siguiente todos los canales hablaran de la discordia que reinaba en la unidad de homicidios.

Y eso no ayudaría en absoluto.

Media hora más tarde, Tom entró en la abarrotada y brillante sala de espera que había junto a la UCI. Aún llevaba la chaqueta puesta: la necesitaba para ocultar la pistolera que llevaba colgada del hombro y no había tenido ganas de pasar por casa a buscar otra sólo para complacer la sensibilidad de revista de moda para hombres de Fish. Tal como ya imaginaba, en cuanto cruzó la puerta se encontró rodeado de parientes.

—Tommy —dijo su madre levantándose del sofá de vinilo rojo donde había estado sentada entre su hermana Miriam y la hermana mediana de Tom, Vicky, de treinta años. Tom la abrazó afectuosamente y absorbió el leve aroma de perfume Shalimar que su madre había llevado desde que él tenía uso de razón. Por Navidades, su padre solía comprarle una botella grande de perfume, y, después de que falleciera, ella había seguido llevándolo fielmente. Anna Braga tenía ahora sesenta años, era bajita y agradablemente rechoncha, al contrario que sus hijos, que habían salido todos con la constitución de su padre. Llevaba el pelo teñido de negro y peinado a la moda; su rostro era suave y todavía hermoso, con muy pocas arrugas. Tras las lágrimas del día anterior, el color avellana de sus ojos había perdido brillo. Tom apreció sin embargo que se había pintado los labios de un rojo oscuro desafiante y se había espolvoreado las mejillas con colorete rosa. Que fuese viuda no significaba que estuviese muerta, como les decía siempre a sus hijos. Siempre vestía elegantemente; ese día llevaba una blusa de color rosa pálido y unos pantalones grises. Trabajaba de camarera en Rocco's, en el mercado italiano, y ocasionalmente aún salía con hombres. Sus hijos, como también les decía siempre, eran su vida—. Gracias a Dios, Charlie está mejor —dijo santiguándose—. ¿Has cenado ya?

—Me he comido una hamburguesa de camino hacia aquí —mintió mientras su madre daba un paso atrás para examinarle críticamente. Su respuesta había sido pura autodefensa. Si hubiese dicho que no, su madre habría mandado a alguien (probablemente a su hermana menor Natalia) a buscarle algo para comer, y luego le habría vigilado hasta que hubiese consumido hasta la última migaja. Luego le diría que tenía que comer más, que no le vendría mal ganar algunos kilos.

—Has perdido un botón de la chaqueta —observó fijando su mirada desaprobadora en los hilillos delatores. Frunció el ceño y le miró a la cara, sacudiendo la cabeza—. Necesitas a alguien que se encargue de este tipo de cosas por ti. Una esposa. Los hombres no pensáis en estas cosas.

Tom estuvo a punto de poner los ojos en blanco. Lo único que se lo impidió fue la certeza de que su madre le arrearía un bofetón si se atrevía a hacerlo. Llevaba ya casi un año con la cantinela de «Tom necesita una esposa», y empezaba a exasperarle. Su mirada se encontró con Natalia. Tenía veintinueve años, y era delgada y atractiva; llevaba unos tejanos y un suéter naranja, y se había cortado su espeso pelo negro *à la garçon*. A juzgar por lo que podía ver Tom, prácticamente no iba maquillada. Llevaba siete años de matrimonio y dedicaba su vida a cuidar a sus dos hijos. Tom se quedó unos instantes observándola. Estaba en pie cerca del sofá, enfrascada en una conversación con otra mujer a la que Tom no conocía. Cuando sus miradas se cruzaron, ella sonrió abiertamente dejando claro que había oído de refilón la bronca que le había echado a Tom su madre y meneó los dedos en un simpático saludo.

—Así qué, ¿cómo está Charlie? —Tom supuso que la mejor manera de desviar la atención de su madre de sí mismo era centrarla en su hermano.

—Le han retirado la respiración artificial. Ahora Terry está con él.

Las normas de la UCI sólo permitían que el paciente recibiese la visita de un familiar.

—Me alegro.

—Hola, Tom. —Vicky se levantó y también le dio un abrazo.

La mayor de sus hermanas, Tina, de treinta y dos años y madre de tres hijos, no estaba en la sala, según observó Tom mientras le devolvía el abrazo a su hermana mediana. Vicky era alta y delgada; también tenía el pelo negro, y lo llevaba muy largo, peinado en una trenza que le colgaba detrás de la espalda. Hacía diez años que estaba casada (todos los Braga tendían a casarse jóvenes y a reproducirse como conejos) y tenía dos niñas y un niño. Era profesora de guardería y artista a tiempo parcial, y llevaba un vestido holgado de color azul claro cubierto de diminutas flores blancas que le llegaba a los tobillos. Cuando dejaron de abrazarse, le miró a la cara y frunció el ceño.

—Pobrecillo, menudas ojeras. ¿No has dormido nada?

—Por el amor de Dios, no le des cuerda a mamá —respondió Tom en voz baja, lanzando una mirada de alarma hacia su madre, que por suerte estaba de espaldas diciéndole algo a la tía Miriam—. O me obligará a echar una cabezadita en ese sofá.

Vicky sonrió: sabía tan bien como Tom que eso era absolutamente cierto. Anna Braga se preocupaba por todos sus hijos, pero sobre todo por Tom, porque era un chico, porque era el mayor de todos y porque aún no tenía una familia propia.

—Creo que entraré a ver a Charlie. —Tom alzó un poco la voz. Pretendía escaparse antes de que su madre pudiese descubrir por sí misma que tenía aspecto de cansado—. Tal vez Terry quiera tomarse un descanso.

Su cuñada Terry —una contable bajita, de constitución atlética, pelirroja y pecosa, y enormemente independiente, por la que, a parecer de Tom, Charlie se sentía atraído porque era la antítesis de las mujeres con las que se había criado— se volvió cuando Tom abrió la puerta de la sala de la UCI. Al verle, sonrió, se levantó de la silla en la que había estado sentada y se acercó a él.

—Me alegro de que estés aquí —dijo con tranquilidad tras el intercambio de abrazos—. Quédate con él.

Terry salió y Tom entró en la UCI, arrugando la nariz ante el fuerte olor a antisépticos que llenaba la estancia. La enfermera de guardia le miró atentamente mientras avanzaba hacia Charlie —tendido en la última de las cuatro camas que había en la sala—, pero debió de parecerle inofensivo porque desapareció tras una cortina blanca que ocultaba la cama de otro paciente.

«Hace frío aquí —pensó Tom mientras se detenía a los pies de la cama de su hermano—, y el silencio es inquietante.» Excepto por el sonido de las diversas máquinas salvavidas, no había nada: ni voces, ni teléfonos, ni televisores, ni pasos. Era como si los pacientes estuviesen en el limbo, atrapados en un mundo blanco en algún lugar entre la vida y la muerte.

Tom cerró las manos a los pies de la cama de Charlie. Una cortina separaba a su hermano de quien estuviese en la cama contigua, pero no llegaba hasta los pies de la cama. Tom registró las máquinas que parpadeaban y pitaban alrededor de su hermano, el poste de suero y la miríada de tubos que tenía conectados al cuerpo, la hilera blanca de vendas enrolladas alrededor de su pecho, y sintió que se le hacía un nudo en el estómago.

Había faltado poco para que el destino fuese otro.

Luego miró el rostro de su hermano —era algo que había estado retrasando, porque ver a Charlie tan extrañamente pálido e inmóvil le preocupaba más de lo que podía admitir— y descubrió que Charlie le estaba mirando a él.

13

—Debo de haber heredado tus genes —dijo Ben con abatimiento. La pelota que había lanzado Kate fue a parar un metro a la izquierda del tablero y salió rebotada. Los insectos que revoloteaban alrededor de la luz oxidada que iluminaba la parte superior de la entrada del garaje se esparcieron, y luego volvieron describiendo un círculo. El zángano no se rezagó demasiado.

—Lo dices como si fuese algo malo —jadeó Kate, corriendo una vez más hacia la parte oscura del patio para recuperar la pelota. Tratar de mantener su aparente buen humor más allá de las ocho y media de la noche cuando el día anterior había visto asesinar a media docena de personas ante sus ojos no resultaba fácil. Tenía náuseas sólo de recordarlo y estaba tan tensa que saltaba por cualquier cosa. Pero ahí estaba, en la entrada del garaje tratando de ayudar a su nada entusiasta hijo a entrenarse para el torneo de baloncesto que había de celebrarse la semana siguiente.

Era lo que tenía ser madre, pensó Kate mientras atravesaba corriendo el patio tras la maldita pelota de baloncesto: por muchos desastres que estuvieran ocurriendo en su vida, el régimen escolar de su hijo, así como sus problemas, no esperaban.

Al ver el resplandor amarillento en que se encontraba Ben, Kate tuvo la sensación de que la noche que los rodeaba era aún más oscura. Encima de sus cabezas, una luna pálida iluminaba tímidamente el cielo y unas pocas estrellas jugaban al escondite con nubes pasajeras. Los árboles se mecían y las hojas susurraban, agitadas por la brisa, que llevaba consigo un cierto aroma otoñal. Sombras como trapos negros ondulaban sobre la irregular hierba de carbón. La humedad de la lluvia del día anterior permanecía aún en el suelo fangoso, y las hojas que ya habían caído eran traicioneramente resbaladizas. Cuando Kate divisó la pelota en la hilera de descuidados arbustos que marcaban el límite entre patios y se agachó para recogerla, el olor a tierra mojada la embargó. Se puso en pie y estiró la espalda, sin demasiada prisa por volver a la refriega. Llevaba tejanos, una andrajosa sudadera gris de los Phillies —el equipo de béisbol local— arremangada hasta los codos, y unas zapatillas deportivas, y se había recogido el pelo en una caótica cola de caballo. A pesar de que la temperatura había caído por debajo de los trece grados, Kate tenía calor, estaba sudada, y tan cansada que se sentía desfallecer.

Y en aquel momento, detestaba total y oficialmente el baloncesto.

—¿Papá era bueno para el deporte? —preguntó Ben melancólicamente, mientras Kate volvía con la pelota a la zona iluminada. Llevaban ahí afuera unos quince minutos, realizando lanzamientos y fallando un noventa y nueve por ciento de tiros entre ambos, y Kate empezaba a sentir flato en un costado de tanto perseguir la pelota. Pero Ben tenía tanto miedo de ser el peor jugador de su clase, de hacer el ridículo y de que los demás niños se riesen de él, que Kate estaba dispuesta a hacer cualquier cosa para intentar que aquello no ocurriese. Tampoco era que Ben hubiese expresado sus temores en esos términos. Sería incapaz de eso. Pero su madre lo sabía. Cuando, después de recogerlo en casa de Suzy y ya de camino a casa, Ben le había hablado de la inminente semana del baloncesto, Kate había podido leerlo entre líneas sin ningún problema. Ben había pensado en saltarse las clases durante toda la semana. Y Kate había pensado: «No puede ser.» Y por eso estaban allí.

Y ahora él volvía a romperle el corazón con preguntas acerca de su padre.

—Sí que era bueno —mintió. Por lo que ella sabía, el padre de Ben, Chaz White, con el que se había casado a los dieciocho años y al que había perdido de vista a los diecinueve, dos meses después del nacimiento de Ben, no había jugado a un deporte de equipo en su vida. Kate le había conocido en Atlantic City, adonde había huido tras el asesinato de David Brady. Era un duro guaperas callejero que trabajaba de gorila en el casino donde ella servía cócteles (gracias a un carné de identidad falso muy similar a los de los clientes menores de edad). Durante el año que le había conocido, había descubierto que además del abundante encanto que la había atraído de entrada, tenía un temperamento violento y tendencia a buscarse problemas. Cuando no hacía ni un mes que la había abandonado, Chaz había muerto: le habían disparado desde un coche. Y Kate, viendo lo que se avecinaba, cogió a Ben y volvió a huir, esta vez a Filadelfia, donde se había dejado la piel trabajando para darle a su querido hijo una vida mejor. Naturalmente, no pensaba contarle a Ben nada de eso; no pensaba hacerlo hasta dentro de muchos, muchos años. Y parte de la historia no se la contaría jamás.

—Era bueno en muchas cosas, incluidos los deportes. Ah, ¿y sabes qué? Creo que era bastante bueno jugando a baloncesto. Pero recuerdo que me contó que no fue demasiado atlético hasta que empezó en el instituto. Tuvo que esforzarse para llegar a serlo.

Kate le pasó la pelota a Ben con la esperanza de que dejara de hacer más preguntas sobre su padre.

—¿Me estás contando la verdad? —le preguntó con la pelota en las manos. La miraba con dureza y expresión de sospecha.

—¿Me crees capaz de mentirte? —dijo Kate con las manos en la cintura.

—Sí —respondió Ben sin dudarlo.

Vale, la conocía demasiado bien. Ocasionalmente le mentía, pero sólo cuando lo consideraba necesario. Y, con los años, había tergiversado los hechos para crear para él a un padre más amable, más tierno, que le había querido con devoción, pero que había muerto en un accidente de coche poco después de su nacimiento. Llegado el momento, le contaría más, pero no pensaba contarle jamás que Chaz se había puesto de los nervios al oír los llantos de su hijo y les había dejado plantados.

Eso Ben no tenía por qué saberlo nunca.

—Pues no te estoy mintiendo —dijo Kate, resistiendo el impulso de inclinarse y apoyar las manos en las rodillas mientras recobraba el aliento. Le costaba creer el poco aliento que le quedaba. Debía de tener algo que ver con la angustia emocional o con el puro agotamiento—. Lanza a canasta, ¿vale?

—Menudo rollo —gruñó Ben, pero obedientemente se volvió y lanzó la pelota hacia la canasta. Esta vez el balón llegó a tocar el aro antes de salir despedido.

—Buen tiro, casi entra —le animó Kate mientras seguía con la mirada la maldita pelota, que rodaba por el patio hacia el gran roble que había junto a la acera—. La ley de la botella, quien la tira va a por ella.

—¿No podríamos entrar en casa?

Ben salió arrastrando los pies tras la pelota, que había desaparecido entre las sombras oscuras de la base del árbol. Kate siguió su pequeña figura con la mirada. Ben se había metido las manos en los bolsillos de sus tejanos. Tenía los hombros encorvados, y se movía con desánimo. Como ella, llevaba una sudadera, aunque la suya era verde, con capucha y nada andrajosa. Arriba y abajo de la calle había unos cuantos porches con las luces encendidas, y aquí y allá algunas ventanas sin cortinas desprendían un brillo amarillento. Pero aun así, la noche era tan oscura que la acera sólo era visible como una cinta pálida que serpenteaba sobre el suelo entre la calle y el árbol. Si lograba ver a Ben, era sobre todo por su pelo rubio.

Un coche pasó lentamente por la calle. Sus faros iluminaron a Ben por un instante y proyectaron su sombra contra la corteza gris y áspera del gran roble. Casi había llegado a la pelota, que había quedado enredada entre las raíces. Kate observó las luces de atrás del coche que se alejaba calle abajo, aliviada de que siguiera su camino. Había encontrado a un montón de periodistas esperándola delante de su casa cuando había llegado de recoger a Ben, y nuevamente había tenido motivos para sentirse agradecida de tener un garaje adosado con apertura automática. Había entrado directamente y había cerrado la puerta, logrando así evitarles. Se había quedado dentro con las cortinas corridas, sin salir ni responder al teléfono, hasta que había oscurecido y los periodistas por fin habían desistido y se habían ido. Todavía se mostraba cautelosa, sin embargo. Pero el coche seguía su camino y, con un suspiro, Kate volvió a dirigir su mirada hacia Ben, que se movía tan lentamente que podría haber sido una tortuga discapacitada.

Cuando Kate empezaba a considerar seriamente la posibilidad de enviar una nota al colegio diciendo que Ben se había torcido un tobillo y no podría jugar a baloncesto en toda la semana, vio una silueta que salía de detrás del roble y se acercaba a Ben, que estaba agachado recogiendo la pelota.

Kate abrió los ojos de par en par y se quedó sin respiración.

Aunque estaba demasiado lejos para oír nada, Kate supo que la silueta le había dicho algo a Ben, porque se levantó de golpe, ya con la pelota en las manos.

A Kate se le erizó el pelo del cogote. Lo único que podía adivinar a través de la oscuridad era que esa silueta que estaba hablando en voz baja con su chiquillo era la de un adulto. Un adulto voluminoso.

Probablemente un vecino. O un periodista. Pero a Kate le dio mala espina. Algo no iba bien.

—¡Ben! —Kate salió disparada como un misil. La oscuridad la engulló como había engullido a Ben y, durante unos pocos segundos, hasta que sus ojos se adaptaron, le costó ver algo más que sombras.

—Mamá.

Con la pelota de baloncesto pegada al pecho, Ben retrocedía ante la silueta mientras Kate corría hacia él. Naturalmente, Kate se había pasado toda la vida advirtiéndole que no se acercase a los desconocidos, y allí había uno, grande y amenazador, en carne y hueso. Kate cerró sus manos alrededor de los delgados hombros de su hijo, en actitud protectora, y notó la tensión de sus hombros y el rápido vaivén de su pecho. Mientras Ben se apretaba contra ella, con su pequeño cuerpo caliente y ligeramente sudado por el ejercicio, Kate miró por encima de la cabeza de su hijo al desconocido. Porque, ahora que le veía de más cerca, no tenía duda de que era un hombre. Estaba a sólo unos pocos metros y los observaba con una especie de determinación silenciosa. Kate tuvo la sensación de que se le escaparía el corazón por la garganta.

No le reconoció, aunque, por supuesto, estaba oscuro. Pero su sexto sentido gritaba peligro.

—Kate... White —dijo antes de que ella pudiese hablar, pronunciando su nombre como una sentencia. No era una pregunta. Su voz era grave y profunda, con un fuerte acento de Filadelfia oeste, y Kate estaba absolutamente convencida de que no la había oído nunca. Sus ojos ya se estaban acostumbrando a la oscuridad. El hombre llevaba un gorro de punto que le caía sobre los ojos, y alguna especie de chaqueta o camisa oscura abotonada hasta el cuello. Resultaba imposible discernir a qué etnia pertenecía, pero su piel era lo bastante pálida como para que ella pudiese distinguir la forma cuadrada de su mandíbula a la luz de la luna. Medía algo más de un metro ochenta y era de constitución musculosa. Pero la noche impedía ver claramente sus rasgos. Lo único que podía ver con cierta claridad era el brillo de sus ojos. «No le veo las manos», pensó con cierta confusión cuando el hombre se cruzó de brazos, y, un instante después, se dio cuenta de que llevaba guantes oscuros.

Tampoco hacía tanto frío.

—Entra en casa —le dijo enérgicamente a Ben, y le empujó hacia la casa.

—Mamá... —Había miedo en su voz. Kate le miró por encima de su hombro. Ben dudaba, y la miraba.

—¡Haz lo que te digo!

Nunca le hablaba en ese tono, y Ben reconoció claramente que lo decía muy en serio. Todavía aferrando la pelota de baloncesto, se dirigió al trote hacia la puerta cerrada del garaje y recogió el mando de apertura que yacía en la hierba, junto al pavimento. La puerta principal estaba cerrada. Habían salido por el garaje, y era la única manera de volver a entrar. Kate pensó en ir con él, trató de evaluar la posibilidad de que ambos lograran entrar sanos y salvos en casa si corrían con todas sus fuerzas, y llegó a la conclusión de que si aquel tipo quería atraparles, probablemente lo conseguiría. Por muy rápidos que fuesen, él sin duda lo sería más. Y la puerta del garaje tardaba un buen rato en levantarse, y luego tenía que volver a cerrarse. Además, aunque gritara en busca de ayuda, no tenía garantías de que nadie la oyera.

Kate se plantó firme delante del hombre.

—¿Quién es usted? —preguntó bruscamente. Su corazón latía demasiado rápido. Sus manos se cerraron en forma de puños por voluntad propia.

—Traigo un mensaje para ti —dijo, sin responder a su pregunta. No se movió, ni se le acercó, ni hizo nada especial, pero Kate sintió que la amenaza emanaba de él como un chorro de aire caliente—. Mario dice que le debes una.

—¿Qué?

Kate tomó aire, horrorizada. El gruñido de la puerta del garaje al abrirse retumbaba de fondo, y fue consciente de que Ben sacudía nervioso los pies mientras esperaba mirándola a través de la oscuridad. Kate seguía inmóvil ante ese hombre. De pronto las luces de otro coche cortaron la absoluta oscuridad de la parte superior de la calle, acercándose hacia ellos. Justo cuando los faros habrían iluminado la cara del desconocido, éste dio un paso atrás para evitar la luz. Kate se esforzó por verle.

La voz se volvió desagradable.

—Dice que será mejor que no le jodas.

Kate sintió un mareo. No se le había ocurrido que Mario pudiese tener cómplices, o que constituyese una amenaza física. El terror volvió a florecer en su interior, su corazón empezó a palpitar y se le secó la garganta. Los faros del coche iluminaron a Kate, que instintivamente se volvió para mirar al coche que se acercaba. Para su sorpresa, el vehículo no pasó de largo: los faros iluminaron su jardín y el coche aparcó en su vado. El chirrido de los neumáticos sobre el pavimento llegó a sus oídos mientras volvía a dirigir su mirada al desconocido. Pero ya no pudo verle. Al parecer se había ido, se había esfumado entre las sombras.

«Oh, Dios mío.»

Sus ojos se dirigieron de nuevo al coche que aparcaba en el vado y cuyos faros iluminaban a Ben. El muchacho se había vuelto para mirar al coche que entraba, mientras la puerta del garaje seguía abriéndose lentamente a sus espaldas. Ben tenía los ojos muy abiertos y estaba muy pálido. La luz de los faros iluminaba sus cabellos rubios, su rostro asustado, y sus manitas, que se aferraban al mando de apertura del garaje como si de algún modo pudiese salvarle de lo que fuese que le amenazaba.

—Ya voy, cariño —gritó Kate, y los ojos de Ben, enormes de incertidumbre, se volvieron hacia ella.

Aguijoneada por la cara de miedo de Ben, cruzó corriendo el patio hacia él. Fuese quien fuese el recién llegado —amigo, vecino, o incluso periodista—, sólo podía estarle agradecida: había aparecido en el momento oportuno. Aunque no había habido ninguna amenaza de violencia contra ella o Ben, el miedo había dejado un sabor metálico en su boca, y su pulso se había acelerado sin control.

«Nos podría haber herido. O algo peor.»

El coche paró justo frente al círculo de luz. El vehículo estaba bañado en sombras y resultaba imposible de identificar.

Cuando los faros del coche se apagaron, a Kate se le ocurrió que su ocupante podía ser también alguien relacionado con Mario. Sus ojos se abrieron de par en par. Su pulso se aceleró. Su trote se convirtió en una carrera desbocada hacia su hijo.

—¡Mamá! —Los ojos de Ben la buscaban en la oscuridad. Detrás de él, la puerta del garaje se estaba abriendo como una boca negra y ya llegaba a la marca de la mitad. Ben podría pasar agachado por debajo, pero la puerta no se cerraría a tiempo para mantener fuera a quien fuese que llegaba. Tendría que seguir corriendo, entrar en la casa y pasar el endeble pestillo de la puerta que da al garaje, y luego, con suerte, si se acordaba, llegar al teléfono y marcar el 911...

—Ya estoy aquí. —Cuando Kate llegó al círculo de luz, se abrió la puerta del conductor. Mirando temerosa hacia el vehículo, alcanzó a Ben justo cuando un hombre salía y se erguía en toda su altura. Era alto...

Con el corazón en la garganta, Kate agarró a Ben por el brazo y se preparó para salir con él como una flecha y entrar en casa por la puerta del garaje. Entonces el hombre volvió la cabeza, y un rayo de luz de luna iluminó su pelo, de un negro tan brillante como las alas de un cuervo.

De repente, la altura, la constitución y aquel pelo tan negro se juntaron en la mente de Kate formando una imagen: el detective Braga.

Justo en cuanto le hubo reconocido, él dijo:

—¿Señora White?

—¿Quién es, mamá? —dijo Ben en tono apremiante. Seguía aferrado al mando de apertura de la puerta, claramente asustado y listo para entrar corriendo en el garaje.

—No tengas miedo —dijo Kate mientras sentía una oleada de alivio que la dejó sin fuerzas. La visita de aquel detective había estado a punto de provocarle un ataque de nervios hacía sólo unas horas. Ahora, en cambio, estaba dispuesta a echarse a sus pies—. Le conozco, es un agente de policía. No hay peligro.

—¿Pasa algo malo? —Se oyó el sonido de la puerta del coche cerrándose y luego el breve pitido del cierre automático. Braga se acercó entonces hacia ellos, frunciendo el ceño mientras salía de la oscuridad y penetraba en el círculo de luz amarilla borrosa donde estaban madre e hijo. Kate se dio cuenta de que Ben estaba apretado a su lado, aferrado a su antebrazo y, si la expresión de la madre se parecía en algo a la de su hijo, debía de parecer que ambos acababan de escapar de un encuentro con la muerte.

Tratar de fingir que no había ocurrido nada sería estúpido. Era evidente por su expresión que Braga sabía que acababa de ocurrir algo malo. Incapaz de reprimirse, Kate miró compulsivamente hacia el roble, rastreando visualmente las sombras que rodeaban el árbol y más allá. ¿Seguiría allí el emisario de Mario? ¿Estaría observándoles?

Sólo de pensarlo le dio un vahído.

—¿Kate? —La expresión de preocupación de Braga se agudizó en cuanto estuvo junto a ellos. Volvió la cabeza, siguiendo con su mirada la mirada de Kate, que aún sondeaba la omnipresente oscuridad.

«Contrólate. Minimiza lo ocurrido.»

—No es nada. Sólo... Oh, entre en casa, ¿quiere, por favor?

Ahora Braga la miraba a ella, con el ceño todavía fruncido. Kate hablaba con voz entrecortada, porque todavía temblaba como una hoja. El corazón le palpitaba, tenía el pulso acelerado y la adrenalina corría por sus venas. Sus miradas se cruzaron y Braga frunció aún más el ceño. Pero no discutió.

—Gracias.

Kate no esperó nada más; simplemente se volvió y se dirigió hacia dentro.

—¿Seguro que no es peligroso, mamá? —susurró Ben apremiante mientras ella atravesaba con él el oscuro garaje.

—Seguro —contestó Kate también susurrando.

Braga estaba justo detrás de ellos, y Kate pensó que tal vez los había oído, pero no le importó. Tranquilizar a Ben tenía que ser su primera prioridad. Pensar que su hijo no se sentía seguro resultaba para ella casi insoportable.

Ella, sin embargo, tampoco se sentía segura, ni siquiera con un detective de homicidios presumiblemente armado que sabía que la protegería con su vida justo un paso detrás de ellos. Se sentía enormemente, inesperadamente vulnerable. Incluso sus propias pertenencias le parecían siniestras en ese momento. Los cubos de basura, las bicicletas e incluso su viejo y fiable Camry adquirían una sombría vida propia, vistos a través del prisma del miedo que acababa de despertar. Cualquiera podía esconderse entre aquellas sombras. Cualquiera podía aparecer cuando menos se lo esperase, como había hecho aquel matón escondido tras el roble de su jardín.

Kate se dio cuenta de que, durante los últimos ocho años y medio, desde que había huido de Atlantic City con Ben, había ido olvidando gradualmente lo que era tener miedo.

Ahora ya se acordaba.

—Cierra la puerta del garaje, por favor —le dijo a Ben tratando de aparentar que estaba calmada cuando llegaron a la puerta que daba a la casa. Ben pulsó obedientemente el botón del mando a distancia, y el chirrido de la puerta del garaje al bajar les siguió hasta la cocina.

El calor, la luz brillante y el persistente olor a hamburguesa de ternera con salsa y guisantes de lata que se habían comido para cenar les dieron la bienvenida. Los platos de la cena que había dejado apilados en el fregadero y el cuaderno, la calculadora y los lápices que seguían esparcidos aleatoriamente sobre la mesa también les dieron la bienvenida. Así como la bolsa marrón medio vacía del supermercado; Kate había guardado en la nevera los productos perecederos, pero la mantequilla de cacahuete, los plátanos y el pan seguían ahí dentro. Una caja grande amarilla de Cheerios vivía perpetuamente en la encimera, junto a la nevera, porque cada mañana ambos se comían una taza llena para desayunar y Kate nunca se preocupaba de volver a guardarla en el armario. Su bolso y su móvil, junto con la mochila de Ben, también estaban sobre la encimera, apelotonados junto a la puerta. La cocina estaba desordenada, sin duda, y eso la preocupó: de repente vio la estancia tal como debía de estarla viendo Braga, que no dejaba de mirar a su alrededor.

Lo que era una estupidez. Tener la casa inmaculada no era ni había sido nunca una de sus prioridades. Al menos estaba limpia (razonablemente), aunque no totalmente ordenada.

—¿Quién era ese hombre, mamá? —preguntó Ben mientras ella cerraba la puerta y corría el pestillo. Kate se volvió de nuevo hacia la cocina y se frotó los brazos con las manos para protegerse del repentino escalofrío que la había asaltado a pesar de las supuestas propiedades caloríficas de su sudadera de talla excesivamente grande. Braga la observaba. Tratando de disimular al máximo su agitación ante la penetrante mirada del detective, dejó caer los brazos a ambos lados del cuerpo y forzó una sonrisa para Ben. Su pequeñuelo tenía los ojos abiertos de par en par, y la boquita apretada por la angustia. Aquella expresión la mató, aunque ante la presencia de Braga, trató de que no se notase.

—No lo sé —dijo sacudiendo la cabeza mientras le cogía el mando de apertura del garaje y lo dejaba sobre la encimera con todas las demás cosas que necesitarían al día siguiente antes de salir pitando.

—Así pues, ¿quiere contarme lo que ha ocurrido?

Braga tenía clavados en ella sus ojos, que eran casi negros y estaban entrecerrados por la especulación. Parecía aún más cansado que esa tarde, pensó Kate, y más nervioso. Su delgada mandíbula necesitaba un afeitado, y la expresión de su boca rayaba lo severo. Las arrugas que rodeaban su nariz y su boca se habían vuelto más profundas, y tenía arrugas sutiles alrededor de los ojos y unas ojeras que no había observado hasta entonces. Llevaba desabrochado el botón de arriba de su camisa blanca, y se había aflojado el nudo de la corbata roja. Vestía la misma chaqueta raída —ahora con un botón de menos— y los mismos pantalones azul marino que esa tarde.

—Había un hombre ahí afuera —dijo Ben antes de que Kate pudiese responder. Por supuesto, Ben iba a decir lo que sabía; Kate no podía esperar que hiciese otra cosa, ni tampoco lo quería. Al contrario que ella, su hijo no tenía ningún motivo para mentir—. Daba miedo.

—¿Ahora mismo? —Braga se irguió y miró hacia la puerta, detrás de Kate, como si estuviese a punto de volver a salir—. ¿Cuando he llegado yo?

—Ya se ha ido —dijo Kate—. En realidad no ha sido nada.

—¿Qué ha hecho?

—Ha salido de detrás del árbol y me ha dicho: «¿Eres Ben?» —le dijo Ben—. Y luego ha venido mamá.

La idea de que el desconocido supiese que tenía un hijo llamado Ben dejó a Kate sin respiración. Volvió a sentirse invadida por la náusea. Pero no podía dejar que se notase, no en ese momento, con Braga allí. Él era demasiado perspicaz y ella tenía demasiado que ocultar.

—Sólo ha dicho mi nombre —dijo Kate—. Así: «Kate... White.»

Kate imitó el tono intimidatorio. Luego, en beneficio de Braga, tembló ostensamente. Como si aquello sólo bastase para aterrorizarla.

Braga frunció el ceño.

—¿Y ya está?

—Mamá me ha dicho que entrase corriendo en casa. Y eso era lo que estaba haciendo cuando ha llegado usted.

La mirada de Braga se volvió de nuevo hacia Kate, que asintió con la cabeza.

—¿Quién era? ¿Le conocía?

Kate sacudió la cabeza.

—No.

—¿Me puede dar una descripción?

Kate accedió.

—Creía que iba a matarnos —dijo Ben desabrochándose la cremallera de la sudadera mientras hablaba y mirando a Braga con expresión muy seria—. Y mamá también. —Ben se volvió hacia su madre buscando una confirmación y, como ella no decía nada, añadió—: Sabes que sí. Lo he visto en tu cara.

La mirada de Braga se fijó nuevamente en la cara de Kate.

—Ha sido... Un poco inquietante —admitió ella. Aquella tenía que ser una de las grandes verdades a medias de su vida—. Creo que nos ha asustado tanto porque estaba oscuro y... ha aparecido de la nada —continuó diciendo con una pequeña sonrisa y encogiendo los hombros, restándole importancia a lo sucedido—. Ha sido un poco raro.

Era evidente que Braga no leía muy bien el lenguaje corporal, porque avanzaba adrede hacia ella, y hacia la puerta, incluso antes de que ella terminase. La chaqueta de Braga se abrió lo suficiente como para que Kate pudiese ver su pistolera profesional colgada de su hombro y la pistola pegada al lado izquierdo de su pecho.

—¿Adónde va? —Kate seguía en medio, pero, a menos que pretendiese obstaculizar físicamente la salida, no podía hacer nada por mantenerle en la cocina. Cediendo ante lo inevitable, se apartó para dejar pasar a Braga.

—Fuera, a echar un vistazo. —Mientras hacía girar el pomo de la puerta, se volvió y añadió—: Por si ese bromista sigue cerca. Cuando vuelva me puede contar todos los detalles que me haya perdido.

—Hace rato que se ha ido. —Kate estaba segura de eso. Además, si no se había ido, Kate no quería que Braga le encontrase. No quería para nada que aquel veterano detective sometiese a un duro interrogatorio a un conocido de Mario. La idea resultaba casi tan espantosa como la repentina aparición de aquel desconocido.

«Casi.»

—Lo comprobaré. —Braga cogió el mando de apertura de la puerta del garaje y salió de la cocina, cerrando la puerta detrás de él.

Apretando los labios, tratando de ralentizar el ritmo todavía frenético de su pulso, Kate se quedó mirando los paneles pintados de blanco de la puerta de la cocina. Mientras escuchaba el gruñido apagado de la puerta del garaje que se abría, rezó para que aquel matón realmente se hubiese ido.

—¿Estás bien, mamá? —preguntó Ben detrás de ella.

Kate se sobresaltó, trató de controlarse y se volvió con una sonrisa. Lo último que quería era asustar todavía más a su hijo.

—Claro que estoy bien. Muy bien.

—Pues no haces muy buena cara —dijo con una mirada crítica—. Pareces muy alterada.

—Estoy alterada —admitió, porque no tenía ningún sentido negar algo que él ya sabía—. Pero ya se me está pasando. Que aparezca alguien así altera al más pintado. Aunque realmente no nos ha hecho nada.

—Parecía salido de una película de miedo —dijo Ben—. Creía que iba a empezar a acuchillarnos o algo. Como en *Halloween*.

Kate empezaba a sentirse un poco más normal, al menos lo bastante como para aparentar cierta normalidad ante Ben. Así que le miró con cara de desaprobación, porque Ben no tenía permitido ver películas para adultos y lo sabía.

—¿Y cuándo has visto tú *Halloween*?

Ben puso cara de culpable.

—Ah... Samantha la estaba viendo un día.

—Oh, oh... —Que Ben viese películas de miedo era en esos momentos una de las últimas cosas en su lista de preocupaciones. Sacudió la cabeza reprendiéndole y luego avanzó hacia él y abrazó con fuerza su cuerpo delgado. ¿Qué sería de su vida sin Ben? No quería tener que descubrirlo—. Has sido muy valiente ahí afuera. Y además has hecho exactamente lo que te he dicho. Buen trabajo.

En vez de protestar o tratar de quitársela de encima, como hacía habitualmente, Ben también le dio un abrazo rápido y fuerte.

Kate supo que su hijo todavía estaba asustado por el encuentro.

Oyeron el ruido de la puerta del garaje que se cerraba y, al cabo de medio segundo, se abrió la puerta de la cocina. Cuando entró Braga, Ben ya se había desasido del abrazo.

—Nadie —dijo como respuesta a la mirada inquisitiva de Kate—. De todos modos, he llamado a un coche patrulla para que se diera una vuelta por el vecindario, por si acaso. —Braga se quedó mirando a Ben, que permanecía al lado de Kate mirándole con cautela; luego sonrió y le tendió la mano—. Me llamo Tom Braga, por cierto.

—Ben White —dijo estrechándole la mano, con una actitud tan adulta que a Kate se le hizo un nudo en la garganta. Había un aire tan masculino en aquel apretón de manos que volvió a sentir que vislumbraba al hombre que algún día llegaría a ser.

Siempre que ella pudiese mantener a raya a los monstruos durante el tiempo suficiente.

Bastó aquella idea para que se volviese a poner tensa.

—¿Y a qué se debía su visita? —dijo acercándose a la mesa y empezando a recoger los restos de la sesión de deberes mientras miraba seriamente a Braga, al que tenía detrás. Haciendo un aparte, añadió—: Ben, ¿puedes recoger esto?

Kate le pasó a Ben los dos lápices que habían estado utilizando y él los cogió sin hacer ningún comentario y los puso en el bote donde guardaban los diversos tipos de utensilios para escribir, junto al microondas. El hecho de que hasta ese momento no se le hubiese ocurrido que la oportuna llegada de Braga no se podía atribuir únicamente a la buena suerte daba muestras de lo nerviosa que estaba.

—Quería hablar con usted —dijo tranquilamente. Pero en sus ojos, mientras la observaba moviéndose alrededor de la mesa, Kate descubrió una expresión que le provocó un nuevo tipo de aprensión.

Kate trató de mantener el tono y la expresión despreocupados.

—¿De qué?

—De nada demasiado importante. Sólo algunos detalles sobre lo que nos ha dicho esta tarde a mi compañero y a mí.

El corazón de Kate se tambaleó. Se preguntó si Braga actuaba como si no fuese gran cosa por Ben, y decidió que sí.

—Si no era importante, me sorprende que no haya podido esperar hasta mañana.

Braga se encogió de hombros, y Kate se volvió, agachándose para guardar el papel de cuaderno y la calculadora en el armario donde tenía el material escolar: al menos tenía la oportunidad de esconder el rostro de la mirada escrutadora del policía, que sintió sin embargo clavada en su espalda.

—Oiga, ¿es usted amigo de mamá o algo así? —La pregunta de Ben salió de la nada, y la incomodó al cogerla desprevenida.

Kate cogió aire rápidamente, se levantó y se volvió. Llevaban tanto tiempo los dos solos que era natural que se cuidasen el uno al otro, aunque Kate no quería que Ben pensase que tenía que pelearse por ella. Su hijo se había detenido a medio quitarse la sudadera y miraba a Braga desafiante. Obviamente, había notado algo en la atmósfera que le preocupaba.

Braga respondió antes de que ella pudiese decir nada.

—Soy un amigo —dijo.

Ben le lanzó a Kate una mirada rápida y, al ver que su madre asentía, se relajó. La mirada de Braga se dirigió a Kate. Sus labios esbozaron una sonrisa.

—¿No tendría por casualidad algo de café?

En realidad, sí que tenía. Los dos últimos días habían sido largos y agotadores, y no habría podido soportarlos sin infusiones masivas de cafeína.

Kate miró a Braga con los ojos entrecerrados. Le agradecía que hubiera ahuyentado al esbirro de Mario, y que ahora le infundiera tranquilidad a Ben, aunque reconocía totalmente su actual actuación de afabilidad tranquila como lo que era: una actuación. Estaba claro que tenía para ella alguna pregunta sobre lo que había declarado, y sólo de pensar qué podría ser, se le hizo un nudo en el estómago. No tenía ninguna intención de confesarle la verdad.

—Detective, ¿le apetece un café? —preguntó con una sana dosis de ironía subyacente.

—Gracias. Estaría muy bien —respondió él con aplomo—. Y, por favor, puedes llamarme Tom, Kate.

«Así que ahora somos Tom y Kate, ¿eh? Pues para que lo sepas, eso no nos convierte en amigos.»

—¿Leche o azúcar, Tom? —Podría haber habido cierta mordacidad en su tono, pero Kate tenía presente que Ben estaba allí, escuchando.

—Solo —contestó Braga, y luego se volvió hacia Ben—. ¿Y si tú y yo nos sentamos en algún lugar y me vuelves a contar exactamente qué ha ocurrido ahí afuera? Para asegurarme de que me ha quedado claro...

—Vale. —Ben terminó de quitarse la sudadera y la dejó sobre la mesa—. ¿Quieres que vayamos a la sala de estar? —Súbitamente vacilante, miró a Kate, probablemente captando algo que proyectaba subconscientemente en su rostro o su pose—. ¿No pasa nada, verdad?

Kate logró a duras penas no morderse los labios. Sospechaba que Braga pensaba que sin su presencia podría sonsacarle más información a Ben. Lo que probablemente era cierto, excepto por el hecho que, menos unos pocos detalles sin importancia, Ben ya le había contado a Braga todo lo que sabía.

«Gracias a Dios que Ben no ha oído la última parte del mensaje de ese tipo.»

—Claro que no —dijo Kate mirando el gran reloj que tenía colgado sobre la nevera. Eran las nueve menos diez—. Aunque será mejor que habléis rápido. Tenéis hasta las nueve. Mañana hay que ir al cole.

Ben gruñó.

—Detesto el cole —dijo con abatimiento, y se dirigió hacia la sala de estar con Braga detrás de él.

Cuando Kate se volvió para coger café del armario —después de comprobar que en la cafetera de cuatro tazas que había preparado al llegar a casa del trabajo ya sólo quedaba un poso—, fue consciente de repente de que el corazón le golpeaba las costillas.

14

En el salón, situado lo suficientemente cerca de la cocina como para que Tom pudiese oír a Kate trasteando mientras preparaba el café, Ben se encaramó a una silla dorada —una especie de mecedora, según vio Tom cuando el asiento se movió con el peso del chiquillo—. Ben se acomodó con expresión seria dejando descansar ambas manos en los apoyabrazos. Sus pies no tocaban el suelo. Tom se sentó a su lado, en el sofá, que era grande y acogedora, y le echó un vistazo a la sala, que era pequeña, acogedora y decorada en tonos tierra. El par de lámparas de mesa que había a cada lado del sofá ya estaban encendidas y le daban al salón un resplandor acogedor. En el extremo opuesto, junto al hogar, había un televisor de buen tamaño en una mesilla, y una puerta de madera acristalada que al parecer daba a otra habitación. Tanto el televisor como la habitación de al lado estaban oscuras. A su izquierda quedaban la puerta principal y las escaleras que llevaban al piso de arriba.

Tom percibió de pronto el aroma del café y centró de nuevo la mirada en la puerta abierta de la cocina.

Quizás había sido un error no esperar a haber descansado un poco antes de enfrentarse a Kate White, pero lo que le había dicho Charlie le había trastornado hasta tal punto que no iba a poder dormir hasta que, como mínimo, no hubiese hecho un intento por aclararlo. Charlie, que, tras haber recibido varios disparos, había quedado tendido en el suelo de la celda, recordaba haber ido oscilando entre el estado de consciencia e inconsciencia y aseguraba que, poco antes de ser rescatado, había dos hombres y una mujer vivos en el corredor de seguridad. Dos hombres, y no uno, que llevaban el mono naranja de los presos. La mujer, a la que no había podido ver el rostro, tenía eso sí unas pantorrillas y unos tobillos hermosos, y llevaba unos atractivos zapatos negros de tacón.

«Bingo.» Tom recordaba esas pantorrillas y esos tobillos, y también los zapatos: Kate White.

Pero se suponía que no había dos hombres.

—Bueno, ¿qué quiere saber? —La pregunta de Ben le sacó de su ensueño.

Tom miró al niño. Como su madre, era delgado y de huesos finos, con una mata de pelo rubio y unos ojazos vistosamente azules. Calculó que tendría siete o, como mucho, ocho años. Más o menos la edad de dos de sus sobrinos y una de sus sobrinas.

—Bueno, empecemos por el principio: ¿qué hacíais ahí afuera, si se puede saber?

—Entrenar a baloncesto —respondió Ben con una mueca.

—¿No te gusta el baloncesto? —Eso parecía claro a juzgar por el tono que había empleado el muchacho.

Ben negó con la cabeza.

—Y entonces, ¿por qué estabais fuera entrenando? ¿Tan tarde? —Tom recordó lo que había dicho Kate—. ¿Antes de un día de cole?

—Porque soy un paquete. Y la semana que viene, en gimnasia, tenemos un torneo de baloncesto.

Tom asintió con la cabeza.

—Así que estabais fuera entrenando a baloncesto. ¿Y qué ha pasado?

—La pelota se ha ido rodando y he ido a buscarla y ha salido aquel hombre de detrás del árbol y me ha preguntado si yo era Ben.

—¿Qué le has dicho?

—No le he dicho nada. Estaba demasiado asustado.

—¿Dónde estaba tu mamá?

—Cerca de la canasta. Creo que ha visto al hombre que hablaba conmigo, porque ha venido corriendo.

—¿Cuándo ha salido tu madre?

—Estaba fuera todo el rato. Me ayudaba a entrenarme. —Ben hizo una mueca, bajó la voz y, mirando a Tom a los ojos, le dijo en tono de confidencia—: No le diga que le he dicho esto, pero en realidad no ayudaba demasiado. También es una patata para el baloncesto.

—¿Tu papá no está?

Ben negó con la cabeza.

—Murió en un accidente de coche cuando yo era un bebé. Ahora estamos solos mamá y yo.

—Lo siento —dijo Tom, afligido por haber sacado el tema. Si no hubiese estado tan cansado, tal vez ya habría captado que no había ningún rastro del padre de Ben por ninguna parte. En el escritorio de Kate, por ejemplo, sólo había una foto: la de su hijo. Ninguna foto de familia, ningún marido—. Si te interesa, mi padre también murió cuando yo era un niño. Aunque ya no era un bebé, tenía nueve años.

—Es la edad que tengo yo.

—¿Ah, sí? —Su estimación se había quedado corta en un año aproximadamente. Aquel niño era canijo para su edad.

Ben asintió con la cabeza.

—¿Soléis salir a entrenar a baloncesto a estas horas? ¿Cuando ya ha oscurecido?

Ben sacudió la cabeza.

—Es la primera vez. Mamá cree que si entreno, mejoraré. —Ben se llevó las rodillas al mentón y se rodeó las piernas con los brazos—. Y no es verdad. De hecho, no sé por qué a la gente le gusta esta tontería del baloncesto.

—A veces puede ser divertido. Una vez le coges el truco. —Tom observó a Ben acurrucado, y se sintió solidario con él. Recordó cómo había sido crecer sin un padre. En una palabra: duro—. Tu madre tiene razón, el entrenamiento ayuda. Si lanzas la pelota a la canasta muchas veces, empiezas a entrar algunas, y al final la cosa funciona.

—¿Usted ha jugado alguna vez a baloncesto?

—Era bastante bueno en el instituto. Entré en el equipo, aunque tuve que dejarlo después de primero.

—¿Por qué?

Tom se encogió de hombros.

—Tuve que buscarme un trabajo después de clase para ayudar a mi familia. Éramos cinco hermanos, y necesitábamos dinero.

—Tom volvió al tema que le preocupaba—. Dime, Ben, ¿has visto a alguien rondando cerca de tu casa o de tu patio, últimamente?

Ben negó con la cabeza.

—¿Tu madre tiene algún novio que pueda estar enfadado con ella?

Ben volvió a negar con la cabeza.

—No tiene ningún novio. Está todo el tiempo muy ocupada.

Tom dejó pasar esa respuesta sin ningún comentario, aunque imaginó que era casi imposible que un bombón como Kate White no tuviese algún que otro pretendiente acechando. Aparentemente, mantenía su vida amorosa escondida de su hijo.

—¿Has visto hacia dónde se iba el tipo cuando se ha marchado?

Nueva negación con la cabeza.

—Para entonces ya estaba junto al garaje. Mamá me ha dicho que entrase y me ha dado un empujón.

Tom frunció el ceño.

—¿Y ella se ha quedado?

Ben asintió con la cabeza.

—¿Y has oído qué le decía aquel hombre?

—No. Estaba intentando entrar en casa para llamar a la policía. Y entonces ha llegado usted. —Luego, antes de que Tom pudiese preguntar algo más, añadió en voz baja—: ¿Hay alguien que quiera hacerle daño a mamá?

—¿Qué? —Aquella pregunta llamó la atención de Tom. La procesó, se inclinó un poco hacia Ben, con el antebrazo apoyado en el amplio apoyabrazos del sofá, y le dedicó una mirada súbitamente penetrante—. ¿Por qué lo preguntas?

Ben arrugó la frente como si se esforzase en pensar.

—Ayer pasó todo eso donde ella trabaja. Alguien del colegio me ha dicho que casi la matan. Y luego esta noche ha venido ese tipo a nuestra casa. Y usted es un policía y está aquí, también. Y... y... —Ben se quedó sin palabras, pero enseguida retomó el hilo, sosteniéndole la mirada a Tom—. Creo que está asustada.

«Chico listo.» Tom estuvo a punto de decirlo en voz alta, porque ésa era exactamente la sensación que le producía Kate: estaba asustada. No sólo aquella noche, sino también aquella misma tarde, cuando Fish y él la habían interrogado en su despacho. Pero entonces oyó un traqueteo que se acercaba, acompañado de pasos ligeros. La señora de la casa se acercaba con el café. Era el momento de redirigir la conversación: necesitaba tiempo para digerir aquella información.

—Así que habías ido a buscar la pelota y ha aparecido de repente ese hombre de detrás del árbol —le dijo a Ben—. ¿Tú le has dicho algo?

Ben negó con la cabeza. Su mirada se desvió hacia su madre, que entraba en el campo visual de Tom con dos tazas blancas, un par de servilletas y una pequeña bandeja en las manos.

—Son las nueve —le dijo secamente a Ben mientras le daba a Tom una de las tazas y dejaba la bandeja y las servilletas sobre la mesa de centro. La bandeja, como vio Tom enseguida, contenía algunas galletitas de chocolate. De las envasadas. Chips Ahoy, si no se equivocaba.

En cuanto las tuvo delante, se dio cuenta de repente del hambre que tenía. Se había olvidado por completo de cenar.

—Gracias —dijo, convencido, mientras cogía una galleta.

—De nada. —Kate se volvió hacia Ben y dijo—: Baño y cama.

Ben refunfuñó, aunque aparentemente era un tema innegociable, porque se puso en pie de un brinco y obedeció. Tom estaba impresionado. Sus sobrinos y sobrinas siempre discutían a la hora de acostarse, y además a voz en grito y con vehemencia.

—Dile buenas noches al detective Braga —le ordenó Kate a Ben, que arrastraba los pies de camino a las escaleras.

Ben miró de reojo al policía. Era una mirada llena de significado, que Tom no tardó ni un segundo en interpretar: «No le repitas lo que te he dicho», le encomendaba silenciosamente.

—Buenas noches.

—Buenas noches, Ben —respondió Tom.

—Llámame cuando estés a punto —le dijo Kate a su hijo. Ben asintió con la cabeza. Luego Tom le perdió de vista. Kate, con una taza humeante en la mano, se sentó entonces en la silla dorada que acababa de dejar libre su hijo y, sin poder evitarlo, Tom centró toda su atención en ella.

Con el pelo recogido en una cola de caballo que dejaba únicamente algunos pocos rizos rubios enmarcando su cara, parecía más una adolescente que una fiscal. Al ver la pequeña tirita que aún llevaba bajo la mejilla, Tom recordó lo cerca que había estado de ser asesinada, y envió al cielo una pequeña plegaria de agradecimiento. La estructura ósea de Kate tal vez no era de una belleza clásica (aunque, de hecho, ¿qué narices sabía él de estructuras óseas de belleza clásica?), pero le resultaba atractiva. Se fijó en su frente redonda, sus pómulos altos y el perfil cuadrado de su mandíbula y se preguntó si habría algún vikingo en algún lugar de su árbol genealógico. Su boca, ancha y de un rosa oscuro, tenía un aspecto suave y era tan femenina como resuelta. Su nariz era larga y elegante, su mentón, obstinado. Llevaba una sudadera excesivamente grande que dejaba al descubierto su clavícula y ocultaba sin embargo sus curvas —porque, aunque fuese delgada, tenía curvas: Tom era más que consciente de ello—. Vale, era de naturaleza delgada, de eso no había duda, pero tenía el tipo de delgadez delicada que estaba empezando a encontrar más atractivo que la voluptuosidad que había preferido hasta entonces.

Los ojos de Kate lo observaban y mostraban una cautela inconfundible.

«Oculta algo.»

Estaba casi seguro.

—Gracias por haber vuelto a acudir al rescate —dijo Kate bebiendo otro sorbo de café mientras le miraba por encima del borde de la taza.

Tom se sirvió otra galleta, para tener tiempo de pensar la mejor manera de abordar la cuestión.

—Ningún problema —sonrió—. Es lo que hacemos los policías.

—¿Ha podido Ben añadir algo a lo que ya le había dicho?

¿Trataba de sonsacarle? Pues claro.

—La verdad es que no. —Tom liquidó la galleta y sorbió un poco de café para acabar de engullirla—. Por cierto, tienes un hijo fantástico.

Tom volvió a sonreírle.

—Gracias. —Esta vez Kate le devolvió la sonrisa, pero la cautela de su mirada no se desvaneció. La cosa empezaba a estar clara como el agua: a Kate le pasaba algo. La pregunta era qué. Pensó en Ben y se encontró de repente esperando que no fuese lo que empezaba a temerse: que Kate formase parte de la trama criminal del día anterior.

—Debe de haber sido difícil para ti criarlo sola.

—Nos las hemos arreglado. —Kate debió de percibir la súbita frialdad de su propia voz, porque apenas un instante después añadió en un tono más dulce—: Aunque sí, ha sido difícil.

—¿Tienes familia por aquí que te ayude?

—No. —Esta vez ni siquiera trató de mitigar la frialdad. Se limitó a beber otro sorbo de café y, tras depositar la taza sobre la mesilla que había entre ellos, le miró directamente a los ojos y le preguntó—: ¿Y pues, detective, qué puedo hacer por usted?

—Tom, y puedes tutearme —repuso él.

—Tom.

Tal vez había cierta impaciencia en su tono de voz, pero sólo alguien tan observador de los matices de las expresiones como empezaba a serlo Tom lo habría podido notar.

—Para empezar, podrías contarme de qué tienes miedo. —Era un tiro a ciegas, pero sin duda dio en la diana. Kate abrió los ojos de par en par y pestañeó. Sus labios se separaron y tomó aire con urgencia. Tom supo entonces que iba por buen camino. Pero la expresión de Kate volvió a cambiar rápidamente y se encerró en sí misma para ocultarle la verdad. Sus ojos eran grandes, azules e inocentes. Arqueó las cejas como si estuviese sorprendida.

—¿De qué rayos estás hablando?

Era buena, eso tenía que admitirlo. Pero había reaccionado demasiado tarde: Tom ya había visto todo lo que tenía que ver.

—¿Qué pasó realmente ayer, Kate? —preguntó casi tiernamente sin apartar la mirada de su rostro.

Nuevamente se produjo el pestañeo delator en sus ojos. Un movimiento rápido de sus pestañas del que probablemente ni siquiera era consciente. Luego los párpados se abrieron bruscamente y le miró fijamente a los ojos.

—Ya sabes exactamente qué ocurrió, ya te lo he dicho. Hice una declaración jurada y he contestado a tus preguntas. A todas ellas. —Kate se irguió en la silla. Sus uñas, ovaladas, bien cuidadas y pintadas con un esmalte claro, se clavaron en los extremos de sus antebrazos. Las ventanas de su nariz se ensancharon. Sus ojos centellearon como faros azules—. ¿De qué me estás acusando exactamente?

Su intento de llevar la guerra al campo enemigo era perfecto. Su voz era segura. Tenía la espalda recta y el mentón alzado. Sus ojos disparaban chispas de indignación.

Lástima que todo sucediese medio segundo tarde.

—No te estoy acusando de nada. Pero creo que hay algo que no me estás contando.

Por un momento, Kate simplemente le sostuvo la mirada. Luego soltó una risilla desdeñosa.

—¿Como por ejemplo? ¿La talla de mis zapatos? ¿Qué he comido hoy? ¿El apellido de soltera de mi madre? Dime qué quieres saber y te diré si sé algo sobre el tema.

—¿Quién era el otro hombre que estaba en el corredor contigo y Rodriguez?

Kate no se movió, ni siquiera parpadeó, nada.

—Ya habíamos hablado de eso. Tu hermano, el otro agente y un preso yacían en el suelo de una de las celdas de detención. Aparte de ellos, no había nadie más.

—Yo creo que sí lo había.

Kate juntó las cejas.

—Ben cree en Santa Claus, pero eso no significa que exista.

Touché.

Si estaba mintiendo, había mejorado exponencialmente en su habilidad para hacerlo. Tal vez Charlie estaba equivocado. Tal vez no había ningún otro preso en el corredor además de Rodriguez. Podría ser que Charlie estuviese desvariando. O que viese doble. Y, aunque no fuese así, aunque estuviese en lo cierto al cien por cien, dado su estado en ese momento, su testimonio sin corroborar no aguantaría ante un tribunal.

—¿Quién más cree que había allí, detective?

Se había acabado el tuteo. Ahora Kate se mostraba hostil. Sus ojos tenían un destello militante, apretaba los labios y tenía la mandíbula tensa. Todas las marcas características de una mujer inocente falsamente acusada.

O de una muy buena actriz.

Fuese como fuese, en eso le llevaba ventaja. Él no tenía ni idea, todavía.

Aunque tampoco pensaba decírselo.

«Que se las componga.»

—Escucha, Kate. Tenemos a mucha gente muerta, incluidos un juez y unos cuantos alguaciles. Asesinados. Acribillados a plena luz del día en una zona de alta seguridad del Centro de Justicia Penal por presos que trataban de fugarse. Tengo la obligación de llegar hasta el fondo de lo sucedido. Y es lo que intento hacer.

—¿Y cree que yo tuve algo que ver con ello?

La incredulidad de su voz le pareció sincera. Tom entornó los ojos. Casi le hizo creer en su inocencia. Casi.

Pero si era inocente, ¿de qué tenía miedo?

—¡Mamá! —El grito procedente del piso de arriba les cogió a ambos por sorpresa. Fue entonces, cuando la voz de Ben cortó el pesado ambiente, cuando Tom se dio cuenta de lo aguda que se había vuelto la tensión—. ¡Ya estoy!

La mirada de Kate siguió perforando la de Tom un momento más, y luego miró hacia las escaleras y se levantó.

—¡Ya voy! —respondió. Su mirada se volvió hacia Tom. Su expresión era glacial—. Siempre subo a arropar a Ben y le leo hasta que se queda dormido. Así que...

Kate dejó la frase a medias, pero era evidente por su expresión que le pedía que se fuera.

Tom sonrió.

—¿Te importa si me quedo aquí y espero a que hayas acabado? Si pudieras volver a bajar, sería fantástico. Todavía me quedan algunas preguntas por hacerte.

La mirada de Kate se volvió gélida.

—Ya he dicho todo lo que sé. No tengo nada más que añadir.

—Lo comprendo. Pero aun así tengo que hacer las preguntas. Por supuesto, si lo prefieres, podemos hacerlo mañana. En la Casa Redonda.

Quedaba claro por su expresión que Kate había entendido la amenaza implícita. Si no colaboraba, siempre podía presentarse en su despacho al día siguiente para acudir a la comisaría de policía y responder a un nuevo interrogatorio. Como ella era una ayudante del fiscal de distrito, todo se complicaba un poco más: cuando lo supiesen —como sin duda lo sabrían— en la oficina del fiscal de distrito, se indignarían. Los que mandan en el Departamento de Policía de Filadelfia probablemente no reaccionarían mucho mejor. En cualquier caso, Tom tenía pocas dudas de que ella podría hacer algunas llamadas telefónicas, presentar una petición, meterle un paquete por acoso, o de algún modo encontrar la manera de evitar el interrogatorio, al menos durante un día o dos, hasta que Tom pudiese tener todas las pruebas preparadas, explicar las cosas a la oficina del fiscal, a los jefazos del departamento. Pero prefería apostar a que ella no querría que sucediese eso. Cualquier noticia de que le habían pedido que acudiese a comisaría para ser interrogada, con la implicación de que estaba bajo sospecha en aquel caso, el caso de todos los casos, dejaría muchas bocas abiertas. Y eso no era bueno para una carrera, y menos aún la carrera de una joven fiscal recientemente contratada.

Por otra parte, si no tenía nada que ocultar, le podría mandar tranquilamente a freír espárragos.

En vez de eso, le miró fijamente.

—¿Está tratando de intimidarme?

—No, en absoluto.

—¡Mamá!

—¡Ya voy! —gritó. Luego se volvió hacia Tom, con los puños cerrados y el rostro tenso de disgusto—. Vale. Estaré arriba una media hora. Por favor, haga como si estuviese en su casa.

La última frase estaba cargada de sarcasmo.

—Gracias —dijo Tom suavemente. Luego la siguió con la mirada mientras se dirigía a las escaleras, rodeaba la barandilla, empezaba a subir y desaparecía de la vista con la espalda recta y la cabeza bien alta.

Era una mujer hermosa, sin duda. Sus ojos eran grandes estanques azules lo bastante profundos como para que un hombre se ahogase en ellos si no iba con cuidado. Su boca era suave y seductora, aunque de sus labios no surgieran más que una sarta de mentiras. Sus sedosos cabellos rubios, sus delicados rasgos y su tersa piel blanca habrían quedado perfectos en el ángel del árbol de Navidad de casa. Su cuerpo... Bueno, no hace falta ahondar en eso. Basta decir que si se lo permitía, Tom podría encandilarse por ella.

Además, tenía un hijo al que evidentemente cuidaba, y que la amaba con delirio.

Nada de lo cual, dadas las circunstancias, sumaba nada bueno.

Tom deseó que Kate le hubiese mandado a freír espárragos.

15

El pánico tenía un sabor amargo y avinagrado. Unos cuarenta minutos después de haber dejado a Braga esperándola abajo, como una araña gorda agazapada en el centro de su pegajosa telaraña, Kate estaba en el pequeño baño utilitario de su pequeño dormitorio utilitario cepillándose los dientes vigorosamente para librarse de aquel desagradable sabor. Le echó un vistazo al espejo y comprobó que estaba pálida, tenía los ojos hinchados, los cabellos enmarañados —mientras le leía a Ben, se había quitado la goma elástica que sujetaba su cola de caballo con la vana esperanza de que fuera la causante de su horrible jaqueca—, y los labios secos y desprovistos de color.

Tenía el aspecto de estar terriblemente asustada, y no era de extrañar, porque lo estaba.

¿Cómo había sabido Braga que había un segundo hombre en el corredor de seguridad?

De sólo considerar las posibilidades se le aceleraba el corazón. La cámara de seguridad estaba hecha trizas por un disparo. La recordaba claramente, colgando sobre la puerta, por encima de su cabeza. ¿Podría haber habido otra que le hubiese pasado por alto? Trató de recordar... No estaba segura. Aunque, bien mirado, cada vez estaba más segura de que Mario y compañía no habrían sido tan descuidados como para dejarse una cámara de seguridad; a menos, por supuesto, que estuviese escondida y no la hubiesen visto.

Jamás había oído hablar de cámaras ocultas en el Centro de Justicia, pero eso no quería decir que no las hubiese.

Al pensar que la policía podía poseer una cinta de todo lo que había sucedido en el corredor, empezó a empaparse en sudor.

«Si hubiesen pillado a Mario en la cinta, no le habrías podido visitar en el centro de detención porque habría pasado tan rápido a custodia federal que habría salido humo por las ventanas.»

«Vale. Respira hondo.»

Lo que dejaba otra posibilidad: ella no era la única persona que había salido con vida de aquel corredor. Charlie Braga también había sobrevivido. Tal vez había visto algo. Tal vez había visto a Mario.

A Kate se le hizo un nudo en el estómago sólo de pensarlo. Durante el momento fugaz que le había visto, Charlie Braga parecía muerto. Aunque tal vez estaba consciente en todo momento, y sólo fingía estar muerto. Tal vez había visto a Mario antes de recibir los disparos. Tal vez... Tal vez...

«Te puedes volver loca con tantos "tal vez".»

De todos modos, no podía haberla visto a ella con Mario. Ni podía haber visto a Mario disparándole a Rodriguez y luego obligándola a coger el arma. No podía haber oído nada de lo que Mario y ella habían dicho. Dada la posición de Charlie Braga en el suelo de la celda de detención, resultaba imposible.

Casi imposible, ¿o no?

Sí, Kate pensó que sí.

Por consiguiente, Tom Braga no podía saber nada. Trató de convencerse de ello mientras se enjuagaba la boca. No podía saber nada con seguridad. Si lo supiese, ya la habría arrestado. Tal vez estaba dando en el clavo con sus terribles acusaciones, pero quizá no eran más que un farol y lo que trataba era llevarla a cometer algún tipo de confesión que la perjudicase. Kate había visto a policías que hacían eso mismo una y otra y otra vez.

Pero jamás había sido la receptora de esa técnica, y no sabía lo acongojante que podía llegar a ser.

«Especialmente si ocultas algo.»

Pero eso Braga tampoco lo sabía. Si lo supiese, ya estaría sentada en una de las salas de interrogatorios de la Casa Redonda, rodeada de un enjambre de policías. Ya le habría leído sus derechos. Su vida ya estaría destrozada.

Tal como estaban las cosas, en ese instante, todo lo que le importaba, todo lo que se había esforzado tanto en construir, seguía intacto.

La suposición de Braga, sin embargo, era muy concreta.

Lo suficientemente concreta como para que algo o alguien le hubiese puesto sobre la buena pista. Pero tratar de averiguar qué o quién lo había hecho le llevaría más tiempo del que podía disponer en aquel momento, eso suponiendo que pudiera averiguarlo.

Lo fundamental era que Braga claramente no sabía nada y, si era capaz de conservar la calma, Kate todavía podía mantener la compostura.

Aquella conclusión debería haberla hecho sentirse mejor, pensó Kate amargamente mientras se pasaba el cepillo por el pelo y se aplicaba un poco de lápiz de labios antes de volver a enfrentarse al enemigo. Pero no estaba mejor: la náusea que se había instalado en su estómago aún seguía allí, tenía frío y se sentía absolutamente desdichada.

Se sentía culpable.

Apagar las luces era un acto reflejo para ella, para ahorrar en la factura de la electricidad. Apagó pues la luz del baño, la de su dormitorio y salió al pequeño rellano de la parte superior de las escaleras, que, con la persiana de su única ventana cerrada, estaba tan oscuro que apenas podía ver la habitación de Ben, en el otro extremo. Kate se acercó al dormitorio de su hijo y cerró silenciosamente la puerta: si se despertaba (cosa improbable, porque dormía siempre como un tronco), no quería que oyese ninguna su conversación con Braga. Ben se había quedado dormido en medio de un capítulo de *Una arruga en el tiempo*, que era el libro que estaban leyendo esos días, y, mientras le echaba las mantas sobre los hombros y le besaba la mejilla sin oír una protesta —prueba fehaciente de que estaba dormido—, Kate sintió por su hijo una oleada irrefrenable de amor que reforzó su determinación y su coraje.

Ella era todo lo que tenía Ben en el mundo, y haría lo que hiciese falta para mantenerle a salvo.

Incluyendo mentirle a Braga tan a menudo y tan convincentemente como fuese necesario.

A pesar del nudo frío y duro que tenía en el estómago.

En pie ante la puerta de Ben, Kate miró hacia las escaleras. Sabía que Braga la esperaba abajo, y respiró hondo con la esperanza de infundirse ánimos. Trató de volver a invocar aquel impulso de resolución y coraje, pero, a pesar de todos sus esfuerzos, no lo logró.

«Sólo me siento asustada. Y sola. E incluso aunque logre desembarazarme de Braga, todavía me queda enfrentarme a Mario.»

Ante ese pensamiento feliz, desistió.

«Las crisis, de una en una.»

Lo primero era Braga.

Consciente de que su corazón le golpeaba las costillas a cada paso, bajó las oscuras escaleras hacia la luz tenue que despedía la lámpara de abajo. A medio camino tuvo a la vista parte de la mesita de centro y del sofá.

Kate vio un par de piernas largas e inconfundiblemente masculinas que hacían de puente entre su mesita y su sofá. Al extremo de los pantalones azul marino había un par de pies como barcas enfundados en unos zapatos negros de cordones con costura inglesa y unos tobillos robustos protegidos por unos calcetines también negros.

Kate puso cara de disgusto. Braga tenía los pies en su mesita de centro, y eso a ella no le gustaba. Claro que, dadas las circunstancias, eso le proporcionaba una excusa para increparle, y así podría empezar su obligado cara a cara poniéndole a la defensiva.

Un poco animada con esa idea, apretando los labios y entornando los ojos en lo que esperaba fuese un claro gesto de desaprobación, acabó de bajar las escaleras.

Y descubrió que Braga se había dormido en el sofá.

El descubrimiento la dejó desconcertada. ¿Qué se suponía que tenía que hacer?

Avanzó hacia él, con la intención de despertarle, pero se paró cuando estuvo cerca. Por un instante se quedó quieta al otro lado de la mesita de centro, observándole, meditando sobre la situación. Sin duda estaba profundamente dormido. Estaba sentado, con sus anchos hombros ocupando una tercera parte del sofá, los pies apoyados sobre la mesita de centro, su largo cuerpo, todavía totalmente vestido, relajado. Tenía la cabeza reclinada en el acolchado respaldo del sofá. Su garganta descubierta se veía muy morena en contraste con el cuello abierto de la camisa blanca. La barba de casi un día daba un aspecto áspero a su garganta y al perfil cincelado de su mandíbula. Tenía los ojos cerrados; la sombra de sus pestañas formaba pequeñas lunas en cuarto creciente sobre sus mejillas. Tenía la boca ligeramente abierta, insinuando unos dientes blancos y uniformes. La luz de la lámpara bañaba su complexión de color aceituna con un cálido resplandor dorado, suavizando algunas de las arrugas que Kate había observado antes en su cara, provocando destellos azulados en su pelo negro.

Aunque a desgana, tuvo que reconocerlo: incluso dormido era atractivo.

De entre sus labios surgió un ligero ronquido.

«Aun así...»

Kate pensó en despertarle. Pero si lo hacía, se vería obligada a responder a sus preguntas. Miró la cajita de la televisión por cable que había sobre el televisor. Según los números digitales que mostraba, eran las 22:06. Si le dejaba allí solo durante una hora o una hora y media, y luego le despertaba, podría enviarle inmediatamente a su casa, con el pretexto de la hora y de que ella también tenía que dormir.

«Parece un buen plan.»

Dejando al Bello Durmiente donde estaba, recogió en silencio las tazas de café y el plato vacío, los llevó a la cocina y los puso junto a los demás platos y cubiertos en el lavaplatos. Guardó las provisiones restantes, ordenó la cocina y se aseguró de que todo estuviese preparado para la mañana. Luego apagó la luz y volvió a echarle un vistazo a su invitado al que nadie había invitado.

Tom seguía durmiendo como un chiquillo. Por lo que le pareció a Kate, no se había movido ni un milímetro desde la última vez que le había mirado. Le echó una ojeada al reloj: todavía no eran las diez y media. Para un resultado óptimo, tenía que dejarle dormir al menos media hora más. Una hora más sería aún mejor.

Bueno, de todas formas tenía trabajo que hacer. Tras dedicarle una última mirada al hombre que roncaba en el sofá, apagó con cuidado la luz más alejada de él y dejó encendida la que tenía justo al lado por miedo a que el ruido del interruptor lo despertase. Luego se dirigió a su despacho, el antiguo comedor de la casa, que se comunicaba con el salón mediante una puerta de madera acristalada. La otra entrada a la sala era un arco abierto que conducía a la cocina. Su despacho era una habitación pequeña que no se había molestado en decorar: tenía las paredes blancas, una única ventana cubierta por una persiana veneciana blanca, y las obras de arte de Ben de la escuela colgadas aquí y allá con celo. El único mobiliario eran el escritorio y la silla, además de una papelera, algunas cajas de libros sin abrir y montones de ficheros. Su abarrotado escritorio era una ganga de Goodwill, una monstruosidad de roble deteriorada que estaba convencida de que había sido el escritorio de un maestro. Estaba situado en el centro de la sala, mirando al salón para poder controlar a Ben mientras veía la televisión. Su maletín esperaba sin abrir sobre el escritorio.

«A trabajar se ha dicho.»

Le vino a la mente sin previo aviso el recuerdo repentino e intenso del amigo de Mario apareciendo en la oscuridad del patio, y miró rápidamente hacia la ventana, aliviada de que las persianas blancas le impidiesen ver la noche que se extendía más allá de la ventana. Luego se fijó mejor. ¿Había entre los listones de la persiana alguna rendija por la que alguien pudiera ver el interior de la casa?

«Sí.»

Su corazón empezó a palpitar mientras fijaba la mirada en la rendija. Tras cruzar rápidamente el despacho que la separaba de la ventana, juntó los listones, asegurándose de que quedasen superpuestos. Aun así, se sentía expuesta. Era casi como si pudiese notar una presencia al otro lado de la persiana, al otro lado del cristal. ¿Había alguien ahí fuera? No se atrevió a abrir otra vez la persiana, a mirar. «Y, aunque lo haga, con la oscuridad que hay fuera, lo único que veré será la noche cerniéndose alrededor de la casa», pensó.

«Lo único que consigues recreándote en lo que ha pasado antes es ponerte histérica.»

Apartar la vista de la ventana requirió un auténtico esfuerzo de voluntad, pero finalmente lo hizo. El hueco de la puerta que conducía a la cocina estaba oscuro y la propia cocina estaba repleta de sombras. La única iluminación venía de la lámpara que todavía quemaba en la sala de estar. Excepto por el leve zumbido de algunos electrodomésticos, en la casa reinaba el silencio. Un silencio terrorífico. Kate tembló contra su voluntad, y se sintió extrañamente contenta de que Ben y ella no estuviesen solos en casa.

Aunque Braga fuese casi tan peligroso para ellos como Mario y compañía.

«No pienses en eso. En nada de eso. Sácatelo de la cabeza.»

Kate se sentó en la silla tapizada en azul de su despacho, también cortesía de Goodwill, e ignoró deliberadamente que, a través de la puerta acristalada de su despacho, podía ver a Braga repanchingado en el sofá. Pero decidió no mirar y concentrarse únicamente en su trabajo. Así que encendió la pequeña lámpara de su escritorio, abrió su maletín y se zambulló deliberadamente en las minucias de sus próximos casos. Detalles de palizas, robos, agresiones con agravante e intentos de homicidio eran explicados en los términos más gráficos en los archivos que tenía delante. Muchos de los peores casos eran «dobletes», casos en que la víctima tenía tantos antecedentes penales como el supuesto autor. Éstos eran los casos más difíciles de juzgar, porque había que lidiar una ardua batalla para ganarse la simpatía del jurado por la víctima. Las víctimas auténticamente inocentes, por otra parte, eran lo que daba vida a todo fiscal, y de ésas también había. Normalmente, lo más difícil para Kate era recordar que no tenía que permitir que ciertos casos y víctimas invadiesen su corazón. Aquella noche, sin embargo, con la amenaza de que su propia vida se desmoronase, lo más difícil era simplemente concentrarse.

«Esta gente cuenta contigo para que se haga justicia.»

Aun con todo el caos que el tiroteo en el Centro de Justicia había supuesto para el sistema judicial, la vida legal tenía que continuar. Aún había que oír las apelaciones, presentar las acusaciones, negociar los alegatos y juzgar los casos. Aunque aquella semana iba a ser claramente una causa perdida para todo el mundo, Kate tenía que asumir que la semana siguiente las cosas volverían a funcionar con normalidad. Por consiguiente, tenía que estar preparada. Se lo debía a la gente que debía representar.

Pero aun con la mejor voluntad del mundo, finalmente tuvo que admitir que no estaba en la onda. Cuando cayó en la cuenta de que había leído tres veces la declaración de un mismo testigo creyendo que se trataba de tres declaraciones distintas, reconoció su derrota. No le hacía ningún favor a nadie que estuviera ahí sentada con los papeles delante mientras su mente batallaba temerosa con sus propios problemas. Lo mejor sería acostarse y empezar de nuevo a la mañana siguiente.

Cerró el archivo en el que estaba trabajando, lo puso de nuevo en el maletín, junto a los que tenía pensado trabajar al día siguiente, y luego miró por fin a través de la puerta acristalada.

Braga seguía durmiendo. En la misma posición. Si se había movido un poco, Kate no lo había notado.

Con cara de pocos amigos, miró el pequeño reloj de su escritorio y se sorprendió al ver la hora: las once cincuenta y siete. Aunque creía que no había retenido ni una sola palabra de lo que había leído, el tiempo había pasado volando.

Se levantó, se estiró, apagó la lámpara del escritorio. Cogió el maletín y, dejando bajo la mesa las zapatillas deportivas de las que se había desprendido mientras trabajaba, avanzó descalza hacia la cocina, tratando de postergar el máximo el momento de despertar a Braga. En primer lugar, no quería habérselas con él, y, en segundo lugar, no le apetecía quedarse sola con Ben en casa. Había algo de tranquilizador en el hecho de compartir techo con un policía armado, aunque el susodicho policía no fuese exactamente su mejor amigo.

«Olvídalo. Tendrás que enfrentarte a esto tu sola.»

Como siempre había hecho.

No encendió la luz de la cocina. El resplandor difuso de la lámpara del salón, así como la luz de la luna que se filtraba a través de los cristales que había en la parte superior de la puerta de atrás, le bastaban para dejar el maletín sobre la encimera, junto a la puerta del garaje, y tomarse un par de analgésicos. Volvía a dolerle la cabeza, tenía la boca seca y le escocían los ojos. Además, estaba cansada. O, mejor dicho, agotada, tanto por la ansiedad aplastante que estaba sufriendo como por la falta de sueño. Sin ningún trabajo que la distrajese, volvió a ser consciente de la tensión que le atenazaba los hombros y la pesadez que sentía en el estómago.

Por mucho que lo necesitase, temía que iba a tardar un buen rato en dormirse.

«Un pie delante del otro.»

Cogió un par de analgésicos del botellín que guardaba en el armario que había junto al horno y se dirigió a la nevera decidida a servirse un vaso de leche con la esperanza de que las propiedades somníferas de la leche no fuesen sólo un mito. En contraste con el tenue resplandor blanco de la luz interior del electrodoméstico, el resto de la cocina parecía aún más oscuro. Kate casi se sintió aliviada cuando terminó de verter la leche y pudo volver a cerrar la puerta.

Una vez se hubo tomado los analgésicos y la leche, Kate se dirigió hacia el fregadero y abrió el grifo para enjuagar el vaso. Tras cerrar el grifo, dejó el vaso en el fregadero para meterlo en el lavaplatos al día siguiente y afrontó que se le había acabado el tiempo. Era medianoche, y se había quedado sin excusas para no despertar a Braga.

«Le diré que estaba tan profundamente dormido que me ha dado apuro...»

Ésa era la idea que discurría por su cabeza cuando la interrumpió un ruido. Un pequeño ruido metálico. Un ruido que en otras circunstancias ni siquiera le habría llamado la atención. Pero sí a esas horas de la noche, en su cocina oscura y silenciosa.

Era el sonido del pomo de la puerta al girar.

Kate lo reconoció con un escalofrío de terror y volvió bruscamente la cabeza en esa dirección. Procedía de la puerta del patio trasero, que se encontraba aproximadamente a un metro y medio del fregadero, justo donde ella se encontraba. Por unos segundos, su mirada se quedó absorta en el pomo metálico, que apenas resultaba visible en la penumbra. Ni siquiera habría podido verlo de no ser por un fino rayo de luz de luna que entraba en diagonal a través del cristal superior de la puerta.

Pero lo vio, y se quedó sin respiración al mirarlo: giraba hacia uno y otro lado impacientemente.

«Alguien intenta entrar en mi casa.»

Le costaba creerlo, pero tuvo que reconocerlo.

Sintió que el corazón iba a saltarle por la boca, que la sangre se le helaba y que el estómago le caía al suelo.

Entonces se dio cuenta de que ya no podía ver el cielo nocturno a través de la ventana. Y el motivo por el que no podía verlo era que había allí una enorme silueta negra, un hombre, según reconoció por el perfil de su cabeza, sus hombros y sus brazos: estaba en pie al otro lado de la puerta, tapando las estrellas, tratando de entrar en su cocina, tratando de llegar a ella.

16

Kate se puso a chillar como una bruja en la hoguera.

Se apartó de un salto del fregadero y salió pitando hacia la sala de estar.

—¡Kate! —Braga se topó con ella en la puerta de la cocina. Kate chocó contra su cuerpo macizo, que no cedió ni un milímetro a pesar de la fuerza del impacto, y, si él no la hubiese sujetado por los brazos, habría acabado sentada en el suelo—. ¿Qué diablos...?

—¡Un hombre...! ¡En la puerta! —Kate jadeaba de miedo—. Estaba allí... Ahora mismo...

Alargó el brazo y, desasiéndose, señaló a la puerta de atrás.

—Quédate aquí.

Braga la soltó y salió corriendo hacia la puerta mientras desenfundaba la pistola. Justo antes de que llegase a la puerta, Kate lo vio desaparecer tras la nevera, pero oyó abrirse la puerta de par en par, y a continuación los rápidos pasos de Braga sobre la pequeña plataforma de madera. Luego una ráfaga de aire fresco inundó la cocina.

«Tiene que ser Mario. Ahora manda a gente a entrar en mi casa. ¿Para darme otro mensaje? ¿Para agredirme físicamente para que sepa que va en serio?»

Sus rodillas cedieron sin previo aviso al pensar lo que podría haber ocurrido si ella y Ben hubiesen estado solos, y se desplomó quedándose sentada con las piernas cruzadas sobre el suelo de parqué.

«Esto no puede continuar.»

La adrenalina residual actuó y el corazón empezó a latirle con más fuerza. El pulso se le aceleró. Trató de considerar la posibilidad de que Mario no tuviese nada que ver con eso; tal vez no era más que un ladrón silencioso o un psicópata que cometía un delito al azar. Pero era demasiada coincidencia. Se envolvió con sus propios brazos para protegerse y al rato se dio cuenta de que le castañeteaban los dientes; trató de apretarlos para evitarlo.

«Tengo que encontrar la manera de que se acabe todo esto.»

Braga volvió a entrar, cerrando la puerta tras él. Kate oyó el *clic* cuando echó el cerrojo. Luego apareció de nuevo ante sus ojos, junto a la nevera: era una silueta alta y oscura con una pistola en la mano. Mientras le miraba, Braga enfundó el arma, deslizándola bajo su chaqueta. Luego avanzó hacia ella a través de las sombras.

Una vez pasado el peligro inmediato, su pulso acelerado empezó a calmarse.

«Gracias a Dios que él estaba aquí.»

Braga se detuvo a medio metro de ella y se quedó parado con las manos en la cintura, mirándola. Kate seguía sentada en el suelo.

—No había nadie.

Kate se apartó los cabellos de la cara y le miró.

—No sé por qué, pero me lo imaginaba.

Relajar la mandíbula y mantener la voz firme había requerido cierto esfuerzo, pero pensó que el resultado había sonado laudablemente normal.

—¿Estás segura...? —preguntó sin terminar la frase.

Kate asintió con la cabeza. Luego, como no estaba segura de que él hubiese podido ver el gesto en la penumbra, aclaró:

—¿De que había un hombre que intentaba entrar por la puerta de atrás? Sí, seguro.

—¿Le has reconocido? ¿Era el mismo tipo que estaba antes fuera, en el jardín?

—No, no le he reconocido. Y como no he podido ver bien al otro tipo, no lo sé. Podría ser. —Por lo que había podido ver, la estatura y la silueta concordaban bastante—. Tal vez sí. O tal vez no. No lo sé.

—Me había quedado dormido en el sofá —dijo Tom—. ¿Por qué no me has despertado cuando has vuelto a bajar?

—Parecías cansado —contestó Kate encogiéndose de hombros.

—Lo estaba.

Braga se metió la mano en el bolsillo de la chaqueta y sacó algo que le cabía en la palma de la mano. Estaba tan oscuro que Kate no supo lo que era hasta que lo abrió y se iluminó con un tenue resplandor azul. Entonces lo supo: el teléfono móvil.

—¿Qué haces?

—Dar parte. —Braga ya estaba pulsando botones—. Alguien podría...

—No, por favor. —Su voz era cortante.

—¿Qué? —Braga dejó de pulsar botones y la miró—. ¿Por qué?

Kate respiró hondo y decidió que había sobreestimado los efectos tranquilizantes de llenar sus dos pulmones de oxígeno, porque se sentía tan temblorosa como un borracho pasando una prueba de alcoholemia.

—Porque no servirá de nada. No encontrarán a nadie. Y he sido el centro de tanta... —Kate hizo una pausa para buscar la palabra adecuada—. De tanta conmoción estos dos últimos días que no quiero tener que afrontar aún más. Así que, por favor, déjalo. Como un favor.

Braga se quedó mirándola un momento más sin decir palabra, luego cerró el móvil con un chasquido y se lo volvió a guardar en el bolsillo.

—Tenemos que hablar —dijo en tono inexorable.

—No dejas de repetirlo. Y todavía no sé exactamente para qué.

Braga refunfuñó una respuesta, y luego le tendió la mano con la intención evidente de ayudarla a levantarse.

—Vamos. Aúpa.

Kate se quedó mirando la mano un momento, e hizo un esfuerzo monumental. Se agarró a ella y sintió su cálida fuerza cerrándose alrededor de su palma sudorosa. Luego Braga tiró de ella, y Kate se dejó llevar hasta que estuvo nuevamente en posición vertical. O casi vertical, vaya. Sus rodillas flaquearon, y Kate trastabilló un poco hacia delante al intentar recuperar el equilibrio.

—Eh.

Braga la rodeó con sus brazos para evitar que cayera y, por un momento, sólo un momento, Kate puso las manos sobre sus hombros y se apoyó en él. Era alto y fornido, e inconfundiblemente masculino. Sintió la fortaleza de sus brazos alrededor de su cintura. Kate tenía apoyada la mejilla contra el suave algodón de su camisa, y, a través de la tela, percibió la firmeza de sus músculos, la calidez de su piel. Sintió el tenue aroma de suavizante Downy, la misma marca que utilizaba ella.

Kate deseó quedarse como estaba durante mucho tiempo. Hundir su rostro en el pecho de Braga, abrazarse a su cuello y quedarse agarrada a él. Dejar que fuese otra persona quien soportase la carga de cuidarse de las cosas durante un tiempo. Lo primero que le había sorprendido de Braga, aparte de su atractivo, por supuesto, era la sensación de tranquilidad y competencia que desprendía. En cuanto Kate le había puesto la vista encima —mientras Rodriguez la apuntaba con una pistola en la sala de vistas 207—, había sabido que Braga haría todo lo posible por sacarla con vida de allí. Y ahora él sospechaba de ella, y justamente por eso Kate no se fiaba de él, aunque tenía la certeza absoluta de que mientras estuviese con ellos, ninguno de los dos correría peligro.

«A veces, aunque sólo fuese de vez en cuando, estaría bien tener a alguien en quien apoyarse.»

Aquella idea salió de la nada y resonó con una fuerza sorprendente en todo su ser. Desde el nacimiento de Ben, Kate había tenido que ser una mujer fuerte, lista y con recursos por el bien de ambos. ¿No sería maravilloso poderse librarse de esa carga por un tiempo? ¿Saber que había alguien dispuesto a ser fuerte, listo y con recursos también por su bien?

«¿Cómo en "algún día llegará mi príncipe azul"? Sí, claro...»

Como había aprendido por las malas, sólo podía contar con ella misma para cuidarse y cuidar de Ben.

Y era rematadamente tonta por permitirse incluso soñar con algo diferente.

—¿Estás bien? —La voz de Tom deshizo el encanto.

—Muy bien. —A desgana, Kate se apartó de él.

—¿Y siempre caes en brazos de alguien cuando estás bien?

—Han sido dos días muy duros.

—Háblame de ellos —dijo secamente, poniéndole las manos en la cintura, suave pero protectoramente, como si no estuviese del todo seguro de que no iba a volver a caerse al suelo.

Cosa de la que, francamente, ni siquiera ella estaba segura.

—¿Cómo está tu hermano?

Todavía estaba mucho más cerca de él de lo que debería, con la cabeza inclinada hacia arriba para poder mirarle a la cara. La suave incandescencia de la sala de estar le iluminaba ligeramente el rostro, mientras que ella estaba de espaldas a la luz. Al oír esa pregunta, Tom frunció levemente el ceño, pero a Kate le pareció descubrir en su rostro la sombra de una profunda tristeza.

—Recuperándose.

—Me alegro.

—Yo también —repuso mientras la sujetaba algo más fuerte por la cintura. Kate notó el tamaño y la fuerza de sus manos a través de la sudadera y la camiseta. Sus ojos, negros en la penumbra, la miraron a la cara. Había algo en ellos que...

Kate abrió los ojos de par en par y su corazón volvió a acelerarse, esta vez por un motivo muy distinto. De repente, había un... ¿Qué era? ¿Un destello de calor? ¿Una especie de química? Algo chisporroteaba en el aire entre ambos.

Se le ocurrió que él la atraía. Y ella lo atraía a él.

«Ah, no. No, no, no.»

—¿Qué? ¿Piensas contarme qué está pasando aquí?

Braga habló antes que ella pudiese siquiera empezar a procesar las razones por las que enrollarse con él era tan mala idea. Fuese lo que fuese lo que trataba o no de nacer entre ellos, aquella pregunta, formulada con el tono impersonal y duro de un policía, lo dejó más muerto que una piedra.

Y gracias a Dios.

—Ya hemos hablado del tema —dijo Kate poniéndose tensa, en un tono tan duro como el de él.

La expresión de Braga era en ese momento tan dura como su voz. Sus manos soltaron la cintura de Kate.

—¿Y si volvemos a hablar del tema?

Kate se apartó de él, abrazándose el pecho con más fuerza para protegerse del frío que parecía no poder sacudirse de encima.

—¿Y si no lo hacemos? —preguntó mirando hacia atrás mientras se dirigía al salón—. Es tarde. Y quiero acostarme. ¿Te importa?

Braga estaba detrás de ella.

—¿No tienes miedo de que tu visitante..., perdón, uno de tus visitantes, pueda volver?

Vale, ahí la había pillado. Sí que tenía miedo.

—Tengo una pistola. —Descargada, en una caja de seguridad en un cajón de su habitación. Las balas las había guardado por separado. Como madre, consideraba que tales precauciones eran absolutamente necesarias. Aunque, a la hora de la verdad, cuando uno necesitaba la pistola en caso de emergencia, resultaban poco prácticas—. Y sé cómo utilizarla.

—Soy plenamente consciente de ello, créeme. —Había una nota mordaz en su voz. Kate tardó un segundo en recordar que se suponía que ella había disparado y matado a Rodriguez. Lo quisiese o no, aquella mentira formaba ya parte de lo que todo el mundo (colegas, amigos y conocidos, policía, público en general, Braga) creía saber de ella.

«Qué le vamos a hacer.»

—Llevo mucho tiempo cuidándome de Ben y de mí misma.

Kate se dirigió a grandes zancadas hacia la puerta principal decidida a indicarle a Braga dónde estaba la salida y acabar con aquello. En cuanto él se hubiese marchado, Kate iría directamente arriba, comprobaría cómo estaba Ben, se dirigiría a su habitación, buscaría y cargaría la pistola, y se sentaría en una silla con ella durante el resto de la noche, por si acaso. Probablemente el hombre que había tratado de entrar en su casa no volvería. Y, aunque hubiese conseguido entrar, probablemente sólo habría pretendido asustarla para subrayar el mensaje que Mario le había enviado antes.

Pero, con la seguridad de Ben también en juego, no quería correr ese riesgo.

—Mamá. —La voz soñolienta de Ben desde lo alto de las escaleras la detuvo. Braga también se paró, justo detrás de ella. Kate podía sentirle a pocos centímetros de su espalda—. ¿Ha pasado algo?

—No pasa nada, cariño. —Recuperando la compostura, Kate anduvo hasta los pies de la escalera y miró hacia arriba para verle. Ben estaba en pie, arriba, justo al lado de la puerta de su habitación, con su pijama favorito de cohetes y la cara colorada de sueño. Mientras la miraba, se frotaba los ojos con un puño. Aquél era su hijo, su niñito, y su corazón se inflamó de puro amor por él. Pagaría el precio que fuese necesario para mantenerle a salvo—. ¿Qué haces levantado?

—Me ha parecido oírte gritar. Pero estaba tan cansado que me ha costado un rato levantarme.

A Kate se le heló la sangre sólo de pensar que si Braga no hubiese estado allí, Ben podría haberse levantado para encontrarla a merced de quien fuese que trataba de entrar en la casa. Y si hubiese sido lo bastante listo para darse cuenta de que Ben era su punto más vulnerable, el matón tal vez habría centrado su atención en su hijo.

—Debía de ser una pesadilla —dijo Kate con firmeza—. Vuelve a la cama. Yo subo en un minuto.

—Vale —dijo Ben bostezando.

Luego se volvió y se fue a su habitación. Kate permaneció unos instantes a los pies de la escalera, mirando hacia arriba, hasta que oyó el chirrido del somier que indicaba que Ben ya se había metido en la cama.

Kate miró a Braga, que estaba en pie donde ella le había dejado, a unos tres metros, casi en el centro de la pequeña habitación. Se había metido las manos en los bolsillos de delante de sus pantalones. Tenía el pelo ondulado, los ojos cansados y la mandíbula oscurecida por el vello. Y parecía totalmente harto de la situación en que se encontraba.

Sus miradas se cruzaron. Kate decidió esperar unos minutos a abrirle la puerta, el tiempo que Ben solía tardar en dormirse.

Luego él le hizo un gesto con la cabeza como diciendo: «Ven aquí.»

Kate frunció el ceño, pero avanzó hacia él. Braga la miraba con expresión seria. Cuando Kate se detuvo ante él, sus ojos volvieron a encontrarse. Braga se balanceó un poco sobre sus talones.

—¿Qué? —preguntó Kate. Era un susurro casi impaciente.

—¿Qué te parece si me quedo aquí a pasar la noche?

Kate arqueó las cejas, sorprendida.

—¿Qué?

A juzgar por lo que le estaba sugiriendo, Braga no parecía precisamente excitado. Así que, tras el sobresalto inicial, Kate supuso que no se quedaba por sexo.

—Ya es más de medianoche. En cuanto haya llegado a mi casa, ya será cerca de la una de la madrugada. Podría echarme en tu sofá, y marcharme a casa con tiempo suficiente para afeitarme y cambiarme antes de ir a trabajar.

Pasó un instante en que se quedaron mirándose circunspectos el uno al otro.

—¿Y por qué quieres hacer eso? —preguntó ella finalmente.

—No me gusta la idea de dejaros solos a ti y a tu hijo —contestó apretando los labios—. Esta noche ya han tratado de atacarte dos veces. Ya sabes lo que dicen, ¿no? ¿Que a la tercera va la vencida?

Kate permaneció callada durante un momento. Aunque no le gustase admitirlo, tampoco le agradaba la idea de quedarse sola.

—Eres muy amable por ofrecerte —dijo finalmente, a regañadientes. Al no llevarle la contraria, a la práctica lo estaba aceptando, y ambos lo sabían.

—No es nada —dijo escuetamente. Sus ojos se deslizaron sobre ella—. Se te ve agotada. Si me tiras una manta y una almohada cuando subas arriba, los dos podremos dormir un poco.

Kate dudó. Dejarle dormir en el sofá parecía muy mala idea. Pero estaba tan cansada, y tan asustada, que tenerle a él en casa podía marcar la diferencia para el resto de la noche.

Además, si lograba dormir un poco, al día siguiente su cabeza estaría lo suficientemente clara como para permitirle idear una salida de aquel lío.

Aun así, dudaba.

—Esta mañana los periodistas se han plantado delante de casa hacia más o menos las siete, esperando a que yo saliese para ir a trabajar. Si aparecen mañana y descubren que te has quedado a pasar la noche, el remedio quizás habrá sido peor que la enfermedad.

Al pensar en el tipo de noticias que podrían circular en tal caso, Kate prácticamente tembló. Aunque el enfoque de «la heroína de la sala 207 se acuesta con el detective que trató de salvarla» no llegara a los medios de comunicación nacionales, los periodistas locales conocían bien las comunidades legal y policial de Filadelfia. Los cotilleos sobre Braga y ella correrían como la pólvora. No sabía cómo se sentía él al respecto, pero ella era uno de los fiscales que ocupaban los peores puestos en la oficina del fiscal de distrito y la verdad era que eso no le convenía en absoluto.

Braga esbozó una mueca.

—Me iré de aquí antes de las siete, no te preocupes.

—Yo suelo despertarme a las seis. Podría despertarte.

—Me imagino que ya estaré despierto. Mira, tú vete a la cama, ¿quieres? Yo ya me apañaré. Deja de preocuparte.

Preocuparse era una de esas cosas que se le daban bien, incluso cuando llevaba una vida normal, pero eso él no podía saberlo. Kate se quedó mirándole pensativa, mordisqueándose el labio. Sabía que no había mucho más que decir. La verdad era que la idea de tenerle bajo el mismo techo era tan tentadora que resultaba imposible rechazarla. Ya no pensaba discutir más. Iba a subir las escaleras y a acostarse, con la seguridad de saber que al menos Ben y ella estaban a salvo para el resto de la noche.

—Muy bien, pues. Ahora te bajo algo para el sofá.

Dicho esto se volvió y se dirigió a las escaleras. Cuando regresó, cargada con una almohada, un par de mantas y un conjunto de sábanas de las Tortugas Ninja —las únicas sábanas a juego limpias que tenía—, él se había quitado la chaqueta. Kate se quedó de pie a media escalera, titubeando, mirándole. Él le daba la espalda: sus hombros parecían aún más anchos únicamente cubiertos por la camisa blanca. Las cintas negras de la pistolera abultaban debajo de la camisa. Tenía las caderas estrechas de un atleta y un culo absolutamente perfecto —¿qué esperaba si no?—. Había inclinado la cabeza ligeramente hacia delante, y sólo pudo ver el ángulo marcado de su frente, su pómulo y su mandíbula. Tenía las manos a la altura del pecho, delante de él, y a juzgar por cómo las movía, Kate dedujo que se estaba desabrochando los botones. Al imaginarlo se quedó sin respiración, clavada en medio de la escalera, sin poder moverse ni pronunciar palabra, mientras la iba engullendo la sensación irrefrenable de que Braga estaba realmente bueno. Nuevamente, para su desespero, sintió la fuerza incontrolada de la atracción sexual.

La pilló por sorpresa: el corazón se le desbocó, se le aceleró la respiración, y una oleada de calor la embargó.

«Eh, calma, quieta ahí. No va a ocurrir. Quítatelo de la cabeza.»

—Traigo mantas —dijo con voz firme acabando de bajar la escalera antes de dejarse llevar por la tentación de esperar en silencio a que se quitara la camisa.

—Gracias.

Braga se volvió para mirarla y se sacó la pistolera de hombro. Mientras la plegaba y la colocaba junto a la pistola, sobre la mesita del otro lado del sofá, Kate se dio cuenta de que lo que había estado haciendo todo el rato era desabrocharse la pistolera de hombro.

Se le escapó un pequeño suspiro de alivio y decepción que en sus oídos sonó como un globo al deshincharse. Él no pareció notarlo, pero ella sí, y eso la enojó.

—Tal vez deberías pensar en instalar un sistema de seguridad en casa —dijo Braga cuando Kate se acercaba al sofá con las sábanas después de dejar la almohada y las mantas en la mesita de centro.

—Ya lo he pensado —dijo concentrada mientras extendía la sábana sobre los cojines del sofá, decidida a no fijarse en que Braga se estaba quitando la corbata y la dejaba en la silla dorada, donde ya descansaba su chaqueta—. Pero un sistema de seguridad es caro, y la casa es de alquiler.

—Si tu vida sigue tan llena de emociones, más vale perder algo de dinero a arriesgarse a tener un disgusto.

Braga se había acercado a ayudarla. Estaban en los extremos opuestos del sofá, y Braga sujetó con aplomo su parte de la sábana bajo los cojines.

—Sí, bueno, espero que en el futuro mi vida sea menos emocionante que ahora. La verdad es que me va más el aburrimiento.

Braga sonrió. Kate le devolvió una sonrisa irónica. Estaban allí en pie, sin hacer nada más que sonreírse mutuamente, y la atmósfera de la habitación se había vuelto agradable. De repente, Kate se dio cuenta de que estaba empezando a sentirse demasiado cómoda a su lado. Juntó las cejas y desvió la mirada, buscando la sábana de arriba. Estaba en la mesita de centro. Cuando la cogió y empezó a agitarla, Braga se la quitó de las manos.

—Ya lo hago yo solo. Acuéstate.

Su tono era abrupto. Kate le miró rápidamente a la cara. Ya no había nada: era como si le hubieran borrado la expresión. No había ni rastro de la calidez y el humor de hacía unos instantes, y sí, también había desaparecido la irritación que había mostrado antes hacia ella.

Lo que Kate debía recordar en todo momento era que tal vez pasaría la noche allí, pero que ni siquiera eran amigos. En el mejor de los casos, él era un policía con un sentido exagerado de la responsabilidad que se limitaba a hacer su trabajo. Y ella era una víctima potencial asustada que necesitaba protección.

En el peor de los casos, él era un detective de homicidios y ella uno de los objetos de su investigación.

—Vale. —Kate se apartó del sofá, rodeó la mesita de centro y se dirigió a las escaleras. Sin ninguna protesta. Como algo impersonal.

—Buenas noches —dijo Braga.

Kate depositó la mano en la barandilla y volvió la vista atrás.

—Buenas noches —respondió, y subió las escaleras.

17

A pesar de todo, Kate durmió como un tronco. Si tuvo algún sueño, no logró recordarlo. Cuando el despertador sonó a las seis, se sentía como si estuviese buceando en aguas profundas; luego, al salir finalmente a la superficie, oyó el estridente pitido y lo apagó. Mientras pestañeaba en esos primeros instantes de aletargamiento de «cómo me gustaría seguir durmiendo, pero sé que no puedo», se acordó de Braga.

Entonces salió de la cama como un rayo.

Sólo tardó cinco minutos en hacer todo lo que tenía que hacer y, descalza y envuelta en su raído albornoz azul, bajó las escaleras a toda velocidad. Su misión: asegurarse de que se levantase y se marchase de su casa antes de que nadie supiese que había estado allí. Fuera todavía reinaba la oscuridad, pero con la mente despejada y a punto de comenzar un nuevo día, sintió vergüenza de haberle dejado quedarse a pasar la noche.

No hacía falta agravar el error permitiendo que el hecho llegase a las noticias.

El aroma a café la recibió cuando se acercaba al final de las escaleras. Estaba claro que Braga ya se había levantado. Una rápida mirada a su alrededor le permitió ver que el sofá estaba vacío: había sacado las sábanas de los cojines y las había dejado plegadas junto con las mantas, en un extremo. La almohada coronaba el montón. Y había una luz encendida en la cocina.

Se dirigió hacia allí.

Cuando llegó a la puerta de la cocina, echó un primer vistazo adentro: la cafetera estaba encendida, así como la luz del techo, y una de sus tazas blancas esperaba, vacía y aparentemente sin utilizar, junto a la cafetera. Pero no había señal de Braga.

Cuando Kate volvía hacia el oscuro salón, la puerta del aseo de debajo de las escaleras se abrió y Braga apareció. Llevaba puestos los pantalones —cosa que ella agradeció— y se frotaba la cara con una toalla. A pesar del estrecho cinturón negro, los pantalones le caían por debajo de los huesos de sus caderas. E iba con el torso desnudo.

Kate miró. Por supuesto que miró.

Era un torso muy masculino, con la clásica forma de uve: la espalda, muy ancha a la altura de los hombros, iba estrechándose progresivamente hasta la cintura y las caderas. Vestido, parecía engañosamente delgado, pero sin la camisa se apreciaban sus sorprendentes músculos; tenía unos pectorales muy desarrollados, unos bíceps impresionantes y unos antebrazos fornidos. Una mata de pelo negro rizado adornaba el centro de su pecho, y bajaba estrechándose hasta desaparecer bajo los pantalones. Sus pezones eran planos y oscuros, apenas visibles bajo el pelo del pecho. Resultaba difícil ver sus abdominales en la penumbra, y aunque los tenía bien marcados, su definición se perdía entre las sombras. Su estómago era absolutamente plano.

Así que describirlo como «atractivo» era quedarse corto.

Kate desvió bruscamente la mirada en cuanto él emergió de debajo de la toalla.

—Buenos días —dijo, como si se sorprendiese de verla.

Kate volvió a mirarle, saludándole con aire inocente, como si no se lo hubiese estado comiendo con los ojos. Braga arrugó en una mano la pequeña toalla marrón para invitados que Kate tenía en el baño pequeño y continuó andando, alejándose de ella, hacia la silla dorada, donde había dejado la camisa, la corbata y la chaqueta.

—Buenos días —logró balbucear con voz débil. La espalda de Braga era casi tan impresionante como su pecho. Los mismos hombros anchos. Fuertes omóplatos. Columna recta. Piel fina sobre músculos marcados y potentes.

—¿Has dormido bien? —dijo Braga dejando la toalla sobre la mesita de centro y cogiendo la camisa, mientras la miraba. Parecía despreocupado, como si que ella le viese sin la camisa no fuese nada del otro mundo.

Y probablemente no lo era... para él.

—Bastante bien. —Si él podía mostrarse despreocupado, también podía ella. De modo que se ciñó el cinturón del albornoz, que la cubría del cuello a los pies, y se ajustó el escote. El albornoz escondía un camisón rosa que le llegaba a medio muslo y que llevaba el dibujo de una rana con la inscripción «Bésame» encima. Afortunadamente, él no podía saberlo—. ¿Y tú?

—Bien —respondió Braga abotonándose la camisa. Kate trató de no mirar—. Es un sofá muy cómodo.

—Gracias. —La conversación sonaba ridícula y forzada. La incomodidad inherente a tener durmiendo en tu casa al policía que sospecha de ti de vete a saber qué sólo resultaba realmente evidente a la mañana siguiente, tal como estaba descubriendo. Ver a dicho policía medio desnudo y descubrir que estaba más bueno que el pan hacía que la incomodidad fuese ya exagerada.

Kate se preguntó si Braga también se sentiría incómodo. En caso afirmativo, no lo demostraba.

—Voy a servirme un café —dijo cuando se le ocurrió que quedarse allí plantada viendo como él se vestía era probablemente una estupidez.

—He puesto una cafetera.

—Ya la he olido cuando bajaba.

Kate caminó lentamente hacia la cocina y le llenó una taza, recordando que lo tomaba solo. Luego se sirvió también ella, añadió una cantidad generosa de azúcar, removió y sorbió el brebaje caliente, disfrutando del aroma, el sabor y la promesa de un subidón de cafeína. Su mirada se dirigió inexorablemente a la ventana de la puerta. Aquella mañana no había nada que ver excepto el gris claro del amanecer que se extendía sobre el patio. Kate tembló al recordar la noche anterior. Parecía claro que el intruso sabía que ella estaba en la cocina; tal vez había seguido sus movimientos desde que había entrado en su despacho. ¿La habría estado observando a través del hueco que había entre las persianas? Al pensarlo sintió náuseas.

«¿Quién nos va a proteger a Ben y a mí esta noche?»

Cuando entró Braga, ella estaba apoyada sobre la encimera, justo delante del fregadero, sujetando la taza con ambas manos. Ya estaba totalmente vestido; incluso se había puesto los zapatos. Llevaba el nudo de la corbata algo flojo. Sólo parecía un poco menos cansado que la noche anterior. Tenía los ojos enrojecidos, iba despeinado, y necesitaba urgentemente un afeitado.

Su aspecto era desaliñado, y mucho más parecido al de un delincuente que al de un policía.

Era realmente sorprendente lo segura que se sentía en su presencia.

—¿Me he perdido algo esta noche? —preguntó Kate, alargándole la taza que le había servido mientras se acercaba.

—No. —Braga aceptó la taza y le dio un buen sorbo. Sus miradas se cruzaron—. Excepto tal vez mis ronquidos.

Kate sonrió involuntariamente.

—Humm... ¿Tenía que saberlo?

Los ojos de Braga se iluminaron fugazmente con una sonrisa. Luego tomó un último trago de café, dejó la taza sobre la encimera y se dispuso a marcharse.

—Me voy —dijo mirando atrás—. Cierra la puerta con llave cuando salga.

Kate dejó también su taza y le siguió a través de la cocina y la penumbrosa sala de estar. Braga agarró el pomo con la mano y se detuvo para observar con cautela por la ventanilla de la puerta. Al parecer no vio nada que le llevase a detenerse, porque abrió la puerta. Una ráfaga de aire fresco cargado del aroma del otoño golpeó a Kate arremolinándose alrededor de sus piernas y sus pies desnudos, acariciándole los cabellos. Se le puso la carne de gallina. Braga salió al pequeño porche de la entrada y Kate avanzó unos pasos hasta la puerta. Vio que el coche de Braga seguía en el vado y que los resplandores rosáceos del amanecer empezaban a cubrir el cielo por encima de las casas del otro lado de la calle. Nada se movía. No había nada a la vista.

Braga se volvió y le dijo:

—Intenta no meterte en más líos, ¿vale?

Kate pestañeó. «Como si yo me los hubiera buscado.»

Antes de que la indignación pudiese apoderarse justamente de ella, pensó en lo bien que había dormido y en lo diferente que podría haber sido la noche si Braga les hubiese dejado solos.

—¡Eh! —gritó Kate a su espalda. Braga, que ya salía del porche, se volvió con mirada inquisitiva—. Gracias por haberte quedado.

—De nada —repuso mirándola de arriba abajo. Y, con una sonrisa en los labios, añadió—: Bonita rana.

Kate hizo una mueca de incomprensión y al rato se paró a mirarse a ella misma. Como se temía, las solapas del albornoz se habían abierto y buena parte de su camisón rosa, incluida una gran cabeza verde con ojos saltones y la palabra «Bésame», resultaba claramente visible.

Kate se sonrojó avergonzada. Al oír cerrarse la puerta de un coche, levantó la vista: Braga ya estaba dentro del coche. Segundos más tarde, se encendieron los faros y el coche empezó a dar marcha atrás.

Kate entró en casa y cerró la puerta con llave. Mientras la envolvía la quietud sombría de su ahora silenciosa casa, el miedo fue cerrándose como un puño en su estómago.

Braga sospechaba que había habido un segundo hombre en el corredor de seguridad. Y Mario le enviaba a sus secuaces para amenazarla.

Al hacerse evidentemente manifiestas las nuevas realidades de su vida, su corazón empezó a palpitar, su pulso se aceleró y su garganta se secó.

Y lo más triste era que el día apenas acababa de empezar.

Tom supo que tenía problemas incluso antes de recibir la llamada del forense Wade Bowling.

El departamento forense, situado en el laboratorio del sótano de la Casa Redonda, estaba estudiando las pistolas que se habían utilizado en los tiroteos con el objetivo de establecer a qué víctima había disparado cada arma y cuál de los criminales había sido el responsable de disparar dicha arma. En cuanto Tom había llegado al trabajo, había llamado a Bowling para que le pusiera al corriente. No es que le diese demasiada importancia a lo que Bowling pudiera decirle, porque estaba bastante seguro de saber ya las respuestas, pero la confirmación del forense le proporcionaría la verificación necesaria. Además, había estado tan ocupado con otras facetas de la investigación que se había olvidado de que el forense aún no le había devuelto la llamada.

El caso era que cuando su cabeza no estaba batallando tratando de determinar cómo habían llegado las pistolas a manos de los internos —las que no habían arrebatado a los agentes—, se veía continuamente asediada por pensamientos furtivos de Kate White. Al quedarse a dormir en su casa, Tom había sobrepasado las fronteras de la distancia profesional. Aun así, hacer de protector nocturno de una mujer asustada y de su hijo no quebrantaba realmente ninguna norma, ni violaba ningún código ético del departamento. Ella no era, oficialmente, sospechosa de nada. Y, además, él había dormido en el sofá.

El problema era que se sentía atraído por ella.

«Vamos, admítelo. Te pone caliente.»

La noche anterior, después de que alguien la hubiese aterrorizado por segunda vez en cuatro horas, ella se había lanzado a sus brazos. Y lo que había sentido mientras la sujetaba no podría describirse, ni echándole mucha imaginación, como desinterés profesional.

La había deseado. Y mucho.

Lo que tampoco resultaba nada sorprendente. Su bomboncito ayudante del fiscal, como la había llamado Fish, era una mujer deseable. Cualquier hombre del mundo que se preciase de su testosterona la desearía. Podía aceptar que la deseaba. Tal vez no le gustaba lo que eso podía conllevar, pero podía aceptarlo.

Lo que complicaba la situación era que le gustaba mucho más de lo que debería.

Cuando no estaba muerta de miedo —su estado habitual desde que se habían conocido—, había resultado ser graciosa, lista, enérgica, y, por lo que había podido observar, muy buena madre.

Y su hijo parecía un niño muy majo.

En otras circunstancias, habría dado media vuelta y habría corrido como un loco a su lado.

Y eso era lo que había decidido hacer al salir de su casa aquella mañana.

Por desgracia, al parecer no iba a ser posible.

Como cualquier investigador meticuloso, se había pasado buena parte de la mañana realizando una rápida comprobación de los antecedentes de una persona de interés en el caso y cuya historia no acababa de encajar. Esa persona era Kate.

Antes que nada: Kate no tenía ningún archivo criminal en el estado de Pensilvania. Eso no fue para Tom ninguna sorpresa, pero sí un gran alivio. A continuación, Tom había empezado a investigar desde el presente y, poco a poco, había ido retrocediendo en su vida. Lo que había descubierto había multiplicado por diez la admiración que sentía por ella, pero también había levantado un buen número de sospechas. Contratada por la oficina del fiscal de distrito a los veintiocho años con recomendaciones estelares, se había pasado los tres años anteriores en la facultad de derecho de Temple, pagándose los estudios con ayudas para estudiantes y becas, y, a pesar de lo que una fuente describía como «la presión de ser madre soltera», había destacado en todo. Antes de eso, se había pasado algo más de cinco años para sacarse el título de psicología en la Universidad de Drexel. Ambas eran facultades urbanas, con un nivel alto de abandono dada la naturaleza del cuerpo estudiantil. Acabar la universidad le había llevado cinco años, porque, a pesar de recibir ayuda financiera, había tenido que trabajar como camarera por las noches para mantener a su hijo.

Antes de esa etapa, el rastro empezaba a enturbiarse. A Tom, sin embargo, no le costó demasiado encontrar su rastro en Atlantic City, Nueva Jersey. De acuerdo con los documentos públicos, allí había nacido su hijo, cuando ella tenía diecinueve años; en el certificado de nacimiento constaba que el padre era un tal *Chaz* White, y ella, Katrina Dawn Kominski, se había casado con Charles Edward White, de veinticuatro años, siete meses antes. En la solicitud de licencia de matrimonio, ella había puesto como profesión camarera; White había puesto director ejecutivo de la Compañía de Seguridad White. Tom supuso que Charles Edward White era el *Chaz* White del certificado de nacimiento y, por consiguiente, el padre de Ben, y que o bien tenía un sentido del humor peculiar o le gustaba darse importancia, porque otros documentos, como por ejemplo su partida de defunción, indicaban que su profesión era portero del casino Harrah's. Tenía veinticinco años en el momento de su muerte, calificada como «repentina»; no se especificaba la causa.

Tom recordó que Ben había dicho que su padre había muerto en un accidente de automóvil poco después de que él naciera.

La licencia de matrimonio también nombraba a los padres de Kate, Lois Smolski Johansen y Walter Sykes Kominski, y su lugar de nacimiento: Baltimore, Maryland. Ambos padres tenían un historial delictivo: la madre por drogas y diversos delitos sin violencia; el padre por drogas y una lista de delitos (algunos violentos) tan larga como el brazo de Tom. Ambos habían fallecido.

Era en Maryland donde el rastro se volvía realmente interesante. Kate tenía antecedentes juveniles, a los que él no había podido acceder; desde los nueve años había ido rebotando de un hogar a otro del sistema de acogida temporal, no habiendo pasado nunca en un mismo lugar más de año; y a los quince años había desaparecido sin dejar rastro. No se volvió a saber de ella hasta tres años más tarde, cuando solicitó una licencia matrimonial en Atlantic City.

Cuando todavía estaba considerando las repercusiones que todo aquello podía tener para la investigación, Bowling, del departamento forense, le devolvió finalmente la llamada.

—Bueno, ¿qué ha dicho? —preguntó Fish en cuanto Tom hubo colgado.

Tom estaba sentado tras su abarrotado escritorio, frente a su cuaderno de notas, con un bolígrafo en la mano y un café en la otra (el sexto o séptimo del día; la verdad era que había dormido fatal en el sofá de Kate). Estaban en la Sala de Servicio de la Casa Redonda, ya había pasado la hora del almuerzo, y Fish estaba cómodamente sentado en la silla que Tom tenía frente su escritorio, esperando para salir a buscar un par de bistecs con queso de Margge's en su habitual escapada del mediodía. Fish estaba resplandeciente, como siempre: llevaba uno de sus elegantes trajes, esa mañana totalmente azul marino, con una camisa a rayas y una corbata a cuadros. Tom se había duchado y afeitado, y se había puesto una vieja chaqueta gris de pana —eso sí, con todos los botones—, unos pantalones negros, una camisa blanca y una corbata roja. Las corbatas rojas, según había podido descubrir tras años de ensayo y error, quedaban bien casi con todo. El día no le estaba yendo mal, teniendo en cuenta que su máxima prioridad era resolver el asesinato de cuatro compañeros policías y un juez, mientras no dejaban de llegar asesinatos cometidos en diversos puntos de la ciudad. Además, estaba cansado a más no poder y ligeramente distraído por una atracción inconveniente hacia una letrada con antecedentes juveniles y un pasado turbio que podría estar involucrada en el crimen que estaba investigando.

Luego llamó Bowling y, en el curso de una verificación rutinaria que de hecho Tom ya sabía, le había puesto un palo en las ruedas que amenazaba con mandar a la mierda un día bastante bueno.

Fue entonces cuando Tom supo que lo tenía mal. Porque justo después de colgar el teléfono y de que Fish le hubiese preguntado qué había dicho Bowling, su primer impulso había sido mentirle a su compañero y viejo amigo, a su colega en la investigación, y decir: «Nada nuevo.»

No lo hizo, pero se quedó dudando, golpeando la libreta donde lo iba anotando todo, frunciéndole el ceño a Fish, que lo observaba desde el otro lado del escritorio.

—¿Qué? —Fish le conocía lo bastante bien como para erguirse un poco en la silla con expectación.

Tom sintió una reticencia extrema a compartir la información que acababa de recibir. Pero la superó.

—Lo habitual. Lo que ya sabíamos. Excepto que quien le disparó a Rodriguez probablemente era zurdo.

Ya estaba, ya lo había dicho.

Fish tardó un segundo en reaccionar, y luego abrió los ojos de par en par.

—¿Y la hermosa fiscal es zurda?

—No lo sé. —Tenía que admitir que sobre ese punto sus recuerdos eran un poco confusos, aunque le parecía que no—. Pero pienso averiguarlo.

—Así pues... —empezó a decir Fish, pero calló al sentir la presencia amenazante de Ike a sus espaldas.

—Me alegro de que aún estéis aquí. —Ike parecía casi tan contento como se sentía Tom—. Acaban de llamar. Han descubierto dos cadáveres en una camioneta U-Haul carbonizada en el condado de Montgomery. Parece que podrían ser nuestros hombres.

—¿Los que se suponía que tenían que conducir el vehículo para la fuga? —preguntó Fish interesado, poniéndose en pie—. Yupi, ya tenemos barbacoa.

Haciendo caso omiso del humor negro y dudoso de Fish, que se reía solo como un bobo, Tom también se levantó. Aunque tuviese el ánimo por los suelos, como policía no podía hacer favoritismos.

—Iremos a investigarlo.

—Eso espero —asintió Ike, que acalló a Fish con una mirada fulminante y siguió su camino.

Con los nervios más tensos que las cuerdas de una guitarra, Tom salió de la sala acompañado de Fish, tratando de no pensar en las consecuencias que podía tener para la investigación que Kate White fuese diestra.

—¿Qué significa que han retirado los cargos? —gritó Kate con el teléfono en la mano, mientras se tapaba con la otra mano la oreja libre en un esfuerzo por aislarse del ruido de la calle—. No pueden haber retirado los cargos.

—Deje que lo compruebe de nuevo —dijo la mujer al otro lado del teléfono, y se oyó un chasquido seguido de música enlatada. Haciendo rechinar los dientes por el retraso, Kate tuvo que admitir los hechos: la habían puesto en espera.

Eran los primeros momentos que Kate tenía para ella. Estaba siendo un día realmente ajetreado: había trabajado sin descanso desde que había puesto los pies en la novena planta, a las ocho menos cinco de aquella mañana, había almorzado en su escritorio y sólo había hecho alguna pausa para ir al baño. Reprogramarlo todo era un agobio que llevaba de cabeza a todo el sistema de justicia penal. Los primeros funerales estaban programados para el día siguiente, y modificar los horarios para adaptarse a ellos estaba provocando más de un gruñido. Todo lo que no se podía posponer se había trasladado para aquel día en el Edificio Federal, y reunir a testigos, abogados, fiscales, jueces y personal auxiliar de todo tipo en el mismo lugar y a la misma hora era una pesadilla logística. Kate se había pasado el día corriendo de un lado a otro como un pollo decapitado. Y prácticamente todo el personal de la oficina del fiscal de distrito estaba igual. Finalmente, le había dicho a Mona que necesitaba salir a respirar aire fresco para aclararse las ideas y había logrado escaparse.

En ese momento, a sólo escasos minutos de las cinco de la tarde, caminaba a zancadas decididamente hacia el centro de detención en una gloriosa tarde de finales de otoño lo suficientemente brillante y hermosa como para atraer a los turistas en manada. La luz dorada del sol se reflejaba en las ventanas más altas de los rascacielos. Las aceras estaban repletas de peatones. Las calles estaban abarrotadas de vehículos, porque la gente empezaba a salir del trabajo. El autobús turístico violeta que hacía la ronda de las atracciones de la ciudad, el Philly Phlash, pasó zumbando a su lado; Kate se fijó que a bordo sólo quedaban plazas para ir de pie. Vendedores de perritos calientes, puestos de galletitas saladas, carritos de refrescos y vendedores ambulantes de camisetas en las que se leían leyendas como «Superviviente del Centro de Justicia Penal» habían brotado como hongos después de la lluvia. Sus aromas combinados, junto con el de los gases de combustión de los coches, perfumaban el aire. Era como si la naturaleza sensacional de los asesinatos actuase como un imán, atrayendo al centro de la ciudad incluso más gente y actividad de la habitual.

Al menos esa mañana no había más que unos pocos periodistas frente a su casa, y no había visto a ninguno en el exterior de la oficina del fiscal de distrito: por lo que parecía, el mensaje de que nadie de ellos iba a hablar con los medios de comunicación había calado.

—Lo siento. —La mujer del teléfono había vuelto. Kate tenía que esforzarse para oírla entre el bullicio de la calle—. Pero nuestros informes indican que todos los cargos contra el señor Castellanos han sido retirados y ha sido liberado hace aproximadamente una hora.

Estupefacta, Kate se quedó inmóvil, totalmente ajena al torrente de gente que se movía frenéticamente a su alrededor.

—No puede ser.

—Es lo que indican nuestros informes.

Kate respiró hondo. Estaba atrayendo la mirada curiosa de los peatones que pasaban a su lado, aunque no se había dado cuenta de ello.

—¿Quién ha firmado la orden de excarcelación? —preguntó.

Demasiado tarde. La mujer había colgado. La única respuesta fue un tono de marcar que zumbaba como una avispa enfadada. Por un instante, un largo instante, mantuvo el teléfono donde estaba mientras, con la mirada perdida, dejaba que la noticia fuese calando lentamente.

«Mario está en la calle.»

El frío de la mañana se había suavizado y, aunque llevaba pantalones y chaqueta negros, y una blusa azul de manga larga, había estado andando bastante rápido y, al detenerse, de repente se sintió helada de frío. Se le hizo un nudo en el estómago y se le aceleró el corazón. Kate aferraba con fuerza el teléfono móvil. Lo había utilizado —por miedo a que sus llamadas apareciesen en el registro de la oficina— para llamar al centro de detención y arreglar otra cita con Mario. Estaba decidida a amenazarle con presentar los suficientes cargos falsos para asegurarse de que le cayese la perpetua si alguno de sus amigos volvía a acercarse a ella o a Ben. Y no le importaba que él volviese a amenazarla si no le sacaba de allí.

Estaba incluso preparada para prometerle que le sacaría y olvidar todo el asunto del informante de confianza. Lo que fuese para mantenerle a él y sus cómplices lejos de Ben.

Pero todavía pretendía hacerle sudar por ello, tanto como pudiese. Si algo tenía claro era que no podía mostrar sus debilidades. Si Mario sabía que había logrado asustarla la noche anterior, estaba frita. Un matón siempre es un matón.

«Ah, tal vez Mario cree que ya he hecho lo que me había pedido. Tal vez cree que yo le he sacado de la cárcel. O tal vez ya se sienta satisfecho por haber salido, y me deja en paz.»

Kate saboreó la idea durante uno o dos segundos de calma hasta que topó con la realidad.

«Sí, y tal vez existe Santa Claus.»

—¿Le pasa algo, señorita? —La voz de un hombre disipó la niebla en que se había perdido. Pestañeando, vio que un guapo treintañero con traje de ejecutivo se había parado y la miraba preocupado.

Kate le miró a los ojos, se fijó en las miradas curiosas de los demás peatones y se obligó a volver al presente.

Si había alguna crisis nerviosa en la agenda, iba a tener que aplazarla para más tarde.

—No me pasa nada, gracias.

Logró esbozar incluso una sonrisa para el Buen Samaritano, bajó el móvil, lo cerró y se lo guardó en el bolsillo. Consciente por fin de que estaba llamando la atención, se puso a andar de nuevo. El Buen Samaritano asintió con la cabeza y siguió su camino. Kate ya no tenía ningún motivo para ir al centro de detención, así que dio media vuelta y se dirigió de nuevo a la oficina. Incluso se sentía orgullosa de lo bien que había encajado la noticia hasta que vio de reojo su reflejo en un escaparate. Tenía los hombros encorvados y se movía con torpeza. Llevaba el pelo recogido en su moño de letrada y pudo ver su cara con toda claridad: la tensión era evidente en todos sus rasgos.

Parecía estupefacta. Aturdida. Asustada.

Muy sorprendida. Exactamente como se sentía.

«Mario está libre.»

Pequeñas espirales de pánico tomaron vida en sus entrañas.

«¿Y ahora qué hago?»

Justo se estaba dando cuenta de que no tenía una respuesta para eso cuando, de la nada, alguien la agarró por el brazo.

18

Kate pegó un salto, como si le hubiesen disparado. Volvió la cabeza tan deprisa que un poco más y se desnuca.

—¿Te he asustado? Perdona —sonrió Bryan. Era su mano la que le agarraba el brazo. El corazón de Kate descendió de nuevo hasta el pecho y su ritmo se normalizó: Kate ya podía volver a moverse, a respirar, a seguir caminando por aquella calle atestada—. ¿Vas a algún lugar interesante?

—Depende de lo que entiendas tú por interesante. Vuelvo al trabajo. —Kate desenterró una sonrisa. Sólo había visto a Bryan de paso desde que Rodriguez la había sacado a rastras de debajo de la mesa de la acusación, en la sala de vistas 207. No parecía que la terrible experiencia lo hubiera cambiado. Había una expresión alegre en ese rostro mofletudo. Los ojos, de un marrón intenso, le brillaban y su cuerpecito parecía irradiar energía. Llevaba traje gris, camisa blanca y corbata azul y su maletín (como la mayoría de los maletines del personal de la oficina del fiscal de distrito) iba excesivamente cargado de trabajo—. ¿Y tú?

—Pues en realidad vuelvo de una reunión con el alcalde. —Bryan le soltó el brazo y se puso a su lado. Su tono de voz era despreocupado, pero a Kate no le pasó por alto el color rosado de sus mejillas: no había duda de que estaba muy orgulloso—. O tal vez debería decir que volvemos de una reunión con el alcalde.

Aquella fue la primera indicación que tuvo Kate de que Bryan no estaba solo. Siguió su mirada de reojo hacia la figura alta, corpulenta y canosa que había al otro lado de Bryan. Cuando vio que la miraba, saludó con la cabeza y sonrió.

Era Sylvester Buchanan, el fiscal de distrito en persona, el jefe de jefes de Kate. Al reconocerle, puso unos ojos como naranjas.

Sólo se habían visto una vez, durante unos breves momentos en una recepción por la jubilación del jefe de la Unidad de Delitos Mayores. Eso había sido en julio, cuando llevaba poco más de un mes en el trabajo. Les habían presentado y habían intercambiado un rápido apretón de manos. Ella dudaba de que él se acordase de ella o supiera siquiera quién era.

—Justamente estábamos hablando de ti —dijo Bryan alegremente, esquivando un torrente de tráfico peatonal en sentido contrario.

—¿En serio? —Las cejas de Kate se arquearon. Si estaban hablando de ella, tal vez Buchanan sí sabía quién era. Un plus en su carrera, en caso de que quedara algo de su carrera después de que estallase todo ese asunto de Mario. Aun así, dirigió su mirada nuevamente hacia Buchanan, que se había pegado a Bryan para esquivar a un par de mujeres jóvenes armadas con dos cochecitos.

—Sí, así es —confirmó Buchanan sonriéndole—. Y me alegro de poder ser yo quien le dé la buena noticia. El alcalde quiere concederle la condecoración de la Estrella Reluciente. Y quiere entregársela en persona el próximo viernes por la noche en el acto para recaudar fondos que organiza para Jim Wolff.

Por su tono, quedaba claro que él esperaba que se sintiese abrumada. Y lo estaba, aunque no con la excitación que evidentemente esperaba. Jim Wolff era James Arvin Wolff IV, el candidato republicano mejor situado para las presidenciales de 2008. Y no era el candidato al que ella pensaba votar, aunque la verdad es que podía pasar cualquier cosa entre aquel día y el siguiente noviembre. Y la condecoración de la Estrella Reluciente formaba parte de las nuevas iniciativas del alcalde para combatir la delincuencia: era un reconocimiento para los ciudadanos que habían desempeñado un papel importante en el esfuerzo de toda la ciudad por combatir los delitos violentos. Si la memoria no le fallaba, la última Estrella Reluciente la había recogido, aquel verano, la viuda del dueño de un pequeño supermercado. El hombre había jurado no ceder ante los atracadores que asaltaban continuamente su tienda y le habían concedido la condecoración a título póstumo: el dueño del supermercado había muerto en un tiroteo mientras un par de atracadores trataban de robarle.

Y ella supuestamente había matado al hombre que la había tomado como rehén.

Teniendo en cuenta que era un premio en honor al esfuerzo de combatir los delitos violentos, había cierta ironía en todo ello.

—Es un acontecimiento muy exclusivo, ¿sabe? —le confió Buchanan, que parecía ligeramente angustiado, como si temiese que ella no se diese cuenta del gran honor que le estaban haciendo. Kate sospechó que tal vez parecía tan aterrorizada como se sentía, y trató de adaptar tanto su expresión como su lenguaje corporal a algo que se asemejase más a una agradable sorpresa—. De etiqueta. Con todos los mandamases y peces gordos de la ciudad. Será bueno para usted. Y bueno para toda la oficina del fiscal de distrito. Mucha publicidad. Podría llegar incluso a las noticias nacionales.

«Dios mío, ¿hasta dónde puede empeorar todo esto?»

Kate tartamudeó tratando de encontrar una respuesta adecuada que le permitiese librarse de todo eso sin ofender a Buchanan.

—La... la verdad es que no creo que merezca esa condecoración.

Lo que en realidad quería decir: «Ni hablar del peluquín, eso no va a pasar. No, olvídese del tema.»

—Ya le he dicho que es modesta —le dijo Bryan a Buchanan mientras llegaban al imponente edificio de piedra que albergaba las oficinas del fiscal de distrito. Bryan llegó a la puerta más cercana y la abrió para dejar pasar a Kate—. Tal como se comportó, se lo merece. Créame, yo estaba allí.

Kate gruñó para sus adentros y pasó junto a Bryan hacia el espacioso vestíbulo. Buchanan la siguió. Mientras miraba hacia atrás para decir algo, cualquier cosa, para tratar de convencerles de que era un tremendo error, Kate oyó una estampida de pasos que corrían sobre el suelo de mármol y una sinfonía de *clics* que le quitaron el habla.

Kate volvió la cabeza hacia delante y vio media docena de periodistas que corrían hacia ellos, acompañados de varios cámaras. Esperando no parecer tan anonadada como se sentía, Kate viró hacia los ascensores mientras Bryan y Buchanan avanzaban deprisa detrás de ella.

—Señorita White, ¿cómo se siente al saber que ha sido seleccionada para recibir una Estrella Reluciente?

—Señorita White, ¿apoya usted a Jim Wolff?

—Kate, ¿por qué no nos habla de lo que sucedió en la sala de vistas 207?

—Señor Buchanan, ¿ha sido usted quien le ha sugerido hoy al alcalde el nombre de la señorita White para el premio?

—Sin comentarios —dijo Kate, sintiéndose como un animal acorralado mientras iba retrocediendo hacia la pared que había entre dos de los ascensores. Pulsó furiosamente el botón mientras la poca gente que esperaba a los ascensores se apartaba como si los recién llegados fuesen radiactivos. Un vistazo rápido hacia arriba le indicó que el ascensor más cercano era el de la izquierda: estaba en la tercera planta e iba bajando.

Se acercó lentamente hacia allí.

—La señorita White se siente honrada de haber sido elegida y además se merece totalmente el premio de la Estrella Reluciente —dijo Buchanan en el tono profundo y autoritario que Kate ya le había oído utilizar en foros públicos. Era bastante diferente de los tonos más suaves y amables que utilizaba en las conversaciones privadas, o al menos en la conversación privada que acababan de tener—. Y no —dijo haciendo una pausa al oír el *ping* que anunciaba la llegada del ascensor—, yo no le he sugerido su nombre al alcalde.

Las pocas personas que había en el ascensor bajaron con cara de sorpresa al encontrarse en medio de aquel despliegue mediático. Kate se metió dentro. Bryan y Buchanan la siguieron con prontitud mientras Kate pulsaba el botón de la novena planta.

—Kate, ¿asistirá mañana al funeral del juez Moran?

—Señor Buchanan, ¿tiene idea de para cuándo se nombrará a un juez sustituto?

—Kate, ¿cree que...?

Las puertas se cerraron. Kate se desplomó aliviada contra la pared lateral.

—¿Cómo han podido entrar aquí? —inquirió Buchanan sacudiendo la cabeza mientras Bryan se encogía de hombros—. Tendré que hablar con los de seguridad. Kate... ¿puedo llamarte Kate? —Ella asintió con la cabeza—. ¿Puedes pulsar el cuatro, por favor?

Kate pulsó sin rechistar el botón de la cuarta planta.

—¿Y de dónde demonios sacan la información? El alcalde todavía no ha hecho público ningún anuncio sobre ese premio. Malditas filtraciones.

El ascensor se detuvo con una sacudida.

—Bueno, supongo que eso tendré que dejarlo para el alcalde. —Buchanan le dio una palmadita en el hombro—. Bueno, felicidades. Nos vemos el viernes —dijo Buchanan saliendo del ascensor.

Kate hizo lo posible por no poner cara de consternación.

—No se te ve demasiado emocionada por la concesión de una Estrella Reluciente —observó Bryan mientras el ascensor volvía a ponerse en marcha. Kate se vio reflejada en el panel metálico de los botones de las plantas y entendió a qué se refería. Estaba pálida y con los ojos muy abiertos, y si hubiese tenido que elegir una palabra para resumir cómo se sentía, habría elegido «perseguida»—. El premio está bien. Para empezar, podría darte a conocer por aquí. Colocarte en el carril rápido hacia la cima.

En otros tiempos, aquello hubiese sido como música para sus oídos.

—No tengo nada que ponerme —dijo débilmente, excusándose con la primera objeción medio lógica que le vino a la cabeza así de improviso.

Bryan se rio entre dientes.

—Eso me suena familiar. Mi esposa dice exactamente lo mismo cada vez que tenemos que salir. Seguro que podrás encontrar algo.

—Sí, pero... —El ascensor se detuvo en la novena planta, y, mientras ambos salían, Kate decidió dejar ese tema, al menos por el momento. Tenía más de una semana para inventarse una buena razón por la que no asistir al acto de recaudación de fondos. En el peor de los casos, siempre podía decir que estaba enferma. Fuera como fuera, en aquel momento tenía preocupaciones más urgentes. Como que Mario anduviese suelto por la ciudad. Podía presentarse en cualquier lugar, en cualquier momento: sólo pensarlo le produjo un vahído de terror. ¿Hasta qué punto representaba una amenaza en el sentido físico? Ésa era la pregunta.

Por desgracia, no tenía ninguna respuesta.

Kate le devolvió distraída el saludo a Cindy, la recepcionista, que les había dado la bienvenida meneando sus dedos de uñas perfectamente pintadas mientras hablaba por teléfono, y siguió a Bryan por el pasillo hacia sus despachos. La novena planta era, como siempre, un hervidero de actividad: teléfonos que sonaban con insistencia discordante, fotocopiadoras que zumbaban, un carrito de café que traqueteaba sobre el parqué entre los cubículos de los ayudantes del fiscal, y un batiburrillo de conversaciones simultáneas... Los empleados revoloteaban de un escritorio a otro y de un despacho a otro con un sentido de la urgencia poco habitual. El sol de última hora de la tarde estaba ya demasiado bajo para proporcionar suficiente luz natural, de modo que, de no haber sido por la luz blanquecina de los fluorescentes, la sala habría estado prácticamente a oscuras. El aroma a café y pastas recién salidas del microondas les siguió. En otro día cualquiera, al sentir aquel olor le habría entrado hambre, pero aquella tarde estaba demasiado tensa para tener una reacción corporal tan mundana. De hecho, estaba demasiado tensa para comer: su almuerzo se había limitado a media manzana y un mordisco a una galleta con mantequilla de cacahuete.

—¿Cómo te va? —Cuando ya casi habían llegado al despacho de Bryan, éste se la quedó mirando. Su tono dejaba claro que se sentía un poco incómodo por preguntarlo—. Quiero decir que si lo llevas bien. Sabe Dios que lo que pasó el lunes fue absolutamente traumático, y por lo que yo sé no has perdido el ritmo.

«Si tú supieras...»

—Trabajar ayuda —dijo Kate—. Intento no recrearme en ello, ¿sabes?

—Probablemente haces bien. —Brian hizo una pausa y luego volvió a clavarle la mirada—. También dispones de consejeros. Por si necesitas uno, quiero decir. Sólo para hablar. Sería totalmente confidencial; ni siquiera quedaría constancia de que has visitado a uno. Deberías tener un recordatorio en tu correo electrónico, junto con el número al que llamar para concertar una cita. Además, hay una nota en el tablón de anuncios de la sala de descanso.

—Lo tendré en cuenta —prometió Kate. El lunes había sido traumático, muy traumático, y probablemente le irían bien todos los consejos que pudiese recibir. El problema era que como no podía contar la verdad sobre su experiencia, no creía que los consejos pudiesen serle demasiado útiles—. ¿Y cómo te va a ti? Tú también lo pasaste mal.

—Querrás decir que me cagué en los pantalones —puntualizó Bryan con una sonrisa avergonzada—. Ya he ido a ver a un consejero. Ayer. Y me ha ido muy bien. Pero guárdame el secreto, ¿vale?

—Por supuesto.

Ya que hablaban del lunes, Kate quiso preguntarle algo que tenía que saber a toda costa.

—Déjame que te haga una pregunta —dijo—. ¿Sabes de alguna banda o algún tipo de grupo que utilice un dragón negro como símbolo, o el tatuaje de un dragón como modo de marcar a sus miembros?

Bryan frunció el ceño.

—¿Por qué quieres saberlo? —Habían llegado a su despacho. Bryan abrió la puerta y le hizo un gesto para que pasase.

Mientras entraba en el despacho, Kate se encogió de hombros, quitando deliberadamente importancia a la pregunta.

—He oído cosas —dijo vagamente, y se sentó en una de las dos sillas de cromo y cuero que Bryan tenía frente a su escritorio. Su despacho era casi idéntico al de Kate, salvo por el hecho de que era un poco más grande, tenía dos ventanas y un mobiliario un poco más bonito.

—Existen los Dragones Negros —dijo Bryan dejando su maletín. Se sentó en su silla, tras el escritorio, inclinándose hacia atrás y apoyando cómodamente los brazos en los apoyabrazos—. Llegaron aquí hace unos cuatro años, la mayoría procedentes de Baltimore y el distrito de Columbia. Al principio, simplemente se confundían con las demás bandas y no les prestamos demasiada atención, pero luego empezaron a verse involucrados con algunos delitos bastante desmesurados. ¿Recuerdas aquel incendio intencionado del año pasado que acabó con la vida de dieciséis personas? Fueron los Dragones, en venganza por un asunto de drogas que fue mal. Hubo una familia entera, los padres, dos hijos y la abuela, asesinada en un allanamiento de morada hace pocos meses, porque el padre no quería seguir perteneciendo a los Dragones. Un montón de cosas por el estilo. Es una banda como los Crips y los Bloods, sólo que mucho más cruel y vinculada con el crimen organizado. Estamos intentando cortarlos de raíz antes de que crezcan demasiado, expulsarles de Filadelfia. Cada vez que pillamos a uno, nos aseguramos de que les caiga encima todo el peso de la ley.

«No me tranquiliza. Y si es así, ¿cómo diablos ha salido Mario de la cárcel?»

Kate sintió que su nivel de pánico empezaba a aumentar.

—¿Acaso te ha tocado llevar la acusación contra algún Dragón? —preguntó Bryan con cara de preocupación—. Creo que es algo que todavía no deberías llevar tu sola.

Kate negó con la cabeza.

—Era curiosidad, nada más. El otro día vi el tatuaje de un dragón en el brazo de un recluso en el centro de detención, y pensé que parecía algo relacionado con las bandas.

—Pues acertaste.

Bryan empezó a decir algo más, pero entonces sonó su teléfono. Tras echarle una rápida mirada al número que llamaba, le dijo a Kate un «disculpa» y lo cogió. Cuando Kate le oyó decir: «Chen, ¿diga?», se levantó para marcharse. Bryan le dijo adiós con la mano. Kate cerró suavemente la puerta al salir y se dirigió a su despacho.

Pero sus piernas titubearon al ver a Mona. Su auxiliar administrativa resultaba parcialmente visible, mitad en el pasillo y mitad dentro de la puerta abierta de Kate, con una mano en el pomo, hablando claramente con alguien que estaba dentro del despacho.

Aquel día, Mona llevaba una camiseta verde fluorescente de manga larga con una falda azul eléctrico que terminaba con un volante fruncido a la altura de las pantorrillas. Llevaba medias verdes y unos zapatos verdes con cuatro centímetros de tacón. El pañuelo verde fluorescente y azul eléctrico que le envolvía el cuello remataba el conjunto.

Mona se volvió justo en ese momento, y su cara se iluminó al ver a Kate, que oyó claramente cómo decía «ya ha llegado» a la persona que esperaba en su despacho. Acompañada de una sonrisa enorme, aquella brillante observación llenó a Kate de recelo. Luego Mona salió al pasillo y caminó presta hacia ella, mirándola fijamente, con su cuerpo ágil irradiando excitación.

Vencida, Kate reanudó su paso.

—¿Quién es? —susurró Kate cuando tuvo a Mona lo bastante cerca.

Abriendo los ojos de par en par teatralmente, Mona hizo el gesto de abanicarse, como si se muriese de un ataque de calor.

—El policía irresistible —murmuró. Luego, cuando Kate pasó junto a ella camino de su despacho, añadió elevando la voz—. Ha venido a verte el detective Braga.

Kate le lanzó una mirada que hablaba por sí sola. Andando de espaldas, Mona sonrió y levantó ambos pulgares.

Luego Kate llegó a su despacho.

Braga estaba en pie ante la ventana, mirando a la puerta. Tenía la cabeza inclinada, como si estudiase algo que había en el suelo, delante de él; parecía tener las manos agarradas detrás de la espalda. Cuando ella entró, él levantó la mirada enseguida, y Kate se dio cuenta al instante de lo pequeño que era su despacho: Braga parecía ocupar todo el espacio disponible. Su codo izquierdo rozaba el ficus; sus anchas espaldas cubrían la mayor parte de la ventana. Kate comprobó con un rápido repaso general que el detective se había duchado y afeitado desde la última vez que le había visto (Kate trató de no recordar que había sido aquella mañana, cuando se había ido de su casa tras pasar la noche en el sofá, y que él había visto parte de su ridículo camisón rosa cuando se disponía a marcharse), aunque ya había reaparecido una cantidad importante de vello facial, que le oscurecía sus mejillas delgadas. Tenía los cabellos despeinados, como si se hubiese pasado la mano por ellos recientemente. Su rostro resultaba ilegible, aunque seguía pareciendo cansado.

El caso es que ella sintió una pequeña punzada de lo que detestaba tener que reconocer como alegría de verle. Como si fuera un amigo o algo parecido.

Y Kate tenía que tener claro que no eran amigos ni mucho menos. Aunque se hubiese quedado a dormir en su casa la noche anterior.

19

—Hey —dijo Braga como saludo, y siguió con la mirada a Kate mientras rodeaba su escritorio—. ¿Un día ajetreado?

Kate le miró con los ojos entrecerrados. Había algo en su porte...

—¿Es una visita de cortesía? —preguntó mientras dejaba el maletín en el suelo, casi segura de que no lo era. Irguiéndose, levantando los hombros, le miró directamente. De pie tras el escritorio, acariciando con las manos el suave respaldo de cuero de la silla, Kate se preparó para cualquier cosa que él pudiese lanzarle—. Porque si lo es, no tengo tiempo. Tengo algunas cosas que hacer antes de marcharme, y no quiero retrasarme para recoger a Ben.

—Sólo será un minuto —dijo poniendo sus manos al descubierto. Sujetaba una pequeña bolsa de plástico de supermercado que contenía algo que abultaba—. Te he traído una cosa.

—¿Me has traído una cosa? —Eso no era lo que ella se esperaba. Kate alargó las manos para coger la bolsa, desconcertada. Se quedó mirando la bolsa y luego miró a Braga a los ojos justo a tiempo para captar un espasmo casi imperceptible de severidad que apareció brevemente alrededor de sus ojos y su boca mientra su posesión pasaba a las manos de Kate. «¿De qué debe tratarse?» Kate frunció el ceño mientras trataba de discernir aquella expresión fugaz.

—En realidad es para Ben. —No había absolutamente ningún

tipo de entonación en su voz—. Es una pelota de baloncesto. Por casualidad he visto una que tiene marcadas unas manos para mostrarle la posición de tiro adecuada. He pensado que podría ayudarle.

Kate dio un vistazo a la bolsa. Contenía una pelota de baloncesto, efectivamente. De cuero naranja, con unas pequeñas manos de color violeta pintadas en ella. ¿Una pelota de entrenamiento para principiantes? Porque eso era lo que parecía.

Sus miradas se cruzaron.

—Gracias —dijo, y lo dijo sinceramente. Porque era para Ben, y porque había pensado en Ben y en el problema que su hijo debía de haberle contado que tenía en gimnasia. El regalo la enterneció. Le dedicó a Braga una sonrisa dulce y encantadora, una sonrisa de las que aquellos días apenas dirigía a nadie.

Braga asintió bruscamente con la cabeza como respuesta. Tenía los pies levemente separados, y una mirada inescrutable cuando ella le miró a los ojos. Ni rastro de una sonrisa como respuesta. De hecho, si Kate hubiese tenido que describir la sensación que le transmitía, habría dicho que casi parecía enfadado.

Muy bien, se había acabado el hacerse el simpático. Kate dejó la bolsa junto a su maletín y volvió a mirarle, esta vez sin la sonrisa.

—¿Hay algo más?

—Sí, hay algo más.

Dicho esto, cruzó la sala en dos rápidas zancadas y cerró la puerta mientras ella le observaba sorprendida. Con la puerta cerrada, se acercó al escritorio, mirándola con aquella ilegible cara de póquer: Kate empezó a comprender que Braga estaba allí totalmente como policía.

«Oh, oh.»

—¿Qué? —Kate se lo quedó mirando, tratando de no parecer nerviosa, aunque empezaba a sentirse como si nerviosa fuese su apellido.

—Necesito que me aclares algo. Sobre cómo le disparaste a Rodriguez. ¿Querrías volver a contármelo otra vez, por favor?

El corazón de Kate empezó a palpitar como un timbal. Sintió un nudo en el pecho. Se le secó la boca. Todas reacciones físicas instantáneas y espontáneas que no podía controlar.

«Dios mío. ¿Puede saberlo? ¿Lo vio? Contrólate —se dijo—. Es un policía, pero no tiene poderes psíquicos.»

—No quiero volver a hablar de ello. Hablar de este tema me altera.

Braga apretó los labios. Colocó las manos planas sobre el escritorio y se inclinó hacia ella: sus ojos quedaron prácticamente a la misma altura. Braga la perforaba con la mirada.

—Tarde o temprano vas a tener que hablar de ello. Y te aseguro que te conviene más hacerlo ahora y aquí.

Kate se agarró con fuerza al respaldo de la silla y levantó la barbilla hacia él. Era una letrada, de modo que si algo tenía claro, eran cuáles eran sus derechos.

—No tengo nada que decir. Tengo el derecho legal de no responder a tus preguntas, ni a las de nadie.

—Estás en tu derecho, es verdad. ¿Estás ejercitando ese derecho?

Ambos sabían que si una ayudante del fiscal de distrito se negaba a responder a las preguntas legítimas de un detective de homicidios que investigaba un caso en el que ella estaba involucrada, podían encenderse todo tipo de luces de alarma en las comunidades legal y policial de Filadelfia, de las que los jefes de Kate eran parte integrante. Y eso no les gustaría. Es más, parecería que ella estaba tratando de ocultar algo.

«Qué va.»

—No. —Eso fue lo único que pudo decir. ¿De qué le servían todas aquellas protecciones constitucionales si no las podía utilizar cuando las necesitaba?—. ¿Qué quieres saber?

Como si no se acordase. Como si él no hubiese apuntado hacia el tema sobre el que Kate más temía ser interrogada. Como si no tuviese grabada en el alma la mentira que había dicho.

—Cómo le disparaste a Rodriguez. Y lamento si la pregunta te evoca recuerdos dolorosos.

Kate le miró con desdén. No lo dijo como si lo lamentase. Ni hacía cara de lamentarlo. Parecía tenso.

Como si estuviese esperando a que ella cayera sola en la trampa.

¿Qué sabía exactamente? ¿Se trataba de nuevo del segundo hombre del corredor de seguridad? ¿O era algo distinto?

«Que no cunda el pánico.»

En vez de eso, Kate trató de concentrarse en recordar la historia que había contado y en cómo la había contado. Coherencia, ésa era la clave. Como ayudante del fiscal de distrito, lo que siempre buscaba era que alguien contase tres versiones diferentes del mismo suceso. Porque en cuanto eso sucedía, sabía que estaba mintiendo.

«Respira hondo. No, espera, que eso te delataría. Mantén la calma.»

—¿Y pues? —preguntó Braga.

Los dedos de Kate se asieron tan fuerte al respaldo de la silla que sus uñas se hundieron en el cuero.

—Él me empujó al suelo. Y vi una pistola. Él cogió su pistola. Yo cogí la pistola del suelo, me puse en pie de un salto y le disparé. La bala le dio en el medio del pecho.

Kate tuvo un auténtico escalofrío al recordar a Rodriguez recibiendo el disparo. Estaba casi segura de que había narrado correctamente la secuencia de los supuestos hechos. Recordaba incluso haber afirmado que el seguro no estaba puesto. ¿Iba por allí la cosa? ¿Habían podido determinar de algún modo que en realidad el seguro estaba puesto? Si era así, podía...

—¿Con qué mano sujetabas la pistola cuando disparaste?

Durante medio segundo, Kate tuvo la sensación que el mundo se detenía. Fue un momento de revelación como jamás lo había experimentado. Era casi como si en aquel instante de comprensión, su vida pasase por delante de sus ojos. Eso era lo que Braga andaba buscando. Ésa era la discrepancia. De repente recordó con toda claridad que, después de disparar a Rodriguez, Mario sujetaba la pistola con la mano izquierda. Que Mario era zurdo. Por eso no se había fijado en el dragón que se enroscaba alrededor de su muñeca derecha. Porque había utilizado en todo momento la mano izquierda.

—Con la izquierda. —Sólo esperaba que su expresión no hubiese cambiado en el momento en que había caído en la cuenta de lo que buscaba. Ella creía que no, todo el proceso había sido demasiado rápido. Y, aunque estuviese equivocada, resultaba difícil basar una acusación en un cambio de expresión.

—Pero tú eres diestra, ¿no?

Algo en la seguridad con que lo dijo hizo que Kate pusiese cara de pocos amigos. Entonces lo vio claro. Por supuesto. La pelota de baloncesto: Braga le había dado la bolsa que contenía la pelota de baloncesto, y ella la había cogido. Con la mano derecha. De un modo automático, puesto que ella era efectivamente diestra.

Lo había hecho deliberadamente, como una prueba.

El descubrimiento estalló en sus entrañas como unos fuegos artificiales en el cielo nocturno.

Le miró fijamente y señaló a la puerta.

—Se acabó. Fuera de aquí.

Braga se irguió, claramente sorprendido.

—No has respondido a la pregunta.

—Y no voy a responder. Se ha acabado la conversación. Y quiero que te vayas ahora mismo.

Porque se había enternecido con su regalo, porque había pensado por un momento que tal vez eran amigos, porque se había permitido imaginarse que tal vez se preocupaba de algún modo por Ben y por ella, porque se había equivocado y se sentía engañada, y eso dolía más de lo que jamás habría pensado que podría doler. Kate salió de detrás de su escritorio, y se dirigió a la puerta con la intención de abrirla y quedarse allí plantada hasta que él se marchase. Pero Braga la agarró por el brazo cuando pasó junto a él, y la obligó a mirarle.

—Tú eres diestra, Kate.

De una sacudida se soltó el brazo. Braga estaba muy cerca, tan cerca que tuvo que alzar la vista para mirarle a los ojos, oscuros y enojados. Su boca formaba una línea delgada y dura. Toda su expresión era severa.

Claro que eso era una minucia comparado con lo violenta que se sentía ella.

—Quítame las manos de encima. Y sal de mi despacho.

—Si hay alguna explicación de por qué una mujer diestra le dispara a un hombre con la mano izquierda, me gustaría oírla.

Echando humo, Kate reanudó su marcha hacia la puerta, lanzando su respuesta por encima del hombro.

—Pues supongo que tengo que decirte que no es tu día de suerte, detective, porque no pienso responder a ninguna de tus preguntas.

—Kate...

Cuando llegó a la puerta, la abrió de golpe y se volvió para mirarle.

—¡Fuera!

La expresión de Braga era dura.

—No voy a ser yo el único que venga a preguntarte.

—¡He dicho que fuera!

Mona asomó la cabeza por la puerta de su oficina, con los ojos como platos y expresión de sorpresa. Tras ella, un par de auxiliares más que cruzaban el pasillo justo en ese momento también se volvieron para mirar. Sólo entonces Kate se dio cuenta de que estaba gritando.

«No provoques una escena.»

—¿Algo va mal? —dijo Mona. Braga ya se encaminaba hacia la puerta.

—El detective Braga ya se marcha. —La voz de Kate era como un carámbano de hielo. Mona llegó jadeando, desviando sus ojos abiertos de par en par hacia el hombre que en aquel momento se alzaba imponente detrás de Kate.

Estaba tan cerca que Kate podía ver la textura de grano fino de su piel. Braga recorrió el rostro de Kate con la mirada, y ella le devolvió una mirada gélida.

Inclinándose hacia ella, casi rozándole la oreja con la boca, susurró:

—Para que lo sepas, no sabes mentir. Tu cara te delata en todo momento.

Y, dejándola aspirando enfurecida, se marchó.

—Si no lo digo, reviento: este hombre está muy bueno —dijo Mona con los ojos como platos mientras le observaba alejarse por el pasillo desde la puerta del despacho de Kate—. Ojalá a mí también me susurrase al oído.

Kate la fulminó con la mirada y Mona levantó las manos.

—Lo siento —dijo Mona con un gesto de disculpa. Luego dirigió otra mirada de pesar a Braga antes de volver a centrarse en Kate—. Bueno, ¿qué significa todo esto?

—Nada. —A juzgar por su expresión, no había duda de que Mona quería más información. Por desgracia para ella, ésa era más o menos toda la información que iba a obtener—. Simplemente ha abusado de mi hospitalidad.

—Oh, oh...

—Mira, tengo trabajo pendiente.

Kate se retiró a su despacho, cerrándole a Mona la puerta en las narices. Luego se apoyó en la puerta y cerró los ojos.

Estaba demasiado nerviosa para poder hacer nada. Tenía la intención de volver a llamar al centro de detención para pedir que alguien comprobase quién había firmado la orden de libertad de Mario. Tenía la intención de llamar a un par de testigos clave a los que se había citado para que se presentaran ante el tribunal antes de que todo el programa hubiese quedado completamente cambiado para asegurarse de que sabían que los juicios habían sido aplazados. Tenía la intención de revisar los detalles de una vista por ocultación de pruebas que todavía estaba entre los casos pendientes para el día siguiente a primera hora de la mañana, antes de que todo el sistema judicial se parase por los funerales del juez Moran y dos de los alguaciles. Tenía la intención de...

A la mierda todo. Se iba a casa. Una mirada a su reloj lo confirmó: ni siquiera se estaría marchando antes de hora. Faltaban pocos minutos para las seis.

Por una vez, cogió su maletín sin molestarse en revisar su contenido: no agregó ni retiró ningún expediente para asegurarse de que se llevaba a casa lo necesario para trabajar unas horas en cuanto Ben se hubiera acostado. La bolsa con la pelota de baloncesto estaba en el suelo detrás del escritorio. Se quedó mirándola, dudando. Aunque el motivo por el que se la había dado todavía la irritaba profundamente, decidió cogerla, porque si no lo hacía, la pelota seguiría allí al día siguiente dándole mal rollo. Luego salió. La puerta de Mona estaba cerrada, y la luz de su oficina apagada, así que Kate supuso que Mona había dado por terminada su jornada laboral. La puerta de Bryan estaba cerrada, aunque su luz seguía encendida, lo que significaba que seguía trabajando.

Cuando llegaba al final del pasillo, Kate tuvo una desagradable sorpresa.

Cindy seguía sentada en su escritorio, riendo y haciéndole ojitos al hombre que estaba en pie, al otro lado, de espaldas a Kate. Estrecho de caderas y ancho de espaldas, con el pelo negro, alto... Era imposible confundirle con otra persona.

Era Braga.

Al reconocerle, Kate sintió un rápido acceso de hostilidad y malestar.

«¿Qué hace todavía aquí?»

No quería pensarlo. En realidad, no iba a pensarlo. Le importaba un comino tanto si estaba ligando con Cindy como si trataba de sonsacarle información sobre ella.

Se sentía física y emocionalmente agotada. Y nuevamente muerta de miedo.

Porque Mario podía estar en cualquier parte. Y aquella noche Ben y ella tendrían que pasarla solos.

No debería haber dejado que Braga se quedase la noche anterior. Fueran cuales fueran los motivos —y estaba demasiado cansada para tratar de enumerarlos—, el hecho de haberse permitido depender de alguien, aunque sólo hubiera sido brevemente, empeoraba mucho las cosas cuando ya no podía disponer de ese alguien.

«Eso ya lo sabías. ¿Cómo pudiste olvidarlo?»

Era sólo que se había acostumbrado a no estar asustada.

Con un rápido y silencioso saludo a Cindy —era demasiado mayor para echarle a la espalda de Braga una mirada furiosa—, Kate dobló bruscamente a la izquierda y se encaminó hacia los ascensores, donde una docena de empleados esperaban. Se unió a ellos, respondiendo a los saludos y comentarios sin siquiera fijarse en qué decían. Con suerte, Braga ni siquiera se daría la vuelta.

Desafortunadamente, la suerte no parecía estar de su lado.

—¿Ya tienes más ganas de hablar? —Al cabo de un instante, Braga se le había acercado sigilosamente por detrás y le había formulando la pregunta en voz tan baja que estaba casi segura de que sólo ella había podido oírla. Kate, de espaldas a Cindy y su escritorio, había estado siguiendo los números luminosos que indicaban la posición de cada uno de los ascensores, y no le había visto llegar.

Consciente de las orejas potencialmente oyentes de sus colegas de trabajo que charlaban esporádicamente, Kate no respondió. Se limitó a mirar fijamente las puertas cerradas de los ascensores que tenía delante. Que, por desgracia, eran de un metal pulido. Y hacían de espejo. De modo que podía verle, un poco a su izquierda, justo detrás de ella, mirándola.

Sus miradas se cruzaron en el reflejo.

Ella se lo quedó mirando fijamente.

—No —concluyó él.

Justo entonces llegó un ascensor. Kate y toda la demás gente se apelotonaron dentro. Nuevamente, Braga estaba detrás de ella. Y también nuevamente podía verle en el reflejo metálico.

«Malditos reflejos.»

Cuando el ascensor alcanzó la planta baja, Kate desfiló con la demás gente. Al alcanzar la puerta más cercana que conducía al parking subterráneo donde había dejado el coche, volvió a encontrarse a Braga pegado a su espalda.

—Lárgate —le dijo mirando atrás mientras empujaba la puerta. Dio una docena de pasos por el callejón que se desplegaba entre los edificios y empujó otra puerta: Braga seguía pisándole los talones.

Su respuesta fue moderada.

—Mi coche también está aparcado aquí.

Sin replicarle, Kate bajó enérgicamente una corta escalinata que llevaba al cavernoso aparcamiento. Con seis niveles, el parking era una inmensa bóveda de cemento resonante que olía a gases de combustión y neumáticos y que estaba iluminada por pequeñas luces blancas que colgaban del techo. Las paredes eran macizas y las esquinas, sombrías y oscuras. Sólo a la gente con pase se le permitía aparcar allí. Ella tenía un pase. Y estaba casi segura de que Braga no lo tenía, aunque claro, al parecer los policías siempre pueden aparcar donde les apetezca. Había a la vista algunas personas que se dirigían a sus respectivos coches. Parecía que estaba medio lleno, aunque durante las horas laborales no solía quedar ni una plaza libre. Por supuesto, un buen número de personas ya habían recogido su vehículo y se habían marchado a su casa. El sonido de los coches que subían y bajaban por las rampas espirales resonaba por toda la estructura. De vez en cuando se oía el estruendo de un bocinazo. Al haber oscurecido ya —de hecho ya era plena noche—, la temperatura había bajado. Hacía incluso más frío en el parking que en el exterior, y Kate sintió un leve estremecimiento mientras se dirigía hacia el ascensor más cercano.

—Te conviene hablar conmigo, Kate. —Braga seguía detrás de ella. Por supuesto, siempre podía decir que también se dirigía hacia el ascensor—. Lo creas o no, estoy de tu parte.

—Ya, claro —dijo ella golpeando furiosamente el botón del

ascensor. Esas puertas, gracias a Dios, estaban pintadas de un amarillo que no reflejaba nada en absoluto. Braga debía de estar en pie detrás de ella, pero Kate no quería ni mirarle—. ¿Ese truco te funciona con mucha gente? Porque debo decirte que a mí no me convence.

El ascensor llegó. Era una pequeña y sucia caja metálica que olía a cosas en las que Kate prefería no pensar. Las puertas se abrieron lentamente con un traqueteo y Kate entró dentro. Braga también lo hizo.

—Tal vez eres ambidextra —dijo Braga—. Mira, eso no se me había ocurrido.

Sintiéndose acosada, Kate se sulfuró.

—Vete a la mierda —gritó con voz feroz volviéndose hacia él—. Y llévate la puta pelota contigo.

Kate le tiró la bolsa que contenía la pelota. Sorprendido, Braga la cogió. Entonces Kate se volvió y salió a través de la estrecha fisura que habían dejado las puertas antes de cerrarse del todo. La apertura ya era demasiado pequeña para que él la siguiese, o eso esperaba. Braga se lanzó hacia el botón del ascensor. Las puertas se cerraron.

«Ajá.»

La última vez que Kate se volvió, él estaba golpeando el botón y mirándola con frustración.

Para asegurarse de que no pudiese volver a atraparla, bajó corriendo dos tramos de escalera hasta el tercer nivel, donde había dejado su coche. El lugar estaba tan silencioso que oía el eco de sus pasos; al caer en la cuenta de la escalofriante penumbra de todo aquel cemento vacío sintió un escalofrío. Mientras caminaba enérgicamente hacia su coche, se le ocurrió que Braga tal vez iría a buscarla, pero como, presumiblemente, no tenía la menor idea de dónde había aparcado, resultaba improbable que la encontrase antes de que pudiese subir al coche y arrancar para marcharse. Y si tenía el atrevimiento de presentarse más tarde en su casa, le ordenaría que se fuese.

Y si hacía falta, no volvería a hablarle jamás.

Todavía echando chispas, pulsó el botón para desbloquear la puerta, la abrió, tiró el maletín al asiento del copiloto al tiempo que se metía en el coche, arrancó el motor y salió marcha atrás de la plaza de aparcamiento. Cuando se dirigía hacia la rampa que conducía hacia la salida, pensando en lo desierto e inquietante que era el tercer nivel del parking, sintió —no vio, sino sintió— un movimiento en el asiento de atrás.

Kate miró compulsivamente hacia atrás y se llevó el susto más tremendo de su vida cuando vio a Mario que se incorporaba desde el suelo.

20

Kate soltó un chillido. Habría sido un grito, pero se contuvo antes de que toda la fuerza del alarido que instintivamente emergió de sus pulmones pudiese salir.

—¡Me cago en la leche! ¡Mira por donde vas! —vociferó Mario, plantando su trasero en el centro del asiento de atrás y apoyándose en el asiento del copiloto con un brazo. En los límites estrechos del coche, aquello era demasiado cerca para Kate.

Proyectando de nuevo la vista hacia delante, Kate vio que se dirigía directamente hacia uno de los pilares gordos de cemento que soportaban la estructura, y rectificó la dirección justo a tiempo. El Camry viró bruscamente, pero no chocó contra nada.

Con el corazón palpitando, Kate respiró hondo con la esperanza de que Mario lo achacase al susto, y pisó el freno. El coche se paró con una sacudida a pocos centímetros de una hilera de coches pequeños aparcados junto a la pared opuesta.

—No te pares —dijo Mario—. Sigue conduciendo y nos llevaremos bien.

Durante un momento, el miedo la paralizó casi por completo. Se quedó sin respiración. Notó que brotaba un sudor frío de las raíces de sus cabellos.

«Dios mío, ¿qué debería hacer?»

Kate evaluó mentalmente las probabilidades de escapar si saltaba del coche en algún momento y corría con todas sus fuerzas. Todavía no se había abrochado el cinturón de seguridad. Todavía furiosa con Braga, se había olvidado por completo de hacerlo, aunque probablemente se hubiese acordado antes de llegar a la calle. De modo que salir rápidamente del vehículo resultaba factible. El problema era que aquel nivel del parking estaba casi desierto. Y había un largo trecho hasta la puerta más cercana. Si Mario la perseguía, probablemente podría atraparla. Saber que Braga seguía casi con toda seguridad en alguna parte del parking le dio una brizna de esperanza; aunque no lo sabía con certeza, ni tenía ninguna idea de dónde estaba exactamente. De lo que estaba segura era de que no se encontraba en el tercer nivel. Si saltaba del coche y salía corriendo gritando, tal vez no la oiría. Tal vez no la oiría ni la atendería nadie, o tal vez la ayuda no llegaría a tiempo. Además, si la atrapaba, Mario estaría furioso con ella. Y eso no sería bueno.

Mejor hacerse la dura de momento, y ver cómo iban las cosas.

Aunque lamentó amargamente haberle dado esquinazo a Braga en el ascensor. Y siguió sin abrocharse el cinturón de seguridad.

—¿Qué coño se supone que hacías escondido en mi coche? —dijo con dureza mientras volvía a pisar suavemente el acelerador alejándose de los coches aparcados camino de la rampa de salida. No dio ninguna pista de cómo se sentía por dentro, esto es, como una masa temblorosa de gelatina, hecha un auténtico flan. No tenía absolutamente ninguna duda de que no se trataba de una visita amistosa.

«Que no vean nunca el miedo.»

«Vale.»

—Esperarte a ti, guapa —dijo Mario con voz sedosa. Algo en aquella voz le provocó un escalofrío de pavor.

No tenía sentido preguntarle cómo había entrado en su coche cerrado con llave. Los Marios del mundo nunca tenían ningún problema para hacer cosas de ese tipo. Y, pensándolo bien, en otros tiempos ella tampoco lo habría tenido.

—¿Qué quieres?

Al llegar a la rampa, Kate empezó a subir hacia el nivel de la calle. Pasase lo que pasase, siempre tendría más posibilidades de reaccionar en cuanto hubiese salido del parking. Las luces blancas eran más brillantes y chillonas en la rampa. Tenía la sensación de que había más coches utilizando la rampa, pero no podía verlos. A efectos prácticos, estaban solos.

—No viniste a sacarme. Y estoy cabreado.

Vale, así que sabía que ella no había tenido nada que ver con su salida de la cárcel. Kate empezó a sudar. El Mario de antes jamás dejaba pasar un agravio sin tratar de vengarse de algún modo. Y dudó que hubiese cambiado para bien durante aquellos años.

—Ya estás fuera, ¿no?

—No gracias a ti.

—Estaba en ello. Ya te dije que no iba a ser fácil.

—¿Sabes qué? Eres una mentirosa de mierda.

—¿Y pues? ¿A qué has venido?

—Quiero presentarte a unos amigos.

Kate recordó al «amigo» de Mario que se había presentado en su casa, y tembló para sus adentros. ¿Serían los Dragones Negros? Imaginó que había muchas posibilidades de que la respuesta fuese afirmativa. Tenía las manos tan fuertemente agarradas al volante que se veía el blanco de los nudillos. Y la espalda tan rígida que empezaba a dolerle. Los faros del Camry iluminaban la pared de hormigón llena de grafitis que se elevaba recta y lisa a su derecha, mientras el coche ascendía la rampa espiral a un ritmo regular.

«¿Qué puedo hacer?»

—Lo siento, no me va bien. Esta noche estoy ocupada.

—No te lo estaba pidiendo.

Mario se arrimó adelante ocupando todo el espacio que había entre los dos asientos individuales. Llevaba unos pantalones negros de chándal y una chaqueta con capucha con el logo de los Eagles, según pudo ver Kate por el espejo retrovisor, y, en la oreja izquierda, lucía un diamante. El uniforme habitual de delincuente filadelfiano. Tenía las piernas dobladas por las rodillas y muy abiertas para encajar en tan poco espacio, y los brazos extendidos sobre los respaldos de los asientos delanteros. Kate captó un leve olor a cebolla y a algo más... ¿sudor, tal vez? Mario era voluminoso, muy voluminoso para la pequeña zona de atrás, y su postura resultaba intimidatoria. Deliberadamente intimidatoria. Kate lo sabía, e hizo un esfuerzo de voluntad para no dejarse vencer por la intimidación. Entonces notó que algo le tocaba el hombro izquierdo y se volvió para mirarlo.

Una pistola. Mario sostenía una gran pistola negra. Como era zurdo y había rodeado el asiento con el brazo, el arma quedaba entre ella y la puerta del conductor.

El corazón le dio un gran salto en el pecho. Sintió un gran agujero en el estómago. La boca se le secó. Adiós a la idea de salir corriendo del coche.

De algún lugar logró reunir la bravuconería necesaria para impedir que él adivinase hasta qué punto estaba asustada.

Soltó una breve risa falsa de incredulidad.

—¿Qué? ¿Ahora me vas a disparar?

—No —dijo acariciándole el cuello con el cañón de la pistola. En otras circunstancias, y siempre que Mario hubiera prescindido de la pistola, ese gesto casi podría haberse confundido con una muestra de afecto. En ese caso, sin embargo, era una parodia terrorífica. Al sentir el frío metal en la piel, Kate se estremeció. Pero trató de que no se notase—. No a menos que me obligues. Siempre me has caído bien, Kitty Kat.

«Mira qué suerte...»

—Pues entonces aparta de mí esa maldita pistola. No me gusta.

—Ya. Pero no puede ser. —La pistola se quedó donde estaba.

«Adiós a la petición directa.»

En ese momento, el Camry ya sacaba el morro a la superficie. La cabina del guardia del parking estaba vacía, como era habitual a esas horas de la noche. Lo único que tenía que hacer era acercarse hasta el torniquete y la barrera automática detectaría la presencia de un vehículo y se levantaría.

—Dirígete hacia la autovía de la calle Vine —le indicó Mario cuando el Camry llegó al torniquete.

La barrera se levantó y pasaron. La salida del parking daba a una de las callejuelas estrechas y oscuras por las que Filadelfia era tristemente famosa. Además de a las ratas y los gatos callejeros, a los borrachos y los violadores les encantaban. Al resto de la ciudadanía no tanto. Al girar, los faros describieron un arco sobre los muros de ladrillo sin ventanas del otro lado de la calle e iluminaron un gran contenedor verde industrial y un grupo de maltrechos cubos de basura. La callejuela corría paralela a la calle Arch, y terminaba en la calle Trece. Podía girar a la derecha allí, recorrer dos manzanas y luego meterse en la rampa de entrada a la autovía. Si se pasaba la rampa «accidentalmente», calculó mientras el Camry avanzaba entre los baches de la callejuela, tendría que seguir por la Trece, que llevaba directamente a una de las zonas más sórdidas del centro, poblada por chulos, putas, drogadictos y abarrotada de librerías para adultos, clubs de *striptease* y bares de mala muerte. Si lograba ir en esa dirección y de algún modo conseguía saltar del coche sin recibir ningún disparo, al menos podría correr en una calle muy poblada. Lo que resultaba dudoso era si alguien la ayudaría en caso de que Mario la persiguiese, especialmente si les enseñaba la pistola. La gente de la calle Trece tendía a ocuparse de sus propios asuntos.

Aun así, probablemente era la mejor oportunidad que iba a tener. Una vez en la autovía, ya no podría saltar. Y no tenía ningún deseo de encontrarse con Mario en alguna zona deshabitada, aún menos de conocer a sus «amigos».

—Tal como te van las cosas en la vida, deberías dar gracias a Dios por tener a una amiga como yo en la oficina del fiscal —dijo Kate, con la esperanza de que si Mario la creía dispuesta a ayudarle la próxima vez que tuviese problemas, podría mantenerlo a raya.

Mario resopló.

—El caso es que ibas a jugármela. Ya no me fío de ti.

—Yo no iba a jugártela.

—Eso ya no importa, ¿verdad? Ya estoy fuera.

—¿Tienes algún lugar adonde ir? ¿Algún familiar, tal vez? —preguntó tratando de fingir que era su amiga: la carta de «antigua amiga» era la única que le quedaba por jugar. La pistola de su hombro no la apuntaba, pero aun así su presencia la intimidaba.

—Tengo a gente que cuida de mí, igual que yo cuido de ellos.

«¿Los Dragones Negros?» Tenía la pregunta en la punta de la lengua, pero se la tragó. Era mejor que no supiese que ella sabía algo sobre eso.

Pensó en hablarle de Ben, en decirle que ya llegaba tarde a recoger a su hijo, que sólo tenía nueve años, que no tenía más familia en el mundo, pero no lo hizo. Sabía que a Mario no le importaría. Y aunque Mario supiese de la existencia de Ben, Kate no quería hacer hincapié en la presencia de su hijo en su vida.

—¿Estás en contacto con alguien de la antigua pandilla? ¿Jason, Leah o alguien?

Mario rio.

—¿No lo sabes, nena? Están todos muertos. De un accidente de coche, unos tres meses después de que nos abandonases. Y probablemente habría muerto con ellos de no haber estado ya en la cárcel.

—Mario se acercó a ella—. Y para que lo sepas, fue tu novio quien le disparó al guardia de seguridad, no yo.

«Mentiroso. No pudo ser Jason; fuiste tú.» Kate se lo gritó mentalmente mientras se tambaleaba por la noticia. Todos sus amigos, incluido Jason, el de los ojos azules, muertos.

¿Qué clase de mundo terrible era aquél en el que Mario y ella eran los únicos que quedaban?

—Tuerce aquí, por la calle Trece. Y no te saltes la entrada a la autovía. No me va a gustar —dijo dándole unos golpecitos admonitorios en la mejilla con la pistola.

A Kate se le hizo un nudo en el estómago. No se había dado cuenta de lo tensos que tenía los músculos faciales hasta que intentó hablar.

—Eso no me gusta —espetó—. Quítame la puta pistola de la cara.

Mario se rio.

Llegaron al final de la callejuela y Kate se detuvo para mirar a ambos lados antes de mezclarse con el tráfico de la Trece. La calle estaba bien iluminada y ajetreada; el tráfico circulaba denso en ambas direcciones y un buen número de peatones recorrían las aceras: aquella manzana y media antes de la entrada a la autovía era probablemente su mejor oportunidad para escapar. La pistola que tenía en el hombro era el mayor obstáculo.

¿Le dispararía si trataba de abrir la puerta y huir? No estaba segura, aunque realmente tampoco quería averiguarlo. Una vez muerta estaría muerta, y ya no habría segundas oportunidades. Además, si él era lo bastante rápido cuando ella alargase la mano hacia la manivela de la puerta, tal vez podría agarrarla e impedir que saliese del coche. Mario estaba muy cerca, tan cerca que Kate podía notar el calor de su brazo en la nuca y oler la cebolla en su aliento.

—¿Tienes algo de dinero? —preguntó Mario—. Supongo que las fiscales ganáis mucha pasta.

—No tanta.

Llevaba exactamente seis dólares en el maletín, que, tras el frenazo que Kate había pegado al descubrir a Mario en el asiento trasero, se encontraba a los pies del asiento del copiloto. Como no cobraba hasta el lunes, tenía que pasar con aquellos seis dólares hasta entonces. Era lo bastante para comprar leche fresca y pan, y para el dinero del almuerzo de Ben.

Al torcer a la derecha por la Trece, Kate se fijó en unos faros que avanzaban por la callejuela. Se incorporó al tráfico aprovechando el hueco entre una camioneta blanca y un coche rojo. Al mirar por el retrovisor, vio un Taurus negro que esperaba en la boca de la callejuela su oportunidad para unirse al tráfico de la Trece. A Kate se le aceleró el corazón.

Estaba casi segura de que era el coche de Braga.

—¿Cuánto llevas? —gruñó Mario.

Kate calculó a toda velocidad. Si era realmente Braga, y creía que sí lo era, saltar del coche y correr hacia él era su mejor esperanza de escapar. Pero quitarse esa pistola del medio aumentaría en gran manera sus probabilidades de huir ilesa.

«Juégatela.»

Sólo pensarlo, el corazón empezó a palpitar tan fuerte que parecía como si quisiera salirse del pecho. El sudor frío la empapó. Le echó un vistazo rápido a Mario por el retrovisor, rezando para que no se diese cuenta de nada. Estaba repantingado en el borde del asiento de atrás, como un Buda malévolo, complacido consigo mismo y con la situación, contemplando el paisaje por el parabrisas. La pistola estaba apoyada negligentemente en su hombro.

«Se cree que me tiene atrapada.»

—Cien pavos —mintió—. Ponle un par de dólares más o menos. —Luego miró el maletín y frenó suavemente, como la docena de coches más que los precedían: el semáforo del cruce anterior al que llevaba a la entrada de la autovía se había puesto en rojo. El coche estaría unos instantes parado. Ésa era la mejor oportunidad que iba a tener, y ella lo sabía—. Están en mi maletín. ¿Por qué?

—Porque los quiero. —Mario miró el maletín y, alzándose entre los asientos delanteros, alargando el brazo para cogerlo.

La pistola se movió con él. De repente, ya no la apuntaba.

El corazón de Kate dio una sacudida. Se quedó sin respiración.

«Ahora o nunca.»

Asiendo el manubrio de la puerta, la abrió de un empujón y se tiró del coche con tal fuerza que cayó de bruces con las manos y las rodillas sobre el pavimento. Aunque le dolió, no tenía tiempo para pensar en eso.

—¡Mierda! —gritó Mario mientras el coche daba una sacudida hacia delante. Kate sintió una descarga de adrenalina por todo su cuerpo al ver que Mario se erguía de golpe y se volvía hacia ella, pero no se quedó a ver qué pasaba: se puso en pie de un brinco y corrió gritando por la línea central, entre las hileras de vehículos parados. El corazón le latía como una taladradora. Sus omóplatos se tensaron ante la terrible previsión de que una bala atravesase su carne en cualquier momento. Sintió un calambre en el estómago mientras miraba temerosamente hacia atrás. La puerta del conductor seguía abierta, pero el Camry no se movía. Ninguna señal de Mario, ni de la pistola. A su alrededor, la calle latía de vida: letreros de neón de colores brillantes donde se leían eslóganes como «¡Chicas, chicas, chicas!» y «Desnudo integral»; librerías para adultos con enormes escaparates repletos de revistas e iluminados desde dentro como calabazas de Halloween; aceras atestadas de vecinos desaseados, hombres de negocios trajeados y turistas con ropa informal que se apresuraban a cruzar el paso de cebra mientras las prostitutas —con sus minifaldas de cuero y sus botas hasta los muslos, sus sujetadores y sus pantalones cortísimos, o sus diminutos vestidos relucientes— ofrecían sus servicios a los coches que esperaban ante el semáforo. La música de los bares inundaba la calle mientras los clientes entraban y salían por sus puertas abiertas. El aire olía a gases de combustión y a bebidas alcohólicas. Unas cuantas cabezas se volvieron hacia ella. Algunos conductores asomaron la cabeza y le gritaron algo, presumiblemente para ofrecerle ayuda, pero Kate apenas era consciente de ellos. Toda su atención se centraba en el Taurus negro que estaba unos seis coches más atrás.

Antes de llegar al parachoques delantero, la puerta del conductor se abrió y Tom salió de un brinco, desenfundando la pistola.

—¡Kate!

—¡Tom! ¡Tom, socorro!

Mientras corría hacia ella, Tom gritó algo más, una pregunta, pensó Kate, pero el pulso le retumbaba en los oídos y no pudo entender qué decía. Por fin llegó donde estaba él y se lanzó a sus brazos. Con pistola y todo, los brazos de Tom la abrazaron y la sujetaron firmemente.

«Gracias a Dios, estoy salvada.»

Colgándose de su cuello, hundiendo la cara en la suavidad aterciopelada de su abrigo, aspirando el cálido aroma a suavizante que desprendía, Kate se dio cuenta de que le preguntaba qué había pasado, pero ella estaba demasiado agitada para escuchar bien o responder. Luego debió de cambiar el semáforo, porque de repente todo el mundo volvió a sus vehículos, el tráfico empezó a moverse y los coches que había detrás del Taurus empezaron a hacer sonar el claxon impacientemente mientras trataban de rodear el coche parado.

Kate se volvió un instante y vio que su Camry se había ido con el resto del tráfico.

«Mario me ha robado el coche. —Aquélla fue su primera reacción instintiva. Y luego—: Lo he logrado. Me he escapado.»

Al pensar en lo que podría haber sucedido, tembló convulsivamente de pies a cabeza.

—Mierda —dijo Tom enfundando la pistola y rodeando a Kate firmemente con el brazo. Tom la llevó hacia el asiento del copiloto del Taurus y la metió dentro a empujones. Luego volvió a rodear la parte delantera del coche y se puso tras el volante, mostrándole la placa a un motorista airado que le hizo un gesto obsceno al pasar junto a él. El motorista escondió el brazo y aceleró.

Con el corazón a cien, todavía jadeando, Kate se dejó caer en el asiento de cuero, hecha un manojo de nervios, mientras Tom ponía el coche en marcha. Kate tenía la cara vuelta hacia él. Tom se la quedó mirando, con los ojos entornados; bajo aquella luz vacilante parecían aún más oscuros.

—¿Qué ha pasado aquí? —Su voz era áspera y la miraba con el rostro tenso—. Joder, ¿te han robado el coche?

Iba a tener que mentirle otra vez. La idea le produjo una náusea. La tentación de contarle la verdad y que pasase lo que tuviese que pasar era casi abrumadora. Pero si lo hacía, lo perdería todo. Por amor a Ben, tenía que ser fuerte, tenía que pensar rápido, tenía que elaborar una mentira mínimamente plausible. No le podía hablar de Mario. Pero si dejaba a un lado la identidad del hombre del coche...

«Si vas a mentir, manténte tan fiel a la verdad como sea posible.»

—Había un hombre en el asiento de atrás cuando he subido al coche —dijo con voz insegura—. Y llevaba una pistola.

No pudo evitarlo: al recordarlo tembló.

Tom soltó una ristra de tacos que enturbiaron el aire. Kate observó que las finas arrugas de su cara se tensaban, sus labios se apretaban y su mandíbula adoptaba una expresión severa.

—¿Te ha hecho daño? —preguntó mientras subía el Taurus sobre el bordillo y ponía el cambio de marchas en punto muerto. Sus ojos la recorrieron de arriba abajo, como si buscase alguna señal visible de herida. La entrada a la autovía de la calle Vine estaba a unos metros de distancia, y el tráfico era fluido. Kate se preguntó si su Camry estaría rodando a toda velocidad por la autovía.

Deseó que estuviese rodando a toda velocidad.

—No —dijo sacudiendo la cabeza.

—¿Era alguien a quien conocías? ¿El tipo de anoche, tal vez?

Kate se fijó en que Braga tenía el teléfono móvil en la mano y había empezado a teclear un número. Evidentemente, el motivo de la parada era informar del coche robado, además de las circunstancias en que se había producido el robo. No le podía pedir que no lo hiciese; sospecharía de ella inmediatamente. Iba a tener que aguantarse.

Y mentir, mentir, mentir.

Tom ya estaba hablando con alguien por teléfono. Cuando se lo preguntó, ella le dio el número de la matrícula y una descripción del autor (ligeramente sesgada, aunque tenía que ir con cuidado de no pasarse por si realmente pillaban a Mario), mientras se excusaba por no haberlo podido ver bien: estaba muy nerviosa, la luz era tenue, etc. Al mismo tiempo, rezó para que no atrapasen a Mario, porque si le atrapaban, tal vez hablaría. Aunque si le hablaba a la policía sobre Baltimore, al menos ya no tendría que mentir y el control que tenía sobre ella se rompería para siempre.

Si no fuese por Ben, pensó, casi se alegraría de ello.

—Hemos dado el parte del robo a todas las unidades. Más tarde vendrá alguien a tu casa a tomarte declaración —dijo Tom al terminar. Todavía estaban aparcados sobre el bordillo de la calle Trece, mientras un torrente regular de tráfico, tanto de vehículos como de peatones, pasaba junto a ellos. Una palmera de neón rosa y verde que anunciaba el bar Oasis resplandecía con rectángulos cambiantes de color sobre el salpicadero negro. Los faros de los vehículos que pasaban y las luces de la calle que había en cada esquina le permitían verle con toda claridad. Tom miraba a través del parabrisas, serio y pensativo. Entonces se volvió para mirarla.

Kate se preparó.

—Ponte el cinturón de seguridad. —Fue lo único que dijo. Mientras ella le obedecía, volvió a poner el coche en marcha y se incorporó al tráfico—. ¿Adónde vamos?

—Tengo que recoger a Ben. —Y le dio la dirección.

Tom asintió con la cabeza. Kate tomó prestado su teléfono y llamó a Suzy para explicarle que llegaba tarde. No le contó los detalles de lo ocurrido, porque no quería que Ben se enterase y se preocupase antes de que ella pudiese contárselo. Cuando colgó, condujeron en silencio durante un rato. Tras cruzar el puente sobre el Delaware, el perfil centelleante de Filadelfia se desvaneció gradualmente en la distancia. El tráfico se volvió menos denso y más rápido, y, excepto por el destello ocasional de los faros de los coches que circulaban en sentido contrario y el zumbido de las ruedas sobre el pavimento, el trayecto fue silencioso y oscuro. Kate, ya más tranquila, se quedó un rato contemplando la luna, que se fue elevando poco a poco sobre el perfil dentado de la ciudad. Su redondez se reflejaba en las aguas negras del río que corría paralelo a la autovía. La escena era hermosa, pensó Kate... Y fría.

Casi tan fría como se sentía ella. Kate se cruzó de brazos y miró a Tom.

Craso error.

—Así, ¿qué? ¿Sigues decidida a andarte con evasivas conmigo? —preguntó. No estaban demasiado lejos de la salida de West Oak, la que cogía ella para recoger a Ben. A Kate le pareció que le hacía la pregunta como de pasada, pero cuando se fijó en él más detenidamente, se dio cuenta de que tenía la mandíbula tensa y los labios apretados.

—No sé a qué te refi... —empezó, pero él la cortó con tono impaciente.

—A ver: una mujer diestra utiliza la mano izquierda para disparar y matar a un criminal despiadado con un historial de antecedentes tan largo como mi brazo. Luego es acosada en su casa por otro delincuente que resulta que sabe cómo se llaman su hijo y ella. Más tarde, esa misma noche, un hombre, ¿el mismo delincuente?, ¿otro delincuente?, quién sabe, porque parece que se haya abierto la veda para cazar a esta mujer, intenta entrar por la fuerza en su casa. La noche siguiente, un hombre armado la espera escondido en su coche y ella a duras penas logra escapar. —Tom la miró duramente de reojo—. Así pues, ¿cuál es la opinión profesional de la señora letrada? ¿Nuestra chica está pasando una racha de malísima suerte, o está metida hasta el cuello en algo que no quiere aclarar?

Cuando terminó, Kate le estaba mirando fijamente.

—¿Sabes qué? No me gusta tu actitud.

—Pues mira, eso sí que es una gran coincidencia. Porque a mí no me gusta que me tomen por idiota.

—¿Y sabes qué más no me gusta? Que hayas tratado de engañarme. ¿Por qué no me preguntabas directamente si soy diestra o zurda? ¿En vez de fingir que tenías un regalo para Ben sólo para ver con qué mano lo cogía? —La jugarreta todavía le dolía.

Pasó un instante.

—Sí que tenía un regalo para Ben. La pelota de baloncesto es un regalo.

Kate resopló.

—Que has comprado para dármela a mí para ver qué mano alargaba.

—La he comprado para que tenga alguna posibilidad de aprender a jugar a baloncesto. Al dártela a ti... Bueno, tal vez sí que había una segunda intención en la forma en que te la he dado.

—¿Tal vez? —La pregunta rezumaba desdén. Pero al pensar que el regalo en sí podía no formar parte de la estratagema se sintió un poco mejor. A fin de cuentas, Braga podía haberle entregado cualquier otra cosa—. Sal por la próxima —añadió al ver que la siguiente salida era ya la de West Oak.

Tom se metió en el carril de la derecha. La salida estaba justo delante.

—Hablando de segundas intenciones: tal vez tú también tengas una segunda intención al cambiar así de tema —dijo mientras salía de la autovía por la oscura rampa—. Como evitar darme ningún tipo de explicación por la racha de mala suerte que he mencionado.

—Muy bien —dijo ácidamente—. ¿Quieres una explicación? Pues te daré la mejor que tengo: ¿se te ha ocurrido que tal vez, y sólo tal vez, toda la publicidad que me han dado desde que logré sobrevivir después de que me tomasen como rehén puede haber hecho salir a toda esa chusma de debajo de las piedras? ¿Que vienen a por mí porque salgo todo el día por la tele? ¿Y que tal vez el motivo por el que una mujer diestra (y sí, admito que soy diestra) le disparase a un hombre con la mano izquierda fuera simplemente porque cogió la pistola con la mano izquierda, mientras gateaba, y no le dio tiempo de pasársela a la mano derecha antes de disparar?

Las palabras de Kate se quedaron flotando en el aire. Habían llegado al final de la rampa y Tom se detuvo, miró a ambos lados, y tiró hacia West Oak. Kate tuvo la impresión de que Tom estaba sopesando sus palabras, comprobándolas, repitiéndolas mentalmente.

—¿Ésa es tu historia?

Kate se enojó.

—No es mi historia: es lo que pasó —dijo mientras contemplaba las calles que pasaban, iluminadas sólo por la luz de la luna y de las ventanas de las casas de aquella zona residencial—. Ahora tuerce a la derecha por Pine.

Llegaron a Pine y Tom siguió las instrucciones.

—¿Así que crees que el tipo que se escondía en tu coche te había elegido a ti porque has salido por la tele?

El escepticismo en su voz era excesivo. Kate estaba mintiendo, Tom sospechaba que estaba mintiendo, y ella lo sabía; y el caso era que no quería seguir mintiendo más. No le gustaba contar mentira tras mentira, especialmente —y eso tampoco le gustaba admitirlo— a él. Pero no podía decir la verdad.

—No lo sé. —Se sentía tan impotente que le tembló la voz, e irónicamente eso la hizo más convincente. Mentir era la única opción que tenía, aunque eso no implicaba que tuviese que gustarle—. No lo sé, ¿vale? Lo único que sé es que estaba en mi coche, y que ese hombre tenía una pistola, y creo que me hubiese disparado, si no llego a escapar.

Algo, fuese la evidente emoción de Kate o la idea de lo que podía haberle ocurrido si no hubiese logrado escapar, le hizo callar.

Kate respiró hondo, tratando de controlarse, y miró a su alrededor. Sólo estaban a media manzana de su destino. Los jardines eran mayores en la zona donde vivían los Perry, y las casas estaban más separadas. Por consiguiente, estaba mucho más oscuro. Había grandes bolsas negras llenas de hojas junto a la carretera, esperando a que los servicios municipales viniesen a recogerlas, y algunas hojas sueltas pasaron volando por delante del coche: parecían pequeñas alfombras mágicas doradas bajo la luz de los faros. La laberíntica casa de rancho de los Perry estaba en la parte posterior de su parcela. Kate enseguida la vio. El jardín estaba salpicado de árboles, la mayoría de ellos ya casi sin hojas, aunque un par de robustos árboles de hoja perenne lograban dar intimidad desde la calle. Kate vislumbró la luz que salía por las ventanas.

Le dolió el corazón al pensar que Ben la esperaba dentro inocentemente, ajeno al peligro que ambos corrían.

Costase lo que costase, tenía que superarlo por Ben.

—El próximo camino de entrada —dijo.

—Sólo hay un problema, ¿sabes? —dijo cogiendo la larga entrada sin asfaltar que llevaba a la casa de los Perry. La gravilla crujía bajo las ruedas mientras se acercaban a la casa—. Nada de lo que has dicho explica por qué estás muerta de miedo desde la primera vez que entré en tu oficina. El problema de la toma de rehén ya se había resuelto para entonces. Estabas a salvo. Pero seguías asustada. Y sigues asustada.

Kate tuvo ganas de decirle la verdad. Muchas ganas. Pero no podía, y como no podía, tenía que seguir con el juego de fingir que sus mentiras eran verdad.

—Si te dijese que estás equivocado, no me creerías. Así que, ¿qué sentido tiene?

El coche estaba ya a la altura de la pasarela que llevaba a la casa, pero un pino enorme ocultaba de la vista la puerta principal y casi toda la fachada de la casa, excepto el garaje, que estaba justo enfrente de ellos. Tom pisó el freno y el coche se paró.

—No estoy equivocado.

—¿Lo ves? —dijo soltando una risilla crispada—. Oye, agradezco toda tu ayuda, pero me gustaría que te marcheses. Ya le pediré a uno de los Perry que nos lleve a Ben y a mí a casa.

Tom puso el cambio de marchas en punto muerto y retiró la llave del contacto. Los faros se apagaron automáticamente. El interior del coche quedó tan oscuro como la noche, pero Kate adivinaba el perfil marcado de la frente, la mejilla y el mentón de Tom, y, cuando se volvió para mirarla, vio claramente el brillo de sus ojos.

—Tú no quieres que me vaya. —Había una certeza serena en su voz—. Creo que olvidas algo. El tipo que te ha robado el coche tiene tus llaves. Y supongo que las llaves de casa estaban en el mismo llavero, ¿no?

Kate se quedó sin aliento. No había pensado en ello. Ahora Mario y compañía ni siquiera tendrían que forzar la puerta.

—Os llevaré a los dos a casa, y volveré a dormir en el sofá. Mañana puedes hacer cambiar los cerrojos y hacerte poner el dichoso sistema de seguridad. —Su voz se endureció—. Después de eso, ya podrás quedarte sola.

Kate quería negarse, quería rechazarle, quería decirle algo así como: «Ni hablar», pero no pudo. La idea de que Mario podía asaltarles cuando le apeteciese era absolutamente terrorífica.

—Vale —espetó, y abrió la puerta para salir del coche.

Estaba oscuro y hacía frío a sotavento del gran árbol de hoja perenne. El aire olía a pino y a humo de leña. Kate rodeó rápidamente el capó y se quedó algo sorprendida: Tom estaba saliendo del coche. Cuando su puerta se estaba cerrando y la luz interior aún no se había apagado, Kate le vio acercarse hacia ella. Oyó el rápido crujido de sus pasos sobre la gravilla y vio su perfil oscuro recortado contra los árboles del fondo.

—No hace falta que me acompañes —dijo cuando se encontraron ante el parachoques del Taurus. Tom se paró, y ella siguió andando con la intención de dejarle atrás—. De hecho, prefiero que no lo hagas. No quiero tener que explicarle a Suzy quién eres.

—Quiero que me respondas a una pregunta, y te la plantearé sin tapujos —dijo sujetándola por el brazo antes de que se le escapase. No la agarró fuerte, y podría haberse soltado fácilmente si hubiese querido. Pero no lo hizo. Se paró. Tom estaba cerca, en pie justo delante de ella, y tuvo que levantar la mirada para verle la cara.

—¿Qué?

—¿Tuviste algo que ver con la planificación de aquel intento de fuga?

Kate abrió los ojos de par en par.

—¡No! Sabía que sospechabas algo así. No tuve nada que ver. Te lo juro.

—Es lo que quería oír —dijo.

Luego, la mano libre de Tom se deslizó alrededor de la nuca de Kate, inclinó la cabeza y la besó.

21

Los labios de Tom eran cálidos, firmes y secos, y en cuanto tocaron los suyos, Kate sintió que le flaqueaban las rodillas. Cuando deslizó la lengua entre sus labios se sintió mareada. No tenía nada que ver con él, se aseguró a sí misma incluso mientras abría los labios bajo los de Tom, se apretaba contra su cuerpo macizo, se colgaba de su cuello y le devolvía el beso. Era sólo que hacía años —en realidad desde antes de nacer Ben— que no la besaban, hacía años que no había estado con ningún hombre, y su cuerpo reaccionaba exageradamente.

La palpitación de su corazón, el aceleramiento de su pulso y el jadeo incontrolable eran simplemente reacciones instintivas. La mujer que había en ella respondía al hombre que había en él. Nada personal, en absoluto.

Al menos eso era lo que se decía a sí misma mientras la boca de Tom se inclinaba sobre la suya y sus brazos la rodeaban, robustos y fuertes, y sus manos se abrían en su espalda, apretándola todavía más contra su cuerpo.

Kate cerró los ojos. El interior de la boca de Tom era húmedo y cálido y tenía un ligero sabor a café, y la besaba tan expertamente y tan a fondo que Kate se abrasaba de emoción.

Y ella le devolvió el beso un rato más, con un deseo contenido.

Encantada con su sabor. Encantada con su calor. Encantada con su tacto.

Kate enredó sus dedos en los rizos de la nuca de Tom, saboreando su textura. Se puso de puntillas —o él la puso de puntillas, no podía estar segura— y se apretó contra él, obnubilada por el cálido cosquilleo que sentía al rozar con sus pezones los firmes pectorales de Tom, cautivada por la prominencia que demostraba positivamente que él estaba tan excitado como ella, intoxicada por la apremiante agitación de todo su cuerpo, por la feroz exigencia del cuerpo de Tom.

—¡Dios! —susurró Tom mientras emprendía un ardiente recorrido por la mejilla de Kate hasta alcanzar el lóbulo de su oreja. Tom jadeaba. Kate notó el rápido vaivén de su pecho contra sus senos. La sujetaba con tal fuerza que no hubiese podido desprenderse aunque hubiese querido.

Pero no quería. Por nada del mundo.

—Tom. —Kate tembló mientras apoyaba la cabeza en su hombro, permitiéndole acceder a la tierna columna de su cuello. La boca de Tom se deslizó hasta la clavícula de Kate sin dejar de besarla ni un instante. Los labios de Tom le quemaban la piel; Kate sintió el roce de su barba contra la parte inferior de su mandíbula, y se sintió desfallecer.

«Me encanta», pensó vagamente, pero luego los labios de Tom volvieron a fundirse con los suyos y abandonó todos sus pensamientos. Dejándose llevar totalmente, rodeó con sus brazos el cuello de Tom y se apretó contra él hasta que notó todos y cada uno de sus músculos, y le devolvió el beso.

Ávidamente. Ardientemente. Febrilmente.

—Kate, ¿eres tú?

La voz, que oyeron a cierta distancia, les despegó como si una bomba hubiera estallado entre los dos. Kate pegó un brinco, y cuando aterrizó los brazos de Tom ya no la estaban abrazando. Suzy —cuya voz reconoció Kate en cuanto su cerebro empezó a enfriarse— estaba en pie en el pequeño porche principal, tratando de verles desde detrás del enorme árbol de hoja perenne.

Kate ni siquiera la había oído abrir la puerta principal.

—Sí, soy yo —respondió, consciente de que su corazón latía aún desbocado y de que tenía arqueados los dedos de los pies—. Justo ahora iba a entrar.

Echó un rápido vistazo a su alrededor para comprobar que estaban en medio de la oscuridad. No creía que Suzy hubiese podido ver nada. Aun así, no pudo evitar sonrojarse cuando miró vergonzosamente a Tom.

Tom volvió la cabeza para mirarla. Estaba demasiado oscuro para leer su expresión, pero Kate distinguió el cálido resplandor de sus ojos. Había tensión en su postura. Ya no se tocaban, pero la electricidad había quedado suspendida entre los dos: era algo casi palpable.

Maldita Suzy. Kate deseaba volver a lanzarse en brazos de Tom.

—Te esperaré en el coche —dijo él.

Kate respiró hondo e hizo todo lo posible por quitarse de la cabeza los dos últimos y alucinantes minutos de su vida. Suzy seguía esperando en el porche. Aquél no era el momento.

«Ya pensaré en esto más tarde», se prometió Kate, y empezó a andar hacia la casa.

No tardó ni cinco minutos en volver. Pero fue el tiempo suficiente para que Tom recuperase el control. En cuanto Ben llegó caminando con desgana por la acera, arrastrando tras él su mochila, Tom había terminado de flagelarse y volvía a tener puesta la cara de póquer. Había llegado a la conclusión de que había sido la descarga de adrenalina que llevaba encima la responsable de que hubiera perdido la cabeza. La frustración por las evasivas que estaba recibiendo por parte de Kate y el temor por su seguridad se habían combinado con la falta de sueño y una sobredosis de cafeína y habían tensado sus nervios hasta tal punto que había estallado en aquella debacle de beso. Ya antes de pasar por el despacho de Kate había tenido una tarde horrorosa. El par de cadáveres carbonizados que habían encontrado en el camión quemado tenían antecedentes penales, eran socios conocidos de Rodriguez y de Soto, y todo indicaba que se trataba de los tipos que andaban buscando. Ahora estaban muertos, asesinados. Alguien les había obsequiado con una bala entre los ojos y luego había prendido fuego a la camioneta U-Haul. Alguien que seguía suelto por la calle. ¿Otra persona implicada en el intento de fuga? Tal vez. Aunque siempre es un error dar algo por sentado. ¿El tipo que le había robado el coche a Kate? Tal vez otro, aunque la relación parecía poco sólida. Aun así, aquellos cuerpos carbonizados habían sido lo primero que le había venido a la cabeza cuando ella le había dicho lo que le había pasado. Verla corriendo en su busca entre los coches, con aquella expresión de pánico en el rostro, como si la persiguiese el diablo en persona, y saber que había escapado por los pelos, le había arrebatado años de vida. Había despertado sus instintos protectores. No le gustaría que alguien le hiciera daño. De hecho, se lo tomaría como algo personal.

Y eso era malo.

Significaba que se estaba implicando emocionalmente. Y había decidido que no volvería a implicarse emocionalmente con ninguna mujer. Físicamente sí. Siempre estaba dispuesto a pasar un buen rato, y se aseguraba de que sus parejas también se divirtiesen. Pero siempre dejaba claro que no habría ninguna relación posterior. Una vez acabada la diversión, él se marcharía.

Por primera vez desde hacía muchísimo tiempo, marcharse no iba a resultar tan fácil.

¿Kate corría peligro? ¿O era peligrosa? ¿O ambas cosas? Eso era lo que trataba de decidir. En cualquier caso, como policía tenía buenos motivos para seguirla de cerca. Aunque lo que estaba haciendo no era exactamente seguirla de cerca. Al menos no era lo único que estaba haciendo.

Aquello con Kate, que no era una relación, le había asaltado furtivamente y le había mordido el trasero. Había pensado en la posibilidad de acostarse con ella, sí; pero, dadas las circunstancias, había rechazado firmemente dar ningún paso en esa dirección. Puede que ella le excitara, pero no era estúpido. O al menos eso creía. Aunque ahora todo parecía indicar que sí lo era.

Kate era alguien «bajo la sombra de la sospecha», como sin duda dirían muchos compañeros del departamento, de modo que debería haber estado estrictamente prohibida. Pero había dicho que no cuando le había preguntado si había estado implicada en el intento de fuga. ¿Qué esperaba que hiciese? ¿Confesar?

Y aun así, él la creía... Sobre este asunto.

Lo que seguía sin ser una excusa para besarla. Besarla era posiblemente la cosa más estúpida que podría haber hecho.

Lo había hecho por un impulso, una compulsión repentina que no había sido lo bastante disciplinado como para controlar. En el momento en que sus bocas se habían tocado, se había encendido. El caso era que ella también se había excitado. De hecho, le había devuelto el beso como si se muriese de ganas de acostarse con él. Ahora ya había conseguido enfriarse bastante, pero todavía podía sentir el calor que ella había despertado latiendo por todo su cuerpo. No costaría demasiado encenderlo otra vez.

Lo que debería hacer era abandonar, rendirse, y acabar con ello. Cortejar a la mujer. Acostarse con ella y quitársela de encima. Así de sencillo.

O tal vez no. Tal vez ella estaba jugando con él. Tal vez había notado cómo le atraía, y esperaba utilizar el poder que eso le daba para ponerle de su parte.

A pesar de sus desmentidos, Tom no se fiaba de ella, aunque eso no impedía que pensase en ella mucho más de lo que debería. Sus evasivas le sacaban de quicio, pero aun así lograba conquistarle con una sonrisa. Últimamente había deseado tanto abofetearla como besarla. Algo era seguro: lo que estaba ocurriendo entre ellos era una sorpresa. Nunca habría esperado sentir lo que sentía por ella.

Como si estuviesen implicados de alguna manera. Como si hubiese una conexión entre ellos. Como si ella se hubiese convertido en su responsabilidad.

Joder, si incluso le gustaba su hijo.

Y, justo mientras pensaba en él, Ben abría la puerta trasera del coche y se sentaba en el asiento de atrás.

—Hola —dijo Ben cuando la luz interior se encendió—. ¿Estás aquí porque le han robado el coche a mamá?

—Sí —respondió Tom mirándole por el retrovisor.

Ben subió su mochila y cerró la puerta.

—¿Y así, qué ha pasado realmente?

Era una pregunta tan adulta, formulada en un tono tan adulto, que Tom se volvió bruscamente para mirarle. Unos ojos azules le miraban sin pestañear desde detrás de unas pestañas oscuras y gruesas como abanicos. Dios, el chaval se parecía muchísimo a Kate.

—Eso tendrás que preguntárselo a tu mamá.

—No me lo dirá —contestó Ben con una mueca—. Siempre trata de protegerme de aquello que cree que soy demasiado pequeño para saber.

Tom se quedó perplejo.

—Bueno, eso es lo que hacen las mamás.

Justo en ese momento se abrió la puerta del copiloto y la luz interior, que estaba empezando a apagarse, brilló mientras entraba Kate. Tenía las mejillas sonrosadas y los labios también, y más carnosos de lo habitual. La mirada que le dedicó mientras se sentaba fue casi furtiva, casi tímida, y encendió en el interior de Tom ese calor medio apagado que enseguida volvió a despertar su deseo por ella.

Sólo que en ese momento no le sentó bien.

Mientras la luz interior volvía a apagarse y Kate le decía algo a Ben, Tom reprimió sus impulsos y puso en marcha el coche.

Kate no quería que le gustase Tom.

Aquella era la idea que le pasaba por la cabeza mientras le veía con su hijo.

Kate acompañó a la puerta a los dos agentes que iban a redactar el informe sobre el robo de su coche y, en cuanto los policías se hubieron metido en el coche y se hubieron marchado, ella siguió en pie ante la puerta abierta, con la atención puesta en la escena que tenía lugar en la entrada del garaje. Ben y Tom estaban jugando a baloncesto bajo la luz mortecina del farol que había encima del garaje, y la visión de aquel hombre alto, moreno y atlético, todavía con la ropa de trabajo, que le sonreía a su hijo bajito y rubio mientras le pasaba la pelota, la perturbó de un modo que no podía explicar. El sonido de la pelota botando en el suelo quedaba sólo ligeramente empañado por el frufrú del viento al pasar entre las hojas y el crujido de las ramas del roble grande. Ya era plena noche, hacía viento y empezaba a refrescar. La luna se había escondido tras un banco de nubes que sólo permitían distinguir su tenue círculo amarillo. Kate estaba nerviosa: sabía que Mario estaba ahí afuera, en algún lugar, y que todavía no había acabado con ella. Habría temido que Mario o sus amigos apareciesen aquella noche, pero Tom estaba allí, y no le cabía la más mínima duda de que con él Ben y ella estaban totalmente a salvo. Estaba cansada y preocupada, pero la cautivaba contemplar la fácil interacción de su hijo con aquel hombre que parecía estar adquiriendo una importancia desmesurada en la vida de ambos, así que siguió en pie ante la puerta abierta disfrutando de la imagen un rato más. Mientras lo hacía, Ben realizó un lanzamiento, falló, y

Tom cogió el rebote. Luego le mostró a Ben la postura correcta, indicándole cómo sostener la pelota (Kate vio que estaban utilizando la pelota para principiantes), y apartándose con un paso atrás. Mientras Ben corría a recuperar la pelota, Tom le aplaudió. Y Kate vio que Ben sonreía, y observó su cara sonrojada de orgullo.

Sin que ninguno de los dos se diese cuenta, Kate sonrió.

La pequeña satisfacción que sintió al ver que Ben disfrutaba se propagó por todo su cuerpo como el calor del sol. Era el momento más relajado y pacífico que había tenido en varios días.

Como Ben estaba contento, ella estaba contenta.

Y sabía que el camino para llegar a su corazón pasaba por su hijo.

Era el punto débil del muro de defensa que había levantado desde hacía años. Como hasta entonces se había cuidado de no involucrarse con nadie, como no había permitido que ningún hombre se acercase lo suficiente para siquiera empezar a romper el pequeño círculo que formaban Ben y ella, no se había dado cuenta de su existencia.

Permitirse enamorarse de Tom Braga probablemente sería la cosa más estúpida que podría hacer. Aunque no hubiera estado actuando en la cuerda floja con la verdad, aunque su pasado no hubiese sido una bomba de relojería que amenazaba con hacer estallar su vida en cualquier momento, aunque Tom no hubiese rastreado todas sus mentiras como un auténtico sabueso, Kate ya tenía la agenda llena. Tenía que criar a Ben. Tenía que ocuparse de una carrera en la que destacar. Y no había espacio en su vida para nada, ni nadie, más.

No quería a un hombre.

Aunque aún no hubiera podido recuperarse de los efectos secundarios de aquel beso capaz de arquearle los dedos de los pies.

Beso en el que trataría de no volver a pensar nunca más.

Y aun suponiendo que fuera tan boba como para querer a ese hombre, uno de los motivos por los que había decidido no salir con hombres seguía vigente: no quería que Ben se encariñase por alguien que iba a desaparecer de su vida.

Los hombres se iban. Eso ella lo sabía.

Pero Ben no lo sabía. Y una lección que prefería que no tuviese que aprender era lo mucho que duele que te abandone alguien a quien has aprendido a amar.

Ben volvía a tirar a canasta mientras Tom realizaba un intento de bloqueo (sin esforzarse al máximo, eso seguro).

Kate ni siquiera se esperó a ver si la pelota entraba.

Irguiendo los hombros, y ya sin sonreír, se volvió y entró en casa.

—Ben —dijo desde el umbral con voz sensata—. Los deberes.

El sonido de la pelota botando la siguió adentro.

—Mamáaa...

—Ahora —dijo, impasible a la protesta, y se dirigió hacia la cocina.

Ben entró pocos minutos después, rojo y sudoroso, agarrado a la pelota nueva. Kate se había quitado la chaqueta y estaba sentada a la mesa con su camisa azul y sus pantalones negros, revisando la mochila de Ben, sacando cuadernos y libros de texto y pedazos arrugados de papel. Estaba cansada y enfadada, turbada por la certeza de que Mario no se olvidaría de ella, y agitada por su reacción ante el hombre al que podía oír deambulando por su sala de estar; pero el colegio y los deberes eran cosas innegociables en la vida de Ben. Había bajado las persianas enrollables que venían con la casa —y que, dado que la cocina daba al patio de atrás, nunca hasta entonces se había molestado en bajar—, para protegerse visualmente de la noche exterior. La habitación era como un capullo brillante, acogedor y ligeramente desordenado, en el que aún flotaba el aroma de la pizza que Tom había insistido en comprar de camino a casa.

—Te has olvidado la agenda —dijo Kate mirando a su hijo. El profesor les pedía que llevasen una agenda en la que apuntaban todos sus deberes. En teoría era una buena idea. En la práctica, Ben tendía a olvidársela o a olvidarse de apuntar los deberes en ella.

—Ya sé qué tengo que hacer —dijo en tono más resignado que malhumorado—. Confía en mí. —Luego su voz se animó—. Mira qué me ha dado Tom.

Sostenía en las manos la pelota. Le brillaban los ojos y tenía las mejillas sonrosadas; sí, estaba feliz. A pesar de sus numerosos y variados recelos, Kate se dio cuenta de que no podía frustrar la alegría de su hijo.

—Caramba —dijo sonriendo. Por la fuerza de la costumbre y porque no pudo evitarlo, añadió—: ¿Ya le has dado las gracias?

—Sí, y creo que me va a ser muy útil.

—Me alegro. —Vale, a pesar de la posible segunda intención por parte de Tom, Kate descubrió que estaba muy, muy contenta de que le hubiese dado la pelota a Ben—. ¿Crees que la puedes dejar un rato para poder quitarnos del medio estos deberes?

—No soporto los deberes. —Pero Ben dejó obedientemente la pelota sobre la encimera y fue a sentarse a la mesa, acercándose el cuaderno de matemáticas. Con un suspiro, abrió el cuaderno, cogió un lápiz, y la miró con cara de preocupación—. ¿Qué haremos ahora sin coche?

Kate sólo le había contado que le habían robado el coche, sin mencionar que ella estaba dentro en ese momento, por lo que a Ben todo aquel asunto le resultaba sobre todo emocionante. Era posible que realmente estuviese preocupado por cómo iban a moverse, pero Kate prefirió pensar que sabía reconocer una táctica dilatoria cuando se la encontraba cara a cara.

—La compañía de seguros me pondrá mañana un coche de alquiler. Haz los deberes de mates.

—No soporto las mates.

—Ya lo sé. Pero hazlos igualmente.

Mientras hacían los deberes —y tardaron casi una hora, justo el tiempo que faltaba para las nueve en punto, la hora en que Ben debía irse a la cama— Kate fue consciente en todo momento de que no estaban solos. La casa parecía más pequeña ahora que Tom estaba allí, aunque se hubiese quedado en el salón, fuera de su vista. Pero podía oír que se movía, que cambiaba de canal hasta encontrar un programa de deportes que ni ella ni Ben mirarían jamás, y que hacía algunas llamadas con el móvil. No eran sonidos particularmente molestos, incluso el volumen del televisor estaba bajo, pero la importunaban vagamente.

Cuando por fin terminó los deberes, Ben se puso en pie de un brinco y corrió al salón.

Con entusiasmo.

—Es hora de acostarse. —Kate también se levantó y le siguió con nudo en el pecho ante la idea de ver a Tom. Desde aquel beso, su cautela respecto a él había adquirido nuevas formas.

—¿Puedo quedarme despierto hasta un poco más tarde? ¿Ya que Tom está aquí?

—No.

Ben llegó al salón unos pasos por delante de Kate. Tom estaba repantingado en el sofá, con la cabeza apoyada hacia atrás, los pies descalzos sobre la mesita de centro y el mando a distancia en una mano: como si estuviera en su casa. Se había quitado la chaqueta, la pistolera de hombro y la corbata, lo que le dejaba con la camisa blanca y los pantalones negros. Llevaba el cuello de la camisa desabrochado y las mangas arremangadas.

Se le veía desaliñado, cansado, y, a pesar de ello, tan apuesto que, si Kate hubiese estado de humor para sentirse románticamente receptiva, se habría quedado sin respiración.

Pero no lo estaba. Porque cuando Ben y ella entraron en el salón, Tom se volvió, les miró y sonrió; fue una sonrisa perezosa y agradable que aportó calidez a sus ojos. Al verla Kate se emocionó.

—¿Ya habéis terminado? —preguntó.

Y fue entonces cuando Kate lo vio claro: ya sabía por qué tenerle en casa la perturbaba tanto.

Parecía como si fuesen una familia.

Y eso era algo a lo que simplemente no quería llegar.

22

—Sí —contestó Ben corriendo hacia la silla dorada.

—No, no, ni hablar. —Kate cogió a Ben por el hombro y le desvió hacia las escaleras—. Di buenas noches.

Desde donde estaba, Kate no pudo ver la expresión de Ben, pero sí la de Tom, que le dirigía a su hijo una mirada de compasión. Como respuesta, Ben se encogió de hombros. Y Kate habría apostado el cheque del lunes a que su hijo también había puesto los ojos en blanco.

Parecía como si se estuviesen poniendo en contra suya. Como si ambos, como hombres, tuviesen alguna especie de vínculo especial.

Kate frunció el ceño.

—Buenas noches, Tom —dijo Ben—. Gracias por ayudarme con el baloncesto.

—Ha sido un placer. Buenas noches.

Ben empezó a subir las escaleras y Kate decidió acompañarlo: la alternativa era quedarse abajo con Tom y, aunque era consciente de que tarde o temprano tendría que enfrentarse a él y a todo el lote de problemas que representaba, le pareció mejor esperar.

Primero tenía que aclararse las ideas.

—Tom es guay —le dijo Ben cuando acabaron de subir las escaleras. Ben volvió la cabeza para mirar a su madre, que lo seguía por el pasillo camino del baño.

—Sí —dijo sintiendo una presión en el pecho—. Pero sólo nos está ayudando temporalmente, ¿sabes? En cuanto se aclare todo este lío, probablemente ya no le veremos más.

En la puerta del baño, Ben se detuvo y miró a Kate a los ojos. El resplandor de felicidad que lucía en su rostro hacía sólo unos instantes había desaparecido. Parecía preocupado, y, de repente, mucho mayor de su edad.

—¿Hay alguien que quiere hacerte daño, mamá?

—¡No! Por supuesto que no. —Ben la conocía muy, muy bien, así que Kate no sabía por qué le sorprendía tanto que hubiese captado su ansiedad. Pero su trabajo era protegerlo, y no pensaba darle ni una sola pista sobre el asunto—. ¿Por qué lo preguntas?

—Porque te han pasado muchas cosas malas últimamente. Y Tom es un policía, y ya es la segunda noche que se queda a dormir en casa.

Claro, Kate debería haber recordado que a Ben no se le escapaba nada.

—Eso es porque... porque... —Buscaba desesperadamente una explicación, pero no encontraba ninguna. «Piensa»—. Es por simple precaución. Como se hizo tanta publicidad de lo ocurrido en el Centro de Justicia, digamos que Tom se quedará por aquí hasta que todo esto se calme, que será pronto.

Ben continuaba estudiando la cara de su madre.

—Tenía la esperanza de que tal vez iba a ser tu novio.

Kate trató de no parecer tan sorprendida y consternada como se sentía. Desde que Ben había nacido, jamás había tenido ningún novio. ¿Cómo le había entrado esa idea en la cabeza?

Aunque mejor no preguntárselo. Si algo había aprendido en la facultad de derecho era a no hacer preguntas cuya respuesta no estabas segura de querer oír.

Una enseñanza para toda la vida.

—No —dijo con voz firme—. No vamos a ser novios. Sólo es un hombre amable que hace su trabajo. Y ya está. Ahora al baño.

Cuando Ben entró en el baño y cerró la puerta, Kate se apoyó en la pared y cerró los ojos.

En cuanto Ben le hizo pensar en Tom como en su novio, se dio cuenta de pronto de lo sola que se sentía. Durante los últimos nueve años, todos sus pensamientos y acciones se habían centrado en conseguir una buena vida para Ben. Pero ¿se había preocupado de conseguir una buena vida también para ella misma?

«Tal vez no. Pero he hecho lo que tenía que hacer.»

En cuanto Ben se hubo dormido, Kate se quedó aún unos instantes a su lado, con el libro en las manos. Estaba totalmente hecha polvo. Había perdido su maletín y todo su contenido —el ordenador portátil, el teléfono móvil, sus carnés y tarjetas de crédito (que, lo sentía por Mario, pero estaban totalmente a las últimas), y diversos objetos personales más—, así que el día siguiente prometía ser un día muy complicado. La única nota positiva era que ni siquiera con la mejor voluntad del mundo podría haber trabajado aquella noche. Todos sus expedientes habían desaparecido con el maletín.

De modo que ahora que Ben se había dormido, y Tom estaba de guardia, tenía libertad para hacer lo que se moría de ganas de hacer: irse a la cama.

Sólo que no podía.

Porque antes tenía que bajar las escaleras y enfrentarse al gran problema: Tom.

Las luces del salón y el televisor estaban encendidas, pero Kate no veía a Tom por ninguna parte. Mientras miraba a su alrededor, oyó un sonido leve en la cocina. Fiel a su propósito, se dirigió hacia allí.

La luz de la cocina estaba apagada y las persianas, bajadas. De no haber sido por el leve resplandor que llegaba del salón, la cocina habría estado oscura como una cueva. Durante unos instantes, Kate sintió cierta inquietud al no encontrar a Tom. ¿Podía haber pasado algo? ¿Tal vez había salido por algún motivo? ¿O tal vez Mario y sus amigos habían entrado en la casa y le habían inmovilizado? En cuanto estaba empezando a quedarse paralizada sólo de pensarlo, Tom dijo «mierda» desde algún sitio cercano. No cabía duda de que era la voz de Tom y, aliviada —al menos de esa preocupación—, avanzó con cautela y lo descubrió tras la nevera, metiendo una silla a modo de cuña bajo el pomo de la puerta de atrás.

—¿Qué estás haciendo? —preguntó sorprendida por aquella visión inesperada.

Tom siguió tratando de bloquear la puerta con la silla y se volvió para mirarla. Resultaba difícil de decir en la penumbra, pero

Kate habría jurado que parecía un poco avergonzado de sentirse descubierto.

—Tomar precauciones.

Kate tuvo que sonreír. Todas las ilusiones acerca de su policía protector, fornido y duro corrían el riesgo de hacerse añicos en el acto.

—Si no estuvieses aquí, eso es exactamente lo que habría hecho yo. Sólo que habría imaginado que era bastante inútil. —Kate apoyó la cadera en la mesa y se lo quedó mirando.

—Y habrías tenido razón. —Tom acabó de ajustar la silla y se acercó a Kate—. El caso es que alguien tiene la llave de tu casa, de modo que hace un minuto podrían haber entrado sin más. Ahora tendrá que romper algo antes, y en teoría yo lo oiré.

—Muy listo —repuso mirando a su alrededor. Kate detectó otra silla bajo el pomo de la puerta del garaje y su sonrisa se convirtió en una risa de oreja a oreja—. ¿Hay otra en la puerta principal?

Si era así, le había pasado totalmente desapercibida, aunque teniendo en cuenta lo agotada que estaba, cualquier cosa era posible.

—Todavía no, pero la habrá.

Kate se volvió y descubrió que Tom se había parado a apenas medio metro de ella.

—Qué bien —dijo sonriéndole como una idiota, y él le devolvió una sonrisa sarcástica. La escena era íntima y cálida y, sí, maldita sea, feliz, a pesar de que estaban hablando de poner barricadas en su casa para que unos tipos realmente malos que la amenazaban y posiblemente querrían hacerle mucho daño no pudiesen entrar. Tom tenía un aspecto imponente, sombrío y peligroso (¡quién pensaba en aquellas ridículas sillas!), e irresistiblemente atractivo. A Kate se le aceleró el corazón y, al sonreír a Tom, sintió de pronto la electricidad que había entre los dos. Y no pudo evitarlo: se encontró recordando aquel beso abrasador.

Y todo el asunto le dio tanto miedo que sintió una rampa en el estómago.

«No. No. No.»

Se le borró la sonrisa de los labios de golpe, como si alguien le hubiera pegado un tiro. Irguiéndose y apartándose de la mesa, dio un par de pasos hacia un lado: estaba demasiado cerca de él y no podía permitírselo. Kate le clavó una mirada desapasionada.

—¿Qué? —exclamó Tom arqueando las cejas.

—Tenemos que hablar. —Y girando sobre sus talones, se dirigió hacia el salón.

—Ya empiezas a hablar como yo.

Tom la siguió, y, cuando Kate llegó a la mesita de centro, se volvió para mirarle. Él estaba en pie a pocos pasos, justo en el umbral de la sala de estar, y se detuvo en seco. Kate le miró directamente a los ojos. Y trató de hacer caso omiso de los latidos desbocados de su corazón, así como de la atracción que aún sentía por él.

—En primer lugar, quiero darte las gracias por haberle regalado esa pelota a Ben y haber jugado a baloncesto con él esta noche.

Tom se encogió de hombros. Tenía las manos en los bolsillos del pantalón y su cara resultaba ilegible.

—Ningún problema. Ben me cae bien.

—Me alegra que lo digas, porque tú a Ben también le caes bien. Y eso es parte del problema.

—¿Hay un problema?

Kate había hecho una pequeña pausa para ordenar sus ideas y reunir valor, y, al oír la respuesta de Tom, se limitó a mover bruscamente la cabeza en señal de asentimiento.

—Mira, sobre lo que ha pasado esta noche... —Bueno, en cuanto lo hubo dicho se dio cuenta de que iba a tener que ser más concreta, porque habían pasado muchas cosas aquella noche—. Cuando nos hemos be... besado... —Dios, y ahora tartamudeaba. ¡Era patético!—. El caso es que yo no hago esas cosas. No voy por ahí besando a la gente. No me involucro. No salgo con hombres. Estoy demasiado ocupada, y... y no es bueno para Ben.

Ya estaba. Ya lo había dicho. La mayor parte.

—¿Lo que significa...?

—Significa que te estoy muy agradecida por quedarte a pasar la noche, y por haberte quedado anoche, y agradezco todo lo demás que estás haciendo, pero... Pero después de esta noche, creo que no deberíamos seguir viéndonos.

—No me había dado cuenta de que nos estuviésemos viendo.

Kate se impacientó.

—Ya sabes a qué me refiero. Creo que no deberías venir más a mi casa. No quiero que veas a Ben. Ya sé que tienes que hacer tu trabajo, y estoy dispuesta a responder a tus preguntas si las tienes, pero, de aquí en adelante, quiero que las cosas entre nosotros sean estrictamente profesionales. Basta de...

Kate se quedó sin palabras. Estuvo unos instantes buscando la mejor manera de decirlo.

—¿De besos? —sugirió Tom.

—Sí, exactamente —dijo levantando la barbilla.

—Muy bien —dijo Tom—. Como quieras.

Su fácil conformidad la dejó sin nada más que decir. Y, si tenía que ser sincera, también le dolió un poco. Porque a ella le habían gustado los besos.

No, aquí también tenía que ser sincera: le habían encantado.

—Bueno. Vale. —Se sentía ridículamente incómoda. Dirigió una mirada rápida al sofá y dijo—: Mmm... Las sábanas y demás que utilizaste anoche están en la secadora. Iré a por ellas y...

—Ya voy yo —se apresuró a decir él—. Ya sé dónde está la secadora, y ya encontraré todo lo que necesite. Sube a acostarte. Duerme un poco.

Subir a acostarse era exactamente lo que ella necesitaba, y lo sabía: eso la alejaría de él. Especialmente porque una parte de ella quería retractarse de todo lo dicho.

—Sí, me acostaré —dijo, y se dirigió hacia las escaleras. Notó que él la seguía con la mirada. En cuanto hubo colocado la mano en la baranda, se volvió y le dijo—: Buenas noches.

Tom se limitó a asentir con la cabeza.

Mientras subía las escaleras, sabiendo que había hecho lo correcto —lo único posible en esas circunstancias—, Kate fue consciente de una rabiosa sensación de pérdida.

Entonces se enfadó consigo misma: «¡Idiota! ¿Cómo puedes perder algo que ni siquiera has tenido?»

Durante los dos días siguientes, Filadelfia fue como un mar azul: miles de agentes de policía de todo el nordeste de Estados Unidos se alinearon en las calles para presentar sus respetos durante las procesiones por los funerales del juez Moran y los agentes asesinados. Además, los ciudadanos de Filadelfia respondieron masivamente. Durante aquellas horas de luto, la ciudad estuvo prácticamente paralizada. Las banderas ondeaban a media asta. Las campanas tocaban casi continuamente. En el interior de la enorme basílica de la catedral de San Pedro y San Pablo, donde habían de celebrarse, con pocas horas de diferencia, los funerales por el juez Moran y el agente Russo, pantallas de televisión mostraban a los presentes escenas de las vidas de ambos, mientras en el parque, al otro lado de la calle, la multitud podría seguir los servicios gracias a varias pantallas gigantes. Kate asistió a todos los funerales sentada entre Mona y Bryan, que le asían las manos con fuerza —Kate no sabía muy bien si para consolarla a ella o para consolarse ellos mismos—. Los servicios fueron emocionalmente arrebatadores; ser testigo del dolor de las familias destrozadas fue para Kate una experiencia terrible, especialmente porque no podía dejar de pensar en lo poco que había faltado para estar entre los muertos mientras Ben vertía lágrimas inútiles por ella.

Los medios informativos locales y nacionales también se volcaron en la ceremonia. Kate, Bryan, el abogado de oficio Ed Curry y la taquígrafa judicial Sally Toner eran los únicos supervivientes entre los funcionarios que estaban aquel día en la sala de vistas y fueron asediados por cámaras y micrófonos, mientras los periodistas corrían tras ellos gritando sus preguntas a voz en cuello. Un emprendedor equipo de la CNN logró atraparlos a los cuatro junto a un ascensor de servicio mientras trataban de escapar del implacable escrutinio de los medios a través de un parking subterráneo. Las imágenes resultantes y la breve sesión de preguntas y respuestas a gritos que las acompañaron (Curry, como abogado de oficio, no estaba supeditado a la orden que tenía amordazada a toda la oficina del fiscal de distrito, y fue él quien respondió a las preguntas) fueron retransmitidas presumiblemente por todo el mundo, para desgracia de Kate.

Pero no podía hacer nada al respecto. Excepto aguantarlo de la mejor manera posible.

Vislumbró a Tom a lo lejos en diversas ocasiones, siempre en compañía del ejército de agentes de policía que asistían a los funerales. Con gesto serio y expresión sombría estaba casi aún más guapo. Mona le dio a Kate un codazo en las costillas y se lo señaló (como si Kate no se hubiese fijado ya en él) mientras suspiraba por lo bueno que estaba. Pero Mona suspiraba sola, porque Kate no estaba de humor para suspirar por eso.

A pesar del discursito que le había soltado —y que él había aceptado de tan buena gana—, Tom había terminado pasando la noche del jueves en el sofá. ¿Por qué? Porque el jueves por la mañana, una vez hubieron dejado a Ben en el colegio, Tom la había acompañado al trabajo —donde, más tarde, la compañía de seguros le haría llegar un coche de alquiler— y le había dejado caer una bomba.

—Hoy ve especialmente con cuidado —le había dicho interrumpiendo el incómodo silencio que se había apoderado del coche en cuanto Ben se había bajado—. Ayer por la tarde encontramos dos cadáveres de hombres adultos en una U-Haul carbonizada. Parece ser que eran los supuestos conductores a los que esperaban Rodriguez y sus compañeros para fugarse. Aunque estos últimos ya estaban muertos cuando asesinaron a los de la U-Haul. Lo que significa que hay alguien más por ahí suelto que los asesinó. Y a juzgar por la racha de mala suerte que estás teniendo últimamente —dijo con un toque de sarcasmo— diría que no es imposible que puedas encontrarte con ese alguien. Así que toma precauciones, ¿vale? Como no andar sola por parkings oscuros. O simplemente no quedarte sola.

Kate procesó las ramificaciones de esa información y se le heló la sangre.

«Mario.»

Motivo, método y oportunidad: aquéllas eran las tres piedras angulares para procesar con éxito un caso de asesinato. Como sabía muy bien, Mario estaba en la calle desde el día anterior por la tarde, lo que significaba que, según la hora exacta de la muerte, podría haber tenido la oportunidad de cometer ese asesinato. Y ciertamente tenía el motivo, si los muertos sabían que había participado en el intento de fuga. En cuanto al método, ni siquiera había que planteárselo. En lo referente a violencia, estaba dispuesta a creer que Mario era infinitamente versátil.

Pero no podía hablarle de Mario a Tom. Ni una palabra, ni una sílaba. El riesgo que corría era demasiado grande.

Fue entonces cuando tuvo una revelación contundente: a juzgar por lo que le había dicho Mario, todos los compañeros que habían estado presentes aquella fatídica noche habían muerto; así que, del mismo modo que Mario era el único que sabía que ella había estado allí cuando habían asesinado a David Brady, ella era la única que sabía lo mismo de él. Y por aquel entonces Mario tenía dieciocho años, era legalmente un adulto y, a pesar de que lo había negado, muy probablemente había sido él quien había apretado el gatillo. Y ella también sabía que había matado a Rodriguez. Y que había participado en el intento de fuga que había acabado con la muerte del juez Moran y los demás.

Kate era más peligrosa para Mario que él para ella.

Y él lo sabía. Podía ser muchas cosas, pero no era estúpido.

Si Mario estaba asesinando a los testigos de sus crímenes, ella tenía que ser el número uno de la lista.

De pronto sintió un vahído.

—¿Por qué no me lo dijiste anoche? —preguntó cuando recuperó el habla.

—No le vi ningún sentido a preocuparte. Yo estaba allí, y tú estabas a salvo. Hoy es otra historia.

«Sí, claro. Sin duda alguna.» Kate trató de ocultar sus reacciones físicas, trató de que Tom no se diera cuenta de la repentina necesidad que tenía de respirar hondo, de desacelerar su pulso, de calmar su corazón.

Como ella no respondía, la miró fijamente y prosiguió.

—Mira, le he pedido a alguna gente que conozco que me devolviesen algunos favores. Cuando llegues a casa esta noche, los cerrojos estarán cambiados y tendrás instalado un sistema de seguridad. Pero ya sabes que no hay nada a prueba de tontos. Si hay algo que ponga tu vida en peligro, tendrías que contármelo antes de acabar muerta, y tal vez Ben muerto contigo.

«Dios mío.» Era su peor temor, y ahora que él lo había verbalizado, Kate sintió un escalofrío. Si cuando a Mario se le ocurría ir a por ella, Ben estaba por allí, ¿le dejaría tranquilo? Ni siquiera tenía que pensarlo: probablemente no.

¿Debía contárselo todo a Tom, y asegurarse así al menos de que Ben estuviese físicamente a salvo?

¿Físicamente a salvo pero con su madre detenida y su vida destrozada?

¿O debía tratar de idear otra solución alternativa? ¿Como abandonar su trabajo y coger a Ben y salir huyendo, tal vez? Pero sólo tenía seis dólares que tenían que durar hasta el lunes... No, un momento, ese dinero había desaparecido con el maletín; excepto por lo que tenía en el bote de los cambios en casa, estaba sin un céntimo. Entonces, ¿esperaba hasta cobrar y luego huía? Esa pequeña cantidad de dinero no duraría demasiado. Ni siquiera bastaría para encontrar un lugar donde vivir y mantenerse hasta que pudiese encontrar otro trabajo.

Y, de todas maneras, Mario podría ir tras ella o hacer que alguien fuese tras ella. De hecho, dada la magnitud de lo que sabía sobre él, había muchas probabilidades de que así fuese. Mario no podría sentirse seguro mientras ella viviese. Y ella viviría siempre asustada, siempre mirando a su espalda.

Siempre en peligro.

¿Y qué tal asegurarse de que Ben estuviese a salvo mientras ella se enfrentaba por su cuenta a Mario?

Tom volvió a mirarla, esperando su respuesta.

—No dejo de decirte que no hay nada —dijo Kate—. No hay nada.

—No dejas de decírmelo —confirmó Tom como si no se la creyese. Bueno, tampoco tenía el coraje para tratar de convencerle de lo contrario. Empezaba a estar harta de contar mentiras.

Ya habían cruzado el puente, y atajaban a través del barrio chino una zona densamente poblada y muy visitada por los turistas. Mirando las calles abarrotadas sin ver realmente nada, Kate llegó a una conclusión.

Se trataba de un juego al que sólo jugaban ella y Mario, y ahora las reglas habían cambiado: se había convertido en «el ganador se lo lleva todo».

Y, por Ben, estaba decidida a ganar.

Lo primero que tenía que hacer era asegurarse de que no le ocurriese nada a Ben mientras hacía planes para el futuro. Aunque Tom también representaba un tipo particular de peligro, mantenerle como protector hasta que pudiese alejar a Ben del peligro parecía buena idea.

—Oye, me estás metiendo el miedo en el cuerpo —dijo volviéndose hacia él—. ¿Crees realmente que Ben y yo corremos peligro?

Tom torció a la izquierda por la calle Juniper. Ya casi habían llegado. Los rascacielos formaban un cañón que les encerraba por ambos lados. La emblemática estatua de Billy Penn sobre el edificio del

Ayuntamiento sólo era visible a través de una apertura entre los edificios.

—Me atrevería a decir que conoces la respuesta a esa pregunta mejor que yo.

—Para que lo sepas, tu mente suspicaz está envejeciendo. Pero no quiero discutir contigo. Quiero... quiero pedirte un favor.

—¿Cuál?

—¿Crees que podrías volver a pasar la noche con nosotros?

Tom apretó los labios y le dirigió una mirada inescrutable.

—Sí.

—Pero sin... sin... —Era tan estúpido que todavía no era capaz de verbalizarlo.

—¿Sin besos? —dijo con una mueca—. No te preocupes, no volveré a tocarte. Aquello fue una equivocación, y creo que ambos estamos de acuerdo. Pero pasaré la noche en tu casa hasta que atrapemos a esos tipos. Quiero asegurarme de que Ben y tú estáis a salvo.

A Kate le sorprendió descubrir que le dolía oírle describir aquellos besos como una equivocación. Aunque lo hubiesen sido.

—Gracias, te lo agradezco. Y te agradezco que entiendas que no tiene nada que ver contigo: es que no quiero enrollarme con nadie ahora mismo.

—Ningún problema —dijo secamente.

Cuando Tom la dejó frente a su despacho, ya se estaba formando un plan en su cabeza. Lo primero que haría sería arreglarlo todo para que Ben se quedase a pasar la noche del viernes en casa de los Perry. Lo segundo sería decirle a Tom que se marchaban de la ciudad. Luego, con su hijo a salvo y sin Tom rondando por ahí protectoramente, se enfrentaría a Mario. Se le ocurrió que Mario tenía su teléfono móvil, lo que le daba la manera de ponerse en contacto con él. Prepararía un encuentro en su casa para supuestamente aclarar las cosas, y si Mario se presentaba, y Kate creía que había muchas probabilidades de que lo hiciese, le dispararía y luego diría que era un ladrón. Tal como estaba escrita la ley, si él estaba dentro de su casa cuando ella apretase el gatillo, ni siquiera le imputarían ningún delito.

Problema resuelto.

Era una solución terrible, una solución que estremecía a la madre y letrada respetable en la que se había convertido. Pero ahora que se daba cuenta de que estaba luchando por su vida y la de Ben, pudo sentir que volvía a emerger en ella aquella dureza que le había ayudado a sobrevivir a su infancia infernal.

En ese momento extremo, estaba dispuesta a hacer cualquier cosa.

Por eso ese viernes llegó sola a su casa en un Civic que había alquilado. Tom creía que estaba recogiendo a Ben en casa de los Perry para ir luego a pasar la noche en un hotel cerca de Longwood Gardens, la antigua finca Du Pont en el valle de Brandywine, que en esa época del año era una enorme atracción turística. Lo que tenía planeado decirle —en caso de que apareciese Mario y todo fuese según lo planeado— era que había cambiado de idea y había decidido quedarse sola en casa para relajarse un poco. Tom podría tener sus sospechas, eso no era nada nuevo, pero, una vez muerto Mario, sería imposible que ni él ni nadie descubriesen nada que pudiera perjudicarla.

Ben y ella estarían a salvo para siempre jamás. Podrían continuar con sus vidas como si aquella pesadilla no hubiera ocurrido nunca.

Lo único que tenía que hacer era matar a un hombre.

A pesar de su decisión inexorable de ver cumplida aquella misión, la idea la mareaba.

El día antes, había llamado a su teléfono móvil y había dejado un mensaje: «Llámame.» Había pensado una explicación sencilla para la llamada en caso de que su móvil cayera en manos de la policía. Quería persuadir a quien fuese que respondiese para que le devolviese sus cosas. Pero cuando —como ella esperaba— Mario le había devuelto la llamada, Kate le dijo que quería hablar y le había pedido que se reuniese con ella en su casa el viernes a medianoche. Mario había aceptado.

Nada más colgar, le entraron ganas de vomitar: saber que intentaba ponerle una trampa a Mario para matarle era algo difícil de digerir. Pero, tal como lo veía ella, se trataba o bien de la vida de Mario o bien de la suya y la de Ben.

Ben inclinaba la balanza.

Ese viernes no tenía motivos para volver corriendo a casa después del trabajo, así que cuando detuvo el coche ante su vado ya eran casi las siete. El mando a distancia del garaje se había perdido con todo lo demás del coche, aunque, por cortesía de las amistades de Tom, tenía uno nuevo, además de un nuevo sistema completo de apertura del garaje que incluía una luz automática. De momento no había visto la factura, y era algo en lo que prefería no pensar hasta que llegase el momento. De todos modos, pagar por las cosas que le habían hecho en casa era en aquel momento el menor de sus problemas.

Era noche cerrada cuando pulsó el botón para abrir la puerta del garaje, aunque la luna plateada que flotaba baja en el horizonte evitaba que la oscuridad fuese total. Soplaba un viento fresco del este, y los árboles proyectaban sombras danzantes sobre la casa y el patio. Había una luz encendida en el salón —la había dejado encendida deliberadamente aquella mañana—, y el tenue resplandor visible que se filtraba entre las cortinas debería haber sido reconfortante.

Pero no lo era. Estaba demasiado nerviosa.

«Esta noche voy a matar a un hombre.»

Se le revolvió el estómago.

«Tal vez Mario no se presente. —Era una idea furtiva, optimista, seguida por el corolario deprimente—: Si no se presenta, tendré que vivir atemorizada hasta que se presente.»

¿Qué era peor?

Aquélla era una pregunta para la que no tenía respuesta. En el asiento del copiloto, yacía la pistola. En caso de que hubiese cualquier sorpresa, como que Mario la asaltase inesperadamente, quería estar preparada.

Aunque hacía casi dos días que no tenía señales de él.

Aun así, en cuanto la puerta del garaje se hubo abierto del todo, el corazón le iba a cien. Con las nuevas cerraduras y el nuevo sistema de seguridad, era improbable que Mario pudiese estar dentro de la casa esperándola. Pero se había sentido espantosamente vulnerable sentada ante el vado, y se sentía espantosamente vulnerable en ese momento mientras aparcaba en el garaje y esperaba sentada en el coche y con el seguro puesto a que la puerta del garaje terminase de cerrarse. En cuanto la puerta se hubiera cerrado estaría relativamente segura. Tendría tiempo suficiente para entrar y prepararse. Para armarse de valor.

Si es que Mario venía.

Estaba tan absorta mirando angustiada por el retrovisor por si alguien, léase Mario, se colaba por debajo de la puerta antes de que se cerrase del todo, que estuvo a punto de no verlo.

O mejor dicho, no verle.

Mario. Ya estaba allí, en su garaje.

23

Kate ahogó un grito cuando lo vio y se quedó paralizada, pasmada. Abrió los ojos de par en par y se aferró al volante con ambas manos. Tenía la impresión de que el corazón iba a salírsele del pecho. Mario estaba en el rincón de la izquierda del garaje, medio oculto tras unas cajas de platos y cosas que Kate todavía no había desembalado. Sólo podía ver la parte superior de su cuerpo y la parte inferior de sus piernas, pero parecía que estaba sentado en el suelo con las piernas abiertas y la cabeza caída sobre su hombro.

Y, a menos que sus ojos le estuviesen jugando una mala pasada, tenía un agujero de bala en medio de la frente.

Fuese como fuese, Kate estaba casi segura de que estaba muerto.

Asesinado.

«Dios mío, Dios mío, Dios mío.»

Sintió que el terror recorría sus venas como agua helada cuando se le ocurrió que si Mario había sido asesinado, alguien tenía que haberlo hecho y que ese alguien había estado en su garaje y muy posiblemente todavía andaba cerca de allí. Paralizada por el miedo, con el corazón y el pulso disparados, echó un vistazo a su alrededor, se aseguró de que las puertas del coche estuviesen bloqueadas y de que nadie se ocultase entre las sombras. Al mismo tiempo, golpeó el botón de apertura del garaje para abrir la maldita puerta y salir corriendo de allí, temblando ante la espantosa idea de que podía recibir un balazo en cualquier momento.

Mario tenía los ojos abiertos; también la boca. Su rostro era inexpresivo. El agujero de bala, del tamaño de una moneda, era negro y rezumaba un hilo de sangre. Fue viendo todo esto en una serie de miradas horrorizadas mientras la puerta del garaje, con una lentitud glacial y un escándalo suficiente como para despertar a los muertos, se iba abriendo pausadamente.

«Llama al 911. Llama a Tom.»

Acababa de comprarse un nuevo teléfono móvil el día anterior y dio gracias a Dios por ello mientras lo cogía. ¿Cuál era el número de Tom? No se lo sabía, pero, gracias a Dios, lo había grabado en la memoria del móvil.

Pulsó el botón y oyó cómo se establecía la conexión de llamada mientras ponía la marcha atrás esperando que la puerta del garaje alcanzase la altura suficiente para pasar con el Civic. La puerta se elevaba lentamente bajo la mirada de Kate. El teléfono empezó por fin a sonar al otro extremo de la línea. Kate se volvió para contemplar con horror a Mario y miró luego desesperadamente a su alrededor. Y entonces se dio cuenta de lo vulnerable que era: estaba en el garaje, indefensa, como un animal que ha caído en una trampa. No podría salir de allí hasta que la puerta no hubiese alcanzado la altura adecuada, pero en cambio cualquiera podía entrar.

Sintió un repelús sólo de pensarlo.

—Tom Braga.

En aquel momento, la voz de Tom fue el sonido más maravilloso que jamás había oído.

—Tom, tienes que venir. —Incluso mientras pronunciaba las palabras entre jadeos, se recordó a ella misma que no sabía quién era aquel hombre que había en su garaje. Para ella no debía ser más que un desconocido muerto. No Mario.

—Kate, ¿qué ocurre?

—Hay un hombre muerto en mi garaje. Por favor, date prisa.

—¿Qué? ¡Dios santo! ¿Hay alguien más ahí? ¿Corres peligro? —dijo en tono incisivo, apremiante.

—No... Creo que no. —La puerta del garaje había alcanzado la altura suficiente para pasar con el Civic. Kate levantó el pie del freno, le dio al acelerador y salió zumbando marcha atrás hasta alcanzar la calle. La oscuridad engulló al Civic como una boca gigantesca—. No lo sé. Vale, he salido del garaje.

Él no dejaba de soltar tacos. Dijo algo en respuesta a algo que le había dicho alguien que estaba con él, pero ella respiraba tan fuerte y su pulso acelerado retumbaba tanto en sus oídos que no pudo entender lo que decía. Se abalanzó a la calle con el Civic y estuvo a punto de chocar con un coche que pasaba justo en ese momento; el conductor dio un volantazo a tiempo, tocó el claxon y siguió su camino. Kate se incorporó a la vía con el corazón a cien, aceleró, y volvió por donde había venido.

Se dio cuenta de que estaba temblando de la cabeza a los pies. Su único pensamiento era alejarse tanto como pudiera de la escena del crimen.

—¡Kate! —A juzgar por el tono de su voz, era evidente que Tom llevaba rato llamándola sin obtener respuesta.

—Estoy aquí.

—Hay un coche patrulla cerca de aquí. Llegaré a tu casa en pocos minutos. Voy para allá.

—Vale. —Kate había alcanzado el extremo de la calle y, justo cuando frenó ante la señal de stop, oyó la sirena que se acercaba y vio las luces que se aproximaban a toda velocidad—. Ya lo veo.

—Bien. —Tom dijo entonces algo ininteligible, supuestamente dirigido a alguien que estaba con él. El coche patrulla ya estaba cerca. Notó que el temblor que la sacudía iba desapareciendo, que su corazón comenzaba a recuperar su ritmo habitual, que su pulso se calmaba; empezaba a tener la sensación de estar a salvo.

Si Mario estaba muerto...

Tom interrumpió sus pensamientos.

—Ya oigo la sirena por el teléfono. ¿Estás bien?

Ella seguía parada ante el stop, esperando, observando el coche patrulla que se acercaba descendiendo por su calle. Y en ese momento supo que, en cuanto el coche patrulla hubiera pasado junto a ella, lo seguiría hasta su casa, abriría la puerta del garaje para los agentes, les mostraría el cuerpo de Mario, respondería a sus preguntas...

Entonces cayó en la cuenta. Ella era inocente. Al menos en esto. Ella no había matado a Mario.

—¿Kate? —La voz de Tom era más apremiante—. ¿Estás bien? ¿Y Ben?

—Sí, sí. Estoy bien. Y Ben no está conmigo. He llegado a casa y...

Ese tipo estaba allí. Creo que alguien le ha disparado en la cabeza. Oh, Dios mío.

El coche patrulla apareció ante ella, avanzando calle abajo, hacia su casa. A lo lejos vio más luces que se acercaban.

—Llegaré en unos quince minutos —dijo Tom, y luego hizo una pausa. Ella oyó una voz de fondo—. Estamos recibiendo una llamada de los agentes que se han detenido delante de tu casa. ¿Estás ahí?

—Estoy al final de la calle. —En aquel momento estaba maniobrando en el vado de un vecino para dar la vuelta y volver hacia su casa.

Pequeños rectángulos de luz comenzaron a aparecer por toda la calle: los vecinos abrían las puertas de sus casas para salir a ver qué pasaba.

—Ya les veo. Diles que ya voy.

Volvió a oír que hablaba de nuevo con alguien. En ese momento, el coche patrulla se había parado delante del garaje y los agentes salían del vehículo. Mientras se disponía a detenerse detrás de ellos, vio que otro coche patrulla se acercaba desde el final de la calle a toda velocidad.

—¿Eres tú la que está tras ellos? —preguntó Tom—. Me dicen que acaba de entrar una mujer en un coche rojo.

—Sí, soy yo —dijo Kate, respirando hondo al ver a los agentes uniformados que caminaban hacia ella. Su mente iba a un millón de kilómetros por hora: pensaba en los pros y los contras de lo que iba a decir—. Voy a colgar para hablar con ellos. Date prisa, por favor.

Entonces colgó, apagó el motor y salió del coche para hablar con los agentes que la esperaban.

No le habían asignado la investigación, y Tom estaba encantado. Ahora conocía a Kate demasiado bien como para estar completamente satisfecho con sus respuestas, aunque se reservó sus opiniones y dejó que los detectives Jeff Kirchoff y Tim Stone, ambos relativamente recién llegados al departamento de homicidios, tomasen las riendas del caso. Apoyó un hombro en la pared del salón de Kate y se quedó al margen, observando y escuchando mientras Kirchoff, joven y fácilmente impresionable, revisaba amablemente una vez más el descubrimiento del cuerpo con Kate.

Ella todavía llevaba la falda azul marino que se había puesto para ir a trabajar (Tom lo sabía porque había estado allí por la mañana y la había seguido hasta su despacho); estaba sentada en el sofá, inclinada sobre Kirchoff, con sus esbeltas rodillas y pantorrillas muy juntas, los pies enfundados en unos altísimos tacones que le estilizaban aún más las piernas, y las manos sobre el regazo. Llevaba el pelo recogido en un moño que dejaba al descubierto su bella estructura ósea y sus grandes ojos azules no apartaban la mirada del rostro de Kirchoff: tenía un aspecto atractivo y frágil, la viva imagen de la inocencia. Kirchoff no tenía nada que hacer. Asintiendo compasivamente, se iba tragando cada una de las palabras que salían de los labios suaves y rosados de Kate. El libro de notas del detective yacía olvidado en su regazo. Estaba tan convencido de estar tratando con una víctima inocente de las circunstancias que ni siquiera se tomaba la molestia de apuntar nada ni de contrastar su historia con lo que ella había dicho en otras ocasiones.

Tom, por otra parte, estaba sacando una conclusión totalmente distinta.

Aquellas pestañas parpadeantes, las miradas rápidas hacia el suelo, las manos apretadas: ya había visto todo eso antes.

La hermosa boquita de piñón de la fiscal bomboncito volvía a mentir.

Y lo que realmente le molestaba era saber que no tenía ninguna intención de pedirle explicaciones sobre el asunto. Al menos, no delante de más gente.

Al final, no pudo resistirlo más.

Se apartó de la pared y se acercó a ella.

—¿Es libre de marcharse? —le preguntó Tom a Kirchoff.

Kate dejó de hablar en seco. La había interrumpido en mitad de una frase, pero a él no le importaba. Kirchoff, sentado en la silla dorada, le miró primero con expresión de sorpresa, pero al darse cuenta de que se trataba del veterano detective de homicidios, respondió con respeto:

—Sí. —Y mirando a Kate, añadió—: Siento haberla retenido tanto tiempo.

—No se preocupe —respondió ella con una sonrisilla pícara

en los labios. Kirchoff prácticamente se derritió en su silla. Kate se levantó y añadió—: Si puedo ayudarle respondiendo a más preguntas...

—Se lo haré saber —prometió Kirchoff levantándose también y devolviéndole la sonrisa.

Tom tuvo que reprimirse para no poner los ojos en blanco.

La mirada de Kate se cruzó con la suya mientras se acercaba a él. El forense todavía estaba ocupado en el garaje y tras él brillaban los flashes de los investigadores que fotografiaban la escena del crimen. Ya habían registrado la casa de arriba abajo, recogido huellas dactilares, buscado restos de sangre con Luminol, etc. Ya eran más de las diez y estaban a punto de acabar.

—Haz la maleta —dijo él en voz baja—. Te vendrás a mi casa.

Kate se detuvo y le miró, sorprendida.

—¿Acaso prefieres quedarte aquí?

Ella negó con la cabeza.

—¿O tienes alguna oferta mejor?

Kate volvió a negar con la cabeza.

Kirchoff les lanzó una mirada de curiosidad que enseguida desvió cuando Tom le miró a los ojos. En aquel momento, Kate ya se dirigía a las escaleras, supuestamente para hacer la maleta.

Tom se quedó mirándola mientras subía. «¿Cómo puedo ser tan idiota?», pensó. Al menos Fish ya se había marchado. Si no, ya le estaría echando la bronca. Una bronca repleta de duras verdades y cargada de sentido común que él no quería escuchar.

Mientras estaba junto a la puerta de la cocina, hablando con Lally Cohen, de la oficina forense, Kate se le acercó por detrás y le tocó el brazo. Tom ya llevaba puesta su chaqueta de lana negra, que, con los pantalones grises, la camisa blanca y la corbata negra (sólo tenía una que no fuera roja), le había ido de perlas para ir a trabajar, asistir luego a dos funerales y volver finalmente al trabajo.

—¿Lista? —le preguntó por encima del hombro.

—Sí.

Tom se despidió de Lally y se volvió hacia Kate. Junto a ella, en el suelo, había una pequeña maleta negra. Él la recogió —no pesaba demasiado— y se dirigió a la puerta principal; ella le siguió. Al llegar a la puerta, Tom la abrió y se apartó para dejarla pasar primero, riéndose interiormente de sí mismo.

Estaba claro que a él también le volvían loco las rubias guapas.

—Tendremos que coger tu coche —dijo una vez fuera—. He venido con Fish.

Ella asintió, deteniéndose un momento en el porche para echar un vistazo alrededor. La cinta amarilla que acordonaba la parte delantera de la casa, más allá de la acera, no había alcanzado aún el vado, que seguía lleno de coches. Un coche patrulla, oscuro y quieto, estaba delante. La furgoneta blanca del forense estaba aparcada detrás del Civic de Kate, esperando a que el Departamento de Policía de Filadelfia le entregase el cadáver. Otros dos coches patrulla, oscuros como el primero, el Taurus de Kirchoff y Stone y otros coches oficiales se alineaban a ambos lados de la calle justo delante de la casa. Los había acompañado una ambulancia, pero ya se había ido hacía rato, puesto que sus servicios no habían sido necesarios.

No cabía duda de que el hombre del garaje estaba muerto.

—¿Cuánto tiempo crees que van a tardar? —preguntó Kate mirando hacia atrás mientras bajaba del porche hacia el camino de entrada.

—Algunas horas más. Probablemente podrás regresar mañana por la noche, si quieres.

Él la siguió por el camino, le abrió la puerta del coche, puso la maleta en el asiento de atrás y luego rodeó el vehículo por detrás para acceder al asiento del conductor. La noche era clara. La luna parecía una pelota de ping-pong que flotaba en las alturas. Una ráfaga de viento sorprendentemente frío le azotó la cara.

Lo que estaba a punto de hacer, llevarse a Kate a su casa, era probablemente una de las cosas más estúpidas que había hecho nunca. Y lo más triste era que, aun sabiéndolo, iba a hacerlo de todos modos.

Tom entró en el coche.

—¿Y las llaves?

Kate se las pasó sin decir nada y él puso en marcha el motor. Tuvo que cruzar el césped para esquivar la furgoneta que bloqueaba el camino. Mientras el coche avanzaba por las calles del barrio de Kate, ninguno de los dos habló.

—Dime —dijo Tom mientras se incorporaba a la autovía—. ¿Era ése el tipo que te asaltó en el coche?

Había oído como ella se lo decía a Kirchoff.

—Creo que sí.

—¿Quién crees que le disparó?

—No tengo ni idea.

—Debes de haberte llevado un buen susto cuando le has encontrado así en tu garaje.

—Sí.

—Creía que ibas a salir de la ciudad. A Longwood Gardens...

—He cambiado de idea.

—Así que has dejado a Ben con la niñera para poder pasar la noche sola en tu casa.

La miró justo a tiempo para ver que ella le miraba entornando los ojos.

—Exacto.

—Corrígeme si me equivoco, pero ¿no fue justo anoche cuando dormí en tu sofá, a petición tuya, porque estabas muerta de miedo?

En un intento (claramente infructuoso) de no involucrarse aún más en una catastrófica relación con ella no había llegado hasta pasadas las once, cuando Kate ya estaba en la cama. Hank Knox, un agente de patrulla veterano que le debía un favor, se había quedado con ella hasta esa hora.

—Estaba preocupada por Ben. —Su tono se iba volviendo irascible. Las grandes farolas de la autovía iluminaban el interior del coche casi como si fuera de día. Kate estaba pálida (aunque quizá fueran las luces) y tenía los ojos hundidos. Pero no podía disimular los labios apretados o el brillo de enfado en sus ojos.

—No por ti.

—Exacto.

Tom digirió la respuesta y le lanzó una mirada.

—¿Recuerdas lo que te dije aquel día en tu despacho?

—¿Qué día?

—El día que te enfadaste conmigo porque le regalé una pelota a Ben.

—¿Quieres decir el día que me engañaste para que cogiera la pelota y así poder comprobar si era zurda?

—Eso es. Te dije que no sabes mentir, porque tu expresión siempre te delata. Pues para que lo sepas, eso sigue siendo cierto.

Kate se irguió en el asiento. Le tembló la barbilla. Sus ojos escupían fuego.

—Ya está. Estoy harta. Harta de que me interrogues una y otra vez cuando estoy contigo. Da la vuelta ahora mismo y...

—Ni hablar —dijo él interrumpiéndola a media diatriba—. No voy a dar la vuelta, Katrina Dawn Kominski.

Eso la hizo callar. Se quedó sentada, mirándole con la boca abierta como si le acabase de dar un bofetón.

Pasó un minuto entero hasta que volvió a decir algo.

—Me has estado investigando.

—Soy investigador. Es lo que hacemos.

—¿Y ha sido divertido eso de meter las narices en mi vida?

—Divertido no, necesario.

La siguiente salida a la izquierda era la suya: Fitzwater. Tom cambió de carril para prepararse.

—Así que lo sabes todo de mí, ¿eh?

La fragilidad de su tono le demostró a Tom lo profundas que eran las heridas de su pasado: tan profundas que hacía lo que podía para ocultar el dolor que le había causado o la vergüenza que le producía. Tom casi se abofeteó por haber sacado el tema.

Casi. Pero si se iba a enamorar perdidamente de una mujer que parecía mentir con la misma facilidad con la que respiraba, lo primero que debían hacer era poner juntos un pie en el territorio de la verdad.

—Sé muchas cosas. Sé que tuviste una infancia dura, que tu marido murió, y que desde entonces has hecho un trabajo realmente admirable para salir adelante con Ben sin la ayuda de nadie. —Ya estaban en la salida, descendiendo hacia Fitzwater, situado en el barrio italiano del sur de Filadelfia. Su apartamento estaba a pocas manzanas. Tom le dijo entonces suavizando su voz—: ¿Por qué no me cuentas el resto?

Kate le miró fijamente.

—¿Qué eres tú, el policía bueno sin el policía malo?

Tom torció por Fitzwater.

—Ahora no soy un policía, Kate. Sólo pregunto.

—Ah, bien. Has tratado de pillarme mintiendo desde el momento en que tu compañero y tú aparecisteis en mi despacho. Estabas en la sala de vistas aquel día. Viste lo que ocurrió. ¿Cómo has podido llegar a pensar que tuve algo que ver con eso?

—No creo que tuvieses nada que ver con eso —dijo mientras giraba por la Séptima. Su apartamento, al extremo de una hilera triple de casas conocida como la Trinidad (como la de Padre, Hijo y Espíritu Santo), se encontraba al final de la manzana. Al estar tan cerca del mercado italiano, la meca de la comida italiana que se extendía tres manzanas a lo largo de la Novena, la calle estaba llena de gente, como la mayor parte de las calles de la zona las noches de fin de semana. Los coches traqueteaban sobre los adoquines, que habían perdido la capa de asfalto con que los habían cubierto hacía años. Los turistas deambulaban por las aceras irregulares en parejas y en grupos pequeños hasta pasada la medianoche. Había farolas en las calles, pero la mayoría estaban fundidas. Aparcar podía ser un problema. La delincuencia podía ser un problema. La arquitectura era muy poco inspiradora: viejos edificios de ladrillo de tres plantas, todos exactamente iguales; escaleras de cemento que conducían a puertas con rejas metálicas; toldos de metal oxidados irguiéndose sobre los diminutos portales de entrada.

En otras palabras: hogar, dulce hogar.

—¿Entonces a qué viene todo esto?

—Creo que ocultas algo. Mientes acerca de algo; algo te asusta y aparecen demasiadas personas malvadas en tu vida para que sea casualidad. Por ejemplo, ese tipo muerto de hoy. —Tom la escrutó con la mirada en el momento en que llegaban a su aparcamiento, protegido por un caballete en el que un cartel rezaba: «Reservado para la policía». Él mismo lo había colocado para alejar a los turistas. Aparcó en doble fila junto al coche de al lado, salió, cogió el caballete, lo apartó y regresó al coche. Ella seguía sentada con los brazos cruzados y una expresión de fastidio en el rostro. A él no le importaba. Él también tenía esa misma sensación y era precisamente por culpa de Kate. O, mejor dicho, por culpa de cómo reaccionaba ante ella.

—Vete a la mierda —dijo con los dientes apretados mientras él colocaba el Civic en su plaza—, y deja las llaves en el contacto. En cuanto salgas, me largo.

—¿Ah, sí? —Tom puso punto muerto, apagó el motor, sacó las llaves del contacto y se las pasó, cosa que todavía la molestó más—. ¿Y se puede saber dónde vas a encontrar protección policial? Porque, y no es que pretenda asustarte ni nada, pero probablemente deberías recordar que alguien ha asesinado a ese tío en tu garaje.

Dicho esto, salió del coche. Cuando Tom hubo rodeado el coche, Kate aún no se había movido, pero en cuanto le abrió la puerta, ella salió sin rechistar. Tom cogió la maleta y se colocó el caballete bajo el brazo. Kate activó el cierre centralizado con el botón de la llave, y los dos cruzaron la acera y subieron los estrechos escalones que conducían hasta la puerta del apartamento de Tom.

Tom se apartó para dejarla pasar. Mientras cerraba la puerta y guardaba el caballete en su sitio, Kate entró en su sala de estar. Al verla allí, el salón le pareció distinto y se estremeció.

A diferencia de ella, él jamás había querido formar una familia. Esa casa urbana de estilo funcional era el lugar donde dormía, miraba ocasionalmente un partido de béisbol por la tele, hacía la colada y cocinaba cuando se cansaba de comer fuera. En general, jamás estaba en casa. El salón era bastante espacioso, rectangular, con una chimenea de caoba labrada, coronada con un espejo. El sofá era viejo, de vinilo negro, grande y cómodo, pero feo. Las sillas no hacían juego. Las mesas (bueno, una era una caja), tampoco. Había una lámpara de pie, una lámpara de mesa (apoyada de forma precaria sobre la caja) y una alfombra en el suelo. Un televisor de plasma ocupaba con orgullo un rincón. Había unas pocas fotos enmarcadas sobre la repisa de la chimenea; eran fotos de familia que había colocado allí su madre. Ella siempre protestaba por su falta de gusto en decoración y a menudo se ofrecía a hacer el trabajo ella misma, oferta que él siempre había declinado.

Kate estaba de pie al lado de la chimenea, mirando a su alrededor. Tom pasó junto a ella y entró en el comedor. Las habitaciones se comunicaban entre sí, tres en cada planta, y las escaleras salían directamente desde el comedor. Dejó la maleta al pie de la escalera y entró en la cocina para abrir la nevera y coger una cerveza.

—¿Tienes hambre? —gritó mientras abría la lata—. ¿Te apetece beber algo?

—No —respondió ella.

Tras tomar un sorbo, regresó a la sala de estar.

Descubrió que tenerla en su casa le hacía sentirse incómodo. Tenía la sensación de que se dirigía a un lugar al que no quería ir.

Por eso, cuando se detuvo ante la puerta de la sala de estar y la pilló examinando las fotos de la repisa, frunció el ceño.

—¿Me quieres contar los detalles de tu historial juvenil? —Tomó otro trago de cerveza. Al oírlo los grandes ojos azules de Kate se apartaron de la foto que tenía entre sus manos y se centraron en él—. Está sellado. Puedo obtener una orden judicial para abrirlo si es necesario, pero será más fácil si me lo cuentas tú.

A Kate se le tensaron visiblemente los hombros.

—Robé en una tienda, ¿vale? Y me pillaron. Y le robé veinte dólares a una de mis familias de acogida. También me pillaron. Y golpeé a un chico en la cabeza con una botella; por ésa pasé tres meses en un centro de menores.

Ella le miraba desafiante. Él bebió otro trago de cerveza.

—Eso fue en Baltimore —afirmó Tom. No era una pregunta, porque sabía que tenía razón—. ¿Por qué acabaste en Atlantic City?

Ella endureció el rostro, cerró los ojos y apretó los labios.

Y él entendió que iba por buen camino.

—¿Sabes qué? —dijo ella—. No voy a contestar a más preguntas. Es tu turno. Lo único que sé sobre ti es que eres un detective de homicidios muy desconfiado y que tienes un hermano. ¿Tienes más familia?

Acabó su cerveza y lanzó la lata vacía a una papelera casi llena del rincón. Luego apoyó un hombro sobre el marco de la puerta y la contempló con detenimiento. La tenía a unos tres metros, de pie ante la chimenea, y estaba realmente preciosa. Algunos de sus mechones rubios se habían escapado del moño y caían ondulantes sobre su rostro. El austero traje de trabajo que llevaba destacaba irónicamente la esbelta feminidad del cuerpo que se ocultaba en su interior.

Cambiar de tema cuando el asunto del que se hablaba no le convenía era para ella un arte.

Tom se dejó llevar, de momento.

—Tengo una madre, tres hermanas casadas, mi hermano, que también está casado, y tantos sobrinos y sobrinas que he perdido la cuenta. Todos viven en Filadelfia, así que nos vemos a menudo. De hecho, mi madre convoca un almuerzo oficial todos los domingos y cuando vamos, nos canta la caña, aunque me he perdido los últimos.

Kate suavizó la expresión del rostro como si le gustase la idea de que él tuviese familia.

—¿Por qué?

Tom se encogió de hombros. Pensó que contarle la verdadera razón sería entrar en un terreno peligroso.

—He estado demasiado ocupado.

—¿Tus hermanos son mayores que tú o más pequeños?

—Yo soy el mayor.

Kate curvó los labios esbozando una leve sonrisa.

—Me lo imaginaba.

—¿Por qué?

—Eres mandón y controlador.

—¿Ah, sí?

Kate estaba observando las fotos de la repisa y no contestó. Tom trató de pensar en quiénes salían en las fotos, pero no se acordó.

—¿Ésta es tu familia? —preguntó señalando al conjunto que había sobre la repisa.

—La mayoría, sí.

—¿Es uno de tus sobrinos? —dijo levantando el marco de plata que tenía entre las manos para mostrárselo. Era una foto de 15 × 30 en la que aparecía un bebé rollizo enfundado en un mono de pana azul. Estaba sentado en una de esas cestas cubiertas con una manta donde a los fotógrafos de niños les gusta colocar a los bebés para sacarles fotos. En una mano sostenía un sonajero de rayas azules. Tenía unos grandes ojos marrones y una mata de pelo negro, y su ancha sonrisa mostraba dos dientes solitarios.

El corazón de Tom comenzó a acelerarse en su pecho.

—No. —Tuvo que hacer un gran esfuerzo para pronunciar las palabras. Era estúpido que, después de tantos años, todavía le resultase difícil hablar de ello—. Ése es mi hijo.

Kate abrió los ojos de par en par.

—¿Tu hijo?

—Murió en un accidente de barco con su madre, mi ex mujer, poco después de tomar esa foto. Josh... Se llamaba Joshua... Tenía diez meses.

—¡Dios mío! —Kate le miró, volvió a colocar la foto sobre la repisa y se acercó a él—. Lo siento, no tenía ni idea.

Tom se irguió y se hizo a un lado cuando ella le tocó el brazo, o más bien se lo acarició. A pesar de sus esfuerzos, Tom sintió un nudo en la garganta.

El dolor había disminuido, mucho. Pero no había desaparecido y no estaba seguro de que fuese a desaparecer jamás.

—Ocurrió hace once años. No es una tragedia reciente. —Ella le miraba con compasión. Tom trató de quitarle importancia a sus sentimientos, trató de mantener su tono de voz firme, porque, como había aprendido por las malas, no soportaba que la gente le compadeciese—. Michelle y yo nos habíamos divorciado oficialmente dos semanas antes. Josh y ella salieron a pasear por el río Delaware en la barca de su nueva pareja y otra barca les embistió. Habían estado bebiendo, y no llevaban chaleco salvavidas. Aunque eso no hubiese servido de nada en el caso de Josh. Murió al instante por el impacto.

El discurso austero no daba ninguna pista sobre la dolorosa agonía que había sufrido, sobre el horror del funeral con el pequeño ataúd, sobre aquellas recurrentes pesadillas en las que veía a su pequeño enterrado en el suelo frío. No describía el infierno de oscuridad en el que se había sumergido y del que había tardado años en salir.

—Es tan... triste. —Al oír el tono en que lo había dicho, Tom sintió que se le hacía un nudo en el estómago. Kate se aferraba a su brazo, con sus delgados dedos pálidos. Tenía los labios entreabiertos y sus ojazos azules reflejaban una enorme compasión. Estaba tan cerca que Tom podía oler el tenue perfume de su champú—. Seguro que te rompió el corazón.

Sí. Era exactamente lo que había pasado: le había roto el corazón. Y le había dolido tanto que había decidido que jamás volvería a exponerlo.

—Sobreviví.

—Lo siento muchísimo, Tom.

Y era cierto: los ojos de Kate estaban encharcados de lágrimas. Se le hizo un nudo en la garganta al ver como las lágrimas resbalaban silenciosamente por sus mejillas.

—Joder, ¿estás llorando? —Su voz era inesperadamente dura—. ¿Por mí?

Kate levantó la barbilla desafiante.

—Sí. Estoy llorando. ¿Hay algún motivo que me lo impida?

Ése fue el detonante. Tom no pudo soportarlo. El dolor reflejado en el rostro de Kate le desgarró. Deslizó las manos alrededor de sus brazos y la abrazó fuerte.

Ella no se resistió. Al contrario, se fundió con él. Tom podía sentir su suave calidez con cada una de sus terminaciones nerviosas.

Sus miradas se cruzaron. Los ojos de Kate seguían anegados de lágrimas.

Era un error, Tom sabía que era un error, pero lo hizo de todas formas.

La besó.

24

Los labios de Tom eran ardientes, apasionados y apremiantes y sabían a cerveza. Kate se encendió. Envolviendo sus brazos alrededor del cuello de Tom, cerró los ojos llenos de lágrimas y le besó con intensidad febril, tomando su boca con la misma pasión que él tomaba la suya. Él la apretó contra la pared, atrapándola con su peso, y su mano encontró el seno de Kate al deslizarla por encima de la camiseta blanca que llevaba bajo su traje. Al sentir que esa mano grande, firme y segura de sí misma la sujetaba, un tenue sonido salió de su garganta, y Kate se arqueó y sintió que sus huesos se derretían.

Él le soltó la camiseta de la cintura, deslizó la mano por debajo, ascendiendo por su cintura, por sus costillas. Era cálida, algo abrasiva y decididamente masculina, y su tacto le aceleró el corazón de tal modo que Kate sólo oía sus propios latidos. Llevaba un sencillo sujetador de algodón blanco, nada seductor, pero cuando su mano se deslizó por encima, tuvo la sensación de que la tela era tan ligera como la seda más fina. El pulgar de Tom encontró su pezón, lo acarició; ella creyó que iba a desmayarse. Entonces, él le subió el sujetador, apartándolo de su camino. Ahora su mano le acariciaba la piel desnuda, hasta que sus pezones estuvieron erectos y sus senos se hincharon bajo las manos de Tom, hasta que ella, encendida, gimió y se apretó contra él con un apetito que le hizo hervir la sangre. Kate reconocía que aquello era una locura, que estaba haciendo algo que había jurado que no haría, pero él la besó con tal avidez que borró de la mente de Kate cualquier atisbo de precaución. Lo que le estaba haciendo le estaba sentando tan bien que era imposible resistirse.

Podía sentir su miembro erecto contra ella, presionando entre sus piernas; la fuerza de su deseo era evidente incluso a través de las capas de ropa. Él se meció contra ella y separó su boca de la de ella para besar apasionadamente sus pechos descubiertos, envolviendo sus pezones con la boca, chupándolos hasta que Kate inclinó la cabeza atrás contra la pared y gimió, cegada por el deseo.

Él volvió a besarla en la boca, más adentro, con más fuerza, con una avidez que la hizo temblar y estremecerse y sentir que todos los músculos de su cuerpo se disolvían por el calor, incluso cuando ella le devolvía el beso con ansia propia. Sintió las manos de Tom en la parte baja de su espalda, desabrochando su falda. Tom desabrochó el botón y la cremallera bajó soltando un tenue sonido. Luego, Tom deslizó la falda por sus caderas y la dejó caer al suelo con un susurro sedoso.

Kate todavía tenía las manos alrededor de su cuello cuando él volvió a separar su boca y se liberó de su abrazo para bajarle las medias. Recostada hacia atrás, con los ojos cerrados, jadeando, con el corazón a mil, Kate puso las manos contra la pared mientras él dibujaba con su boca un ardiente camino húmedo por su muslo derecho, hacia abajo, para luego subir por el muslo izquierdo. Uno tras otro, le sacó los zapatos sin dejar de besarle las rodillas suavemente mientras lo hacía, y luego deslizó sus medias fuera de sus pies dejándola desnuda excepto por la chaqueta, la camiseta y el sujetador, que seguían levantados por encima de sus senos.

Tom se levantó y le quitó la chaqueta, deslizándola por sus hombros, y luego le sacó la camiseta y el sujetador por encima de la cabeza.

Ahora estaba totalmente desnuda, con la espalda contra la pared de la sala de estar, las manos extendidas sobre el yeso, jadeando y debilitada por la pasión. Notó que él la contemplaba, sintió que recorría con la mirada sus senos y su cintura y el suave triángulo de rizos que tenía entre los muslos. Kate temblaba, consciente de que él podía notar lo excitada que estaba, consciente de que se encontraba totalmente expuesta a él, pero el deseo era tan intenso que no le permitía moverse o tratar de cubrirse de algún modo. Durante un momento, no ocurrió nada. Luego oyó que Tom recuperaba el aliento y sus labios acariciaron sus pezones, suavemente, ardientemente, uno detrás del otro. La mano de Tom se deslizó entre las piernas de Kate, frotándola, reclamándola y ella inspiró profundamente y notó que las rodillas le flaqueaban.

No abrió los ojos en ningún momento. No le miró. Si era una forma de negación, y ella pensaba que así era, había ido demasiado lejos como para tener ninguna importancia. Su corazón latía con fuerza, su respiración era un jadeo y algo en su interior se aceleraba rápidamente. Temblorosa y ardiente, arqueó la espalda y se apretó contra su boca y su mano.

«Te deseo», pensó mareada, aunque no lo dijo en voz alta.

Entonces los labios de Tom volvieron a amoldarse a los de ella, que abrazó su cuello y le besó con abandono. Él la levantó, curvando sus grandes manos bajo sus nalgas, y Kate envolvió sus piernas alrededor de su cintura. Tom también estaba desnudo, y con la pequeña parte de su cerebro que todavía funcionaba, Kate llegó a la conclusión de que se había desnudado mientras la desnudaba a ella.

Unos segundos más tarde, se dejó caer con ella sobre el sofá de piel y la penetró con fuerza. Su miembro grande y caliente la llenó por completo. Kate soltó un pequeño aullido por la brusquedad, por el inesperado placer que le proporcionaba.

El grito quedó ahogado por la boca de Tom. La besó con pasión mientras la penetraba una y otra vez, de forma vigorosa y rápida, volviéndola loca; ella no podía hacer otra cosa que jadear, gemir y estrecharse contra él, consumida por el deseo, mareada, ardiente, retorciéndose y estremeciéndose. Se colgó de su espalda ancha y le besó con abandono fogoso y él la hizo temblar; apretó sus dientes mientras sentía convulsiones en su interior, se arqueó, gritó y tuvo un orgasmo en largas oleadas ondulantes que acabaron estallando en una intensidad enloquecedora que hizo temblar todo su mundo.

Kate seguía flotando cuando él la penetró una última vez y, con un sonido tenue y gutural, descargó.

Ella regresó flotando a la Tierra para descubrir que estar desnuda y sudorosa sobre un sofá de piel no era una buena idea. De hecho, casi no podía moverse, y no sólo porque tenía casi cien quilos de macho sudoroso y desnudo tumbado sobre ella. Parecía que su piel se había fusionado con el sofá.

Abrió los ojos y vio un hombro ancho, bronceado y musculoso cubierto por una fina capa de sudor. Y una gran mano masculina que seguía cogiendo su pecho. Tom tenía la cabeza enterrada en la curva que formaba el cuello de Kate con su hombro. Los pelos de la barba le hacían cosquillas en la piel. Notaba el aliento de Tom acariciando sus cabellos y oía el sonido suave de su respiración.

Él levantó la cabeza y la miró. Sin avisar ni nada. Sus ojos eran más oscuros de lo habitual; todavía ardían como consecuencia de lo que acababan de hacer. Estaba despeinado. Tenía las mejillas algo sonrojadas.

Y su boca formaba una ligera curva sensual.

Era una letrada de 28 años, por el amor de Dios, y, a pesar de ello, notó como se sonrojaba.

—Eso sí que ha sido algo inesperado —dijo, porque estaba aturdida, porque tenía que decir algo, porque él la estaba mirando. Su tono de voz era demasiado claro.

Tom le rodeó el rostro con las manos; deslizando sus pulgares por las mejillas de Kate por debajo de sus pestañas, enjugando los restos de sus lágrimas.

—Sí —respondió—, es cierto.

Luego la besó, un beso suave y dulce que rápidamente se convirtió en algo totalmente distinto. La hizo rodar, de manera que ahora ella estaba arriba (segura de haber perdido una capa de la dermis en el proceso), pero las cosas se pusieron a mil tan rápidamente que ni le importaba. Fue más lento, distinto, pero no menos intenso. Al final, ella estaba a horcajadas sobre Tom, las manos de él en las caderas de ella, y ella con la cabeza echada hacia atrás mientras él arremetía contra ella con una furia apenas controlada. Y al final ella tuvo otro orgasmo y otro más.

Debían de ser las tres de la mañana cuando ella volvió a despertarse. Lo supo porque en algún lugar de la casa oyó tocar un reloj. Descubrió que todavía estaba desnuda, medio tumbada sobre el pecho de Tom y el pequeño espacio que quedaba entre su cuerpo y la piel pegajosa del respaldo del sofá.

Él roncaba.

A pesar de todo, esos sonidos familiares la hicieron sonreír.

El corazón de Kate se aceleró. Su mano, que descansaba sobre el pecho de Tom, acarició sus firmes músculos, por voluntad propia.

«Mala idea.» Retiró la mano y miró a Tom a la cara, alarmada. Él no se movió ni un pelo.

«Bien. Se ha acabado el juego.»

Se separó de él, con sumo cuidado para no despertarle. La situación era... delicada. Ella necesitaba tiempo para pensar. Seguramente sería más fácil afrontarlo si la próxima vez que se encontraran cara a cara ella no estuviese desnuda, encendida y entre sus brazos.

Llegó a la conclusión de que no tenía que preocuparse por que se despertase cuando, tras una serie de maniobras torpes, consiguió levantarse por fin. Descubrió con sorpresa que todavía le flaqueaban las piernas, aunque eso no debería haberla sorprendido. El sexo había sido salvaje, increíble, algo que estaba más allá de lo que nunca hubiera experimentado jamás. Claro que la última vez que había practicado el sexo tenía diecinueve años. Parecía que su sistema de excitación sexual se había afinado en todo este tiempo. O quizás era porque ahora era una mujer con reacciones de mujer. O quizás era simplemente que hacía nueve años que no tenía relaciones sexuales.

Fuese lo que fuese, sólo de recordarlo volvió a temblar.

Así que desistió. De forma firme. Hasta que no hubiese decidido cómo quería manejar la situación (y manejarle a él), tenía que olvidar lo que él le hacía sentir. Porque eso complicaba las cosas.

Tom complicaba las cosas.

Su mirada, por decisión propia, se detuvo en él.

Estaba tumbado, desnudo, con una mano bajo la cabeza y la otra abriéndose camino por el valle del que ella acababa de salir. Se le veía grande, oscuro y completamente masculino. No había un solo centímetro de él que no estuviera, como diría Mona, «bueno». Tenía el cabello revuelto y los ojos cerrados, y sus pestañas formaban una media luna sombría sobre sus mejillas. Le estaba empezando a salir una buena barba y sus labios entreabiertos dejaban escapar ronquidos. Si alguna vez había pensado que no era demasiado musculoso, ahora podía ver que estaba equivocada. Sus músculos eran del tipo fibroso: antebrazos afilados y bíceps fornidos, espalda y pecho anchos, caderas estrechas, y abdominales como tabletas de chocolate que quedaban diseccionados por una cicatriz blanca y arrugada de unos quince centímetros, a la izquierda de su ombligo. Tenía las piernas largas y poderosas, piernas de atleta, y lo que había entre ellas era impresionante, incluso en su actual estado de reposo.

Kate se estremeció al pensar lo increíble que era cuando estaba activa. Entonces él se movió, cambiando ligeramente de posición y ella se dio la vuelta rápidamente. Lo último que quería era que la pillase mirándole.

De hecho, la última cosa que quería era que la pillase desnuda en la sala de estar y tener que enfrentarse a lo que había ocurrido entre ellos antes de haber podido asimilarlo, antes de estar preparada. Antes de haber tenido tiempo para reflexionar.

Cogió su ropa rápidamente (mientras trataba sin éxito de olvidar cómo había salido cada una de las piezas) y, siguiendo el camino por el que él se había llevado la maleta, entró en la sala de al lado, y descubrió de un vistazo que era el comedor. Estaba amueblado con una mesa muy funcional y seis sillas, pero en ese momento lo que más le interesó a Kate fue la estrecha escalera y la maleta que yacía a sus pies. Echando una mirada de preocupación hacia atrás —él seguía roncando en el sofá—, Kate cogió la maleta y se apresuró escaleras arriba.

Cinco minutos más tarde se metía en la ducha.

El baño que había encontrado daba al pasillo; era viejo y estrecho, con azulejos color aguacate y elementos y accesorios negros. La ducha era una combinación de bañera y ducha, con una puerta corredera de cristal para evitar salpicaduras. Pero la presión era buena, el agua estaba caliente y había jabón, que era lo importante.

Se recogió el pelo en un moño para no mojárselo, y empezó a ducharse y a pensar.

Mario estaba muerto. Eso era bueno. En realidad todavía no debía de haberlo asimilado del todo, porque no estaba todo lo eufórica que habría esperado. Pensó que el lazo que la unía a él se había roto para siempre, y sintió que los músculos de su cuerpo se relajaban un poco —aunque también podría haber sido por el efecto del agua caliente—. Todos los que sabían que había estado allí cuando asesinaron a David Brady habían muerto.

En otras palabras, de repente le habían devuelto la vida.

Ésa era la buena noticia.

La mala noticia era que alguien le había disparado a Mario en su garaje. Seguramente no tenía nada que ver con ella directamente. Probablemente los enemigos de Mario le habían matado en su casa porque él estaba allí en ese momento, esperando sorprenderla con una aparición temprana.

Quien fuese que le había matado ya debía de haber desparecido y no representaba ninguna amenaza para ella.

Seguramente.

Aunque si ella estuviese persiguiendo al asesino, lo primero que haría sería comprobar quien había sacado a Mario de la cárcel.

Pero eso era problema de Tom y sus compañeros de la policía. Y, por razones obvias, ésa era una información que no tenía ninguna intención de compartir con Tom.

Lo mejor sería que el pasado muriese con Mario.

Con ese pensamiento alegre, se enjuagó el jabón del cuerpo, cerró los grifos y salió de la ducha. La única toalla que encontró era bastante vieja y estaba algo desgastada. Pero estaba limpia y era lo suficientemente grande como para secarse y envolverse con ella mientras se cepillaba los dientes. Eso era lo que estaba haciendo cuando su mirada se desvió hacia un lado. Y así descubrió que la puerta del baño estaba entreabierta y que Tom, vestido con un albornoz negro y apoyado en la pared de enfrente, la observaba.

Kate casi se ahoga con la pasta de dientes.

Mientras ella se enjuagaba la boca para poder hablar, él abrió la puerta del todo y se quedó en el umbral, sonriendo.

—El pestillo está roto —explicó cuando ella le miró con cara de enfado. Apoyó un hombro contra el marco de la puerta. Tenía los brazos cruzados sobre su pecho—. Esta maldita puerta siempre se abre. Pero te habrás dado cuenta de que no he entrado.

Vale, tenía que admitir que era un detalle. Él podría haber entrado si hubiese querido, pero al menos respetaba su intimidad.

—Bien hecho —dijo Kate.

—Cuando me he despertado y he visto que tú y tus cosas habíais desaparecido, he pensado que te lo habías pensado mejor y habías huido de mí. Pero entonces he oído la ducha y, al subir, he visto que salía vapor del baño y he sabido que estabas aquí.

Él también se había duchado, más deprisa que ella. Su cabello estaba mojado y se lo había apartado del rostro. Las gotas de agua le resbalaban por el pelo del pecho, las pantorrillas y los pies.

Estaba tan guapo que la dejó sin aliento.

De pronto tomó consciencia de que lo único que llevaba puesto era una fina y escasa toalla blanca que sostenía sobre sus pechos y que no llegaba a media cadera. Tom no la estaba devorando con la mirada, era un hombre demasiado inteligente para hacer eso, pero ella sabía que estaba disfrutando de las vistas.

Kate mantuvo la frente alta, metafóricamente hablando.

—Iba a ponerme el pijama y a buscar una cama donde dormir el resto de la noche.

—Tienes tres para elegir. Las dos camas de invitados o la mía.

A Kate se le secó la garganta. El corazón se le disparó. Sus miradas se cruzaron. Él seguía apoyado en el marco, con expresión seria, pero Kate descubrió un atisbo de sonrisa en la comisura de sus labios. Se le veía totalmente relajado, aunque ella tenía la impresión de que la estaba observando minuciosamente.

Casi por primera vez en su vida, se había quedado totalmente muda.

Como ella no decía nada, la mirada de Tom se ensombreció y el atisbo de sonrisa que Kate había descubierto desapareció. Kate se quedó en pie junto al lavabo, con una mano apoyada en el mármol, mirándole sin decir nada. Tras él, se extendía la penumbra del pasillo. El baño estaba lleno de vapor. Los separaba un espacio de poco más de un metro.

Parecía que el calor, y no precisamente el de la ducha, flotase en el aire.

Kate sabía lo que le estaba pidiendo. Por más que lo intentó, no hallaba una respuesta.

Tom la miró fijamente.

—Vale, ya sé que no querías que ocurriese esto. Yo tampoco estoy precisamente entusiasmado. Pero el caso es que ha ocurrido. Supongo que podríamos salir cada uno por su lado y pretender que no ha sido nada, pero eso sería muy estúpido. Entre nosotros hay algo, una especie de conexión, desde el día que nos conocimos. ¿Por qué no lo intentamos?

Kate se dio cuenta de que el sonido que retumbaba en sus oídos era el latido de su corazón.

Tenía tantos motivos para alejarse de él, para huir de lo que había ocurrido entre ellos aquella noche... Para empezar, Ben. ¿Quería dejar entrar a un hombre, a ese hombre, en la vida de su hijo sólo mientras durase esa «conexión»? Y luego estaba su carrera. Llegar a donde quería le exigiría toda su energía, voluntad y tiempo. Y luego estaban todas las mentiras que le había contado, y las cosas sobre ella y sobre su pasado que él nunca sabría.

Y, por último —y tenía que admitir que ésa era la razón principal—, estaba ella.

La gente a la que amaba se iba. Y eso dolía. ¿Quería volver a comprobarlo?

Entonces le miró. Estaba ahí de pie, atractivo, fuerte y sólido como una roca. Su corazón se aceleró y sintió que miles de mariposas revoloteaban en su estómago mientras los dedos de sus pies se aferraban a las baldosas calientes. Recordó que hacía sólo unos días se había preguntado si en los planes para su nueva vida no se estaba olvidando de sí misma.

—El suspense me está matando —advirtió Tom con una leve sonrisa.

Ella tuvo que sonreír, también, y entonces supo que iba a intentarlo, fuesen cuales fuesen las consecuencias en el futuro.

—Supongo que podríamos intentarlo —admitió.

Tom sonrió, dejó de apoyarse en el pomo de la puerta y abrió los brazos. Y Kate caminó hacia ellos.

25

Por supuesto, no durmieron demasiado: pasaron la noche juntos en la cama de Tom, grande y arrugada. Hicieron el amor, hablaron y echaron cabezaditas, y, cuando se despertaban, volvían a abrazarse y vuelta a empezar. Ella le contó algunas cosas sobre su vida anterior: que había conocido al padre de Ben en el casino donde ambos trabajaban, que se enamoró locamente de él y se casaron en una ceremonia rápida e impulsiva en un capilla de Atlantic City, y que cuando se quedó embarazada de Ben descubrió que lo último que *Chaz* White quería era una familia que entorpeciese sus planes. Le contó la verdad sobre Chaz, por qué la dejó y cómo murió. Le contó que se había encontrado sola, arruinada y con un bebé, Ben; que los socios de Chaz la visitaron para reclamarle el dinero que Chaz había perdido en el juego y que les debía; y que, tras examinar detenidamente la vida que había llevado hasta entonces, decidió que no era la vida que quería para su querido hijo. Le contó que había cargado sus pocas posesiones en su viejo coche para largarse con el pequeño Ben y que había acabado en Filadelfia, donde al principio había tenido que recurrir a las ayudas sociales para sobrevivir; luego había empezado a estudiar en la universidad, donde había comenzado a presentarse como Kate. Donde se había convertido en Kate. Por Ben.

De lo que no le habló fue de la razón por la que había dejado Baltimore, ni de David Brady.

Tom le habló de su padre. Le contó que había sido policía y había fallecido víctima de un repentino ataque al corazón: un día fue a trabajar y de repente se desplomó en el suelo. Le habló de lo mucho que se había esforzado para ser el hombre de la casa después de aquello, de su boda con su novia del instituto, de cómo se hizo policía a pesar de las objeciones de Michelle. De cómo ella se había quedado embarazada y a él le habían disparado estando de servicio, dejándole como recuerdo esa cicatriz en el abdomen. Cuando Tom por fin se había recuperado, Josh ya había nacido y su matrimonio, torpedeado por la insistencia de Michelle para que dejase el cuerpo, estaba acabado. Josh sólo tenía seis semanas cuando Michelle le dejó para siempre llevándose a su hijo.

De lo que no volvió a decir una sola palabra fue de la muerte de su hijo. Algo que Kate comprendió perfectamente.

Siempre que fuese posible, los peores recuerdos, los más dolorosos, era mejor mantenerlos enterrados.

Al final debieron de quedarse dormidos porque cuando Kate abrió los ojos, una luz tenue bañaba la habitación; Kate no tardó en darse cuenta que era la luz del día, que se filtraba entre las cortinas. Se podía escuchar un zumbido extraño que Kate no lograba identificar. Kate levantó la cabeza para aguzar el oído, mientras se apartaba los cabellos de la cara; su moño se había deshecho por completo en cuanto Kate se había lanzado a los brazos de Tom la noche anterior. La cama, con su edredón negro, sábanas que no conjuntaban con las fundas de las almohadas y una cabecera de pino, estaba en el centro de la habitación. En el otro extremo un pequeño televisor descansaba sobre una cómoda de madera. En un rincón había una butaca marrón desgastada. Una mesita redonda de conglomerado de esas que normalmente se cubren con un mantel ejercía las funciones de mesita de noche, con una lámpara encima —pero sin mantel—. El zumbido parecía proceder de la mesita.

En cuanto Kate averiguó que el zumbido lo emitía el móvil de Tom, que vibraba sobre la mesa, él abrió un ojo, miró a la mesa y alargó un brazo para cogerlo.

—Tom Braga —dijo Tom al responder al teléfono, mientras Kate miraba los números del reloj digital que había junto a la lámpara; eran las 7:42 de la mañana.

Con un gruñido interno, dejó caer la cabeza de nuevo sobre el pecho de Tom. Él apretó su brazo alrededor de los hombros de Kate.

—¿Quieres que te lleve al trabajo o no? —le preguntó la voz masculina que estaba otro lado del teléfono. Kate la oyó, pero no la reconoció.

—Me voy a tomar el día libre —dijo Tom.

—¿El día libre? —La voz parecía sorprendida—. Si no has faltado un solo día al trabajo en diez años.

—Pues ya va siendo hora, ¿no te parece?

—Esto no tendrá nada que ver con el Civic rojo que hay aparcado en tu plaza, ¿verdad?

Kate ladeó la cabeza para mirarlo, y vio la mueca que hizo Tom.

—¿Dónde estás? —preguntó él.

—Dando la vuelta a la manzana. Dejaste el coche en el depósito, ¿recuerdas? Yo tenía que venir a recogerte.

—Ah, sí, lo siento. Lo había olvidado. Gracias por venir.

—Te ha cazado, ¿eh? La fiscal bomboncito te ha cazado.

Tom la miró.

—Se llama Kate, Fish.

—Joder, Tom...

Tom colgó el teléfono antes de que Fish acabara la frase. Luego marcó un número y le dijo a la mujer que contestó que se tomaba un día para asuntos personales. Cuando terminó la llamada, Kate estaba jugando con los pelos de su pecho.

—La fiscal bomboncito, ¿eh? —Levantó la cabeza y le miró severamente.

—No sabía si lo habrías oído —dijo con una sonrisa—. Y yo diría «superbomboncito».

Estaban abrazados en medio de la cama, con las piernas cruzadas, tapados únicamente con una sábana, porque les había entrado calor durante la noche. Kate estaba segura de que formaban una imagen entrañable. Como la de una pareja, que era lo que seguramente eran ahora. Esa noche, antes de dormirse por última vez, Kate se había preguntado si al despertarse por la mañana le entraría el pánico, si se arrepentiría de lo ocurrido, si todo le parecería una enorme equivocación a la luz del día. No había dormido demasiado. Había tenido el hombro derecho encajado en el de Tom durante casi toda la noche, y ahora le dolía. Otras zonas de su cuerpo se estaban manifestando de forma curiosa. Y, en cuanto a su príncipe, estaba ojeroso, despeinado y necesitaba urgentemente un afeitado.

Pero Tom le estaba sonriendo, con una mano debajo de la cabeza y la otra alrededor de sus hombros. Estaba desnudo y el contacto de su cuerpo esbelto y musculado contra la piel suave de Kate le resultaba embriagador. Él tenía razón, habían conectado, estaba ocurriendo algo especial y, aún más, la había hecho disfrutar del sexo por primera vez en su vida y Kate no estaba dispuesta a renunciar a eso.

Y además no se arrepentía de nada.

—Por cierto, estás preciosa a primera hora de la mañana —dijo, y la hizo rodar por la cama hasta que se quedó tumbada boca arriba mientras él se colocaba encima de ella apoyándose en los codos.

Kate recorrió juguetonamente con el dedo su pecho amplio y peludo.

—Tú también —le dijo devolviéndole el piropo. Y era verdad. Luego, consciente de a donde iba a acabar llevando aquello, añadió—: Tengo que recoger a Ben al mediodía.

—Ningún problema —dijo él, y la besó.

Bien, quizás era estúpido, pensó Tom al cabo de unas horas en Southland Lanes Bowling Emporium, una nueva bolera gigantesca, situada cerca de la casa de Kate, en la que un niño de la clase de Ben celebraba su fiesta de cumpleaños. Parecía que estaba allí todo el curso de cuarto. Kate le había dicho a Tom que no hacía falta que se quedase, que podían verse en cuanto la fiesta hubiera terminado. Pero Tom no quiso marcharse: con la facilidad de Kate para meterse en líos, las cosas podían complicarse si él no estaba allí para vigilarla; y además, quería ver cómo manejaba los asuntos familiares. Habían recibido la invitación a última hora, de modo que tuvieron que ir corriendo a comprar un regalo. Tom esperó en el Civic mientras Kate acompañaba a Ben a la fiesta y, dos horas más tarde, la acompañó a recogerle. Pero los niños no habían terminado aún sus partidas de bolos. Y algunos adultos se habían quedado a jugar con sus hijos. Y Ben, emocionado, les había pedido a Kate y a él que se quedasen un rato a jugar a bolos con él y su amiga Samantha, sólo una partida más. Kate había puesto cara de susto; en cuanto la vio jugar a bolos, Tom lo entendió: era un completo desastre. Cada bola que lanzaba se iba por el canalón; aunque lo cierto es que aguantó la presión con gracia, con sus tejanos ajustados y un jersey negro con las mangas arremangadas por encima del codo, como una auténtica entendida. Tom, en cambio, se ganó la admiración de Ben: hizo un *strike* tras otro (vale, y un par de nulos también) rodeado por una banda de niños chillones, de los que, en cualquier otra ocasión, habría huido a la carrera.

Pero lo cierto es que incluso se lo pasó bien. Kate estaba allí con él, riéndose de sí misma cuando estuvo a punto de caerse de bruces al suelo con la bola, aplaudiéndole, aplaudiendo a Ben, interactuando con los demás adultos con suma facilidad, más relajada y más libre de lo que jamás la había visto.

Y hermosa. Sobre todo, hermosa.

En algún punto entre los bolos y la cena, que los tres tomaron juntos en Rotolo, un restaurante italiano, Tom supo que aceptaba el hecho de que no existía un quizás: era estúpido. Se había enamorado locamente de esa mujer, y de su hijo también, y eso significaba que su corazón estaba al descubierto, vulnerable, algo que había jurado que no iba a volver a ocurrir. Pero lo que había entre Kate y él le había cogido por sorpresa y ya no podía hacer nada para remediarlo. El tren estaba en marcha y no sabía donde pararía.

En cuanto salieron de Rotolo toparon con la madre de Tom. Por supuesto. El día había salido demasiado perfecto como para no tener algún susto al final.

No es que su madre fuera exactamente un susto. Pero era definitivamente cotilla. Estaba más que interesada por su vida amorosa y Tom habría querido mantener a Ben y a Kate alejados de su órbita tanto tiempo como hubiese podido. Tom andaba detrás de Ben y Kate cuando, al salir del restaurante, vio a su madre en la acera, esperando para entrar. En cuanto se vieron, ambos abrieron los ojos como platos; de hecho, ella abrió los ojos con alegría y Tom los abrió con horror. Y entonces ella dijo «¡Tommy!» con una amplia sonrisa en los labios, y Tom vio a Natalia y a su esposo Dean y a sus dos hijos detrás de su madre justo en el momento en que ella le envolvía en un abrazo impregnado de colonia Shalimar. Luego su sobrino y su sobrina se lanzaron sobre él y tuvo que abrazarles también a ellos y a su hermana, y darle la mano a su cuñado.

Y entonces cinco pares de ojos curiosos se dirigieron a un tiempo hacia Kate y Ben, que estaban en pie, algo apartados, esperándole.

Así que cogió a Kate de la mano, la acercó y la presentó, sabiendo que la red de cotilleos de la familia quedaría saturada con esta nueva información. Mientras su madre interrogaba a Kate («¿A qué te dedicas? ¿De dónde eres? ¡Oh, viuda! ¡Qué triste!»), Natalia la inspeccionó de pies a cabeza con interés especulativo. Tom la miró con una mueca de reproche, pero Natalia le devolvió tal mirada de júbilo que no cabía duda de que Kate le había gustado, de que había adivinado que era alguien especial. Tom supo enseguida que Natalia estaba deseando coger el teléfono y contar la noticia a todos los miembros de la familia que no estaban presentes.

«Dios, líbrame de mi familia», pensó amargamente y, en cuanto pudo, puso fin a la reunión social anunciando que tenían que marcharse.

—Es una chica simpática. Me gusta —le susurró su madre al oído mientras le daba un abrazo de despedida. Y entonces, le dijo a Kate—: Todos los domingos almorzamos juntos, toda la familia. Buena comida casera. Tú y tu hijo deberíais venir. —Luego miró a Tom—. Tommy, tienes que traerlos.

Tom le dio una respuesta evasiva y, cogiendo a Kate de la mano, se batió en retirada, consciente de que la mirada de su madre y de su hermana les seguiría hasta que doblaran la esquina hacia el aparcamiento y quedaran fuera de su vista. Ya era de noche y hacía frío; Tom llevaba sólo una camisa blanca por fuera de los pantalones —para ocultar la pistola— y unos tejanos. Aun así, se sintió acalorado y tuvo que reconocer a regañadientes que podía ser por el bochorno.

—Lo siento —dijo, lanzando una mirada de reojo a Kate. Ella, sonriente, con el pelo ondulado cayendo sobre sus hombros y los ojos brillando de alegría, se veía joven, hermosa y feliz. No era extraño que su familia la hubiese mirado como un águila mira a un conejo.

Y también estaba Ben. Conocían a Tom lo suficiente como para saber que de ningún modo saldría con una mujer con un hijo porque sí.

Era como Superman y la kriptonita.

Por tanto, seguro que daban por sentado que aquello iba en serio. Y quizás era verdad.

—¿Cómo que lo sientes? Si son maravillosos. Tu madre es encantadora. Y tu hermana es igual que tú, Tommy —le dijo Kate guiñándole un ojo.

Él respondió a eso con una sonrisa.

—¿Cuánta gente sois en tu familia? —preguntó Ben mientras entraban en el Civic. Tom todavía no había tenido ocasión de ir a recoger su coche del depósito, así que seguía usando el coche de Kate—. Parecen muchos.

—Son muchos. —Tom salió del aparcamiento y torció a la derecha por Chisholm para coger luego la autovía camino de casa de Kate, donde habían acordado pasar la noche, después de haber mantenido una adulta discusión sobre la logística de la relación. Otra parte del trato incluía el comportamiento que debían tener en presencia de Ben: nada de besos, nada de muestras claras de afecto, nada de dormir juntos mientras Ben se encontrase bajo el mismo techo. Tom dudó de que Kate le hubiese permitido quedarse esa noche de haber estado segura de que el tipo que había cometido el asesinato en su garaje no iba a volver. Pero como admiraba los esfuerzos que hacía para proteger a su hijo, no le importaron las restricciones que le imponía. Además, el niño iba al colegio, él y Kate podían quedar a la hora de comer y siempre estaban las siestas. Y las canguros—. Diecinueve, la última vez que conté.

—¡Vaya! —Ben estaba impresionado. Para este hijo único de madre soltera, eso de tener tantos parientes le parecía alucinante—. ¿Y caben todos en la misma casa?

—Algo apretados —admitió Tom riendo.

Kate no había vuelto a casa desde la noche anterior, y cuando el Civic entró en su calle, que, salvo por la luz que proporcionaban algunas ventanas estaba totalmente a oscuras, Tom se dio cuenta de que estaba intranquila. Satisfecho por su sensibilidad con respecto a los sentimientos de Kate, Tom aparcó en el vado. No quería utilizar el garaje hasta haberlo inspeccionado para asegurarse de que, tal como él había mandado, habían limpiado por completo la escena del crimen. Las únicas señales visibles de lo que había ocurrido eran las trazas de neumáticos en el césped de delante. A parte de eso, la casa tenía el mismo aspecto de siempre.

Pero sólo por si las moscas, Tom entró primero, encendió las luces y echó una ojeada rápida a la casa, con la esperanza de que Ben no se diese cuenta. Estaba limpia.

Cuando volvió al salón, le hizo a Kate un gesto de asentimiento.

Eran casi las ocho de la noche, y comenzaba a sentir los efectos de una semana de dormir mal. Miró al sofá con antipatía. Pero no iba a dejar a ese par solos hasta haberse asegurado de que estaban a salvo y Kate se negaba a volver a dormir en casa de Tom porque no quería que Ben se hiciese una idea equivocada (¿o no era equivocada?) sobre su relación. Como su tercer dormitorio no tenía muebles, sólo quedaban dos opciones: o el sofá o la cama de Kate, y ya habían dejado claro que la cama quedaba descartada cuando Ben estaba en casa.

Así que parecía que su única alternativa era hacerse amigo del sofá.

Tom y Ben realizaron algunos lanzamientos a la canasta. El chaval iba mejorando, aunque seguía desconfiando de sus posibilidades de no meter la pata en clase de gimnasia la siguiente semana. Luego los tres se acomodaron a ver una película por la tele; Tom y Ben juntos en el sofá y Kate sentada sola en su silla dorada. Tom no se dio cuenta de que se estaba quedando dormido hasta que su teléfono móvil empezó a vibrar como un loco en el bolsillo de sus tejanos.

Los títulos de crédito cubrían la pantalla y tanto Kate como Ben estaban de pie mirándolo, en cuanto abrió de pronto los ojos llevándose impulsivamente la mano al bolsillo en busca de su pistola. Entonces recordó dónde estaba y con quién.

Cogió el teléfono: era Fish.

—Sólo quería que supieses que han encontrado el coche de tu novia.

Eso le despertó de golpe. Se sentó, pestañeando.

—¿Qué? ¿Dónde?

—A una manzana de su casa, en Mulberry Street. La grúa se lo ha llevado. Está en el depósito municipal.

—¿En serio?

Kate envió a Ben arriba para que no oyese cosas que no debía. Tom se levantó y entró en la oscuridad de la cocina.

—¿Hay algo que debería saber?

—Las huellas del tipo muerto están por todos lados. Estoy seguro de que él lo condujo hasta allí. Seguramente fue andando el resto del camino hasta su casa. Todavía no sabemos cómo entró en el garaje. No hay señales de forcejeo.

—Quizá sabía activar la apertura automática del garaje.

«O —y a Tom le disgustó que esa idea se le pasase por la cabeza— quizás alguien le dejó entrar.»

—Quizás.

—¿Alguna pista sobre quién le pudo haber disparado?

—Todavía no. —Hubo una pausa—. ¿Dónde estás?

—En casa de Kate.

—¿Por qué será que no me sorprende? —Tom se imaginó la sonrisa en la cara de Fish—. No pierdas el norte, tío.

Tom sabía reconocer una advertencia cuando la oía.

Kate entró en la cocina. La luz del comedor iluminaba sus cabellos dorados y destacaba su esbelta figura a contraluz. Sólo con ver el movimiento de sus largas piernas y de sus caderas se excitaba. Apoyándose en el mármol junto al fregadero, Tom se acomodó para disfrutar del efecto.

«¿Crees que te lo ha contado todo? Ni hablar. Todavía no sabes sobre qué ha estado mintiendo. Todavía no sabes de qué tiene miedo. Y sobre todo lo que te ha contado sobre su pasado, todavía no ha soltado prenda acerca de por qué se fue de Baltimore.»

—Te llamaré si averiguo cualquier cosa —dijo Fish.

—Sí, gracias. —Tom colgó, volvió a ponerse el teléfono en el bolsillo y le dijo a Kate—. Han encontrado tu coche.

Ella se paró ante él.

—¿Dónde?

—A unas calles de aquí. —En la oscuridad de la cocina, no pudo distinguir la expresión de Kate. Y el hecho de sentir que necesitaba distinguirla era un problema.

Estaba loco por ella, de eso no cabía duda. Pero eso no significaba que su cerebro se hubiese fundido del todo. La chica no estaba jugando limpio con él y él lo sabía.

Aunque no le gustase admitirlo.

—¿Siguen ahí mis cosas? ¿Mi maletín? ¿Mi teléfono?

—Fish no me lo ha dicho. Si están ahí, probablemente no podrás recuperarlos en unos días.

—Necesito mi maletín. He podido conseguir duplicados de los expedientes de los casos, pero necesito mis notas.

—Veré qué puedo hacer para acelerar las cosas.

Ella le sonrió.

—Gracias.

Tom la miró a la cara.

—¿Dónde está Ben?

—En la bañera.

Quizá Kate estaba jugando con él. Rezó para que no fuera así. Pero esa duda fue suficiente para que le colocara la mano en la nuca con más brusquedad de la habitual y la atrajera hacia sí para besarla con fuerza; la levantó y la sentó sobre el mármol, sin retirar la lengua de su boca. Ella le rodeó el cuello con sus brazos y la cintura con las piernas y le devolvió el beso con todas sus fuerzas. Al momento, él estaba ardiendo de tal forma que le sorprendió que no le saliera humo por las orejas.

—¡Mamá!

Kate se irguió y apartó la boca. A regañadientes, él la dejó marchar.

Kate bajó del mármol, mirándole con expresión de disculpa y salió de la cocina para leerle a Ben su cuento de buenas noches.

Así era la realidad de vivir con un niño.

Era algo que podía aceptar.

Al final, después de las súplicas de Natalia y los ruegos de Vicky y Tina, que no dejaban de repetirle cuán decepcionada estaría su madre si no iba; después de saber que Charlie, recién salido del hospital, también estaría allí; y después de que Kate no pusiera objeción alguna y que Ben manifestara que tenía muchas ganas de ir, acabaron yendo al almuerzo familiar del domingo. Fue todo lo que Tom había esperado que sería: sus parientes no dejaron ni un instante de revolotear alrededor de Kate y Ben. La cocina italiana, sin embargo, era excelente, como siempre; la había echado de menos, y, si debía ser sincero consigo mismo, también había echado de menos a su familia. Y también disfrutaba viendo a Kate con ese aspecto recatado —se había puesto una falda negra que le llegaba hasta las rodillas y un jersey azul claro sobre el que incluso le había preguntado si era «adecuado» para la reunión—, respondiendo a las preguntas que le hacían y conversando e interactuando con ese zoo que era su familia.

—Está buena —le dijo Charlie en tono de felicitación cuando hubieron terminado de comer. Eran probablemente las cuatro, y los dos hermanos se habían sentado en el pequeño patio de detrás de la casa, a la sombra de los tres abetos gordos que dominaban el jardín. Tom estaba echado en una tumbona con una cerveza en la mano. Charlie estaba tras él, en la silla de ruedas en la que estaba condenado a quedarse durante unas semanas, también con una cerveza. Las mujeres estaban en la casa. Los cuñados habían ido a coger cervezas y vendrían a reunirse con ellos en un momento. Los niños correteaban por el jardín, jugando a algún tipo de juego que involucraba muchos gritos. Tom se alegró al ver que Ben se había integrado y se lo pasaba tan bien. Y fue interesante descubrir que eso le hacía feliz a él.

—Sí —asintió Tom.

—¿Va a durar?

Tom se encogió de hombros.

Charlie sonrió.

—Mamá está que no cabe de alegría. Cree que has encontrado a tu media naranja.

—Dios —exclamó Tom, molesto, pero antes de que pudiese replicar aparecieron los cuñados y la conversación versó inmediatamente sobre temas de interés general.

Cuando regresaron a casa, estaban todos agotados y demasiado llenos para hacer nada que no fuera terminar los deberes (Ben) y ver la tele (Tom, y Ben en cuanto hubo terminado los deberes). Kate puso un par de lavadoras y llevó a cabo algunas tareas antes de encerrarse en su despacho a revisar unos expedientes para el día siguiente, según les contó. Tom, sentado en la silla dorada junto a Ben, que se había acurrucado en el sofá, empezó a pensar en lo normal que parecía aquella situación. Ben le miró.

—Hoy había muchos niños.

—Sí, es cierto.

—Hemos jugado a algunos juegos muy divertidos.

—Eso parecía.

—¿Ahora eres el novio de mamá o qué?

Eso puso a Tom en alerta máxima. Se irguió en la silla y miró a Ben detenidamente. Era evidente que el niño no era tonto, pero no estaba seguro de cómo se sentiría Kate sabiendo que estaban teniendo esa conversación.

—Eso se lo tendrás que preguntar a ella.

—Ella nunca me habla de estas cosas. Ya sabes cómo es, sobreprotectora —dijo Ben sacudiendo la cabeza en señal de desaprobación.

Eso era cierto. Y bastante gracioso, viniendo de un niño de nueve años. Pero el caso es que Ben le había hecho una pregunta y Tom quería ser totalmente sincero con él.

—Supongo que ahora soy su novio. ¿Te molesta?

Ben negó con la cabeza.

—Será un alivio tener a alguien para que me ayude a cuidar de ella. Se mete en muchos líos, ¿sabes?

—Sí que lo sé. —Tom tuvo que sonreír—. Quizá podamos ayudarnos mutuamente con eso.

En aquel momento, Kate salió de su despacho. Ambos debían de tener una expresión sospechosa en el rostro porque ella preguntó: «¿Qué pasa?», y les miró con recelo. Pero Tom no iba a contárselo y si Ben lo hizo, Tom no llegó a saberlo, ni entonces ni más tarde, cuando Kate bajó a hacer una última cosa y acabó sentada en su regazo dándole un beso de buenas noches. Las cosas se calentaron de tal manera entre ellos que acabaron haciéndolo en el pequeño baño de debajo de las escaleras, con la puerta cerrada con llave y en absoluto silencio porque ella tenía miedo de que Ben (que dormía como un tronco) pudiese oírles. Pero al terminar ella se fue a su cama y él se tumbó en el sofá, donde no paró de dar vueltas. De ese modo se cumplió la norma de Kate de no dormir en la misma cama cuando Ben estuviese en la casa.

El día siguiente comenzó bien. Hacía frío, pero el día era claro y soleado, sin una sola nube. Tom y Kate dejaron a Ben en el colegio y Kate estuvo todo el trayecto hasta su trabajo lamentándose por si le iba mal en gimnasia. Tom trató de consolarla diciéndole que el niño sobreviviría independientemente de cómo le fuese con el baloncesto. La dejó delante de su oficina (era otro trato que habían hecho: a partir de entonces se había acabado el aparcar en parkings medio vacíos) y condujo hasta el depósito, donde, tras llamar a la compañía de alquiler de coches para que fuesen a recoger el Civic, lo arregló todo para sacar el coche de Kate del depósito municipal. Fish soltó unos cuantos chistes verdes y se permitió algún que otro comentario respecto a Kate, pero Tom no le hizo caso. Tenía mil asuntos que reclamaban su atención y trató de ocuparse de ellos metódicamente. Tras haber confirmado las identidades de los dos hombres que habían hallado muertos en la furgoneta quemada, Tom se dispuso a comprobar quiénes eran sus socios conocidos; en ese preciso instante Kirchoff, rubio y pijo, y con aspecto de acabar de salir de un catálogo de moda, se detuvo ante su mesa.

Tom le miró inquisitivamente.

—Sólo he venido a decirle que hemos identificado al tipo que murió en el garaje de la señora White.

—¿Sí?

Kirchoff se lo decía por cortesía, porque Tom había estado en casa de Kate y era evidente que el caso le interesaba. Pero era el caso de Kirchoff y de su compañero y, técnicamente, no tenía nada que ver con Tom.

—Está todo aquí —dijo Kirchoff señalando la carpeta que llevaba.

—¿Puedo echarle un vistazo?

Kirchoff se la entregó. Tom la abrió.

—El tipo se llamaba Mario Castellanos —continuó Kirchoff—. Hace pocos días salió de un centro de detención. Tiene un historial de antecedentes kilométrico. Pero no tenemos ni idea de lo que hacía en su garaje.

Tom tampoco la tenía, ni siquiera tras leer el informe sobre ese tipo. Pero sí que tenía muchas ideas sobre muchas otras cosas.

Como algunas sobre las que Kate le había mentido.

26

Cuando Tom entró por la puerta de su despacho, Kate acababa de regresar de la sala de vistas improvisada en el Ayuntamiento —el Centro de Justicia continuaba cerrado—, donde tras argumentar que una moción para eliminar las pruebas en un juicio por robo a mano armada no estaba justificada, había ganado el juicio. En aquel momento, Kate estaba al teléfono, dándole la noticia a Bryan, técnicamente el responsable del caso. Kate lo había estado llevando como uno de los casos residuales que les habían asignado a ambos antes de que ella comenzase a trabajar sola. Bryan acababa de llamar para preguntar sobre su resolución, interrumpiendo a Mona, que había entrado en el despacho para ofrecerle a Kate lo que según ella era un vestido de noche para morirse: el vestido ideal para llevar a la gala benéfica de Jim Wolff; Kate se ponía mala sólo de pensarlo.

—... estarás fantástica —decía Mona gesticulando silenciosamente con la boca mientras se marchaba y salía por la puerta, y luego, alto y claro, dijo—: Ah, hola.

Al oírla, Kate, que seguía hablando con Bryan, se volvió.

Entonces entró Tom, con su figura alta, oscura y atractiva de siempre y Mona, a sus espaldas, abrió los ojos como platos y se despidió agitando sus manos de manicura perfecta. Tom no parecía muy contento, pero a pesar de eso Kate sintió que, al verlo, su corazón irradiaba un calor especial.

En cuanto a Tom, ella no se arrepentía de nada.

Kate le sonrió.

Tom no le devolvió la sonrisa. De hecho, su expresión era muy severa.

Kate comenzó a inquietarse.

Terminó su conversación con Bryan tan rápido como pudo y colgó el teléfono.

—¿Qué? —preguntó sin preámbulos: la expresión de Tom dejaba claro que algo iba mal.

—Vamos a dar una vuelta. —Su voz no denotaba ninguna entonación. Sus ojos estaban más oscuros de lo habitual y era imposible interpretarlos. Eran sus ojos de policía. Su cara de policía. Kate echó un vistazo al reloj. Eran las cinco menos cuarto. Le miró a los ojos y su corazón comenzó a latir más deprisa.

—¿Adónde? —preguntó ella. La expresión de Tom le decía que ocurría algo realmente grave y su mente voló inmediatamente hacia la peor cosa que podía imaginar. Se levantó—. ¿Es Ben? ¿Le ha ocurrido algo?

Tom tenía cara de pocos amigos.

—Ben está bien, por lo que yo sé. —Su mirada se posó sobre el perchero del rincón—. Coge tu abrigo.

Como esa mañana hacía frío y Kate sabía que le tocaría caminar del Ayuntamiento al despacho, había cogido su abrigo de fieltro negro y una bufanda larga de punto, para ponérselo sobre su traje de pantalón negro, su camiseta blanca y sus zapatos planos favoritos. Sorprendida, pero obediente, cogió el abrigo, se lo puso y se envolvió la bufanda alrededor del cuello.

—¿Qué ocurre? —volvió a preguntarle. Tom no llevaba abrigo. Iba con la americana, los pantalones negros, la camisa blanca y la corbata roja con las que había salido de casa por la mañana.

Tom sacudió la cabeza y comenzó a caminar hacia la puerta. Sin tocarla, de momento.

La inquietud de Kate comenzó a convertirse en ansiedad.

—No quiero hablar de esto aquí —dijo.

Así que no hablaron, ni una palabra, al menos el uno con el otro. Mona sacó la cabeza de su despacho cuando los oyó pasar y Kate le dijo que tenía que salir un momento a hacer un recado. Se despidió de Cindy con la mano e intercambió algunos comentarios con personas conocidas de camino a la salida del edificio. Pero Tom, tras ella, estaba callado como un muerto.

Finalmente, una vez en la calle, mientras se alejaban del edificio a paso ligero, ella le asió de la manga.

—¿Quieres decirme qué demonios ocurre? Me estás asustando —dijo, exasperada.

Tom le clavó una mirada, luego echó un vistazo a la multitud que les rodeaba, a las docenas de peatones que esperaban a cruzar el semáforo con ellos, al tráfico denso. Docenas de voces se mezclaban con los sonidos del tránsito y el aullido del viento que soplaba a lo largo del cañón de cemento con un rugido tenue. El olor de los gases de los coches era fuerte. El sol se reflejaba en lo alto de los rascacielos, dándoles un brillo dorado.

—Enseguida —dijo, y la cogió por el hombro para arrastrarla por el paso de peatones cuando el semáforo se puso en verde. La agarró bruscamente, con fuerza, a propósito.

A dos manzanas de allí, se detuvieron en el patio central pavimentado del Templo Masón, un tesoro arquitectónico de 1873 formado por una serie de salas de reunión con varios patios y un museo. La plaza, a sólo unos pocos pasos de la ajetreada calle, estaba casi vacía. Rodeado por paredes de piedra decoradas con ventanas acabadas en arcos y grabados fantásticos, el patio albergaba fuentes, estatuas y bancos. Una bandada de palomas ruidosas picoteaba plácidamente las migajas que habían quedado atrapadas entre las baldosas. En el aire flotaba el olor de las velas que quemaban en el interior de la capilla cercana. El sol de otoño, de color albaricoque a esa hora del día, sacaba la cabeza por detrás de una de las torres góticas. El cielo, antes de color azul pálido, empezaba a teñirse de rosa hacia el oeste. Hacía más calor que por la mañana y no soplaba el viento en aquel enclave cerrado, pero a Kate no le sobraba el abrigo.

Tom se detuvo cerca de la base de una gran estatua de bronce que representaba a un hombre a caballo y se dio la vuelta para mirar a Kate. Algunos turistas subían por las escaleras del templo, al otro lado, pero no había nadie cerca. Si lo que buscaba era intimidad en aquella parte de la ciudad, no encontraría otro lugar mejor que éste.

—¿Y bien? —exigió Kate.

Tom, con las manos metidas en los bolsillos delanteros de sus pantalones, parecía estudiar el rostro de Kate.

—¿Te dice algo el nombre de Mario Castellanos?

Kate sintió un pinchazo en el pecho. Pequeñas oleadas de pánico comenzaron a extenderse por su torrente sanguíneo.

—¿Por qué?

Tom cerró los labios.

—Así se llamaba el tipo al que dispararon en tu garaje.

Kate no dijo nada. No podía. Ya no podía soportar seguir mintiendo, especialmente a Tom. Pero tampoco podía decir la verdad.

Apretó los labios con lo que esperaba pareciese una resolución firme y se mantuvo en sus trece.

—Le he investigado —continuó Tom, al ver que ella no respondía—. Tiene un historial delictivo que se remonta a cuando era un crío en Baltimore. ¿Sabes qué es lo más curioso? Vivió en Baltimore en la misma época que tú; por la misma zona, además.

Tom hizo una pausa, esperando la respuesta de Kate. La tensión endurecía su rostro.

Kate no dijo nada. Tenía el estómago hecho un amasijo de nudos y la presión del pecho se había extendido hasta su garganta. Oía su corazón latir contra su esternón.

Tom apretó la mandíbula cuando se dio cuenta de que ella no iba a decir nada.

—Bueno, ¿qué tal si te cuento otra coincidencia? Estaba en el Centro de Justicia Penal el lunes para testificar en un juicio. Le perdieron el rastro con toda la confusión, pero cuando volvieron a encontrarle mientras evacuaban el edificio, estaba solo en una celda de detención en la segunda planta. —Tom sonrió, aunque no era una sonrisa amable—. Ah, ¿y quieres oír algo todavía más curioso? Castellanos era zurdo.

Ahora Kate casi no podía respirar: era como si alguien le hubiera propinado un puñetazo en el estómago. Le miró en silencio. Tenía la mandíbula cerrada; su boca era una fina línea recta, con dos triángulos de tensión en las comisuras. Su mirada la taladraba.

—Di algo, maldita sea. —Su boca se retorció violentamente mientras la agarraba por la parte superior de los brazos. Kate dio un salto. Podía sentir la fuerza de los dedos de Tom a través de su abrigo y de su chaqueta. No la sacudió, no le hizo daño, pero la atrajo hacia él y la miró desde arriba, con ojos furiosos.

—¿Qué quieres que diga? —Kate se sorprendió al oír el tono

frío y claro con qué había hablado. Él la miró, con las mejillas enrojecidas. Parecía que su rostro estuviese esculpido en piedra.

—Quiero que me digas la verdad. ¿Conocías a Mario Castellanos?

Lo bueno de ser abogado era que había aprendido una regla importante: cuando las cosas se ponen feas, hay que mantener la boca cerrada. Tenía que quedarse muda. Él estaba a punto de descubrir su terrible secreto, aunque todavía no sabía nada con seguridad y no podía sospechar lo peor. Pero saber algo y demostrarlo ante un tribunal son dos cosas distintas. Puede que tuviesen una relación, que ella hubiese pasado la mayor parte del fin de semana en su cama, entre sus brazos, pero, antes que nada, él era policía. Y, consciente de eso, tenía que recordar que volvía a luchar de nuevo por su vida.

—Quítame las manos de encima. —Trató de desasirse, pero él la cogió más fuerte.

—Interpretaré eso como un sí rotundo.

—Puedes interpretarlo como te dé la gana. Suéltame.

Tom no le hizo caso.

—Castellanos es el segundo tipo que Charlie vio en el corredor de seguridad, ¿verdad? Tú le conocías, estaba en aquel corredor contigo y me apuesto lo que quieras a que fue él quien le disparó a Rodriguez. — Kate se sintió palidecer. El rostro de Tom se endureció. Estaba furioso. Sus ojos brillaban como los de un loco—. Maldita sea, Kate, dime que no dejaste esas armas allí, ni tuviste nada que ver con ese intento de fuga.

—Eso ya te lo he dicho.

—Sí, y yo te creí, porque soy un idiota.

La soltó de repente, se alejó unos pasos, se pasó la mano por el pelo y se dio la vuelta para mirarla.

—Escucha, ¿crees que soy el único que te va a hacer estas preguntas? Sólo he sumado dos más dos más deprisa que los demás porque tengo acceso a los informes del asesinato de Castellanos y de los asesinatos en el Centro de Justicia. Y sé algo sobre tu pasado. Pero no puedo mantenerlo en secreto. ¡No puedo mantenerlo en secreto, joder!

—¿Y para qué me has traído hasta aquí? ¿Para advertirme?

Tom parpadeó.

—¿Quieres la verdad? Esperaba estar equivocado. Esperaba que hubiese una explicación. Esperaba que lo negases todo... —Se rio con amargura—. Pero ahora veo que no. Lo puedo ver en tu cara.

Kate apretó los puños. Se sentía mareada, con el estómago revuelto, a punto de desmayarse.

—¿Le disparaste tú? ¿A Castellanos? —El tono de voz de Tom era severo.

Kate no se lo esperaba y respondió sobresaltada:

—No.

Tom la miró. Era la primera de sus nuevas preguntas que contestaba. Aparentemente él también se dio cuenta porque sus ojos adquirieron una intensidad fría y dura.

—Ah —dijo—, finalmente tenemos un «no».

—Vete a la mierda. —Furiosa consigo misma, Kate se dio la vuelta y comenzó a caminar hacia la calle—. ¡Y aléjate de mí! —le soltó volviendo la cabeza—. Si quieres hacerme más preguntas, llama a mi abogado.

Kate casi esperaba que él la siguiese, pero no lo hizo. La dejó marcharse sin decir palabra. Pero eso era bueno, pensó Kate firmemente. Nunca debería haberse liado con un hombre, y mucho menos con un policía.

Comenzó a sentir ganas de llorar. Su corazón latía con fuerza. También le dolía el pecho, y detestó aquella sensación. Sabía lo que era, y no podía negarlo: su pobre corazón se estaba partiendo en dos.

Debería haberlo imaginado. Se creía un poco más lista. Había acabado caminando hacia el desastre.

Era porque Tom había tenido un hijo que había muerto. Eso había sido el detonante. Cuando le había contado lo del bebé, la pequeña coraza que ella había puesto alrededor de su corazón se había agrietado.

Y había dejado entrar a Tom.

Ahora tenía que volver a alejarle. Y dolía mucho, tal como se merecía.

Aquel pequeño atisbo de felicidad que había vivido con él sólo había sido la preparación para el declive. Tal y como ella había temido. Como ella ya sabía que pasaría.

Ahora tenía que pagar el precio, y el precio era el dolor. Cuando llegó a la calle, las lágrimas ya le empañaban los ojos, pero se las enjugó con determinación.

«Maldita sea, no voy a llorar por él.»

Saber que lo que tenían había terminado era tan doloroso, pensó, que le costaba no pensar en ello y centrarse en el resto de sus problemas: lo que sabía Tom. Si conseguía encajar algunas piezas más del rompecabezas, era probable que Kate tuviese que enfrentarse pronto a la ley. La mera idea era aterradora. Pero la verdad era que Tom no sabía nada de David Brady y, al haber fallecido Mario, no había ninguna forma de que él o cualquier otro pudiese averiguar nada. Ésa era la acusación que la arruinaría. Ésa era la acusación que contaba.

Porque a los ojos de la ley era cierta.

De todo lo demás, era inocente.

Sólo tenía que tener eso muy claro.

Quizá podría capear el temporal. Quizá podría salir adelante sin que su trabajo o su vida se viesen afectados.

Quizá podría hacer que Tom pareciese el idiota desconfiado que era en realidad.

Pero eso no se lo devolvería, ni le devolvería tampoco lo que habían tenido ese fin de semana.

Mierda, estaba llorando. Justo en medio de la bulliciosa avenida Kennedy. Notó que las lágrimas resbalaban, húmedas y calientes, por sus mejillas. Miró a su alrededor y se dio cuenta de que estaba llamando la atención de una pareja que pasaba; se enjugó discretamente las lágrimas con los nudillos.

Pero seguían cayendo.

«Mierda.»

Se escondió en un callejón y, de espaldas a la calle, respiró hondo y se limpió la cara con ambas manos.

No podía volver al trabajo con este...

Un todoterreno grande y negro entró en el callejón e interrumpió sus pensamientos.

Lo miró sorprendida al mismo tiempo que algo la golpeaba en la cabeza.

Abrió mucho los ojos y luego se desplomó sin decir nada.

27

Cuando Tom alcanzó la calle, Kate había desaparecido. Estaba tan furioso que se comía las uñas, renegando para sus adentros, insultándose a sí mismo por haberse liado con ella, por haber dejado que, tal como sospechaba que haría, jugase con él. Pero la verdad era que no importaba cuántas mentiras le hubiese soltado; la vida de Kate probablemente seguía estando en peligro y ése era un riesgo que no estaba dispuesto a correr.

A Castellanos le habían matado de un solo disparo en la frente. Como a los dos tipos de la furgoneta U-Haul quemada. Y todos ellos estaban relacionados con el intento de fuga en el Centro de Justicia. No hacía falta ser un genio para deducir que el mismo asesino —o asesinos— los había eliminado a todos. La pregunta era quién, por qué y qué relación tenía con Kate.

Hasta que no supiese con seguridad el quién y el porqué, seguiría a Kate a todos lados, como un perrito faldero. Al menos en el trabajo —donde había mucha gente— estaría a salvo.

Y mala suerte para ella si no estaba de acuerdo.

Tom tenía la teoría de que Castellanos era el segundo hombre del corredor de seguridad, aunque Charlie no estaba seguro del todo de haberlo visto. Por otro lado, descubrir cómo había conseguido salir de su celda y volver a entrar en ella costaría su trabajo. Pero cuanto más trataba de encajar las piezas conocidas con las que no conocía más convencido estaba de ello. Era mucho más razonable pensar que el asesino de Rodriguez era Castellanos, y no Kate. Aunque todavía no tenía ninguna prueba definitiva de ello, excepto la expresión de Kate. La cara que había puesto mientras él le había expuesto su teoría valía más que un millón de juramentos para Tom. Había pestañeado y luego se había puesto pálida como un muerto.

«Bingo.»

El caso, como le había dicho a Kate, era que él era el único que lo había relacionado. Quizá ninguno de los demás lo haría. Si el equipo forense examinaba de nuevo la pistola de Charlie, con la que Kate supuestamente había matado a Rodriguez, seguramente hallaría alguna huella parcial (una muestra de ADN, algo relacionado con Castellanos) y eso sería la prueba física que necesitaba. Debería haber ido a buscar un teléfono para pedir esas pruebas, pero no lo hizo. Estaba en medio de la calle tratando de arrancarle los secretos a una mujer a la que debería haber esposado y encerrado en una celda. Tampoco les estaba contando a Fish, Stella o Kirchoff ninguna de sus nuevas teorías. Lo que estaba haciendo era exprimirse el cerebro para tratar de encontrar la manera de evitar tener que hacer precisamente eso. Kate conocía a Castellanos; Castellanos había formado parte del intento de fuga y, de hecho, había matado a Rodriguez; y Kate había estado en el pasillo de seguridad con Rodriguez y Castellanos cuando todo había ocurrido. Por lo tanto, las probabilidades de que ella estuviera involucrada en el intento de fuga de algún modo parecían elevadas. Si añadía el hecho de que Kate les había estado mintiendo repetidamente a él y a todos los demás, las probabilidades alcanzaban un porcentaje de casi el cien por cien. La ayuda más evidente que ella podía haber ofrecido a los reclusos era proporcionarles las armas y eso la convertía, en el mejor de los casos, en cómplice de asesinato en primer grado.

El peor de los casos no quería ni pensarlo.

Pero ella le había dicho que no había tenido nada que ver con todo aquello y él todavía la creía, casi del todo.

Entonces ¿por qué mentía? ¿De qué tenía miedo? ¿Cuál era exactamente su relación con Castellanos? ¿Y qué diablos había ocurrido en aquel corredor de seguridad? Porque, ahora que lo pensaba, la mujer aterrorizada que le había mirado a los ojos cuando se la llevaban a rastras al corredor de seguridad era, de alguna forma indefinible, distinta de la mujer que había salido de allí.

Hasta que no pudiese averiguar con exactitud qué ocultaba Kate, no podía dejar que nadie más encajase las piezas del rompecabezas. A pesar de lo que le había dicho a ella.

Guardándose esa información, estaba poniendo en peligro su integridad, la investigación y su trabajo. Se estaba convirtiendo en parte de aquello en lo que Kate estaba involucrada, fuese lo que fuese. En todos sus años de experiencia como policía, jamás había tenido la tentación de cruzar la línea. A diferencia de otros en el departamento, su reputación era intachable. Tenía la imagen de incorruptible, porque lo era, joder.

Que estuviese a punto de echar todo eso por la borda por Kate le horrorizaba y le enfurecía.

Pero iba a hacerlo.

Porque había sido lo suficientemente idiota como para enamorarse de ella.

—¿Señora White? —Era la voz de un hombre. Era suave y quebrada, y tenía un trasfondo amenazador que le puso a Kate los pelos de punta. Aún estaba medio inconsciente—. ¿Me oye, señora White?

Algo frío que le tocaba la nuca la sobresaltó. La impresión la despertó del todo. Abrió los ojos, en una oscuridad total.

La cosa fría desapareció. Parecía algo metálico y duro, como una pistola.

Su corazón se aceleró. El pulso se le disparó. No podía ver nada, absolutamente nada. Y era la cosa más aterradora del mundo.

—Está despierta. —La voz parecía satisfecha.

Algo —un trapo, suave y seco, con la textura de una sábana o una funda de almohada— le cubría los ojos. Por eso estaba tan oscuro. Dios mío, ¿había tenido un accidente? ¿Tenía la cabeza vendada? Sintió una punzada dolorosa junto a la oreja derecha y recordó que la habían golpeado en la cabeza. Movió la mano de forma instintiva, para quitarse la venda de los ojos, para ver (necesitaba ver), y descubrió que tenía las manos esposadas a la espalda.

Se le pusieron los pelos de punta cuando se dio cuenta de que no tenía los ojos vendados por motivos médicos.

—¿Quién hay ahí? —Kate trató de formular la pregunta enérgicamente. Pero le tembló la voz. Se dio cuenta de que estaba sentada en un sofá de piel o de vinilo acolchado. Tenía personas sentadas a ambos lados: podía sentir sus cuerpos contra el suyo, su calor, y olía a colonia o desodorante y quizás a ajo; les oía respirar. La voz que le hablaba, sin embargo, no procedía de ninguna de esas personas; era alguien que estaba delante de ella. Kate tenía la sensación de estar en movimiento: oía algunos sonidos, como un zumbido, el viento... De pronto se dio cuenta de que se hallaba dentro de algún tipo de vehículo. Sentada en el asiento trasero. Y el que hablaba, pensó, debía de estar en el asiento del copiloto.

Entonces recordó el todoterreno negro que la había seguido hasta el callejón.

—Digamos que somos amigos de Mario.

«Oh, Dios mío.» Un sudor frío resbaló por su frente.

—¿Qué queréis?

La voz se rio. A Kate se le pusieron los pelos de punta.

—Antes de que lleguemos a eso, hay algo que debería saber: Mario hablaba mucho. Sabemos que usted le disparó a un policía en una tienda de Baltimore.

«Oh, no.»

Kate tuvo la sensación de que se le cerraban los pulmones, le costaba respirar. Su corazón estaba a punto de estallar. Tenía el pulso muy acelerado. De repente se sintió pegajosa y sintió una nueva oleada de sudor frío. Estuvo a punto de negarlo, pero decidió callar y no decir una palabra. Fuesen quienes fuesen y quisiesen lo que quisiesen, clamar su inocencia era una pérdida de tiempo. De todas maneras, negarlo confirmaba que por lo menos sabía de qué estaban hablando; y eso podía ser un error. Era mejor no decir nada.

—Seguro que se acuerda. —Notó un movimiento en el asiento de delante, y uno de sus captores (pues así consideraba a los hombres, que tenía a ambos lados) se movió y la empujó—. Hay algo más.

Kate escuchó un sonido metálico y se estremeció de forma instintiva. Pero el arma con la que la amenazaban no era una pistola: era una grabadora.

Kate escuchó sorprendida. Era la conversación telefónica que había mantenido con Mario. En la que ella le pedía que quedasen en su casa la noche en que le mataron.

—También tenemos el arma con la que mataron a Mario —dijo la voz—. Y tiene sus huellas dactilares por todos lados. Nos hemos asegurado de que así fuera mientras estaba inconsciente. Usted es fiscal. Eche sus cuentas.

A Kate le entraron ganas de vomitar. La cabeza le daba vueltas. El corazón le latía con furia. Como fiscal, sabía que esa persona, fuese quien fuese, podía coger esas pruebas y acusarla. Y no quería ni pensar en lo que podía hacer con el asesinato de David Brady.

—¿Adónde quiere ir a parar con todo esto? —La voz de Kate parecía sorprendentemente calmada.

—Es sencillo. Usted ya no le pertenece a Mario; ahora es nuestra. Y queremos que nos haga un favor.

Kate contuvo el aliento.

—¿Qué favor?

Hubo una risita ahogada.

—No se preocupe. Cuando llegue el momento ya se lo diremos. Mientras tanto, recuerde que estamos por aquí.

El vehículo se detuvo. El corazón de Kate latía tan fuerte que podía sentir el eco de los latidos en sus oídos. Tenía la boca seca. ¿Qué iba a ocurrir ahora? ¿Por qué se paraban? El hombre de su derecha la empujó bruscamente y luego le soltó las esposas.

—Si se lo cuenta a alguien, la mataremos —dijo la voz con un tono que descartaba la posibilidad de que estuviera bromeando. Luego le quitaron las esposas y la venda de los ojos y la empujaron por la puerta, que se cerró tras ella. Cayó al suelo de rodillas. Los neumáticos del vehículo chirriaron al alejarse a toda velocidad. Era el todoterreno negro, pero no pudo ver nada más. Le resultó imposible leer la matrícula en la oscuridad.

Porque estaba oscuro. Había anochecido mientras estaba dentro del coche. La habían soltado en el callejón situado entre su oficina y el aparcamiento donde solía dejar el coche. Aunque aquel día no lo había hecho. Alguien tenía que recogerlo en el depósito municipal y dejar las llaves en la recepción. Había quedado con Tom que a les seis la recogería en su despacho, la acompañaría hasta el coche y la seguiría a casa.

Se le heló la sangre al pensar que los matones del todoterreno sabían dónde solía aparcar su coche.

Y se le heló una vez más al pensar que Tom no habría ido a recogerla. Habían terminado. Eran historia. Ante todo él era policía. Y ella tenía demasiadas cosas que ocultar.

De nuevo su vida se iba a la mierda. Pero tenía que recoger a Ben. Y tenía que ir a casa.

Aunque le dolía la cabeza y las rodillas, pasó por recepción a recoger las llaves y preguntar dónde estaba su coche. Como eran casi las seis y media y el aparcamiento estaba casi vacío, el guardia de seguridad se ofreció a acompañarla hasta el coche, en la segunda planta. Su maletín estaba en su despacho, pero no tenía ganas de subir y encontrarse con alguno de sus compañeros, así que aceptó. Ya sabía que era como cerrar el corral después de que se hubieran escapado las vacas, pero aun así, esos matones podrían regresar.

Tembló sólo de pensarlo.

En cuanto la puerta del ascensor se abrió y ella y su corpulento guardaespaldas, que se llamaba Bob, pusieron un pie en la segunda planta, vio a Tom. Abrió los ojos de par en par. El corazón se le disparó. Por un momento, sólo un segundo, se alegró tanto de verle que sintió una explosión de calor en su interior. Pero entonces recordó todas las razones por las que no se alegraba de verle y puso cara de pocos amigos. Él estaba delante del Camry de Kate, claramente inquieto, pasándose una mano por el pelo mientras hablaba por el móvil. Entonces se dio la vuelta, la vio y se quedó inmóvil. Mientras ella caminaba hacia él, dijo algo por el móvil y luego colgó. La miró fijamente. Su expresión se podría haber descrito como salvaje.

—¿La molesta este caballero, señora White? —preguntó Bob, preocupado, cuando ella se puso tensa en respuesta a la mirada fija de Tom. Bob estaba cogiendo su radio del cinturón mientras lo preguntaba.

—No.

—¿Seguro? Porque parece... —Bob calló, porque estaban tan cerca de Tom que podía oírles. Kate, sin embargo, sabía lo que iba a decir: muy enfadado. Al borde de un ataque de nervios. Peligroso.

—¿Dónde demonios estabas? —chilló Tom cuando los tuvo a poca distancia. Se le acercó clavándole la mirada en los ojos. Estaba tan preocupado que ni siquiera miró a Bob—. Me has hecho pasar una angustia de cojones.

—Eh, amigo, cuide su lenguaje delante de... —comenzó Bob,

adelantándose unos pasos e interponiéndose entre ella y Tom. Tom le plantó la placa ante las narices y Bob calló y se detuvo.

—No pasa nada —le dijo Kate mientras le adelantaba—; le conozco. Gracias por acompañarme al coche.

Con expresión molesta, Bob se fue.

—¿Dónde estabas? —Tom escupía fuego—. He subido a tu despacho varias veces. He buscado por todos los pisos del maldito edificio. He recorrido todos los caminos posibles entre el templo y la oficina. Era como si hubieses desaparecido de la faz de la Tierra.

Lo bueno de que Tom estuviese tan enfadado era que pasaría por alto cualquier señal que pudiese delatar la aventura que Kate acababa de vivir.

Al acercarse a él, ella estaba tranquila y orgullosa de ello. Vio que el coche de Tom estaba aparcado junto al suyo.

Kate pasó de largo y él la agarró por el brazo.

—Un segundo. ¿Llevo una hora y media desquiciado y ni siquiera me vas a decir dónde estabas?

—No es cosa tuya. —Kate liberó su brazo—. ¿Recuerdas lo que te he dicho sobre llamar a mi abogado? Por si acaso no lo has entendido, te estaba dejando.

Por un momento la miró como si no se creyese lo que oía. Y ella aprovechó el momento para entrar en su coche y bloquear las puertas.

—Maldita sea, Kate. —La miró a través del parabrisas, dando un puñetazo de frustración al capó cuando ella arrancó el coche. En cuanto ella puso la primera, él se apartó.

«Chico listo.»

La siguió todo el camino hasta la casa de los Perry. A ella le iba bien. Cuando llegó a casa de la canguro de Ben, tenía un plan: cogería a Ben y saldría corriendo.

No sabía exactamente quiénes eran esos matones del todoterreno. Lo único que sabía era que la asustaban. Mucho más que Mario. Porque no creía que éstos fuesen delincuentes callejeros. Tenían aspecto de ser algo más organizado, más mortífero, más refinado. Como si fueran profesionales. Como la mafia.

¿Estaban los Dragones Negros relacionados con la mafia? ¿Quién lo sabía? ¿A quién le importaba? En pocos días ya no importaría nada.

Porque esto era demasiado grande y demasiado peligroso como para manejarlo ella sola. Una cosa era enfrentarse a Mario, y otra muy distinta enfrentarse a un grupo como ése; sabía muy bien que a ellos no les podía ganar. Sabía por experiencia cómo trabajaba esa gente. Acabaría haciendo sus recados para siempre o acabaría muerta. Era así de sencillo y así de horrible.

Ella y Ben no podían marcharse esa noche, porque no llevaba encima más que unos dólares. Si iba a mudarse a California (o quizás Oregón o Washington, lo más lejos posible) necesitaría todo el dinero que pudiese reunir. Lo único que tenía en el banco era su última nómina. ¿Podía permitirse esperar a la siguiente? Cuanto más pudiese reunir, mejor, pero el problema era que no sabía cuánto tiempo tenía.

Los tipejos del coche querían un «favor». Pero no tenía ni idea de qué tipo de favor se trataba ni de cuándo se lo pedirían.

Esperar para averiguarlo no era una buena idea.

Podía vaciar su plan de pensiones, donde tenía unos mil dólares. Podía empeñar algunas cosas, como su anillo de casada, que nunca había llevado, pero que guardaba para dárselo a Ben algún día; una cámara de vídeo y seguramente algunas cosas más, si buscaba.

Conseguir dinero de aquella forma era rápido y fácil; ya lo había hecho muchas veces. No reuniría demasiado, pero sí algo más que su nómina y tendría que ser suficiente porque tenía la sensación de que no podía tardar más de una semana en prepararse. Al menos con ese dinero podrían alquilar alguna vivienda durante un mes y, si hacía falta, ella podía trabajar de camarera hasta que encontrase otro trabajo.

Sólo pensar en dejar atrás todo aquello por lo que había trabajado tanto la ponía enferma. La casa, los muebles; tenía que abandonarlo todo excepto lo que pudiese llevar en su coche. Traer una furgoneta de alquiler y cargarla con todas sus cosas no sería muy inteligente por su parte, pensó. Porque quizá la estaban vigilando.

Al pensarlo el corazón se le desbocó.

Y también tenía asuntos pendientes en el trabajo. Vistas, declaraciones, juicios. Era horrible pensar que tendría que abandonarlos a medias. Pero no se le ocurría otro modo de mantenerse a salvo y de mantener a salvo también a Ben.

En ese momento no creía que los matones fuesen a por ellos si se marchaban. Kate no representaba ninguna amenaza para ellos, como lo había sido para Mario. Si abandonaba ahora, antes de involucrarse más a fondo, no veía ninguna razón para que no les dejasen en paz.

Y ése era su plan.

Cada vez que pensaba en ello sentía como si se desangrase hasta morir.

Le costó poner buena cara ante los Perry, disculparse por el retraso fingiendo que todo iba bien y que las cosas seguirían así para siempre, hasta el fin de los tiempos. En cuanto hubiese recogido sus cosas, se irían sin avisar.

Ben se pondría triste.

Ella se pondría triste.

Pero ¿qué otra elección tenía?

—¿Estás bien, mamá? —preguntó Ben mientras entraba el coche. Aquel día aparcaría en el garaje y el mal karma del fantasma de Mario se podía ir a tomar viento: iba a cargar algunas cosas en el maletero para empeñarlas al día siguiente y no quería hacerlo a la vista de todos.

Era algo descabellado pensar que los matones la estarían vigilando las veinticuatro horas del día, pero aun así...

En cuanto pulsó el botón de la puerta del garaje (Dios, iba a echar de menos incluso esa maldita puerta lenta como una tortuga) miró a Ben.

—Estoy bien. ¿Por qué?

—Porque te he dicho que he hecho una canasta en gimnasia y sólo has respondido «humm».

—¿Has hecho una canasta? ¡Vaya! —A pesar de todo, a Kate se le iluminó la cara. Por primera vez desde que lo había recogido, se centró en su hijo. Él asintió y le sonrió.

—Ha sido pura chiripa. La he lanzado hacia arriba, ha rebotado en el tablero y ha entrado dentro.

—Eso está bien. ¿Qué te han dicho...? —La puerta ya se había abierto, y cuando Kate se disponía a entrar, Ben la interrumpió.

—Voy a decírselo a Tom —dijo mientras abría la puerta del coche y salía corriendo como un rayo.

Por el retrovisor, Kate vio el Taurus, que llegaba tras ellos.

28

Kate entró el coche en el garaje y aparcó. Al salir, vio que Tom había aparcado en el vado. Estaba de pie junto al coche y Ben, vibrando por la emoción, estaba con él, contándole sin duda la canasta que había hecho.

Tom le sonreía.

A Kate le dio un vuelco el corazón.

Lo peor de irse iba a ser perder a Tom.

Sabía perfectamente que haberse liado con él era un error y que poner fin a la relación era la única opción posible; pero, aun así, dejarle atrás en la huida iba a ser lo más doloroso que había hecho en la vida.

Apretando la mandíbula, se acercó a los dos.

—Cariño, ¿por qué no entras en casa? —le dijo a Ben. Tom la miró levantando la cabeza por encima del niño. Dejó de sonreír. Pero el paseo en coche parecía haberle aplacado el ánimo porque ya no estaba tan furioso. Aunque el brillo que había en sus ojos le decía a Kate que todavía seguía enfadado.

—¿Quieres hablar con Tom, eh? —preguntó Ben tranquilamente mientras los miraba ahora a uno y ahora al otro.

No servía de nada tratar de ocultarle las cosas a Ben.

—Sí, así que ¿quieres irte de aquí?

Él le hizo una mueca, miró a Tom, que respondió con una sonrisa piadosa, y luego cruzó el garaje para entrar en casa.

—Y empieza a hacer los deberes —le dijo Kate por rutina.

Aunque, claro: a) no iba a hacerlos y b) los deberes de aquel colegio ya no importaban. En una semana o dos, estaría empezando en otro nuevo.

—Quiero que te vayas —dijo Kate sin más preámbulos en cuanto Ben hubo entrado—. Lo hemos intentado, ha sido divertido, pero se ha acabado.

Tom se apoyó en el capó con la cadera y la miró seriamente. La luz del garaje la iluminaba por detrás y a contraluz no conseguía ver la expresión de Kate. Ella, en cambio, sí le podía ver a él. Su mirada era sombría.

—Mira, sé que mientes. Sé que me has estado mintiendo desde el principio. Admito que no tengo ni idea de qué es lo que ocultas, pero lo descubriré, a no ser que decidas facilitarnos las cosas a todos y me lo cuentes.

Bueno, al menos su tenacidad de bulldog hacía que las cosas fuesen menos dolorosas para ella.

Kate se dio la vuelta.

—Adiós, Tom.

—Son profesionales, Kate. Los dos tipos de la furgoneta U-Haul y Castellanos, en tu garaje. Me jugaría la placa. Lo que realmente me asusta es que tú seas la siguiente. Piénsalo: todos los que sabemos que estaban involucrados de alguna forma en aquel intento de fuga han muerto; todos menos tú.

Kate se detuvo de golpe. Cerró los ojos un momento (estaba de espaldas a él y no podía verla) mientras un sudor frío le bajaba por la espalda. Apretó los puños. ¿Y si los tipos del todoterreno regresaban con la idea de asesinarla? ¿Y si no eran los únicos? Las posibilidades eran infinitas y aterradoras.

—Ya te he dicho mil veces que yo no estoy involucrada. —Pero se dio la vuelta para mirarle. Tenía el corazón desbocado. Tuvo que esforzarse para respirar con normalidad.

—Y yo te creo —dijo irguiéndose y clavándole una mirada intensa—. ¿No quieres seguir con lo nuestro? Vale. No hay problema. Hemos terminado. Pero no me gusta la idea de que tú y Ben os quedéis solos por la noche. Incluso con los nuevos cerrojos y el sistema de alarma, sois un objetivo demasiado fácil. Sólo tienen que echar la puerta abajo, disparar y largarse antes de que llegue la policía. Es pan comido, sobre todo para un profesional.

Kate sintió un nudo en la garganta. No había pensado en esa posibilidad. Y deseó no haber pensando nunca en ella.

—Si les cuentas a tus amigos del Departamento de Policía tu teoría personal sobre lo que ocurrió en el corredor de seguridad, ya no tendré que preocuparme por eso, ¿verdad? Porque según tú, estaré entre rejas.

Tom se tensó.

—No tengo pensado contárselo a nadie todavía. Excepto Fish y yo, nadie te tiene en el punto de mira, todavía. Lo que he conseguido hasta ahora es exactamente lo que te he dicho: teoría, pero ninguna prueba.

Kate entendió lo que eso significaba: a pesar de todo lo que le había dicho, iba a mantener en secreto lo que sabía y lo que sospechaba.

Al menos por el momento.

—Bien, puedes quedarte. —Su tono no era nada amable. Poco después, añadió bruscamente—: Gracias.

Y no se refería sólo a su oferta de quedarse a pasar la noche.

Tom la miró con ojos oscuros e inexpresivos.

—De nada.

Kate se dio otra vez la vuelta y entró en casa. Que él se quedase hasta que ella hubiese podido reunir sus cosas y marcharse con Ben era lo mejor. Por muchos contratiempos que pudiese causarle, podía salvarle la vida.

Pero al mismo tiempo iba a ser muy duro para ella.

Tom la siguió sin mediar palabra.

Dos días más tarde, Kate tuvo que admitir la verdad: estaba demorando las cosas. Cada vez que comenzaba a prepararse para huir, acababa retrasando el viaje. Durante el día, seguía con su trabajo y modificaba su agenda para las semanas siguientes, posponiendo y transfiriendo a otro fiscal todo lo que podía sin que nadie se diese cuenta. También dejaba notas detalladas sobre los casos en los que estaba trabajando para que aquel que la sustituyese (probablemente Bryan, por lo menos al principio) conociese todos los detalles. Recopiló tanto dinero en efectivo como pudo. Hacía maletas en secreto y las guardaba en el maletero del Camry. Sus posesiones más preciadas (el álbum de fotos de Ben, las pocas cosas que había conservado de su padre, los recuerdos de valor incalculable y las fotos irreemplazables) las guardó también en una maleta. Le dolía el alma cada vez que Bryan la llamaba para la actualización de un caso, y se le rompió el corazón cuando Mona le trajo su vestido negro largo y sus pendientes de brillantes e insistió para que se los probase, pero podía sobrellevarlo.

La idea de dejar a Tom no la llevaba tan bien.

Ya no ocurría nada entre ellos. Él la iba a recoger al trabajo y la llevaba a casa; cenaba con ellos, ayudaba a fregar los platos, miraba la tele y dormía en el sofá. No la molestaba, no le hacía preguntas; de hecho, le hablaba muy poco. Su relación se podría describir como cortés, pero reservada. Incluso Ben le preguntó a Kate en privado si se habían peleado y cuando ella le respondió con un «por supuesto que no» la miró con incredulidad y respondió: «Sí, claro.» La verdad es que él estaba allí sólo como protector y ella se esforzaba por mantenerse apartada de su camino. Tenía la sensación de que él hacía lo mismo. De todos modos, sólo por estar viviendo bajo el mismo techo aprendió algunas cosas: que por las mañanas, antes de tomarse el café, acostumbraba a estar de mal humor. Por la noche estaba muy animado con Ben; con ella no tanto, aunque a veces le pillaba siguiéndola con la mirada. Dejaba los platos sucios en el fregadero y la tapa del váter levantada.

Pero el caso es que a Kate le encantaba tenerle en casa.

Jamás debería haber dejado que se quedase.

Porque ahora más que nunca, ella no quería marcharse.

El jueves a media mañana, recibió la llamada de atención que necesitaba. Durante un receso en una vista probatoria en el Centro de Justicia Criminal, que había vuelto a abrir las puertas, fue al servicio de señoras. Cuando entró, estaba vacío; entró a toda prisa en un retrete porque el juez sólo les había dado diez minutos. Cuando estaba sentada en la taza, algo le llamó la atención.

A su derecha, por debajo de la pared del cubículo de al lado, vio la pierna de un hombre, o, para ser más exactos, la parte inferior de la pantorrilla. El hombre llevaba pantalones y zapatos negros.

Kate abrió los ojos de par en par. El corazón le dio un vuelco. El pulso se le disparó.

—Hola, señora White. —Habló antes de que ella pudiera moverse o coger aire para gritar. Cuando se dio cuenta de quién era, su corazón empezó a palpitar a gran velocidad—. Ya va siendo hora de que nos haga ese favor. Responda si me oye.

Se le puso la piel de gallina. Pero ¿qué otra cosa podía hacer? ¿Taparse los oídos? ¿Hacerse la sorda? ¿Salir corriendo?

«Síguele el juego.»

—Sí, le oigo —respondió.

—Bien. Sabemos que mañana por la noche asistirá a un acto de recaudación de fondos para Jim Wolff en el Teatro Trocadero. La llamaremos cuando esté allí para darle instrucciones. Por favor, repita lo que acabo de decir.

Kate apretó los puños en su regazo.

—Me llamará con instrucciones mientras estoy en el acto para recaudar fondos para Jim Wolff.

—Exacto. Usted vaya al acto de recaudación de fondos, quédese hasta que la llamemos, haga lo que le decimos y estaremos en paz. La dejaremos en paz. Si la caga, o le cuenta a alguien algo sobre esto, la matamos. ¿Queda claro?

—Sí.

—Bien.

Oyó la puerta que se abría y unos pasos rápidos que se alejaban. Al parecer volvía a estar sola.

Kate se quedó allí, temblando, tanto tiempo que llegó tarde al resto de la vista.

¿Qué querían que hiciese?

En resumen: nada bueno.

Quizá debía entregar un mensaje. O robar algo. O robarle a alguien. O...

Las posibilidades adquirían un tono cada vez más siniestro cuanto más pensaba en ellas. Jim Wolff era un personaje controvertido. Un ex vicepresidente. El candidato más bien situado de su partido para la nominación. Posiblemente el futuro presidente de Estados Unidos. Las medidas de seguridad a su alrededor eran muy fuertes. El acceso al acto estaba muy controlado. De hecho ya había tenido que comunicar quién sería su acompañante aquella noche —había dado el nombre de Tom: cuando las cosas aún iban bien entre ellos, le había pedido que la acompañara; claro que ahora quizá ya no lo hacía— para que el FBI, el Servicio Secreto o quien fuese que decidía estas cosas le diese el visto bueno.

La idea se le ocurrió de repente: ¿tal vez querían chantajearla para que les ayudase en un intento de asesinato?

Pero eso no iba a ocurrir. Nada iba a ocurrir. Porque ella no estaría allí cuando ocurriese.

«Se acabó el tiempo. Tenemos que largarnos.»

Aunque le rompiese el corazón tener que irse.

Pero ella sabía que debía andar con cuidado. Sabían dónde aparcaba su coche. La habían acorralado en el callejón el lunes. La habían encontrado en los servicios hoy.

La estaban observando. Y lo peor de todo era que no tenía ni idea de quiénes eran. Cualquiera podía ser uno de ellos: colegas, jurados, gente del sistema judicial, transeúntes. La podían estar observando a todas horas y ella ni siquiera se enteraría. Kate tembló al pensarlo.

No podía permitir que se diesen cuenta de que pretendía escapar.

No sabía cuáles serían las consecuencias, pero estaba segura de que serían malas.

Con eso en mente, se aseguró de parecer lo más normal posible durante el resto del día. Estaba tan ansiosa que no podía ni pensar. Por suerte, el punto fuerte de la tarde era una declaración jurada, algo que podía hacer con los ojos cerrados. Ordenó su despacho, y cogió su maletín —donde había guardado todo su dinero— y su abrigo. Tenía muchas ganas de despedirse de Mona, Bryan, Cindy y toda la gente de la novena planta. Estaba tan orgullosa de trabajar aquí, de ser uno de ellos, tan orgullosa de la vida que había construido para ella y para Ben... Pero al final no le dijo nada a nadie, porque no podía. La clave era que todo discurriese como en un día normal. Cuarenta y cinco minutos antes de la hora —no demasiado temprano, para que nadie sospechase, pero lo suficiente como para evitar a Tom— salió del edificio por última vez.

Se le hizo un gran nudo en la garganta mientras se alejaba en el coche.

El plan era que se encontraría con Tom en la parte trasera del edificio a las seis. Ella sabía que Tom esperaría un rato. La llamaría al móvil. Subiría hasta su despacho. La buscaría por el edificio. Al principio, se asustaría al no encontrarla. Pero en cuanto viese que el coche no estaba y se imaginase que ella se había ido sin esperarle, se subiría por las paredes.

No podía dejarle así. En cuanto hubiera recogido a Ben y estuviese a salvo lejos de la ciudad, le llamaría para contarle que se marchaba.

Aunque, por supuesto, no le diría por qué.

A pesar de que era peligroso, hizo una última visita a su casa. El corazón se le salía por la boca cuando entró corriendo, pero había algunas cosas que no podía dejar. Como el osito de Ben, que él adoraba, o algunos de sus peluches favoritos. El libro que estaba leyendo. La maldita pelota de baloncesto para principiantes.

Eso fue lo que la hizo llorar.

Y salió de casa por última vez, con lágrimas en los ojos, y todo por una estúpida pelota de baloncesto.

Porque, por siempre jamás, cada vez que la mirase pensaría en Tom.

Y se le rompería el corazón.

¿Cuándo se había enamorado de él? No lo sabía, pero había ocurrido.

Recoger a Ben fue rápido. Por supuesto, como no sabía que no los volvería a ver jamás, se despidió de los Perry con un «adiós» indiferente que Kate trató de repetir con la misma indiferencia.

Cuando entró en el coche, se dio cuenta de algo en lo que no había pensado: estaba claro que Ben iba a fijarse en todo lo que Kate había apilado en el asiento del copiloto; aunque hubiera cubierto el montón con su abrigo.

—¿Qué es todo esto? —preguntó él efectivamente echándole una ojeada al montón.

—Sólo son algunas cosas que he recogido hoy. —Había estado toda la tarde pensando cuándo decírselo, pero quería posponerlo tanto como fuese posible. Aunque él le suplicase que no se marchasen, no podía cambiar de opinión y eso les entristecería a los dos. Si él lloraba, ella también lloraría. Era todo lo que podía hacer para mantener la compostura—. ¿Qué tal el cole?

La maniobra de distracción funcionó. Se lo contó y ella asintió y dio las respuestas que parecían adecuadas mientras se dirigía hacia la autovía. Ben no tardaría en darse cuenta de que no iban a casa y preguntaría.

Estaba anocheciendo y las luces automáticas del coche se habían encendido. Los rayos gemelos iluminaban una hilera de árboles casi pelados, un garaje de metal y un aparcamiento vacío. Estaban dejando el área residencial. Al detenerse en el stop de la entrada de la autovía, se fijó que eran las seis y diez. Tom ya se estaría impacientando. Seguramente todavía no estaba demasiado preocupado por ella, pero lo estaría pronto.

Dios santo, ella no quería irse. Sentía como si una mano gigantesca le exprimiese el corazón.

—¿Quién es ése? —preguntó Ben, despertándola de su ensoñación.

Fue el único aviso que recibió antes de que la ventana se rompiese en pedazos. Algunos pequeños fragmentos de cristal le golpearon la nuca en cuanto se volvió.

—¡Mamá! —chilló Ben aterrorizado.

Alguien había roto la ventana de Ben y un hombre vestido de negro, con guantes negros y un abrigo negro, había metido un brazo por el agujero, para abrir la puerta.

—¡No! —chilló Kate.

Un coche se detuvo delante del suyo, bloqueándole el paso, impidiéndole que pisase el acelerador y saliese zumbando. Un hombre salió del coche: Kate se volvió frenéticamente para buscar otro camino de salida. Tras ella, un segundo vehículo frenó de golpe, bloqueando su posible huida marcha atrás. Gritando, con la adrenalina a punto de estallar como una bomba en su interior, Kate se metió entre los dos asientos para agarrar a su hijo, para mantenerlo dentro del coche, para luchar contra el hombre que había abierto la puerta y se estaba llevando a Ben.

—¡Suéltele!

—¡Mamá!

No pudo retenerle. La chaqueta azul le resbaló entre los dedos.

—¡Ben! —chilló cuando lo arrancaron de sus manos; entonces se dio la vuelta y salió corriendo del coche por la puerta para ir en su busca—. ¡Socorro! ¡Socorro!

Pero estaban solos en el stop; era casi de noche y se hallaban rodeados de oscuridad; aunque hubiera habido alguien cerca, no los habría visto. Y no había nadie. Ese cruce se hallaba en medio de una zona industrial, llena de pequeños negocios y almacenes que parecían estar vacíos. Ni un coche en los aparcamientos de gravilla, ni un coche en las calles.

«No me ayudará nadie.»

—¡Mamá! ¡Mamá!

—¡Suéltele!

Intentó lanzarse tras él, pero algo la golpeó fuerte en la cabeza. El dolor la cegó. Kate cayó de rodillas al suelo y de no haber estado tan centrada en salvar a su hijo, probablemente se habría desmayado. Aunque el mundo daba vueltas a su alrededor, Kate no apartaba los ojos de Ben, que luchaba y pataleaba y chillaba tanto como podía mientras un hombre corpulento vestido de negro con la cara cubierta por un pasamontañas se lo llevaba.

Hacia la furgoneta blanca que bloqueaba el Camry por atrás.

—¡Mamá!

—¡Ben! —Kate lanzó un grito ahogado mientras trataba de ponerse en pie.

No vio al hombre que le asestó el puñetazo en el estómago hasta que se quedó sin aliento. Fue como si un tren chocase por debajo de su ombligo. Se dobló hacia delante, sin poder respirar, retorciéndose de dolor y cayó de rodillas de nuevo mientras vislumbraba a su atacante: una sombra borrosa que se movía deprisa. Luego notó que se le echaba encima y la cogía por el cuello con fuerza mientras Kate se llevaba la mano a la barriga tratando de respirar.

—No deberías haber tratado de huir —dijo, y la levantó. Era la misma voz de siempre, la del todoterreno y la de los servicios.

—¡Mamá! —La voz aterrada de Ben se le clavó como una espada—. ¡Mamá! ¡Mamá!

Temblando, tratando de que sus rodillas la sostuvieran mientras se esforzaba por respirar, Kate luchó contra el hombre que la tenía agarrada por el cuello y el pecho mientras Ben, que no dejaba de chillar, desaparecía en la parte trasera de la furgoneta. La puerta se cerró.

«Ben.»

Aunque sólo gritó dentro de su cabeza, porque el brazo que tenía en el cuello ejercía demasiada presión para que pudiera gritar.

«Ben», chilló en silencio de nuevo mientras la furgoneta daba marcha atrás y, con un chirrido de neumáticos, volvía a acelerar hacia delante, pasaba junto a ella y desaparecía en la oscuridad.

—Señora White, preste mucha atención —dijo el hombre que la sujetaba—. No ha hecho lo que le hemos dicho antes y mire, ha puesto a su hijo en peligro. Esta noche y mañana debe actuar normalmente, como si no ocurriese nada. Mañana por la noche irá a ese acto de recaudación de fondos y esperará a que la llamemos para decirle lo que tiene que hacer. —Hizo una pausa y aflojó ligeramente el brazo con que le sujetaba el cuello para que pudiese respirar—. Obedezca y le devolveremos a su hijo. Si acude a la policía o a cualquier otro, o no contesta al teléfono, mataremos al niño. ¿Entendido?

—Ben —susurró Kate medio ahogada, mirando desesperadamente el punto donde había desaparecido la furgoneta.

—¿Entendido? —repitió obligándole a levantar la cabeza con el brazo.

—Sí, sí.

La soltó. Sus rodillas cedieron y Kate cayó de bruces al suelo.

29

Le matarían. Un pavor gélido inundó a Kate, y su corazón comenzó a latir a golpes lentos y fuertes; tuvo que parar a vomitar dos veces en el corto trayecto hacia su casa. Estaba aterrorizada porque sabía cómo actuaba esa gente: ahora que tenían a Ben le matarían hiciese lo que hiciese. Dios, ¿esperarían hasta el día siguiente? O estaba ya...

Se mareó sólo con pensarlo.

«Basta», se ordenó a sí misma firmemente mientras su mente generaba terribles visiones en las que le hacían daño a su hijo, en las que...

Temblando, tuvo que ahuyentar aquellas imágenes espantosas de su mente. Si quería darle a Ben una oportunidad, tenía que mantener la cabeza despejada.

«Dios mío, no permitas que le pase nada.»

Mientras entraba en el garaje, estuvo a punto de devolver en el coche.

«No debería haber esperado. Debería haberme ido ayer o antes de ayer...»

Se había quedado para conseguir dinero. Se había quedado porque no soportaba marcharse. Se había quedado por Tom.

«Tom.»

Pensar en él la calmó. En él tenía a alguien a quien acudir llorando, a quien pedir ayuda, alguien que, a pesar de todo, estaba de su parte.

«Si acude a la policía o a cualquier otro, mataremos al niño.»

Si no lo hacía, sí que lo iban a matar; estaba segura de ello.

«Debo ir con cuidado, podrían estar mirando.»

«Bien, esto tiene que parecer real. Estoy en casa, haciendo exactamente lo que ellos quieren.»

Rápidamente, recorrió a toda prisa el piso de abajo cerrando las cortinas, asegurándose de no dejar huecos por donde poder fisgonear, encendiendo las luces a medida que lo iba haciendo. Subió a su dormitorio (ni siquiera podía mirar hacia la puerta abierta de la habitación de Ben sin que se le saltasen las lágrimas), corrió las cortinas y encendió la luz. Entonces llamó a Tom.

—¿Dónde diablos estás? —gritó sólo con oír su nombre—. Maldita sea, Kate...

—Tom, escucha.

Debió de notar la angustia en su voz porque se detuvo a media frase.

—¿Qué ocurre?

Kate respiró hondo. La idea de que la estaban mirando, escuchando, con ojos y oídos en todos lados, la sacaba de quicio. Si ella pensase que haciendo lo que ellos querían en la gala para recaudar fondos soltarían a Ben ileso, habría hecho cualquier cosa. Pero no lo creía. Y, por lo tanto, no tenía otra elección.

Pero tomar esa decisión la aterrorizaba.

—Ha ocurrido algo. —Su voz sonaba rasgada y temblorosa.

Tom oyó cómo tomaba aliento.

—Vengo ahora mismo.

—No, no. —Trató de pensar—. No vengas a casa. Ve a la esquina de Spruce con Mulberry, a dos manzanas de aquí, y espérame allí.

—¿Qué demonios?

—Tom, por favor. ¿Cuánto tiempo vas a tardar en llegar?

—Como mucho, quince minutos.

—Aparca. Quédate en el coche. Yo vendré hacia ti.

—Por Dios, Kate. ¿Qué diablos ocurre?

—Te lo diré en cuanto nos encontremos —respondió, y colgó el teléfono.

Ya llevaba su traje y sus zapatos negros, lo cual era perfecto para pasar desapercibida de noche. Fue al coche a buscar su abrigo negro, esforzándose para no mirar hacia las cosas de Ben que había escondido debajo. Se puso el abrigo, se lo abrochó hasta el cuello y se envolvió el pelo rubio con la bufanda gris para disimularlo. Luego encendió la tele del salón para que pareciese que estaba en casa, por si alguien estaba observando y podía distinguir si la tele estaba encendida o no. Luego entró en la cocina. Apagó la luz y esperó un momento. Luego respiró hondo, abrió la puerta trasera y se adentró en la oscuridad.

Había luna llena, pero todavía estaba baja y de color amarillento, de modo que su luz era muy tenue. El aire frío la ayudó a aclararse un poco ideas. Con el corazón agitado, corrió por las zonas más oscuras sin dejar de lanzar miradas furtivas a la noche hasta llegar al cruce. Una vez allí esperó a Tom bien escondida. Tom llegó al cabo de unos minutos. Antes de que hubiese tenido tiempo de parar el coche, Kate corrió por la acera y golpeó la ventana del copiloto. La puerta se abrió con un *clic* y Kate entró en el coche.

La luz de dentro del coche la asustó. ¿Y si estaban cerca y la veían dentro del coche de Tom? Su corazón palpitó. Su pulso se aceleró. Si la veían matarían a Ben, pero ¿quién iba a estar vigilando allí?

«Por favor, Dios mío, que no haya nadie aquí.»

—¿Qué diablos te ocurre?

La luz se apagó. Kate se hundió en el asiento, abrazándose a ella misma, temblando; sentía como si sus huesos se hubiesen vuelto de gelatina.

—No te quedes aquí quieto. Arranca. Salgamos del barrio. —Respiró hondo mientras él, sin hacer más preguntas, obedecía. El coche dobló la esquina, de camino hacia la entrada del distrito—. Dios mío, Tom, se han llevado a Ben.

—¿Qué? —dijo frenando.

—¡Sigue conduciendo! —gritó histérica—. Si me ven...

—¿Quién? ¿Si te ve quién? ¿Quién se ha llevado a Ben? —Pero el Taurus seguía moviéndose. Las manos de Tom agarraban el volante con fuerza. Su rostro se había endurecido y estaba tenso. Pero su tono de voz había seguido el camino contrario: era tranquilo y calmado, y de repente le recordó al policía que había tratado de controlar a Rodriguez en la sala de vistas 207.

—No lo sé. —Su voz sonaba temblorosa—. La mafia, creo. O quizá... No lo sé. Todo lo que sospechabas de mí era cierto. Te he mentido. Sobre todo. Yo... Me han dicho que le matarían si acudía a la policía o a cualquiera. Pero creo que le van a matar de todos modos. Tienes que ayudarme a pensar qué puedo hacer.

Temblaba de tal modo que le rechinaban los dientes.

—A ver —susurró Tom—. ¿Cuándo se han llevado a Ben?

El gran autocontrol de Tom la ayudó a controlarse a sí misma. No podía perder los nervios. La vida de Ben estaba en juego.

—Hace media hora.

—¿Dónde ha ocurrido?

—En la entrada del barrio de los Perry. Estaba en un stop, esperando para incorporarme a la autovía y... le arrastraron fuera del coche. —Se le giró el estómago y se echó a llorar.

—¿Quién le arrastró fuera del coche?

—Ya te lo he dicho, no lo sé. Vi a dos hombres; llevaban pasamontañas. Uno me golpeó y el otro agarró a Ben. Pero seguro que había más en la furgoneta y en el coche.

Tom soltó una palabrota en voz baja. Pero respondió a Kate en el mismo tono de voz controlado.

—¿No puedes darme una descripción mejor de los vehículos? Es muy útil ser detallista cuando informas de un secuestro.

—Era una furgoneta blanca, una de ésas sin ventanas, de uso comercial. Y un coche negro. Un sedán de cuatro puertas. —Entonces cayó en la cuenta y el terror se apoderó de ella—. No puedes informar del secuestro. Me han dicho que no acuda a la policía. Me han dicho que me fuese a casa y actuase como si no ocurriese nada. He encendido las luces y el televisor para que piensen que estoy en casa. —Respiró hondo—. Quieren que haga algo para ellos. Mañana por la noche, en la gala de recaudación de fondos de Jim Wolff. Me han dicho que me llamarían y me dirían qué es lo que tengo que hacer cuando haya entrado. Si lo hago, soltarán a Ben y si no, le matarán.

—Dios mío. —Por un momento, su tono de voz denotó algún sentimiento. Luego Tom la miró fijamente—. Kate, escucha: debo dar la orden de buscar esos coches ahora mismo. —Volvía a estar calmado—. Y debo llamar a Rick Stuart de la Brigada de Casos Especiales; son expertos en secuestros. Y tengo que llamar a Mac Willets y al FBI.

—No. —Kate se mecía hacia delante y hacia atrás en el asiento, mirando con ansia las calles oscuras que les rodeaban. El pánico se apoderó de ella y de su voz—. No puedes. Me han estado siguiendo. Saben cosas sobre mí. ¿Y si están escuchando las radios de la policía para saber si os he llamado? ¿Y si uno de ellos es un policía?

Tom se quedó callado un momento.

—Estás paranoica.

—No —dijo Kate—. No lo estoy. Tú no sabes nada.

—De acuerdo. Entonces tienes que contármelo. —Por un instante, pareció reflexionar—. Vamos a mi casa, me lo cuentas todo y luego decidiremos qué es lo mejor.

Kate estuvo de acuerdo. Era lo más parecido a un plan que se le ocurría.

Tom torció a la derecha y, en unos minutos, se incorporaban a la autovía. Al cabo de un cuarto de hora, ya estaban en la sala de estar de Tom. Kate había insistido en que aparcasen en un callejón y entrasen por la puerta de atrás.

Por si acaso alguien sabía que había estado viendo a Tom y le estaban vigilando a él también.

—¡Madre mía, Kate! —dijo tras encender la luz y mirarla—. ¿Estás herida? Dices que te han golpeado. ¿Dónde?

Kate no tenía ni idea de qué aspecto tenía, aunque era fácil adivinar que no era muy bueno. Estaba temblando y sudando, mareada y con náuseas, todo a la vez. Le dolía la cabeza y tenía el estómago revuelto. Tenía los ojos irritados e hinchados, y los labios y la boca secos. Y no le cabía la menor duda de que estaba pálida como un muerto.

—No es nada. —Sus miradas se cruzaron. Kate dijo con voz temblorosa—: Tengo tanto miedo de que le hagan daño a Ben...

—Sí, ya lo sé.

Tom la rodeó con sus brazos sin decir nada más, estrechándola, ofreciéndole un consuelo silencioso. Kate le abrazó por la cintura y apoyó su cara contra su pecho, respirando su olor. Llevaba su chaqueta de pana gris. Sentía su tacto fresco y suave en la mejilla. Debajo, notó la funda de su pistola y la calidez de su cuerpo. Si no hubiese podido acudir a él, no sabía qué habría hecho. Era tan sólido, tan fuerte, y confiaba plenamente en él, algo que no le había ocurrido nunca con nadie. Pero sólo se permitió un momento de debilidad. Enseguida se deshizo de su abrazo.

Él la dejó marchar.

Kate juntó sus manos y le miró angustiada.

—Tengo que contarte lo que ha ocurrido. Tenemos que decidir qué hacemos.

—¿Seguro que no estás herida? ¿No tienes nada?

—Seguro.

—Entonces empieza a hablar. —Tom le quitó la bufanda de la cabeza y le desabrochó los dos botones del abrigo. Kate se lo quitó y lanzó la bufanda y el abrigo sobre un balancín que había junto a la chimenea—. Pero antes siéntate. Parece que estés a punto de desmayarte.

Así se sentía realmente. Kate se sentó en el sofá, se bebió el Jack Daniel's con Coca-Cola que le trajo Tom y le contó toda la historia: su relación juvenil con Mario; el asesinato de David Brady; el encuentro con Mario en el corredor de seguridad, el asesinato de Rodríguez y el chantaje al que la sometió para que le sacase de la cárcel; le contó también la visita de los esbirros de Mario a su casa, que por suerte Tom había interrumpido, y le dijo que era Mario quien la había esperado en el asiento de atrás de su coche con el propósito de presentarle a sus «amigos»; luego le confesó que había decidido encargarse de Mario a su manera (vale, matándole) y le había llamado para concertar una cita en su casa, y que, cuando al llegar a su garaje se encontró con que alguien lo había asesinado, había creído que, gracias a Dios, toda la pesadilla había terminado. A continuación le contó cómo la habían secuestrado los «amigos» de Mario en la calle y la habían amenazado para que les hiciese un favor y le habló también del hombre que la había seguido hasta los servicios del Centro de Justicia ese mismo día. Y, finalmente, le contó el secuestro de Ben.

Cuando terminó, las lágrimas le resbalaban por las mejillas, calientes y húmedas.

—Vamos —dijo él. Había estado en pie ante ella, con expresión severa, escuchando atentamente cada palabra. Luego cogió el vaso casi vacío de su mano y, cuando Kate abrió los ojos para responder, vio cómo lo dejaba sobre la caja que tenía junto al sofá. Todavía llevaba puesta su cara de policía, pero cuando le miró y sus miradas se cruzaron, la expresión de su rostro se suavizó. Se inclinó, la cogió entre sus brazos y se sentó en la raída butaca verde con ella en su regazo—. No llores. Todo acabará bien.

—Da igual lo que me pase a mí —dijo Kate con voz severa mientras le abrazaba por el cuello y hundía el rostro en su hombro para llorar; dejó que las lágrimas empapasen su chaqueta—. Pero Ben, tenemos que encontrar a Ben.

—Le encontraremos. —Su voz era suave y su abrazo, fuerte y reconfortante—. Parece que tenemos algo de tiempo. Quien quiera que le haya cogido no será tan estúpido como para hacerle daño antes de conseguir lo que quieren de ti. —Tom enterró sus dedos largos y cálidos bajo los cabellos Kate, acariciándola. Kate le había contado que le habían golpeado con fuerza en la cabeza, y gimió cuando él encontró el chichón—. ¿Duele mucho?

—Es un chichón. Sobreviviré. —Se lo frotó con impaciencia. Sus heridas menores no eran nada comparadas con la tortura constante provocada por la pérdida de Ben. Lloriqueando, apretando la mandíbula, luchando con todas sus fuerzas por controlar sus emociones, levantó la cabeza del hombro de Tom y le miró firmemente—. ¿Crees que si hago lo que me dicen mañana por la noche, existe alguna posibilidad de que le dejen marcharse?

Kate seguía llorando. La angustia ahogaba su voz, que prácticamente era inaudible. Pero Kate se esforzaba por controlar sus emociones. El temor por la vida de Ben rezumaba como un veneno gélido por sus terminaciones nerviosas, por sus venas, por todos los órganos de su cuerpo. Rezaba con todas sus fuerza por que no sufriera.

—No.

«Vale.» Por lo menos era sincero. Ella tampoco lo creía.

—Debemos averiguar quién se lo ha llevado. Mario era un Dragón Negro. Son una banda...

—Lo sé todo sobre Castellanos y los Dragones Negros. He estado examinando sus antecedentes estos últimos días, créeme. Sé que le visitaste en el centro de detención, por ejemplo.

—¿Ah, sí?

¿Acaso había creído que él había dejado de investigarla? Bueno, al menos eso le ahorraba el esfuerzo. Se había entregado a él en bandeja sin importarle las consecuencias legales. Lo único que importaba era salvar a Ben. A toda costa.

—¿Falsificaste la firma del juez Hardy para la orden que sacó a Castellanos de la cárcel?

—¿Qué? —Kate se sentó sobre su regazo mientras se secaba los ojos—. ¿Alguien falsificó la orden de liberación? No fui yo.

Tom se la quedó mirando durante unos instantes.

—Existe una cinta de seguridad de la secretaría que muestra el momento en que presentaron la orden. Todavía no la he visto. No estaba seguro de querer saberlo.

—Te juro que no fui yo —le dijo—. Se han acabado las mentiras, te lo prometo.

Tom lo aceptó con una ligera inclinación de la cabeza.

—Alguien lo hizo. Creo que lo primero que debemos hacer es identificar a esa persona. Me parece bastante evidente que sacaron a Castellanos de la cárcel para que te llevase ante sus «amigos», sean quienes sean. Si no, ¿por qué iban a sacarle? ¿Y por qué iban a matarle? Ahora mismo pienso que le mataron para tener poder sobre ti.

—Pensaba comprobar quién firmó la orden de liberación de Mario —dijo Kate—, pero no llegué a hacerlo. No parecía importante.

—Pues ahora sí que lo es. —Tom se levantó con ella sin avisar, alzándola sin problemas y depositándola en el respaldo del sofá. Se irguió y se sacó el móvil del bolsillo.

—Tom. —El teléfono la alarmó.

—Tengo que llamar a la gente que te he dicho: Rick Stuart, de Casos Especiales y Mac Willets, del FBI. Y quiero contárselo a Fish. Necesitamos ayuda. Los conozco personalmente y confío en ellos. No iré más allá hasta que tengamos algún plan.

La idea de contar lo ocurrido a más gente le puso a Kate la piel de gallina, pero confiaba en Tom y Tom decía que confiaba en ellos, así que asintió.

Él cogió el teléfono, se alejó de ella e hizo las llamadas pertinentes. Cuando volvió, sin el teléfono, Kate volvía a temblar.

—Ya vienen hacia aquí —le dijo. Ella estaba agazapada en una esquina del sofá. Tom se le acercó. Haciendo todo lo que pudo para controlar los temblores, Kate le miró inquisitivamente—. Willets cree, como tú, que esto puede formar parte de una conspiración para asesinar a Jim Wolff. Si es así, es algo gordo. Y, aunque no sea cierto, nos sigue dando suficiente peso para hacer un trato.

—¿Qué clase de trato?

—A cambio de tu colaboración, podemos ofrecerte inmunidad

total por cualquier delito que hayas podido cometer, incluyendo el asesinato del guardia de seguridad. Lo pondremos por escrito cuando lleguen todos.

Kate respiró hondo. La idea de librarse de aquel peso era alucinante, o lo habría sido de no ser por Ben.

—No me importa —dijo tratando de mantener la calma—. Lo único que quiero es recuperar a Ben.

—Bueno, pues a mí sí me importa. —Tom la sujetó por las manos y la levantó—. Conseguiremos la inmunidad y salvaremos a Ben. ¿Por qué no vas a asearte un poco mientras yo preparo café? Va a ser una noche muy larga.

En cuanto a Kate, el resto de la noche y parte del día siguiente pasaron sin que se diese cuenta. Los refuerzos a los que Tom había llamado llegaron y, después, todo ocurrió a gran velocidad. Recordaba ciertos momentos, como cuando había firmado el trato de inmunidad que Tom y el agente especial Mac Willets habían redactado y supo que estaba libre de todo cargo por la muerte de David Brady, aunque su muerte siempre sería una mancha en su conciencia. Y cuando se sentó con Tom y Fish en la cocina, vieron en un monitor que trajo Fish la grabación de la cinta de seguridad en la que un hombre blanco de entre treinta y cuarenta años, vestido con un traje gris, le entregaba al secretario la orden de liberación de Mario. La calidad de la cinta era muy mala y el ángulo de la cámara no llegaba a conseguir un plano decente de su rostro. Lo único que sacaron de ella fue una descripción tan vaga que podía concordar con cientos de personas. Pero al visionar —al menos por trigésima vez— la parte de la cinta en la que aquel sujeto caminaba hasta el mostrador, Kate tuvo el presentimiento de que le resultaba vagamente familiar. Pero por mucho que se esforzó, no le vino a la cabeza ningún posible nombre. La siguiente estrategia para averiguar su identidad era buscar huellas y una muestra de ADN en el propio documento. Ese proceso podía tardar semanas, pero consiguieron un favor y la promesa de tener los resultados al día siguiente. Y eso significaba que iban a tener el tiempo muy justo para poder contar con ello como una forma de estrechar el cerco alrededor de quien fuese que se había llevado a Ben.

Que no había cenado. Quizá tenía frío o estaba a la intemperie. Y que seguro que estaba aterrorizado.

Al pensar en ello, Kate sintió que la invadían oleadas de pánico, así que trató de no pensar. No pudo dormir, aunque Tom insistió en que se echase unas horas. Y no tenía hambre, aunque Tom trató de convencerla para que comiese algo. Lo único que podía hacer Kate era beber café y ayudar en todo lo que podía a desentrañar la red que les llevaría hasta Ben.

Antes del amanecer, decidieron que era mejor que Kate regresase a su casa para que pudiese salir a la mañana siguiente como si hubiese pasado la noche allí. Tenía que ir a trabajar y comportarse con absoluta normalidad. Luego volvería a casa, donde Tom la recogería a las siete para acompañarla al acto de recaudación de fondos. Allí se comportaría de forma coherente hasta que la llamasen por teléfono. No podían dejar de ningún modo que los conspiradores sospechasen que algo fallaba en su plan.

Incluso aunque rescatasen a Ben antes de eso. Kate rezaba para que sacasen una huella o una muestra de ADN de aquella orden de liberación, o para que la descripción que había dado de la furgoneta y del hombre que la había amenazado sirviese para que alguien les viese, o para que la investigación de los Dragones Negros condujese a alguna pista que les llevase hasta Ben. Ir a ese acto de recaudación de fondos y esperar a que sonase el teléfono formaba parte del trato que había hecho a cambio de su inmunidad.

Pero la simple idea de que Ben pudiese seguir desaparecido la noche siguiente le helaba la sangre a Kate.

Tom la llevó a casa hacia las cinco de la madrugada. Caminaron por los oscuros patios traseros hasta que se deslizaron en su cocina. No parecía que nadie la estuviese vigilando. La casa estaba tal como ella la había dejado, con algunas luces encendidas y las cortinas bien cerradas. Se duchó, se cambió, se tomó un café y comió un mordisco de la tostada que Tom le había preparado. Le revolvió el estómago y no comió nada más.

Poco después de las siete, a la hora en que tenía que salir a trabajar, Tom la acompañó hasta su coche en el garaje oscuro.

—Un coche te seguirá —le dijo mientras Kate desbloqueaba las puertas del coche con el mando de la llave—. Tú no lo verás, pero tendrás a alguien pendiente de ti todo el día.

Habían acordado que ellos dos no se verían hasta que fuese a recogerla por la noche.

—Bien. —Kate abrió la puerta. La luz interior del Camry se encendió y al verse iluminada Kate se puso a temblar. Pero el garaje no tenía ventanas; nadie podía ver lo que ocurría dentro.

—¿Qué es todo eso? —preguntó Tom mirando el montón de objetos de Ben que todavía estaban en el asiento del copiloto. Nada más ver el oso de peluche de Ben, a Kate se le hizo un nudo en la garganta. Ni siquiera lo miró; se dio la vuelta hacia Tom, que estaba justo tras ella; en la penumbra del garaje, más allá del alcance de la luz del coche, era una figura alta y oscura.

—Las cosas de Ben —respondió Kate tan brevemente como supo. Le dolía profundamente tener que hablar de él—. Cosas que no podía dejar aquí.

—¿Realmente pensabas marcharte sin despedirte? —le dijo con voz contenida. Kate se concentró en él y le miró a la cara.

—En aquel momento me pareció que no tenía otra elección.

—Me habrías roto el corazón, ¿sabes? —Una ligera sonrisa se dibujó en la comisura de sus labios, aunque la miraba fijamente con expresión severa y seria—. Por si no lo sabías, estoy absolutamente loco por ti.

Kate se quedó quieta, absorbiendo su mirada, mientras, a pesar de todo, su corazón empezaba a latir y su respiración se entrecortaba. Tom puso una mano cálida y suave en su mejilla y se inclinó, con la clara intención de besarla. Antes de que sus labios se tocaran, ella le detuvo poniendo una mano plana en su pecho.

—Yo también me he enamorado de ti —le dijo.

—Eso me había parecido —dijo con una sonrisa, y la besó. Fue un beso rápido, fuerte, pero absolutamente satisfactorio, que terminó cuando él la puso dentro del coche.

Luego, Tom desapareció en el interior de la casa y ella apretó el botón de apertura de la puerta del garaje.

Las siguientes catorce horas fueron las más largas en la vida de Kate. A las nueve en punto del viernes por la noche, mientras bajaba del escenario con el vestido negro largo y los pendientes de brillantes de Mona, con su premio de la Estrella Reluciente (un trofeo de plástico dorado en forma de estrella fijado sobre un pedestal) que el alcalde le había entregado entre los aplausos del público, tuvo que hacer un gran esfuerzo para controlar su pánico. No sabía nada de los secuestradores. Se habían hecho algunos progresos para identificarlos (tratando de desentramar las relaciones entre los Dragones Negros y la mafia), pero no eran suficientes. Jim Wolff había salido del edificio. Tras atender a los contribuyentes importantes, sus agentes de seguridad le habían sacado de allí, porque al recibir el aviso de un posible intento de asesinato, no habían querido correr el riesgo de tenerle allí, ni siquiera para tratar de salvar la vida de un niño. El equipo encargado del caso de Ben le había sustituido por un doble —un hombre de la misma altura, complexión, y el mismo color de pelo, que se había vestido con un traje idéntico— que se suponía que estaba reunido en privado con otros contribuyentes potenciales, que no eran más que un grupo de agentes del FBI. En el poco tiempo que el auténtico Wolff había estado presente en el acto, había recibido la atención de todas las cadenas locales de televisión, y nadie sabía lo del doble excepto su equipo, que había jurado mantener en secreto toda la operación. Pero a Kate le aterraba la idea de que los secuestradores pudiesen haberse dado cuenta de un modo u otro.

A medida que pasaba el tiempo y el teléfono no sonaba, se convencía más de ello. Su corazón palpitaba fuerte, presa del pánico.

Justo cuando volvía a la mesa con Tom (estaba tan guapo en traje que, en otras circunstancias, ella se hubiese derretido), le llamaron por teléfono. Kate casi se cae de la silla del susto.

Él se excusó para responder y ella para seguirle. Si le llamaban, seguro que era por Ben. ¿Y si los secuestradores habían conseguido su número? ¿O habían encontrado a Ben? ¿O...?

Sus especulaciones descontroladas terminaron cuando Tom colgó el móvil y la miró. Estaban en un pequeño recibidor en el ala este del edificio. Dentro de la sala de actos, Kate podía ver el escenario, donde el alcalde estaba presentando a alguien, y uno de los grandes arcos que sostenían el techo.

—Hemos identificado al hombre de la cinta de seguridad —dijo Tom—. Edward Curry. Era el abogado de oficio de la sala 207 aquel día, ¿recuerdas? Al parecer, falsificó la firma del juez y entregó la orden él mismo. Y una de sus huellas encaja con la del arma que Soto utilizó para matar al juez Moran, así que le podemos acusar también de haber entrado las armas en la sala.

Ed Curry. Kate se quedó momentáneamente perpleja.

—¿Le han detenido? ¿Ha dicho algo?

Se refería a algo sobre Ben. Sólo podía pensar en Ben.

Tom negó con la cabeza.

—No quieren detenerle todavía. Eso podría hacer pensar a los secuestradores que has ido a la policía. Le estarán vigilando, y le detendrán más adelante.

Quería decir si no había otra manera para encontrar a Ben.

—Oh, Dios mío. —Kate sintió un peso terrible en el estómago—. ¿Qué ocurrirá si...?

Entonces sonó su móvil.

30

Dirigiendo una mirada de terror a Tom, Kate sacó el teléfono de dentro del bolso que Mona le había dejado. Vio que en la pantalla decía LLAMADA NO IDENTIFICADA.

—¿Sí?

—Hola, señora White. —Era él. «Era él.» Kate asintió con fuerza ante Tom, que se puso tenso, cogió la radio de su cinturón y se alejó rápidamente mientras hablaba.

—¿Dónde está mi hijo? —exigió Kate. Le temblaban las manos y sentía que las piernas no la sostenían. El corazón le golpeaba el pecho.

—Se lo diré en cuanto nos haga ese favor. —Hablaba desde un móvil, pensó Kate, porque se oían muchos ruidos de fondo. A Kate le pareció distinguir un leve zumbido acompañado por un débil *clic clic clic*—. ¿Me escucha?

—Sí.

—Quiero que vaya al servicio de señoras del pasillo de atrás, junto a la cocina, y abra la ventana.

Zumbido. Clic, clic, clic.

«¿Para que alguien entrase por ella? ¿Un pistolero, quizá?»

Tom estaba junto a ella. Llevaba puesta la cara de policía y tenía la mirada clavada en la de Kate. Le hizo un gesto con la mano para indicarle que intentase alargar la conversación todo lo posible. Ella sabía que iban a tratar de localizar la llamada.

—¿Me ha oído? —preguntó la voz.

—Primero quiero hablar con Ben —dijo Kate, siguiendo las instrucciones de Tom—. No voy a hacer nada hasta que haya hablado con mi hijo. ¿Cómo sé que sigue vivo?

—Señora White... —*Zumbido, clic, clic, clic.*

—Lo digo en serio. Quiero hablar con Ben. No haré nada hasta que hable con Ben. —Su voz adquirió un tono que rozaba la histeria.

Debió de convencerle, porque respondió: «Espere», y luego Kate sólo oyó el ruido de fondo. Le pareció oír voces ahogadas a lo lejos, como si dos personas discutiesen. Luego el hombre regresó.

—Espere.

Poco después oyó la voz de Ben.

—¿Mamá?

—¿Ben? —El corazón de Kate dio un brinco. Casi se desmaya de alivio—. ¿Estás bien?

—¿Recuerdas aquella pesadilla que tuve del tiranosaurio? —A Ben le temblaba la voz, pero algo en su tono le llamó la atención. Kate apretaba el teléfono tan fuerte que le dolían los nudillos—. Anoche la tuve otra vez.

Se oyó un sonido de escaramuza, seguido de un golpe seco y un quejido ahogado de Ben.

—¡Ben! —dijo Kate, desesperada, consciente, sin embargo, de que él ya no podía oírla—. ¡Ben!

Aparte del ruido del teléfono, no se podía oír absolutamente nada.

—¡Ben! —exclamó suplicante con el teléfono clavado en la oreja. Se sentía desfallecer y comenzó a faltarle el aliento. Estaba a punto de desmayarse. Se le disparó el pulso.

«No pierdas el control.» Tenía que mantenerlo por Ben.

—Vaya a abrir la ventana, señora White —dijo el hombre.

—¿Le han hecho daño? —dijo Kate con voz furiosa. Temblaba de miedo y de rabia—. Si le han hecho daño...

Calló, porque el hombre había colgado. El teléfono ya no hacía ningún ruido. Kate respiró hondo. Miró a Tom.

—Tom... —Kate no podía cerrar el teléfono.

Tom le sostuvo la mirada mientras decía con su voz tranquila:

—¿Lo tienes?

Kate sabía que hablaba con quien estaba tratando de rastrear la llamada. Su expresión le delató antes de que pudiese sacudir la cabeza en respuesta a su súplica. Kate se apoyó en la pared, porque las rodillas no la sostenían y vio que todos los agentes del FBI venían hacia ellos desde varios puntos como un ejército de hormigas, incluida la agente con peluca rubia y vestido negro que debía ocupar su puesto para llevar a cabo la petición del secuestrador. Kate agarró a Tom por el brazo, ajena a ellos.

—Creo que sé dónde está —dijo, con la boca seca.

—¿Cómo? —Tom bajó la radio y la miró.

—El verano pasado le llevé al arsenal naval a ver los barcos. Había un cartel con un tiranosaurio que atacaba a otro dinosaurio. Era el anuncio de una de las exposiciones del museo. Aquella noche tuvo una pesadilla. Ahora, al teléfono, me acaba de decir: «¿Recuerdas la pesadilla que tuve sobre el tiranosaurio? La he vuelto a tener esta noche.» Está en algún lugar desde donde puede ver ese cartel. Trataba de decirme dónde se encuentra.

—¡Joder! —exclamó Tom al tiempo que la infantería les rodeaba—. Qué niño tan listo.

El arsenal naval de Filadelfia estaba ubicado al final de la calle South Broad, en las aguas tranquilas y oscuras de la bahía de Chesapeake, que se extendían hacia el infinito. Dispuestos a lo largo del frente marítimo, cinco kilómetros de muelles flotantes acogían barcos militares, portaaviones, bombarderos y algún que otro submarino, así como barcazas y cargueros de todo el mundo y una pequeña flotilla de barcos de pesca. También había algunos yates, atracados en una zona exclusiva situada en uno de los extremos. Docenas de almacenes grises e idénticos se alineaban tras los muelles. Grandes contenedores de metal aguardaban junto a los almacenes a que los almacenasen o los cargasen en algún barco. Elevadores, grúas y montacargas dormían esperando la mañana. Unas calles estrechas discurrían entre los almacenes, paralelas a los muelles. El resto de la superficie estaba cubierta de gravilla y hierbajos. Grandes lámparas halógenas iluminaban la zona cerca de los muelles, pero más allá, el astillero, que ocupaba centenares de hectáreas, estaba completamente oscuro. Un único guardia de seguridad controlaba desde una caseta el acceso al complejo donde estaban los yates. Otros dos guardias de seguridad patrullaban la zona que se extendía delante de los barcos comerciales. Excepto una media docena de personas que todavía trabajaban descargando uno de los cargueros, el resto del complejo estaba desierto.

Seis coches, en fila, avanzaron despacio y haciendo el menor ruido posible por una de las calles del astillero. Dos de ellos eran coches patrulla blancos y negros de la policía con las sirenas apagadas. Otros dos eran coches sin identificar. Los dos últimos pertenecían a agentes del FBI. En total, había veinte agentes repartidos entre los seis vehículos. Disponían de poco tiempo; habían pedido refuerzos y ahora mismo los agentes acordonaban el astillero. Se había impuesto el silencio radiofónico, por si los secuestradores podían acceder a las comunicaciones de la policía.

—No va a ser fácil registrar este lugar —dijo Fish, en tono lúgubre desde el asiento trasero del coche de Tom. Tom conducía y Kate iba sentada en el asiento del copiloto. Miraba por la ventanilla el cartel que había en la parte norte del complejo. Colocado en una estructura de metal oxidado de unos tres pisos de altura para que resultara visible desde la autovía, el letrero del tiranosaurio que Kate recordaba anunciaba una exposición en el museo del puerto marítimo. Bueno, era imposible no verlo.

Resultaba visible desde cualquier rincón del astillero. Y probablemente desde un kilómetro en al menos tres direcciones. Y lo podía ver cualquier coche que pasase por la autovía.

Se le encogió el estómago cuando se dio cuenta de la tarea titánica a la que se enfrentaban. Si no encontraban la forma de determinar un punto exacto dentro del campo de visión del cartel, buscar a Ben iba a ser como buscar una aguja en un pajar. Kate escaneó la zona con horror en la mirada.

«Ben, ¿dónde estás?»

—¿Por qué crees que todavía no ha ocurrido nada en el acto para recaudar fondos? —preguntó Kate, tratando de mantener la voz calmada. Tom acababa de hablar con uno de los agentes que se había quedado en el Trocadero. La agente había abierto la ventana, tal como le habían ordenado a Kate, y un contingente de hombres del FBI estaba preparado para detener a cualquiera que se acercase a un kilómetro.

Pero, de momento, nadie lo había hecho.

—El plan es que Wolff salga por el pasillo al que da ese baño —explicó Tom—. Quizás están esperando a hacer lo que sea que hayan planeado en el momento en que él se marche. Estaba previsto que se marchase a las diez y todavía faltan veinte minutos. No tenemos por qué pensar que algo falla.

—Están tratando de rastrear el móvil desde el que te llamaron —dijo Fish—. Tuvo que usar un repetidor. Si comprueban todas las llamadas efectuadas a esa hora en esta zona y luego llevan a cabo una triangulación a partir de los distintos repetidores, quizá puedan localizarla.

Lo que no dijo era que una búsqueda así necesitaba su tiempo, eso si llegaba a funcionar. Y Kate sabía que si algo no tenían, era precisamente tiempo.

No debían de haber pasado ni diez minutos desde que había hablado con Ben, pero en aquella situación, diez minutos le parecían una eternidad.

«¿Y si saben que se ha descubierto el plan? ¿Y si creen que ya no necesitan a Ben?»

Al pensarlo se quedó sin aire.

Los coches de delante se detuvieron. Tom aparcó el Taurus y salieron. La noche era fría y a Kate se le estaban congelando los pies en aquellos zapatos de tacón que Mona —que calzaba el mismo número que ella— le había prestado junto con el vestido. Se alegró de tener el abrigo, que llevaba puesto sobre el vestido, aunque sin duda no era nada elegante y no combinaba en absoluto. Estaba nublado, no se veía la luna ni estrellas, y de no ser por las luces halógenas, el lugar hubiese estado a oscuras. El viento olía a mar y a lluvia. Las olas rompían contra los muelles, con un murmullo de fondo constante.

De pronto, se oyó el sonido de pisadas que se acercaban rápidamente.

—Pase lo que pase, quédate conmigo —le dijo Tom mientras Willets y su compañero, que, como federales, estaban al mando de la operación, avanzaban hacia ellos—. Te dejaría en el coche, pero algo podría salir mal. Además, no me fío de que te quedes dentro.

—¿Es ése el cartel? —preguntó Willets en cuanto llegó hasta ellos, señalando el tiranosaurio. Willets era un hombre guapo y corpulento, de aproximadamente metro ochenta de altura, con el pelo espeso y corto de color tabaco y un rostro cuadrado. Igual que los demás agentes federales y Fish, iba impecablemente vestido con traje y corbata.

—Sí —dijo Kate.

Willets se dio la vuelta por completo y, con las manos en las caderas, mirando a todos lados, dejó escapar un suspiro de desaliento.

—Probablemente se ve desde todos los rincones.

—Dense prisa —dijo Kate suplicante. Willets la miró y asintió.

Al cabo de cinco minutos, ya habían dividido el área en zonas y las estaban registrando escrupulosamente, tan silenciosamente como podían para no alertar a la presa de su presencia. Sólo Kate y Tom se quedaron en los coches. Ella porque era una civil y no le estaba permitido participar en el registro y Tom porque no quiso dejarla.

—¿Podemos al menos caminar? —preguntó Kate, temblando y poniéndose las manos en los bolsillos. Estaba helada, pero no porque en el exterior hiciera frío. Era el frío glacial que le inspiraba el terror. Si se equivocaba, si Ben no estaba allí... No quería ni pensarlo—. No soporto este frío.

Tom echó un vistazo a su alrededor. Los buscadores se habían alejado de su posición en medio de los muelles. Desde donde Kate y él estaban, junto a los coches, podían ver unas figuras negras deslizándose por puertas laterales y los breves destellos de luz de sus linternas. De vez en cuando, se iluminaba todo un almacén, aunque no todos ellos tenían luz.

—Vamos. —Tom deslizó una mano bajo el brazo de Kate y se puso a caminar con ella junto a los coches. Las paredes de los almacenes de tres plantas quedaban a unos dos metros de ellos por cada lado. Los edificios oscuros de metal se fundían con la oscuridad de la noche, sin rostro, anónimos. Al pensar que su hijo podía estar prisionero en uno de ellos, Kate deseó saltar dentro, chillando su nombre. Sólo la mantenía en silencio la idea de que si sus captores se daban cuenta de su presencia, le matarían allí mismo. Hacia las diez, sin embargo, quien fuese que tenía a Ben sabría que algo fallaba. Se les acababa el tiempo.

Cada vez que lo recordaba, el terror le helaba la sangre.

Kate se detuvo, apretó los puños y cerró los ojos.

«Por favor, Dios mío, protege a Ben.»

—¿Qué? —dijo Tom en voz baja.

—Chist. Sólo quiero ver si puedo sentirle. —Quizás era estúpido, quizá no. Pero desde que Ben había nacido, la vida de Kate había girado a su alrededor. Le quería con todo su ser, tal como él la quería a ella. Casi podía sentir el lazo que los unía, como un cable invisible que se extendía a través de la oscuridad y la conectaba a él. Nunca había creído en la metafísica ni en nada parecido, pero aquello era distinto. Se trataba de Ben, y su amor por él era tan fuerte que esperaba que actuase como una baliza, atrayéndola hacia él.

«Ben, ¿dónde estás, Ben?»

Había algo... Algo que tiraba de ella desde su interior. No sabía lo que era, pero, dejándose llevar por sus instintos, volvió la cabeza hacia la izquierda, y empezó a avanzar en esa dirección, entre las fachadas de dos de los almacenes, con determinación. Algo la atraía. Sus tacones se hundían irregularmente en la gravilla, dificultándole el andar.

«Ben. ¿Estás ahí?»

—Kate... —Tom estaba junto a ella, cogiéndola del brazo.

—Chist —dijo ella moviendo la cabeza. No sabía hacia dónde iba, qué la guiaba, pero tenía la sensación de que se trataba de algo importante. Alcanzaron el final de la hilera de almacenes, cruzaron otra de las calles y caminaron entre más almacenes. Se fueron alejando de las luces, adentrándose en la oscuridad. Tom empezó a inquietarse. Se oía el crujido de la gravilla bajo sus pies. Kate no sabía si habían registrado ya esa zona, pero no se veía a ningún agente. Tom había sacado la pistola.

Entonces lo oyó. En realidad lo había estado oyendo en todo momento, pero de pronto lo oyó con mayor claridad, finalmente hizo la conexión.

Zumbido. Clic, clic, clic.

Era el sonido que había oído al hablar con ese hombre por teléfono.

El corazón le dio un vuelco. Su cabeza se volvió de golpe. El sonido parecía proceder del almacén que quedaba a su izquierda. Tenía una puerta de garaje corredera a un lado y la puerta estaba parcialmente abierta, revelando la oscuridad impenetrable de su interior. Excepto por un tenue brillo plateado que Kate distinguió a unos metros de la entrada. Abrió más los ojos y, al cabo de unos instantes, cayó en la cuenta de que lo que estaba viendo era el parachoques de un coche.

Concretamente de un todoterreno negro.

—Tom. —Kate le agarró del brazo para alertarle, mirándole a los ojos a través de la oscuridad. Tom empezó a decir algo. Y entonces desvió ligeramente su mirada y se quedó helado.

—Mamá.

Cuando Kate oyó la voz de Ben, aún estaba siguiendo la mirada de Tom para descubrir qué lo había dejado tan perplejo. Por un instante, le pareció el sonido más maravilloso que había oído jamás, pero entonces se dio cuenta de lo temblorosa y quebradiza que había sido la voz de Ben.

Y entonces vio lo que Tom estaba mirando: Ben estaba en pie, delante de la puerta del almacén. Y la razón por la que le veía tan bien era que alguien lo estaba iluminando con una linterna. Iluminaba a Ben, al brazo que le agarraba del cuello y a la pistola que le apuntaba la sien.

Kate se sintió palidecer. Se le hizo un nudo en la garganta.

—Ben. —Instintivamente, Kate comenzó a andar hacia él. Tom la agarró del brazo para impedírselo.

—No haga ni un movimiento. Ni un ruido. O el niño morirá. —La voz habló desde la oscuridad, detrás de Tom. Kate miró entonces con horror a su alrededor, con los ojos muy abiertos: mientras habían estado pendientes de Ben, alguien (el hombre del teléfono, el hombre del baño, el hombre que había hablado en el todoterreno, el hombre que la había golpeado) se había deslizado furtivamente tras ellos. Era una sombra corpulenta en la oscuridad y los apuntaba con un arma.

—¿Ike? —dijo Tom perplejo. Era evidente que le conocía. ¿Un policía? ¿Su instinto había acertado?

—Baja el arma, Tom. Despacio. Y, señora White, yo en su lugar no me movería. Ése de ahí es su hijo. No será tan mono con un agujero de bala en la frente.

Kate se quedó helada. El estómago le dio un vuelco. Su corazón se detuvo.

—Tenemos a veinte agentes a pocos metros —dijo Tom—, y hemos acordonado la zona. No podréis salir de aquí.

—Subestimas el valor de ser un sargento de policía. Os podríamos disparar a los tres ahora mismo, luego meternos en el coche y entrar conduciendo como si hubiéramos venido a ayudar. Nadie lo cuestionaría. Ahora deja el arma en el suelo. No me obligues a matar al niño.

El hombre que tenía cogido a Ben debió de sujetarle con más fuerza, porque Ben soltó un gemido.

«Ben.»

Kate sintió náuseas. Jadeaba y su corazón latía como si acabase de correr la maratón. Lo único que quería era correr hacia su hijo, pero no podía. No tenía la menor duda de que aquellos hombres les matarían a la mínima provocación. Y Ben seguía teniendo una pistola que le apuntaba a la cabeza.

Tom soltó el brazo de Kate y dejó su arma en el suelo.

—Ahora, apártate —dijo Ike—, y pon las manos donde pueda verlas.

Tom dio un par de pasos hacia Kate. Ike recogió el arma de Tom del suelo.

—¿Por qué? —preguntó Tom.

—Algunos necesitamos complementar nuestros ingresos. —El tono de Ike era el equivalente verbal a una encogida de hombros—. Hace tiempo que estoy en la nómina de Genovese. —Kate reconoció el nombre de un jefe del crimen organizado—. Wolff le tocó los cojones y Genovese puso precio a su cabeza: un millón de dólares. Siempre que no le puedan relacionar con su muerte. Un tipo vestido de camarero iba a colarse por la ventana. Wolff siempre se toma un té antes de largarse de este tipo de actos. Nuestro hombre iba a echarle veneno en el té.

—¿Veneno? —preguntó Kate, sin poder contenerse.

—Verá, si le dispara a alguien, se le echan encima como perros. No hay forma de escapar. El veneno, en cambio, es más lento, pero no es tan fácil de rastrear. Además, da un mensaje, que era lo que quería Genovese.

—¿Y qué pasa con Ed Curry? —preguntó Tom—. ¿También trabaja para Genovese?

—No. Es alguien a quien tenemos cogido por las pelotas, como a la señora White. Hace lo que le decimos, cuando se lo decimos.

—Ya no, han ido a arrestarle.

—Mierda. —Ike pareció realmente preocupado y Kate se dio

cuenta de que estaba preocupado sobre lo que Curry pudiese largar. Entonces cambió su tono de voz—. O es un farol. Apuesto lo que quieras a que sí.

—No. Tenemos a Curry. Pero todavía puedes hacer un trato —dijo Tom—, y testificar contra Genovese.

—Ni hablar. No es muy inteligente tocarle los huevos a Genovese. —Hizo un gesto con su arma y, endureciendo el tono, dijo—: Basta de charlas. ¿Crees que no sé lo que pretendes? Entra en el almacén. Y no te pongas entre ella y mi arma, Tom. O te dispararé sin dudarlo.

Kate dedujo que Tom había estado tratando de bloquear el disparo de Ike con su propio cuerpo, esperando que ella escapase. Pero no iba a dejar a Ben por nada. Su mirada se cruzó con la de su hijo. Todavía llevaba los tejanos y la chaqueta azul que tenía puestos cuando le habían secuestrado en su coche; se le veía pálido, pequeño, cansado y aterrorizado.

Kate sabía cómo se sentía.

«Por favor, Dios, que Fish, o Willets o alguien se den cuenta de que no estamos y vengan a buscarnos. Estamos aquí mismo...»

El hombre que cogía a Ben le arrastró hacia atrás mientras Kate entraba por la puerta.

—Mamá —susurró Ben cuando la tuvo cerca.

—Todo va a salir bien, cariño —dijo Kate nada convencida. Quiso acercarse a Ben, pero alguien la agarró del brazo y la arrastró hacia adentro, retorciéndole el brazo hasta hacerle daño mientras ella se tambaleaba en sus zapatos inestables. Gracias a la luz de la linterna que su captor sostenía en la otra mano (era el hombre que había estado iluminando a Ben), Kate vio que se hallaban en un espacio gigantesco con un techo inclinado de metal, vigas y paredes también de metal y suelo de tierra. Cajas de madera se apilaban formando un muro a unos seis metros. Más allá no se veía nada. Cerca, había dos sillas de plástico, un saco de dormir y una estufa de queroseno. En cuanto Kate vio la estufa, supo cuál era la fuente del sonido que se oía: el zumbido que emitía al funcionar y el *clic, clic, clic* que hacía al oscilar.

También vio que el hombre que agarraba a Ben había dejado de apretarle. Ahora Ben ya podía moverse con mayor libertad, y ya no tenía una pistola apuntándole a la cabeza. La miraba con los ojos abiertos, y muy asustado.

Aunque estaba sudando a mares, le estaban rompiendo el brazo y tenía tanto miedo que la sangre no le llegaba a la cabeza, Kate le sonrió.

Entonces Tom entró por la puerta, con las manos en alto, seguido por Ike. Kate sabía que iban a morir, los tres, en pocos minutos. Tom les conocía y ella y Ben les podían identificar. No iban a dejarles salir de allí con vida por nada del mundo.

—Maldita sea, Ike. ¿Vas a matar a una mujer y a un niño? —le preguntó Tom mientras la linterna le enfocaba.

El hombre que sujetaba a Ben gritó.

—¡Ah! ¡Me ha mordido! ¡El hijo de puta me ha mordido!

Increíblemente, Ben se había soltado y salió corriendo hacia la puerta, chillando como una alarma de incendios.

—¡Mierda!

—¡Cógelo!

—¡Agárrale!

—¡Corre, Ben! ¡Corre!

—¡Corre, hijo! —Aprovechando que su captor, sorprendido, la había soltado ligeramente, Kate le clavó el tacón de aguja en la rodilla con todas sus fuerzas. Él aulló y Kate consiguió liberarse. Pero el paso estaba bloqueado y no podía salir; lo único que podía hacer era gritar como una loca y huir de su captor, que venía tras ella furioso, mientras buscaba la salida. Entonces se dio cuenta de que quien estaba en la puerta era Tom, luchando con Ike y el hombre que había estado sujetando a Ben, impidiendo que pudieran salir tras él. Los gritos de Ben, mientras huía, resonaban con los suyos. Los golpes caían fuertes y rápidos. El sonido horrible de los puños sobre la carne llenaba el ambiente. Cuando Kate, huyendo de su captor entre las cajas de madera, se dio la vuelta, vio que Tom se doblaba como si le hubieran dado un puñetazo en el estómago.

Pam, pam.

—¡Ah!

El disparo se oyó a pocos metros, dentro del almacén. El sonido fue tan fuerte que a Kate le pitaron los oídos. El grito fue áspero, lleno de dolor, como si alguien hubiese recibido un disparo. ¿Y si era Tom? A Kate se le encogió el corazón, se le aceleró el pulso y, por un instante, mientras trataba de ver quién había caído, le pareció que el mundo se detenía a su alrededor.

Seguro que todo el revuelo atraería a los agentes, pero ¿llegarían a tiempo?

«Por favor, Dios, por favor.»

Y entonces oyó un sonido maravilloso: la voz de Willets gritando: «¡Alto, FBI!»

Al cabo de unos instantes, ya habían encendido las luces y se llevaban al malo esposado. Kate estaba junto a Tom, que se encontraba perfectamente: había conseguido arrancarle el arma a Ike y dispararle en la pierna. Y entonces Ben entró trotando con Fish. Todavía estaba pálido y cansado, pero ya no tenía miedo y corría hacia ella. Kate le rodeó con sus brazos y se abrazaron como si no fueran a separarse nunca más.

—Has sido tan valiente —le dijo Kate cuando al fin se soltó—. No me puedo creer que mordieses a ese tipo.

—Alguien tenía que hacer algo o íbamos a morir todos. —Ben miró a Tom—. Vale, yo he hecho mi trabajo. Le he salvado la vida. Ahora te la dejo un rato.

Tom le miró sorprendido. Luego sonrió y le acarició el pelo.

—Me parece bien —dijo, y abrazó a Ben y a su madre.

31

Ocho meses después, Tom estaba en pie ante el altar de la iglesia de Nuestra Señora de los Dolores viendo cómo su novia caminaba hacia él. Charlie, el padrino, estaba a su lado. Fish y sus cuñados (no había tenido más remedio que incluirles) estaban de pie junto a Charlie. Después de recorrer el pasillo, sus hermanas, sus cuñadas y Mona, todas con sus vestidos de color lavanda, se habían colocado al otro extremo del altar.

Su madre se secaba las lágrimas de emoción y le sonreía desde la primera fila.

Y la iglesia estaba hasta los topes de parientes, amigos, conocidos, acompañantes de los amigos y los conocidos: unas quinientas personas. El caso era que Kate y él habían querido una ceremonia civil. Eran segundas nupcias para ambos y simplemente pensaban pasar por el juzgado y casarse. Sin grandes ceremonias.

Y al final habían acabado así.

Aunque en ese momento a él no le importaba. Porque Kate estaba preciosa con ese vestido blanco, y le sonreía. Y Ben, que la acompañaba por el pasillo con un traje negro como el de Tom y un aspecto increíblemente adulto, también le sonreía.

Al cabo de una media hora, tras uno o dos largos sermones del párroco, al que conocía de toda la vida, serían una familia.

De vez en cuando, uno tiene suerte en la vida.